だからダスティンは死んだ

ピーター・スワンソン

そのふた組の夫婦は、よく晴れた風の強い日に、屋外パーティーで知り合った。──版画家のヘンは、夫のロイドとともにボストン郊外に越してきた。パーティーの翌週、ふたりは隣の夫婦マシューとマイラの家に招待される。だがマシューの書斎に入ったとき、ヘンは二年半前のダスティン・ミラー殺人事件で、犯人が被害者宅から持ち去ったとされる置き物を目にする。マシューは殺人犯だと確信したヘンは彼について調べ、跡をつけるが……。複数視点で語られる物語は読者を鮮やかに幻惑し、衝撃のラストへなだれ込む。息もつかせぬ超絶サスペンス！

登場人物

ヘンリエッタ（ヘン）・メイザー……版画家
ロイド・ハーディング……ヘンの夫。広告業界の会社員
マシュー・ドラモア……サセックス・ホール高校の教師
マイラ・ドラモア……マシューの妻。教育ソフトウェア会社の社員
リチャード・ドラモア……マシューの弟
ポーター・ドラモア……マシューとリチャードの父
ナタリア・ドラモア……マシューとリチャードの母
ダスティン・ミラー……｝サセックス・ホール高校の元生徒
コートニー・シェイ……｝サセックス・ホール高校の元生徒
ミシェル・ブライン……マシューの同僚
スコット・ドイル……ミシェルの恋人。バンドのリード・ヴォーカル
ジェイ・サラヴァン……マイラの学生時代の恋人
ロブ・ボイド……ロイドの親友
ジョアンナ・グリムルンド……ロブの元恋人
イギー・マーティネス……ケンブリッジ警察の刑事

だからダスティンは死んだ

ピーター・スワンソン
務台夏子訳

創元推理文庫

BEFORE SHE KNEW HIM

by

Peter Swanson

だからダスティンは死んだ

ガレラーニ家の三世代のみなさんに
（特に、メーガンに）

第一部　目撃者

第一章

そのふた組の夫婦は、九月の第三土曜日に、近所のブロック・パーティー（一区画または通り一本を封鎖して行われる屋外パーティー。地区住民の交流の場となる）で知り合った。

ヘンは行きたくなかったのだが、ロイドが彼女を説得した。「すぐそこなんだからね。いやだったら、即、回れ右して帰ってくればいいよ」

「そうはいかないでしょ」ヘンは言った。「せめて一時間はいなきゃ。みんなに気づかれちゃうもの」

「誰も気づきゃしないさ」

「気づくよ。新しいご近所さんたちをただ眺め回して、すぐに帰ってくるなんて、そんなことできない」

「きみが行かないなら、僕も行かないよ」

「いいんじゃない」ヘンは強気に応じた。いざとなれば、彼がひとりで行くことはわかっていた。

ロイドはしばらく何も言わなかった。彼はリビングの本棚の前に立ち、本を並べ替えているところだった。ふたりは七月の初めに、マサチューセッツ史上最悪の熱波のさなか、ウェスト・ダートフォードの一戸建て住宅の購入手続きを終えた。二カ月経ったいま、気温は下がり、ヘンはその家を我が家と感じはじめている。家具はすべてあるべき部屋に収まり、絵は壁に掛かり、彼らの猫、メインクーンのヴィネガーも、ずっと隠れていた地下室からときおり上がってくるようになっていた。

「もし僕からのお願いだと言ったら？　一緒に来てくれないかな？」

〝お願い〟というのは、ふたりのあいだの非公認の符牒《ふちょう》――ロイドが、通常はヘンの具合がよくないときにのみ、使う手だ。過去に彼はよくそうやって、朝のベッドから彼女を引っ張り出したものだ。

きみ自身のためじゃないよ。これはお願いなんだ。僕のためにそうして。

ヘンはときどき、この言葉とロイドのその利用法を腹立たしく思った。でも同時に、それが使われるのは、ロイドが重要だと思った時――ふたりにとって重要だと思った時に限られるということも理解していた。

「わかった。一緒に行く」ヘンがそう言うと、ロイドは本棚から笑顔で振り返った。

「先に謝っておくよ。ひどいパーティーだったら、ごめん」彼は言った。

土曜日はよく晴れた風の強い日で、ときおり吹き寄せる突風がビニール製のテーブルクロスをばたつかせており、パスタサラダやチップスや無尽蔵にあるフムスやピタの皿がクロスの重石《おもし》となっていた。ダートフォードはボストンから四十五分の、裕福な勤め人たちのベッドタウンだが、シチュエイト川によって町の他の部分から隔《へだ》てられたウェスト・ダートフォードには、もっと小さな家々がもっと密に立ち並んでいる。それらはみな、ずっと前に閉鎖された工場の従業員のために建てられた住宅だ。工場そのものは最近、アーティスト用の工房ばかりを収めた施設へと改装されている。この元工場こそ、ロイドとヘンがこの町を選んだ理由のひとつだった。ヘンは家から歩いていけるところに自分の工房を持つことができるし、ロイドは(駅もまた歩いていける距離なので)通勤電車でボストンの勤め先に通うことができる。必要な車は一台だけになり、ローンの返済額はケンブリッジで払っていた従来の額よりも減り、ふたりは都会生活の煩《わずら》わしさから解放されて、実質上、田舎暮らしができるのだ。

しかし、お洒落《しやれ》な若い夫婦たち(そのほぼ全員が子持ち)が優勢なブロック・パーティーの場にいると、ここも前にいた界隈《かいわい》とさして変わらない気がした。クレア・マーレイという女性、ブロック・パーティーの招待状を届けに来たのと同じ人が、ヘンとロイドをみんなに紹介してまわった。例によって、会話のグループは男女別に分かれた。気がつくと、ヘンは自分の呼び名について少なくとも三度（「ヘンリエッタの略なんです」）、フルタイムのアーティストであることも同じく三度、説明し、さらに女性のふたりには、いいえ、まだ子供はいません、と告げていた。ひとりだけ、幼稚園のロゴ入りのTシャツを着た、そばかすの濃い赤毛の女が、子供を持つつもりはあるのかとヘンに訊ねた。「そのうちね」ヘンは嘘をついた。

かなりおいしいパスタサラダを少しと半ば乾いたチーズバーガーをひとつ食べたあと、ほっとしたことに、ヘンはふたたびロイドと合流し、彼らをのぞけばこの場では唯一子供のいない夫婦らしいドラモア夫妻と話していた。この夫婦、マシューとマイラは、ふたりのすぐ隣のダッチ・コロニアル様式の家に住んでいることがわかった。

「あの二軒はきっと同時に建てられたんでしょうね」ロイドが言った。

「この通りの家は全部そうですよ」マシューが、下唇《したくちびる》と顎《あご》のあいだを掻《か》きながら言った。彼が指をどけたとき、ヘンはそこにハリソン・フォードのに似た傷があることに気づいた。この人はハンサムだとヘンは思った。ハリソン・フォード風のハンサムではなく、特徴のすべて――豊かな茶色の髪、淡いブルーの目、角張った顎――が、美男の特徴であるという意味での美男。ところが、それらすべてが合わさった結果は、各パーツほどによくはない。彼は、ビジネス・シャツをいまどき流行《はや》らないハイウェストのジーンズに裾《すそ》を入れて着て、堅苦しく立っていた。肩幅は広く、ごつごつした手は大きく、その姿はマネキン人形を思い出させた。後に四人で食事をともにしたとき、ヘンはこの男を、人畜無害の快活な男——会えばうれしいけれども、いなければいないで誰も思い出さないタイプとみなす。また、ずっと後には、この第一印象がどれほど誤っていたかを思い知ることになる。だが、そのよく晴れた土曜の午後、ヘンはただ、ロイドがふたたび隣にいて、会話を引き受けてくれていて、自分で身を護《まも》らなくてすむことがありがたいばかりだった。

長身の夫の半分ほどのサイズのマイラが、ヘンのほうに少し寄ってきた。「お宅もお子さんがいないんですね」彼女は言った。質問というより事実の叙述だ。それを聞いて、ヘンは気づいた。七月に越してきたとき、この新しい隣人は自分たちを見ていたにちがいない。だとすると、彼らが自己紹介をしに来なかったのは奇妙だ。

「ええ、子供はいません」

「この通りで子供のいない夫婦はわたしたちだけみたいですよ」マイラは神経質に笑った。ヘンは、マイラの外見をその夫と正反対とみなした。この女性の特徴——やや大きすぎる鼻、狭い額《ひたい》、幅の広い腰——は、全部合わさると、夫よりもはるかに魅力的な人物に仕上がっている。

「お仕事は何を?」ヘンはそう訊ね、とたんに、この質問に安易にたよった自分自身にいらだちを覚えた。

四人はさらに二十分ほど話をした。マシューは三つ先の町の私立高校の歴史の教師、マイラは教育ソフトウェア会社の営業員で、これはつまり（本人が何度かそう言ったが）家にいるより出かけている時間のほうが長いということだった。「マシューに目を光らせていてね」彼女は言った。「わたしの留守中、彼が何をしてるか教えてくださいよ」ふたたびあの神経質な笑い。普通ならヘンは彼女を嫌いになるはずだ。しかしなぜかそうはならなかった。そのお愛想が本当にヘンを和《なご》ませたのかもしれない。だが、これはむしろ現在服用中の薬の影響だろう。ふたたび風が、これまでより冷たく、いまなお青い木々をざわめかせ、通りを吹き抜けてきた。ヘンはカーディガンをかき寄せ、身震いした。

「寒いですか？」マシューが訊ねた。

「寒がりなので」ヘンはそう答え、さらに付け加えた。「わたしはそろそろ帰ったほうが……」

ロイドがほほえみかけてきた。「僕も行くよ」彼は言い、マシューとマイラに顔を向けた。「信じられないでしょうが、僕たちはまだ引っ越しの荷を解《と》いている最中なんです。お目にかかれてよかったですよ。今後ともよろしく」

「こちらこそ、ロイド」マシューが言った。「あなたもね、ヘン。このお名前は――」

「ええ、ヘンリエッタの略です。でも出生証明書はともかく、誰もわたしをその名で呼んだことはないの。わたしはずっとヘンでした」

「近いうちにまた会いましょうよ。季節的に遅すぎなければ、バーベキューをするとか」こう言ったのはマイラで、全員がこれに賛同したものの、どれも曖昧《あいまい》な賛同でしかなかったため、ヘンはこの話は絶対に実現しないだろうと思った。

だから翌週、工房からもどり、自宅に向かって歩いているとき、マイラが玄関から駆け出てきたときは驚いた。

「こんにちは、ヘン」マイラは言った。

午後いっぱい働いて過ごしたあとなので、ヘンはいつもどおり、いい意味でぼうっとしていた。「どうも、ミリ」彼女はそう答え、すぐさま名前をまちがえたことに気づいた。隣人は特に訂正もしなかった。

「今夜うかがうつもりだったんだけど、歩いてくるのが見えたから。今週末、うちに食事にいらっしゃらない？」

「うーん」ヘンは返事を引き延ばした。

「金曜か土曜。どっちでもいいの」マイラは言った。「うちのほうは日曜でもかまわないのよ」

逃れられないことはわかっていた。こうして三晩の選択肢を与えられては、とても無理だ。その週末、ヘンとロイドには特に予定がなかった。そこでヘンは、土曜の夜を選び、何か持っていくものはないか訊ねた。

「手ぶらでいらして。やった！　何か食べられないものはあります？」

「いいえ、うちはふたりともなんでも食べますから」ヘンはそう言って、ロイドがどんな肉でも骨付きで出されるのを嫌うことは伝えなかった。

土曜日の夜七時ということで話がまとまり、ヘンはその夜、ロイドが帰宅したとき、このことを彼に伝えた。

「オーケー」ロイドは言った。「新しい友達か。楽しみ？」

ヘンは笑った。「そうでもない。でもご馳走してもらえるのっていいかもね。わたしたちなんておもしろくもないだろうから、きっと二度と招《よ》ばれないよ」

彼女とロイドは、赤のボトル一本と白のボトル一本を腕にかかえ、七時きっかりに隣家に行った。ヘンはグリーンのチェックのワンピースを着て、タイツをはいていた。とりあえずシャワーだけは浴びたロイドは、ジーンズに、ランニングのときよく着るボン・イヴェールのTシャツという格好だった。ふたりはリビング（彼らの家のリビングとまったく同じレイアウト）に通され、そこで四人全員が、小さなパーティーが充分開けるほどたくさん前菜が並ぶ低いコーヒーテーブルを囲んだ。ヘンとロイドはベージュの革のカウチに、マシューとマイラはそろいの椅子にすわっていた。部屋は白々としていて特徴がなく、信じられないくらい清潔だった。壁には面白味のある複製画がいくつか掛かっていたが、ヘンはそれらを以前〈クレート&バレル〉（アメリカのインテリア・ショップ）で見たような気がした。

彼らは十五分ほど雑談した。ヘンは飲み物が出ないことに気づいていたが（このうちでは酒は飲まないのだろうか？）、ロイドを気の毒に思ったくらいで、特に気にはならなかった。

しかしちょうどマイラが、間近に迫る〈工房公開〉に参加するのかどうかヘンに訊ねている
とき、マシューが立ちあがって言った。「飲み物がほしい人はいますか？」

「何があるんです？」ロイドがやや度を越して熱心に訊ねた。

「ワイン、ビール」

「僕はビールだな」ロイドは言い、ヘンとマイラは白ワインをたのんだ。

マシューが部屋から出ていくと、マイラがふたたび〈工房公開〉のことを訊ねた。

「まだ決めてないんです」ヘンは言った。「やっとなかが整ったばかりだし。ほんとについきのう。そこにいきなり人を出入りさせるなんて、なんだか妙な気がして」

「参加すべきだよ」ロイドが言った。

「そうよ、そうなさいな」マイラが言った。

「〈工房公開〉に行ったことがあるんですか？」ヘンはマイラに訊ねた。

「ええ。ここに来てから毎年。とにかくわたしは行っています。マシューはときどきね。楽しいから、ぜひ参加しなきゃ。何か売れるかもしれないし。そこの絵はそのときに買ったんですよ」

マイラは壁の複製画を示し、ヘンはそれを家具店で買った絵だと思ったことにうしろめたさを覚えた。マシューが飲み物を持ってもどってきた。彼が自分用にジンジャーエールの缶

を持ってきたことに、ヘンは気づいた。

「あなたの作品のことを聞かせて」マイラが言った。

それはヘンにとってうれしいことではない――自分の仕事について語るというのは。だが彼女は精一杯がんばった。すると、常に変わらぬ彼女の守護神、ロイドが割り込んできて、あとを引き継いでくれた。大学時代から、ヘンはずっと版画を制作している。最初は木版、その後、銅板や亜鉛板を使うようになった。長年にわたり、彼女は純粋に想像力が産み出すものを作品にしてきた。グロテスクでシュールな絵、たいていはキャプション付きだ。これらのイラストは、本の挿絵の体《てい》で作られていた。彼女の脳内にしか存在しない本、多くの場合、怖い童話の一場面として。二十代の全期間を通じて、仕事はなかなか順調だった。彼女は何度かグループ展の出展者に選ばれたし、ニューイングランド（アメリカ北東部の六州。コネチカット、マサチューセッツ、ロードアイランド、バーモント、ニューハンプシャー、メイン）のある芸術雑誌で紹介されたこともある。それでも収入は常に画材店で働いて補わねばならず、ときにはサウスエンド在住のボストンの著名な某画家のために額縁《がくぶち》を制作することもあった。すべてが変わったのは、ある児童書の作家から、企画が上がっている子供向けファンタジー・シリーズの第一巻に本物の挿絵を描かないかという話が来たときだ。ヘンはその仕事を引き受け、本は成功を収め、それがエージェントの目に留まり、現在、彼女はフルタイムの児童書の挿絵画家となっている。オリジナルの作品はたまにしか制作しないが、そのことは気にしていない。近ごろ、彼女はどんな作品を描くべきか指示されることを秘かに喜んでいた。目下、服用中の、気分安定薬と抗鬱《こううつ》薬と抗鬱薬の効力を高めるらしい何かを含む混合薬は、ヘンの双極性障害がその醜《みにく》い頭をもたげるのを、すでに二年近く、阻止しているものの、それが自分の創造的衝動まですべて殺してしまったのを彼女は確かに感じていた。いまもまだ作品を作ることはできる――いまもまだその仕事は本当に大好きだ。でもこのところ、独創的なアイデアはめったに湧いてこなかった。もっとも彼女はこうしたことをマイラとマシューに話したわけではない。マイラは、例のファンタジーのことを知っていたため、主にそこに興味を示し、シリーズの第一巻を買ってくれそうだった。マシューのほうは、ヘンの制作プロセスについていくつか質問をし、身を乗り出して、熱心に彼女の答えに耳を傾けた。

その後ようやく彼らはダイニングに移動した。食べ物は、サイドボードに並ぶ保温プレートに載っていた。マッシュポテト、派手な黄色のソースのかかったチキンの骨つき腿肉《ももにく》、グリーンサラダ。

「わたしの祖父母もこういうふうにお料理を出していました」ヘンは言った。「サイドボードに並べて」

「お祖父《じい》様とお祖母《ばあ》様はどちらのご出身？」マイラが訊ねた。

ヘンは、父がイギリス人、母がアメリカ人であることを説明し、子供時代はイングランドのバースとニューヨークのオールバニを行ったり来たりしていたことを話した。

「訛《なまり》があるなと思っていたのよ」マイラが言った。

「ほんとに？ 自分では、ないと思っていました」

「ほんの少しだけね」

「マイラさんのご出身は……？」

「わたしはカリフォルニア。でも両親はイングランドの北部の出なの。もとはパキスタンだけど。ふたりはほんとにイギリス人らしかった。朝食も含め、食事はいつも、ダイニングのサイドボードから取る方式でした」

「すてきですね」ヘンは言った。

ディナーの席での会話は楽しかったが、活発なやりとりには発展しなかった。彼らは、各自の仕事、この近隣のこと、馬鹿高い住宅価格について、たくさん話をした。マシューが口を開くのは追加の質問をするときと決まっていて、たいていそれはヘンに対する質問だった。あのブロック・パーティーはつらくなかったか、と訊ねられ、ヘンは彼にかなりの洞察力があることを知った。ロイドは、話題をスポーツに変えようとし、サセックス・ホール高校で部活の指導をしていないのかとマシューに訊ねた。マシューは、していないと答えた（「わたしが得意なスポーツと言えば、バドミントンだけなんです」）。ヘンは、大学出たてのころ、幼稚園で図画工作を教えようとして悲惨な三カ月を過ごしたことがあるため、教える仕事は精神的に疲れないかとマシューに訊ねた。彼は最初の二年はきつかったと答えた。「でも、いまではこの仕事が大好きですよ。生徒たちも、その生活を知ることも、入学から卒業までの彼らの大きな変化を見ることも、大好きです」ヘンは、ワイン数杯を着々と飲み進んでいるロイドが、あくびを嚙み殺しているのを感じた。

デザート（レーズンとカルダモン入りの温かなライス・プディング）のあと、ヘンは、そろそろ帰らなくては、と言った。明日の朝、車でロイドの両親の家に行くことになっているので、と。これは本当だが、出発は早くても昼前の予定だった。

ふた組の夫婦は玄関の前の廊下で足を止め、ヘンはもう一度、ドラモア夫妻の家の内装を褒《ほ》め讃えた。

「ああ、ひととおりうちをお見せしないとね」マイラが言った。「もっと早くそうすべきでした」

驚いたことにロイドがこれに賛同し、マイラは、改装したキッチンや、家の裏側に取り付けたデッキをふたりに見せ、その後、先に立って地下のマシューの書斎に向かった。その部屋の個性が、明るい色彩やくっきりした直線から成る家の他の部分とあまりにかけ離れているため、ヘンはまったく別の家に足を踏み入れたような、時代までもが異なるような感覚を覚えた。部屋の壁は網目模様がうっすら入った濃い緑の壁紙で覆われ、床には擦《す》り切れたペルシャ絨毯《じゅうたん》が敷かれていた。室内のいちばん大きな家具はガラス戸付きの巨大な戸棚で、そのなかは本やフレーム入りの写真でいっぱいだった。デスクは小さなのがひとつあった。そしてそばには、クッション入りの革椅子も。それをのぞけば、すわれる場所は、コーデュロイのソファだけだった。少しでもモダンな感じのするものは、室内にひとつもなく、空いた場所は残らず、小物や、フレーム入りの写真（どれも白黒）に占められていた。小物や古物に惹かれ、ヘンは室内に二歩入って、思わず「おお」と声を漏らした。

「ここはマシューそのものよ」マイラが言った。

ヘンは振り返ってほほえみ、マシューが落ち着かなげに部屋の入口に立っているのに気づいた。マイラが家を案内しているあいだ、彼はほぼずっと皿洗いをしていたのだ。書斎よりはるかにプライベートなものを見せられたような気がして、ヘンは居心地が悪くなった。

「すてきなお部屋ですね」彼女は言った。「おもしろそうなものがいっぱい」

「わたしは収集家なんですよ」マシューは言った。「マイラは……収集家の反対はなんて言うのかな。放り捨て屋？」

部屋には暖炉があり、ロイドがこの暖炉は使えるのかと訊いている。ヘンは炉棚《ろだな》に並ぶ小物を見ていった。それは雑多なものの寄せ集めだった。小さな真鍮《しんちゅう》のヘビ、木製の燭台《しょくだい》、ミニチュアの犬の像、光る地球儀、そして、まんなかには、トロフィーがひとつ。突きの格好をしたフェンシング選手の像が、銀の台座に載っている。恐ろしいひととき、ヘンは気を失うのではないかと思った。視界はぼやけ、両脚には水が走り抜けていくような感覚があった。

それから彼女は気を取り直した。たぶんただの偶然よ。そう自分に言い聞かせ、前に進み出て、トロフィーの台座の銘《めい》を見た。エペ 三位。そして、もっと小さな文字で、ジュニアオリンピック。さらに日付が入っているが、ヘンには読み取れなかった。あまり近くまで行きたくはない。彼女は振り向いて、普通の声で話せているよう願いつつ、マシューに訊ねた。

「フェンシングをなさるんですか？」

「いやいや」彼は言った。「ただそのトロフィーが気に入ったというだけですよ。ガレージセールで買ったんです」

「大丈夫？」ロイドが心配そうに顔を見ている。「なんだか顔色が悪いよ」

「大丈夫。なんともない。ちょっと疲れたんだと思う」

ふた組の夫婦は玄関の前の廊下でふたたび立ち止まり、別れの挨拶をした。ヘンは顔に血の気がもどってくるのを感じた。ただのフェンシングのトロフィーじゃない――きっと同じのが何千もあるのよ。そう自分に言い聞かせながら、再度、ディナーの料理をほめ、家を見せてもらった礼を述べた。一方、ロイドは早く逃げ出そうとして、ドアノブに片手をかけていた。マイラがすっと寄ってきてヘンの頰にキスし、マシューのほうはその背後で、笑みを浮かべて、さようならと言った。気のせいかもしれないが、ヘンには彼が一心に自分を見つめているように思えた。

冷たくて湿っぽい外気のなかにふたたびもどり、背後でドアがカチリと閉まったあと、ロイドがヘンに顔を向けた。「大丈夫？ さっきのはなんだったの？」

「ああ、なんでもないの。ちょっと気が遠くなっただけ。あの家のなか、少し暑くなかった？」

「そうでもなかったよ」ロイドは言った。

ふたりはすでに家の玄関に着いていた。ヘンはもうしばらく夜気のなかを歩きたかったが、ロイドが早くなかに入りたがっているのはわかっていた。彼は、レッドソックスの試合がまだつづいているかどうかチェックしたいのだ。

あとになって、眠りに落ちたロイドと並んでベッドに横たわっているとき、ヘンはあんな考えを抱くなんて馬鹿げていると自分に言い聞かせた。この世界はフェンシングのトロフィーでいっぱいなのだ。それらはどれも似たようなものなんだろう。でも馬鹿げてはいないんじゃない？　マシューはサセックス・ホール校で教師をしているんだし、ダスティン・ミラーはその高校に行っていたんだから。

第二章

マイラが眠ったあと、マシューは起きあがって、階下の自分の書斎に行った。彼は隣家の女が立っていたのと同じ場所、暖炉から約四フィートのところに立って、トロフィーをじっと見つめ、その銘を読み取ろうとした。日付と順位はほとんど読み取れなかった。彼は完璧な視力の持ち主だし、そこになんと書かれているかすでに知っているというのにだ。それでも、彼女にその銘が読めなかったとは言い切れない。自分は馬鹿だった——馬鹿で傲慢《ごうまん》だった。炉棚の中央に、誰にでも見えるようなかたちで、あのトロフィーを置いておくなんて。しかし、誰かが関連に気づく可能性がどれだけあると言うのだ？

だが、彼女は関連に気づいた。ちがうか？

ただ見ているだけで、彼女が卒倒しそうなのはわかった。きっと彼女は倒れる——彼はそう思い、あの鈍《にぶ》い亭主に咄嗟《とっさ》に抱き止めることができるだろうかと危ぶんだものだ。

胸の奥に塊《かたまり》があるのをマシューは感じた。不安なとき、いつも生まれるやつ。彼はこの塊を赤ん坊の拳《こぶし》とみなしている。ぎゅっと固まっては、ゆるむ拳。それを追い出すために、彼は何度か挙手跳躍《ジャンピング・ジャックス》をした。エクササイズを終えると、あのトロフィーは処分しなくてはいけない、と自分に言い聞かせた。とにかくどこかに隠さなくては。そう考えると、胸がいっぱいになった。死別の悲しみとはこんな感じのものなのではないかと彼は想像した。

＊

「うまくいったわよね」翌朝、マイラがまた言った。「わたし、ほんとにヘンが好きだわ」

「あの人の作品を見てみたいね」マシューは言った。

「でしょう？〈工房公開〉に行きましょうよ。いつだかわかる？」

マシューは携帯で〈工房公開〉がいつの週末なのか調べた。一方マイラは、朝食を作るために冷蔵庫からいろいろ取り出しはじめた。それは、ふたりの数少ない習慣のひとつだ。日曜の朝は、温かな朝食をたっぷりと食べる。

スクランブルエッグと、昨夜の残りのマッシュポテトで作ったハッシュブラウンを食べたあと、マシューはマイラに、教案を作らなくてはならないと言い、書斎に入ってドアを閉めた。彼はしばらく暗い室内に立って、呼吸しながら、この部屋にいたときのヘンの姿を思い浮かべていた。彼女は小柄で、黒っぽくて、綺麗だった。茶色の髪に、大きな茶色の目をしていて、顔立ちは少し小妖精っぽかった。自分がダスティン・ミラーに何をしたか、彼女が知っているのだと思うと――たとえ疑っているだけだとしても――彼は恐怖感と、恍惚感《こうこつかん》に似た何かとでいっぱいになった。そもそもフェンシングのトロフィーを取っておいたのは、このためだったのかもしれない。誰かに自分のしたことを知ってほしかったからなのかも。

彼はトロフィーを手に取った。これは処分しなくてはならない。その点は明らかだ。だが、本当にいま処分しなくてはならないのだろうか？　警察はきょう、うちに来るのだろうか？　可能性はある。では、デスクの引き出しにしまってある、あの彫刻入りのライターはどうする？　あれをボブ・シャーリーに結びつける者はいるだろうか？　悲しみの震えがマシューの身内を駆け巡った。大切な宝物をすべて処分しなければならないとしたら、それはあの新しい隣人のせいだ。彼はゆっくりと鼻から呼吸した。するとそのとき、記念品を家の外にやり、なおかつ、自分の人生から完全に放逐せずにすむ方法が頭に浮かんだ。

マシューは地下室に行き、手ごろな大きさの段ボール箱を見つけた。書斎にもどる途中、彼はマイラのそばを通り過ぎた。彼女はヨガパンツと古いTシャツに着替えていた。

「散歩に行くの？」彼は訊ねた。

「ううん、テレビのいつものヨガをやるの。その箱、何にするの？」

彼は、ここ何年かで溜め込んでしまった歴史の教科書の一部をサセックス・ホールに返したいのだと話した。

「きょう学校に行くつもり？」マイラは訊ねた。

「そうしようかと思ったんだ。出かけてもいいかな」

「きょうは日曜なのよ。明日、持っていけばいいでしょ」

「実は、向こうでいくつか教案も仕上げられればと思ってるんだよ。ホワイトボードに日付を入れたりね」

マイラは肩をすくめた。

「よかったら一緒においで。あとで池のまわりを散歩してもいいし」

「そうね、考えておく」マイラはそう言って、リビングに向かった。マシューは彼女を見送った。彼は昔からマイラの歩く姿が好きだった――一歩ごとに軽く爪先立ちになるその足の運びが。五歳から十三歳まで、自分はバレエのことしか頭になかったとマイラは言う。ところが、身長が五フィートを超えなかったことで、彼女の夢は潰《つい》えたのだ。高校時代、彼女は体操をやっていた。そしていまもバック転ができる。

書斎にもどると、マシューはジュニアオリンピックのあのフェンシングのトロフィーを新聞紙にくるみ、箱の底に置いた。つぎに、ボブ・シャーリーのライターと、ジェイ・サラヴァンのBMWから奪った〈ヴァルネ〉のサングラス、最後に、アラン・マンソーのものだった少年っぽいぼろぼろの本、『宝島』も入れた。

さらに、書斎のあちこちから何冊か、歴史の教科書（どの授業でも、もう使わない本）を見つけ出し、四つの記念品の上に積み上げた。そうして、箱の蓋《ふた》をテープで留めると、そろそろ出かけると伝えるため、マイラのところに行った。

彼女はちょうどヨガを終えたところだった。リビングは暑く、彼女の汗のにおいがしたが、不快な感じはしなかった。

「そろそろ行くよ」マシューは言った。「待っていようか？」

「ううん、いい。うちでやることがいっぱいあるから。そっちはどれくらいかかるの？」

「そんなに長くはかからないよ」マシューはそう言って、車のキーとサングラスを取った。

彼はしばらくホワイエに立ったまま、忘れ物がないかどうか考えていた。そうしているとき、彼は気づいた。ヘンと彼女の夫のロイドが自宅の前にいるかもしれない。あるいは、窓から外を見ている可能性もある。あのふたりは、どこかに行くと言っていた。だが、もしすでにもどっていて、隣家の男が段ボール箱を持って出かけるのを目にしたら？　そいつがトロフィーを始末しようとしているのは、明らかなのではないだろうか？　幸い、彼の家の私道は、あの夫婦の家とは反対の側にある。玄関を出てから車のほうに曲がるまで、こちらの姿が見える時間はせいぜい十秒だろう。その程度のリスクなら冒してもいい。

外は暑く、九月の末というよりむしろ真夏のようだった。道の向こうでは、ジム・ミルズが、前回やってからまだ数日だというのに、また芝生を刈っていた。あたりには刈った草とガソリンのにおいがたちこめており、マシューは少し気分が悪くなった。子供時代、うちの裏の芝刈りは彼の仕事だった。そのときはいつも鼻水が出たし、芝刈り機の震動で両手がかゆくなった。また、雨の日は刈った草が芝刈り機の下に溜まり、脛《すね》にも貼りついたものだ。

彼はフィアットに乗り込んで、エアコンをつけた。段ボール箱は隣の助手席に置いた。芝刈り機のにおいに気をとられていたため、箱を持った姿をヘンやロイドに見られる心配はほとんどしなかった。うしろめたげにあの夫婦の家のほうに目をやらずにすんだのは、おそらくよいことなのだろう。

サセックス・ホール校までは車で二十分かかる。それは約七百人の学生をかかえる私立高校で、生徒の半数は寮生、残りの半数はマサチューセッツ州のこの近隣の富裕な町から通学している。学校は丘の上に建てられており、その校舎群は、比較的新しい体育館をのぞいて、すべて前世紀の変わり目に造られた煉瓦《れんが》の建物だ。マシューは教師の仕事が必ずしも大好きとは言えない。しかしゴシック様式の寮や、特に何派ということもない石造りのチャペルがある、サセックス・ホール校のキャンパスは大好きだった。きょうは日曜であり、どこにでも駐車できるのだが、彼は教職員用のスペースに車を駐めた。そうして、自分の鍵で裏口からウォーバーグ館に入ると、まっすぐに地下に向かって階段を下りていった。授業外の仕事のひとつとして、マシューはずっと歴史の教科書の管理を担当してきた。それらの本のほとんどは、その地下にいくつかある、閉ざされた収納スペースの一室の棚に収められている。しかし彼は、地下のもっと古いエリアに入る鍵も持っていた。そこには、卒業式で使う予備のローンチェアが詰め込まれている。その向こうには、不要になった備品（主に黒板、それと古い学習椅子）も。また、いちばん奥の隅には、食堂の昔のカトラリーが入った箱がひと山あった。マシューが記念品の箱をすべりこませたのは、その場所だった。こうしておけば、いじられることも、見つかることも絶対にない――仮に誰かが彼の記念品をさがしていたとしてもだ。そして仮に見つかったとしても、記念品の指紋は残らず拭《ふ》いておいたし、古い教科書も全部調べて、自分の名前が入っていないのを確認してある。

上の階にもどり、教職員用のトイレで手を洗ったあと、マシューは自分の教室に行き、その週の授業プランに取り組んだ。いま行っている授業の大半は、すでに何十回もやっているが、今学期、彼は冷戦をテーマとした上級セミナーを受け持つことに同意しており、その内容に磨《みが》きをかける必要があった。今週、セミナーでは大戦後の再編を扱うことになっている。

デスクに向かって一時間ほど経ったころ、彼はギーッという大きな金属音を耳にした。裏口のドアの開く音だ。おずおずと問いかける声がこれにつづいた――「誰かいますか？」

マシューは薄暗い廊下に出て叫んだ。「はーい」

ミシェル・ブラインが階段をのぼってきた。「ああ、よかった。休みの日に、ここにひとりでいるのはいやなんです。なんだか気味が悪くて」

ミシェルの姿を見ても、マシューは驚かなかった。彼女はこの仕事に就いてまだ二年目の新人教師だ。そして彼は、最初の一年を彼女が切り抜けたことに驚嘆していた。内気で、気弱で、生徒らが歴史に興味を抱くと本気で信じているこの女性は、最初の一年間、ずっと元気がなく、よく泣いていた。マシューはミシェルの世話係を引き受け、自分の授業プランや生徒指導のコツを彼女に伝授し、春学期の終わりごろには、ろくでもない彼氏のことで相談に乗るなど、彼女の私生活についても意見を述べるようになっていた。

「よかった。パニックを起こして日曜に出てきたのは、わたしだけじゃなかったのね。早くもわたしはだいぶおくれを取ってるんです」ミシェルはマシューのあとから彼の教室に入ってきた。彼女はジーンズをはいていた。これは、彼女が授業では絶対に身に着けないものだ。だが、いちばん上までボタンがかかったその黒いブラウスには、見覚えがあった。彼女は授業でもときどきそれをスカートに合わせて着ている。

「土日にここで過ごすのもいいもんだと思わない？」

「ひとりきりだと、いやなんですよね。先生はいつまでいらっしゃるんです？」

「実は、そろそろ帰ろうかと思っていたんだ」

「ええっ、そんな」ミシェルはバックパックのジッパーを開けながら言った。「これをざっと見ていただけません？　二年生の授業にどうかと思っているんですけど」

生徒たちに模擬憲法を作らせるというその授業プランにマシューが目を通したあと（「まず最初に本物の憲法を教えたらどうだろう」と彼は助言した）、ミシェルはただちに、彼氏のスコットの新たな逸話を話しだした。二日前の晩、彼はバンド仲間とライブをやり、朝の三時まで帰ってこなかったという。ミシェルは朝、スコットがまだ眠っている隙に、彼の携帯を見ようとしたが、彼はパスコードを変えていた。

「なんだか怪しいね」マシューは言った。

「そうでしょう？　絶対、浮気してますよね？」

「あなたが問い質《ただ》したとき、彼がなんと言ったか、正確に教えてもらえるかな？」

マイラにはすでに少し遅くなると携帯メールで連絡していたので、マシューはデスクの椅子に寄りかかって、自分が非常に得意としていることをした。つまり女の話を聴いてやったのだ。

第三章

日曜日、ヘンは、警察のホットラインに電話をしようか、と考えた。あるいは、ダスティン・ミラー殺人事件（あれはもう二年半も前なのだ）の捜査主任に連絡を取れるかどうかやってみようか？　しかし警察に知らせるとすれば、当然、ロイドに言わねばならない。それはまだしたくなかった。

そこで、コーヒーと朝食のあと、ロイドがランニングに出かけると、彼女はノートパソコンの前にすわり、検索エンジンに〝ダスティン・ミラー〟〝死亡〟と打ち込んだ。画面上に一連の記事が現れるなり、吐き気と興奮が押し寄せてきた。三年前、ヘンは、ロイドが転職してふたりの健康保険が変わったとき、新たに見つけた精神薬理学者のすすめに従って、薬を切り替えた。このことは彼女を躁《そう》の病相期へと送り込み、その間、山ほど仕事ができたというプラス面があった一方、彼女は当時の家の近くに住んでいた男、ダスティン・ミラーの殺人事件にとりつかれてしまった。自宅と同じ通りに立つあのヴィクトリア朝様式の家から、救急隊員が死体袋の載った担架を押して出てきたとき、ヘンはなんと、ケンブリッジのその地区、ヒューロン・ヴィレッジを歩いていたのだ。彼女は足を止めて目を凝《こ》らし、新たなパトカーや覆面の警察車両、さらには、グレイのスーツを着た長身の男ふたりが到着するのを見守った。

その夜、この事件はニュースになった。ボストン大学を卒業して間もない男性が自宅で遺体となって発見され、殺人の疑いがあるという。最初のうちはロイドも、ヘンが現場付近にいたことに衝撃を受け、彼女と同程度に興味を持っていた。しかし時が流れ、詳細が明らかになり、〝有力な手がかり〟がありながら、警察がひとりの容疑者も挙げられなかったことがはっきりすると、ヘン自身のこだわりはますます強くなっていった。彼女は警察の発表のひとつひとつを熟読し、一日に何度もあの薔薇《ばら》色のヴィクトリア朝様式の家のそばを歩き回った。押し入った形跡はなかった。そのことからヘンは、ダスティンを殺した人物はおそらく彼の知り合いだろうと思った。ダスティンは椅子に縛りつけられ、頭にビニール袋をかぶせられた状態で発見されている。袋はダクトタープで留めてあり、彼は窒息《ちっそく》死したのだった。家からなくなっている物も何点かあった。ダスティンの財布、ノートパソコン、それに、彼がフェンシングのジュニアオリンピックで獲得したトロフィーだ。ダスティンはボストン大学ではフェンシングをやっていなかった。やっていたのは、テニスだ。だが、六学年から十二学年まで在籍したボストン郊外の私立校、サセックス・ホール校では、フェンシングの選手だった。

ダスティンはフェイスブックのページを遺《のこ》しており、ヘンは何時間もそれを見て過ごした。

ダスティンの以前の投稿や写真だけでなく、彼の死後の友人たちの書き込みも。それらのコメントのほとんどは、ダスティンの最後の投稿、本人の撮影した彼の住む通り（ヘンの住む通り）の写真に寄せられたものだった。花盛りの梨の木々、すじ雲の走る薄紅色の空。写真の片隅には、歩み去っていく短いスカートの女のうしろ姿が写っている。キャプションは――「新居の通り、最高」ヘンはその真意をつかもうとしながら、落ち着きなく歩き回った。彼は単に、花盛りの木々や、美しい家々や、春の空気のことを言っているのか、それとも、写真に映り込んだ脚の長い若い女のことを言っているのだろうか？

「あなたは男だものね、ロイド。彼はこの写真で何が言いたいんだと思う？」

フェイスブックのそのページを五秒ほど見て、ロイドは言った。「どうでもいいんじゃない？」

「彼はおそらく殺される数時間前にその写真を撮っているのよ」

「この写真が何か、彼が殺されたことに関係あるって言うの？」

「ううん、そうは言ってない。ただね……なんだか気持ち悪くない？」

「そうだね。すごく気持ち悪い。だから僕は、四六時中そのことばかり考えたり話したりしていたくないんだ。きみもやめたほうがいいと思うよ」

図書館の本を自分で選べる年齢になって以来、ヘンにはずっと病的な傾向、死への異常な関心があった。これがマイナスだとはヘンは少しも思わなかった。高校時代、彼女は自身の暗い不穏なイラストによって何度か美術の賞をもらっているのだ。だがカムデン大学に入学した年、ヘンは初めて躁病の病相期を経験し、過剰な自信が暴走する期と激しい不安に襲われる期とを超高速でぐるぐる循環した。彼女は眠ることができず、夜更かしをして、以前に見た「ツイン・ピークス」シーズン1のDVDを強迫的に見つづけた。また、明けがたに眠り込んでは、午前の授業を逃すようにもなった。絶えず不吉な考えを抱き、死にまつわるイメージで頭を沸き返らせ、凝った手法で自殺することを夢想したり、血が出るほど爪を嚙んだりもした。このころ大学では、同じ寮の新入生、セアラ・ハーヴェイがインフルエンザに倒れるという出来事があった。症状がひどくなり、セアラはその学期のあいだ実家にもどらざるをえなくなった。ウィンズロップ寮には、セアラのルームメイトのダフニ・マイヤーズがセアラを悪化させようとして、部屋の窓をわざと開けっぱなしにしたのだという噂が駆け巡った。ヘンはダフニにとりつかれ（新入生オリエンテーションの初日に出会った瞬間から、この女は気に入らなかったのだ）、ダフニは単にセアラを悪化させようとしただけではない、ルームメイトを殺そうとしたのだ、と信じ込んだ。この考えは完璧に理にかなっていた。冷たい目をした背の高い金髪のダフニ、心理学専攻のあの女は、サイコパスなのだ。

ヘンは、自分の務めはダフニにまつわる真実を暴くことだ、と判断した――それこそが、まさにこの時期に自分がカムデン大学に送り込まれた理由なのだ、と。彼女は常時、ダフニを監視するようになり、監視すればするほど、ダフニは悪人であるという彼女の考えは強まった。一方、ダフニは（非常に怪しい、とヘンは思ったが）ヘンに対して日増しに友好的になっていった。そして十一月、彼女はヘンに、専攻を心理学から芸術に切り替えるつもりだと打ち明け、どの教授がいいと思うか訊ねた。彼女は自身の作品のひとつ、ペンで描いた素描をヘンに見せた。ヘンにはその絵が厚かましくも自分の作風をそっくりまねたものに見えた。それは意図的な挑発だった。ヘンはまず指導教授のもとに、次いで地元の警察に行き、ダフニ・マイヤーズに命を狙われている気がすると訴えたうえ、ダフニがすでにセアラ・ハーヴェイの殺害を試みていることも話した。どちらの面談においても、ヘンはヒステリックに泣きだしてしまった。両親に知らせが行き、ヘンの母が訪ねてくることになったが、この訪問が実現するより早く、ヘンは朝の三時に、不安に肌をぴりつかせ、恐ろしい妄想の電動丸鋸《まるのこ》と化した頭をかかえて、ぶかぶかのTシャツ一枚で寮を出、ダフニの部屋の窓に敷石を投げつけるという行為に及んだ。ダフニが割れた窓から外をのぞくと、ヘンは彼女に襲いかかり、その際にぎざぎざのガラスの破片で手首に切り傷を負った。ヘンは緊急治療室で手当てを受け、その後、精神病院に収容されて十日間、入院したすえ、双極I型の診断と、ダフニ・マイヤーズの半径五百ヤード以内に立ち入ってはならないという禁止命令を下されて退院した。また、彼女は暴行罪で告訴された。

弁護士であるヘンの父は、ダフニ・マイヤーズの家族を説得し、訴えを取り下げさせようとしたが、彼らはこれを拒否した。最終的に、引きつづき精神科で治療を受けることと、地域でのボランティアを行うことにヘンが同意し、司法取引が結ばれた。彼女はまた、カムデン大学を去ることと、ダフニに二度と接触しないことにも、喜んで同意した。ヘンの父は証言を封印するよう求め、判事もこれに同意したが、地元の報道機関のいくつかはすでにこの話を嗅ぎつけていた。ダフニの名誉のために言っておくが、彼女は記者たちに一切話をしなかった。もちろんヘンのほうもだ。そして、〝カムデン大学女子新入生、死を招くいがみあい〟と銘打った特集記事がひとつ出たものの、やがてこの一件は忘れ去られた。

「統合失調症だとばかり思っていたわ」ヘンを車に乗せて、ニューヨーク州北部に引き返す道々、母は言った。「おじさんのことがあるからね。でもあなたはこの一族の他のみんなと同じで、ただイカレているだけだったのね」母は笑い、それから、謝った。これは本当の話だ。

家にもどって一年後――落ち込んだ穴があまりにも深く暗かったため、二度とふたたび喜びを感じることなどないものと思って過ごした半年と、徐々に正常にもどっていった半年のあと――ヘンはニューヨーク州立大学オネオンタ校に入学した。教授のひとりが彼女に彫刻を教えたのは、その大学にいたときだ。ヘンは人生の目的を見つけたような気がした。

ロイドは、カムデン大学におけるヘンの初年度そのものと言うべきあの無惨な失敗のことをすっかり知っており、ダスティン・ミラーの死に対する彼女のこだわりがエスカレートしはじめると、その話を持ち出した。

「これはちがうでしょ」胸と首の肌をいらだちに赤く火照《ほて》らせ、ヘンは言った。

「どうちがうの？」

「今度のは実際に起きた事件だもの。それも、うちの前の通りで。わたしは誰かにからもうとしているわけじゃない。妄想にとりつかれてもいないし」

「でも、いまきみは軽い躁になってるよ。僕にはわかる」

後に、事態が悪化すると、ヘンはこう思うようになった――自分に対して〝躁〟という言葉を使ったとき、ロイドはなんらかの魔法のボタンを押してしまったのだ。それがあの三カ月のプロセスを始動させたのだ。その期間中に、彼女はダスティン・ミラーとの関連をさがして、ニューイングランドのありとあらゆる未解決事件を調べるようになった。また、パートで働いていた画材店で、シフト・マネージャーと口論になったのもその時期だった。彼女は仕事に出るのをやめ、フルタイムのアーティストになるとロイドに言った。ロイドは、なんとかやっていけると思うと言ったが、辞めるという連絡くらいは店に入れるようすすめた。

「いつか照会先が必要になるかもしれないからね」彼は言った。「この橋は焼き払うべきじゃないと思うよ」

「あなたの言うとおりだね」ヘンは言ったが、どうしても店に連絡する気にはなれなかった。

彼女はただ外に出かけるのをやめて、仕事と未解決殺人事件の調査に没頭した（このころには手がかりを求め、ニューイングランド圏外にまで目を向けていた）。そして十一月のある日、ヘンは寝過ごし、混乱状態で目を覚ました。体は痛み、創作意欲はすっかり消え失せていた。ロイドが帰宅したとき、彼女はまだベッドにいた。彼はヘンと話そうとしたが、彼女は泣くばかりだった。

「ちゃんと切り抜けられるさ」ロイドは請け合った。「でもひとつ僕のお願いを聞いてほしいんだ。いい?」

「いいよ」

「もし死にたくなったら、必ず僕にそう言って。何があろうと、僕を置いてっちゃいけない。生きていてくれなきゃ」

ヘンはロイドに、彼を置いていったりしないと約束し、最後までその約束を守った。二カ月間、ヘンは恐怖と不安の世界で暮らした。頭に浮かぶのは自殺の方法ばかりで、他には何ひとつ建設的なことは考えられなかった。しかし彼女はロイドに約束したのだ――心の底では、自分などいないほうが彼は幸せなのだとわかっていながらも。ついに、ノースショアまで車を走らせ、海に入って死のうと思い、車の運転席に乗り込むところまで行ったある日、ロイドが仕事から帰ってくると、ヘンは彼に、病院に入りたいと言った。その夜、彼はヘンを車に乗せ、緊急治療室に連れていった。

ヘンは精神科病棟で二週間過ごし、その後さらに二週間、通院で治療を受けた。新しい混合薬を服用するのとともに、電気ショック療法も受けた。彼女はよくなったと感じはじめた

——ただちにではなく、時が経つにつれて。自分のかつての世界（創作、友達との交流、旅行の計画への意欲）がよみがえってきた。時とともに、あの恐ろしい病相期は遠のき、過去のものとなった。彼女はこなしきれないほどたくさんイラストの依頼を受けていた。ダスティン・ミラーや未解決殺人事件一般への偏執的なこだわりも消えた。電気ショック療法のメリットのひとつは、病相期全体の記憶が霞《かす》んでしまい、その一部は完全に消えてしまうことだった。彼女とロイドは、それまでずっと子供を持つことを検討してきたが、このとき最終的に子供は持たないと決めた。その代わり彼らは、郊外のどこかにもっと大きな家を見つけて、ケンブリッジから引っ越すことにしたのだ。

ヘンは、マグカップのなかの冷めてしまったコーヒーを飲み終えた。ダスティン・ミラーの事件を見直した結果、新しい隣人こそダスティン殺しの犯人であるという確信は前夜以上に深まっていた。彼女が読んだものの大半は古いニュースだったが、なかには、〈ボストン・グローブ〉紙に七月に掲載された未解決殺人事件の大きな特集記事もあった。それはヘンがへとへとになりながら引っ越しの手配をしていた時期で（「僕たちはもう二度と引っ越しはしない、了解？」とロイドは言った）、どういうわけか彼女はそれを見逃していた。その記事に新たな情報がたくさんあったわけではない。しかしそこには、ダスティンのサセックス・ホール校時代の話がいくつか載っており、そのひとつは、彼が同校の学生に対する性的暴行で訴えられたというものだった。この事実はヘンが忘れていたか、最近になって明らかにされたかだ。いや、と彼女は思った。こういうことを忘れるわけはない。絶対にありえない。これですべてが収まるところに収まった。その性的暴行といわれるものは、同年、ミズーリ州セントルイスで開催されたフェンシングのジュニアオリンピックの期間中に起きている。サセックス・ホール校の教師である彼女の隣人、マシュー・ドラモアは当然、ダスティンを知っていたはずだ――おそらくダスティンを教えていたのではないか。マシューはたぶん、その性的暴行――結局、立証されなかった犯罪――が事実であることを知っていたのだろう。そして五年後、彼は復讐心または正義感からダスティンを殺害し、フェンシングのトロフィーを奪った。なんだか馬鹿げた話だが、同時に大いにありうることだ。それでも、あのトロフィーをもう一度見て、日付と順位が合っていることを確かめる必要はある。警察にはそのあとで連絡しよう。それは義務なのだから。なんなら匿名《とくめい》で電話してもいい。

ヘンはパソコンをシャットダウンすると、網戸付きのフロントポーチに出て、隣のドラモア夫妻の家のほうを眺めた。私道に車は駐まっていない。こちらの家と同じく、その私道の先にも車が一台入るガレージがある。しかし彼女は、前夜、黒っぽい小振りの車をそこで見たのを覚えていた。さて、フェンシングのトロフィーに関する真実をさぐり出すには、どうすればいいのだろう？　マシューとマイラの留守中、家に忍び込めるかどうか挑戦するとか？　いや、それよりは、マイラにもう一度、招いてもらうほうがいい。彼女にEメールを送ったらどうだろう？　自宅の内装のヒントを得るためと称し、もう一度、家のなかを見せてもらえないかとたのんだら？　二軒の家はそっくり同じ設計なのだし。

外は暑かった。家のなか以上の暑さだ。ヘンはセーターを脱ぎ、ロッキングチェアにすわって、太陽に顔を向けた。ロイドがもどったとき、彼女はその場所にいた。走ってきたため、彼は汗を滴《したた》らせ、荒い息をしていた。

「僕はここが好きだよ」ポーチの手すりにつかまって、脚のストレッチをしながら、彼は言った。

「この家が？　それとも、この町が？」ヘンは訊ねた。

「どっちも」彼は言った。「きみはどう？」

「わたしもどっちも」彼女はそう言って、立ちあがった。暖かな風はバーベキューのにおいを含んでおり、ヘンは急に空腹を覚えた。

第四章

マイラがマシューの書斎に来ることはめったにないのだが、日曜の夜、彼はそこで彼女を見つけた。マイラは歯を磨きながら、棚に並ぶ本を見ていた。

「何か読むものがほしくて」言葉とともに、その唇から小さな泡の粒が飛んだ。「ごめん」

彼女は書斎から出ていった。

もどってきたとき、歯ブラシは消えていた。髪はうしろへ流してヘアバンドで押さえてあった。まったくのノーメイクだが、毎晩、顔に塗るモイスチャライザーで肌はつやつや輝いていた。

「これなんかどう？」マシューは『大聖堂』を彼女に渡した。

「長すぎるかな」マイラは言った。「それに、ほしいのはペーパーバックだし」

「何時の便だっけ？」マシューは訊ねた。彼女が翌日シャーロットに行くことをいま思い出したのだ。

「午後の三時よりあと。午前中いっぱいは自由の身よ」

「『時の娘』は読んだ？」マシューはかなり傷んだ古いペーパーバックを手渡した。カバーのイラストは、倒れたチェスの駒、キングだ。

「どういう話なの？」

「ミステリーだよ。リチャード三世の話なんだ」

「うん」マイラは言った。「いいんじゃないかな。小さいし」彼女は扉のページを開けた。

「クリスティン・トゥルーズデイルって誰？」

「知らないよ。古本を買ったんだ」

マイラは、その書き込みを読みあげた。「『クリスティン・トゥルーズデイル。一九九九年三月十七日読了。星5つ』何はともあれ、この人はこれが好きだったわけね」
「きみもきっと気に入るよ。すごくいいから」
「ねえ、あのトロフィーはどうしたの?」マイラが言った。彼女は、ダスティン・ミラーのトロフィーが中央に飾られていた炉棚を見ていた。マシューは、大英博物館で買った台座付きのロゼッタ・ストーンの複製を代わりにそこに置いたのだ。

彼は言った。「飽きてしまったってことかな。別のに替えてみようかと思ってね」

マイラは進み出て、ロゼッタ・ストーンに手を触れた。「お隣のヘンはあのトロフィーにすごく興味を持っていたよね。あなた、気がついた?」

「いや、気がつかなかったよ」

「たぶん彼女もフェンシングをやるのよ」

そのあと、ベッドのなかでふたりはそれぞれ本を読んだ。マイラが『時の娘』を読みはじめたのに対し、マシューは『遠い鏡』を読み終えようとしていた。彼がこの本を読むのはおそらくもう三度目だろう。歴史はすべて大好きだが、中世ほど彼の心を揺さぶるものはない。死の遍在、命の安さ、あの時代の生々しさと活気には、何か魅力的なものがある。

「あの人たちとまた会うことになると思う?」突然、マイラが言った。

隣の夫婦の話、ロイドとヘンの話だとわかっていながら、マシューは訊き返した。「誰と?」

「ヘンとロイド。お隣のご夫婦」

「そりゃ会うだろう。しょっちゅう。すぐ隣なんだから」

「どういう意味かわかってるでしょ。おつきあいするかどうかってことよ」

マシューとマイラが口論することはまずない。ふたりとも決して好戦的なタイプではないから。しかしマイラは、自分たちにもっと友達がいたらと願っており、始終その話を持ち出した。ふたりが子供を持とうと積極的に努力していたころは、そんな話はまったくしなかったが、近ごろはその件を持ち出す――彼らが子供をあきらめてからは、かなり頻繁《ひんぱん》に。

「どうかなあ。あれは最高の夜とは言えなかったし」そう言ったとたん、マシューはうしろめたさを覚えた。

「え？　そうなの？」

「楽しかったよ。申し分なかった。ただね……ビビッと来たとは言えないな」

マイラはこめかみを指でさすった。「わたしはヘンにビビッと来た。ほんの少しね。彼女は実に興味深い人だわ。そう思わなかった？」

「思ったよ。きみは彼女とつきあうべきだね。何もかも夫婦そろってする必要はないんだから」

「わかってる。でも、もしうまくいったら、すてきでしょうね」

「そのうち彼女をランチに誘ってみれば？」マシューは言った。

「あなたはロイドが大好きではないわけね？」

「そうする」マイラはそう答え、その後、付け加えた。「あなたはロイドが大好きではないわけね？」

「うーん」マシューは言った。「いい人だとは思う。ヘンならもっといい男がいそうな気はするけどな。彼は実にラッキーだよ」

「あなたはいつもそう言うじゃない」

「それはたいてい正解だしね」

ふたりは読書にもどった。いつもどおり、マイラが先にベッド脇のテーブルに本を置き、ランプを消して、マシューに身を寄せた。「あなたがいなかったら、わたしはどうなっていたかしらね」毎晩――少なくとも、ふたりがベッドをともにするときはいつも言うように、マイラは言った。それは彼女のおやすみの挨拶なのだ。またそれは一種の祈りでもある、とマシューは思う。彼は一度、マイラにそう言いかけたが、それではまるで自らを神とみなしているように聞こえてしまうことに気づいた。

マシューはマイラが眠りに落ちるまで本を読みつづけた。これには、ほんの十分ほどしかかからなかった。マイラはいつも寝返りを打って反対を向き、その呼吸は遅くなる。そして多くの場合、彼女は何かぶつぶつとつぶやくのだ。マシューは本を閉じて、自分の側のランプを消し、あおむけになった。部屋は薄暗く、人生の最初の十七年間、彼が寝ていた寝室とちがって、完全に真っ暗になることはない。彼の頭は冴え切っていた。眠りへのプロセスに入るときは、いつもそうなのだ。それは一日のなかで彼が特に好きなひとときだった。彼はどれを選ぼうか——眠りに落ちていきながら、どの物語を自分に語り聞かせようかと考えた。近ごろそれは、ふたつのうちのどちらかだ。ひとつめの物語では、マシューは時を遡《さかのぼ》る——ほぼぴったり一年前まで。その日、彼はニュージャージーまで車を走らせ、ボブ・シャーリーをあの男が妻に秘密にしているアパートの部屋で殺害した。マシューの父の友人でもあった町の行政委員、ボブは年老いて弱っており、マシューはその胸に膝《ひざ》を乗せて、口と鼻を押さえつけたのだ。彼が最近、自分に語り聞かせているもうひとつの物語は、同僚の教師ミシェルの彼氏とふたりきりになる手が見つかったら、そいつをどうするつもりかというやつだ。それこそ、彼がもっとも頻繁に自分に聞かせる寝る前のお話だった。だが今夜、あのフェンシングのトロフィーに刺激され——また、長い年月を経て、ふたたびそれに触れたときの感覚に刺激されて、彼は古いけれどもなつかしいやつ、ダスティン・ミラーの物語を自分に語ることにした。

コートニー・シェイが、フェンシングの試合でセントルイスに行っていたときダスティンにレイプされたと訴えて以来、マシューはずっとダスティンを殺すことを考えていた。当時いた教師のなかには、あろうことか、ダスティンの肩を持つ者もいたが、ほとんどの教師は双方の話を聴く必要があると言い、態度を保留した。しかしマシューは、一年生のアメリカ史の授業でダスティンを教えたころから、あのくそ生意気なチンピラに軽蔑の念を抱いており、やつが有罪であることはわかっていた。また、いつの日か自分が正義を行うことも、マシューにはわかっていた。時は彼の味方だった。常にそうなのだ。そしてボストン大学卒業後、都合のいいことに、ダスティンはケンブリッジの自宅、親に借りてもらっているにちがいないアパートの住所をフェイスブックに載せた。

晩冬から初春にかけて、マシューはヒューロン・ヴィレッジに出かけては、ダスティンを監視して過ごした。彼がそれをするのは、マイラが出張で家にいないときだけだった。彼は冬場よくやるように髭《ひげ》を生やし、ベレー帽をかぶっていた。ダスティンにはっきり顔を見せたことは一度もなかった。いちばんきわどい瞬間は、ある夜、〈ヴィレッジ・イン〉にいたとき訪れた。それは、ケンブリッジのその界隈にある唯一のバーで、ダスティンが木曜の夜、よく顔を出す店だった。そのときマシューは奥のブース席でジンジャーエールを飲んでいた。するとそこへ突然、ダスティンが入ってきたのだ。明らかに誰かをさがしているらしく、彼は店内のお客全員に目を走らせた。さがしているのは女――特定の相手か、落とせそうなやつのいずれかだった。彼はカウンター席に落ち着き、ビールをオーダーすると、壁の角部に掲げられたテレビでホッケーの試合を見はじめた。

このきわどい出来事は、自分の元生徒の殺害方法に関して、マシューにひとつのアイデアを与えた。二週間後（マイラはカンザスシティーに行っていた）、彼は木曜の夜を狙ってふたたび〈ヴィレッジ・イン〉に行った。ただし、今回は店内には入らず、道の反対側で車のなかにすわって、〈ボストン・グローブ〉紙のクロスワード・パズルをやりながら、店の入口を見張った。十時前、ダスティンが、ややおぼつかない足取りで、道の向こうからやって来て、〈ヴィレッジ・イン〉のドアをくぐった。

これにつづいたのは、驚異的な幸運の連続だった。一連の出来事を自分に語り聞かせるとき、マシューの肌は張りつめ、呼吸は速くなった。それはちょうど、前に見たサスペンス映画を再度見て、結末を知っていながらなおもドキドキしているような感覚だった。マシューは家々の裏庭にそって進み、誰にも気づかれずに、ダスティンの住む分譲住宅化されたヴィクトリア朝様式の家の裏側にたどり着いた。ダスティンの部屋は二階で、裏手にバルコニーが付いていた。簡単ではなかったが、マシューは一階のデッキの手すりにのぼって、そこからダスティンの部屋のバルコニーに上がった。裏口の鍵がかかっていないよう彼は願っていた。そして実際、鍵はかかっていなかった。手袋に目出し帽という格好で、彼はダスティンの部屋に入った。すばやくあたりを見回してレイアウトを頭に入れ、その後、隠れ場所をさがした。アルコーブのあるクロゼットが理想だったが、住居内のふたつのクロゼットはどちらもガラクタがぎっしり詰め込まれていた。ダスティンはよくかたづいた自宅を偽装するペテン師どもの一員なのだ――その部屋は、持ち物すべてが見えないところに押し込んであるために、かたづいているにすぎない。マシューはダスティンのベッドの下に隠れた。そして、ダスティンが帰宅時ひとりであるよう願いつつ待った。

ダスティンはひとりで帰宅しただけでなく、酔っ払って帰宅した。ベッドの下のマシューには、玄関のドアがバタンと閉まる音と重たい足音が聞こえた。そのあとダスティンは寝室のすぐ隣のトイレに入り、長々と勢いよく放尿した。彼は独り言を言っており、マシューには、彼が膀胱《ぼうこう》を空《から》にしながら、長く引っ張って「まったくよお」と言うのが聞き取れた。そのあと、ダスティンはリビングに行った。マシューはテレビをつける音がするものと思っていたが、なんの音もしなかった。あたりはしんとしていた。

マシューは自らに、少なくとも一時間、待つことを課し、その後、ベッドの下から這い出すと、バックパックを携《たずさ》えて、忍び足でリビングに入った。

ダスティンはリクライニング・チェアで酔いつぶれていた。服は着たままで、一方の手には、テレビをつけるつもりだったのか、リモコンが握られていた。まさに願ったりかなったりだ。バックパックには、ダクトテープとスタンガンとビニール袋数枚、それに、ジャックナイフまで入れてあった。もっとも、マシューが何より避けたいのは流血沙汰《ざた》だったのだが。万が一に備え、スタンガンを左手に持って、マシューはダスティンの両脚をリクライニング・チェアの足置きにダクトテープで縛りつけた。そのあいだもダスティンはずっと眠ったままだった。ようやく彼が目覚めたのは、長いテープが胸と左右の上腕部にぐるりと巻かれてからだ。「なんだよ、これ?」ダスティンは言った。マシューは彼に、懐中電灯にもなるスタンガンで電気ショックを与えた。ダスティンが動けずにいるあいだに、マシューは彼の口をダクトテープでふさぎ、さらに頭部をヘッドレストに固定した。それは美しい頭部だった。垂れ下がった金髪、小さなくぼみのある顎、しみも皺《しわ》もない肌。彼は最悪の捕食者、天使の顔をしたやつだった。

マシューは懐中電灯で自分の顔を照らした。ダスティンの目が光に慣れ、そこに理解の色と思《おぼ》しきものが閃《ひらめ》くと、マシューは言った。「これはコートニーのためだ」それから、ビニール袋をダスティンの頭にかぶせ、首のまわりにテープで留めて、彼が死ぬのを見守った。

そのあとマシューは、ダスティンの部屋にしばらく留まり、我が物にすべき品物をさがした。持ち去るものは、すでに決めてあった。強盗に見せかけるために、ダスティンの財布、それとノートパソコンを奪うことは、理にかなっている。だがそういったものは、ただちに処分しなくてはならない。ゴミ容器に放り込むか、何マイルも彼方の埋立地に捨てるかだ。そうではなくて、彼は何か自分のためのもの——取っておけるものがほしかった。ダスティンの寝室で、彼はそれを見つけた。フェンシングのトロフィー。それは〈アックス・ボディスプレー〉の缶とマウスウォッシュのボトルのあいだにはさまれていた。彼は埃《ほこり》まみれのトロフィーを手に取った。するとほのかな光で、それが実際、ダスティンがコートニー・シェイをレイプしたあの遠征でもらったものであることが確認できた。そうして持っているだけで、マシューにはそのトロフィーを自分のものにしなくてはならないことがわかった。

彼は来たときと同じ経路でその場を去った。寒い春の夜のことで、あたりには人っ子ひとりいなかった。彼は車に乗り込み、ウェスト・ダートフォードまで制限速度厳守で運転していった。

なぜか、あの魔法のような夜のことを思い返しているうちに、緊張が解《と》けはじめた。マシューは寝返りを打ってうつぶせになり、一方の手を脚のあいだにはさみこんだ。それが眠りに就くときの彼の好きな姿勢だった。思い出せるかぎり何年も、彼はそうやって眠りに就いている——登山者が岩の露出部《ろしゅつ》にしがみつくように、自分自身にしがみついて。マイラが隣で身じろぎし、何か意味のわからないことをつぶやいた。彼女が明日、出かけることがマシューはうれしかった。たぶんそろそろ本格的に新たな仕事に取りかかる時期なのだろう。前回からもうずいぶんになることだし。それが無理でも、せめてマイラの留守中に弟に会うくらいはできるだろう。これもまた前回からずいぶんになる。マシューは、マイラに好かれていないのを知っているリチャードが、自分にも好かれていないと思うんじゃないか、と心配だった。明日、リチャードに連絡し、時間があるかどうか訊いてみよう。それと、ひとりで食べる夕食にはポークチョップを作ろう。そう、マイラが出かけることが、彼はちょっとうれしかった。彼女が出かけると、彼はいつもうれしくなり、彼女が帰ってくると、やはりいつもうれしくなる。それが幸せな結婚というものじゃないだろうか?

第五章

締め切りが迫っている――児童書の新たな挿画二点の期限が。それでもヘンは、月曜の朝を家の西側にすわって過ごした。少し下絵も描いたが、ほとんどの時間は、窓からドラモア夫妻の家の見える部分を眺めていた。

私道に車は駐まっていない。マシューは彼の車でサセックス・ホール校に教えに行ったにちがいない。ヘンが確認しようとしているのは、マイラが自分の車で出かけるかどうかだ。その車はおそらくガレージのなかにある。眺望のきくこの地点から見えないところに。マイラはもう出かけたのかもしれない。ただヘンは、朝の八時ごろからずっと隣家を監視していたのだが。いずれにしろ、マイラが車で出ていくところを実際に見られれば、あの家に誰もいないことがはっきりする。そうすれば、あの夫婦が勝手口に当たる裏口のドアに鍵をかけたかどうか調べることもできるだろう。そしてもし、鍵がかかっていなかったら？　そう、家に入る、あのトロフィーを見てくる――かかる時間は？　せいぜい三十秒だ。ひょっとすると、あのトロフィーは一九五三年のものかもしれない。その場合は深呼吸して、すべてを忘れることができる。だがもしもトロフィーが、ジュニアオリンピックでダスティン・ミラーが上位になった年のものだとしたら？　いずれにせよ、確かめる必要がある。

ヘンは立ちあがって、少しストレッチをした。彼女は辛抱強いほうではない――昔からずっとそうだった。こうして待つことは骨が折れた。ただ隣家に行って、ドアをノックしてはどうだろう？　もし返事がなかったら、そしてもしもう一台の車がなさそうだったら、ドアが開くかどうか試してみればいい。だがもしマイラが家にいたら？　そのときはなんと言おうか？　まあ、ディナーに招んでもらったお礼を言いに来たのだと言うことはできる。それは奇妙な行動ではあるけれど、怪しいとまでは言えないんじゃないだろうか？　マイラがあとになって夕飯の席で、マシューにこう言うとは思えない――「あの穿鑿《せんさく》好きな隣の女、うちに来てなかに押し入ろうとしたの。でもわたしがいたものだから、ディナーのお礼に来ただなんて下手な作り話をせざるをえなかったのよ」それに、もっといい作り話だってある。マイラに、お宅をもう一度、見せてもらいたくて来た、と言ったら？　自分たちの家の内装のヒントにしたいのだと言ったら、どうだろう？　どこから見ても、この作戦のほうがずっとよい。マイラがうちにいた場合、彼女はたぶん気をよくするだろうし、こちらはもう一度、家のなかを見せてもらえるだろう。そのときは、あらゆるものに大いに興味を示し、トロフィーにたどり着くころには、まっすぐそちらに行って銘を読んでも、怪しく見えないようにしよう。

これはいい作戦であると判断し――いまではむしろ、マイラが家にいてくれるよう願いつつ――ヘンはジーンズと長袖のシャツに着替えて、階下にもどった。玄関に向かう途中、壁際をさっと走るヴィネガーの姿が目に飛び込み、彼女はドキリとした。ロイドの猫は（ロイドになついていて、ヘンのことはただ容認しているにすぎないヴィネガーを、彼女はいつも夫の猫とみなしている）、足を止めてヘンを見た。

「脅《おど》かさないでよ、ヴィネガー」彼女が言うと、猫は哀れっぽくニャアと答えた。

うしろめたくなって、ヘンは地下に下りていき、ヴィネガーの餌《えさ》のボウルをチェックした。それは空っぽだった。トイレもチェックしたが、そちらはいっぱいだった。ヘンはこの問題に対処した。彼女がドライフードを気前よくボウルに注いでいるあいだ、ヴィネガーはめずらしく彼女の足首に体をこすりつけていた。

上にもどったとき、ヘンは猫に邪魔されたとき自分が何をしていたのか、一瞬、思い出せなかった。それから記憶がよみがえった。大きく呼吸しながら、あれが賢い選択なのかどうか再度、考えたが、結局、玄関から外に出て、隣家へと向かった。

呼び鈴《りん》を鳴らしてから、ディナーのお礼に何か（たとえば、マフィンなど）持ってくるべきだったと気づいたが、すでに手遅れだった。ドアが開かれ、そこには笑顔のマイラがいた。

「こんにちは、ヘン」彼女は言った。

「こんにちは、マイラ。急に来ちゃってご迷惑でなければいいけれど。メールしようかとも思ったんです。でも、すぐお隣に住んでいる人にメールなんて、なんだかおかしな気がしたものだから。それで直接、来てしまったの。いま大丈夫ですか？」

「大丈夫よ。どうぞ入って」マイラはドアを押さえた。彼女は、ヨガパンツに着古したニューハンプシャー大学のTシャツという格好だった。

「いきなり押しかけてごめんなさい」ヘンは言った。「運動中でした？」

マイラは歯茎を見せてほほえんだ。「ハハ、ハズレ！　荷造りしていたのよ。きょうの午後、出張に出るから」

「ごめんなさい。どうぞ荷造りをつづけて。また日を改めて来ます」

ヘンは後退しかけたが、マイラはドアを閉めてしまった。「気にしないで。もうだいたいかたづいてる。タクシーは一時まで来ないし。ぜんぜん問題ないわよ。飲み物をお持ちしましょうか？　コーヒーでもどう？」

「実はね、マイラ、うかがったのは、もう一度、お宅を見せていただけないかと思ったからなの。つまりね……土曜日の夜、うちにもどったら、なんだか家のなかがひどく殺風景に見えちゃって。目下わたしは、家をどう設《しつら》えるか、どこに家具を置くか、そんなことばかり考えてるのよ。それで思ったの。お宅とうちは基本的に同じ家なわけだから……」

「なるほどね。喜んでもう一度、お見せするわよ。ちょっと上に行って、着替えてくるわね。そのあとで、全館ご案内します。今回は、退屈してぼーっと見ている男ども抜きで」

「ありがとう。最高」

「ほんとにコーヒーはいらない？　もうできてるのよ。キッチンに。よかったら自分で注いで飲んでね」

マイラは向きを変え、トントンと階段をのぼっていった。ヘンは急に押しかけたことにうしろめたさを覚えた。特に、マイラという人は（土曜日の夜、美しく着飾っていたところを見ると）普段着姿を見られるのをいやがるタイプの女性だろうから。だがここでヘンは思い出した——自分には使命があるのだ。彼女はキッチンに入った。コーヒーはいいにおいがしたし、コーヒーポットのそばには、きれいなマグカップがひとつ置いてあったので、彼女は一杯、注いだ。それは、何かの香りのついたコーヒーだった。ヘイゼルナッツか、バニラ。ヘンが自分では絶対に買わないけれど、人の家で飲むときは楽しめるタイプのものだ。彼女は御影石《みかげいし》のカウンターに寄りかかって、清潔でお洒落なキッチンを眺めた。まるでカタログの写真でも見ているようだった。あらゆるものが、いま現在のキッチンのトレンドにぴったり合っている。コルク床材のフローリングも、サブウェイタイルの跳ねよけパネルも、シンプルな白い戸棚も、ステンレス製のキッチン用品も。ヘンの家のキッチンにあるのは、凝った装飾の田舎風の戸棚と、おそらく昔は白かったであろうリノリウムの床、それに、辛子色《からし》の冷蔵庫だ。ヘンはその年代物っぽい冷蔵庫が実は大好きなのだが、それ以外のものは蔑《さげす》んでいた。いずれにせよ、仮にキッチンの模様替えをするとしたら、彼女ならマイラよりもっと大胆にやるだろう。

「ああ、よかった。コーヒー、飲んでるのね」マイラがキッチンに入ってきた。彼女は本当に着替えたとは言えなかったが、Tシャツの上にスウェットシャツ（これもニューハンプシャー大学のロゴが入ったやつ）を着ていた。家のなかは寒くない。だからヘンはすぐに、マイラは慎《つつし》みを見せ、着古しのTシャツで肌が露出するのを防ごうとしているのだと思った。

「ええ、いただいています。とってもおいしい。きょうはこれからどちらに？」

ほんの束の間ためらってから、マイラは言った。「ノースカロライナのシャーロット」

「ああ」その町について言うべきことが何も頭に浮かばず、ヘンはただそう言った。

「実はね、自分がどこに行くのかほとんど忘れていたの。どこだって同じなんだもの。泊まるのはいつも空港に近い〈マリオット〉。〈チリズ〉（カジュアル・ダイニングのチェーン）か〈アウトバック〉（ステーキハウスのチェーン）のすぐ横と決まってる」

「それがいやなの？」

「いいえ、大好き。ただね……わくわくするようなことじゃない。出張が多いと言うと、みんな、飛行機で飛び回って、華やかに活躍してると思うのよね」

「前にも教えてもらったけど、扱っているのは……教育ソフトでしたっけ？」

「そう。主に教育機関を相手に。シャーロット市はわたしのいちばんのお得意様なの。だから始終あそこに行くのよ」

「マシューは気にしない？」

「わたしが留守がちなことを？　気になるとは言ってるけど、どうかしらね。逆の立場だったら、わたしはすごくいやでしょうね。ひとりでいるのは好きじゃないから。でも、彼のほうは平気なんだと思うわ」

「それなら何も問題なしね」ヘンはそう宣言して、コーヒーのマグカップを置いた。

「じゃあ、もう一度、見て回りましょうか？　二階を見たい？」

「ええ」ヘンは言った。「ご迷惑でなければ」

ふたりはゆっくりと家のなかを見て回った。マイラは、デザインのひとつひとつについてどのように決めたか話せるのがうれしくてしかたないらしく、ヘンはこの調子では永遠にマシューの書斎に到達できないのではないかと不安になりだした。二階で、主寝室を見ているとき、マイラが言った。「どこにベッドを置くかはとっても重要だと思うの。あなたは寝室に射し込む朝日に気づいていた？」

ヘンは、気づいていたけれども、それはただ、とんでもない時間に目が覚めるせいだと答えた。

ふたりは客用寝室に移動した。ツインベッド、それに、壁に掛かったキルト。これはインドのものらしく見えた。つづいてふたりは、三階の部屋、家の正面側の、天井が傾斜した一室に入った。その壁の色は楽しげな明るい黄色だった。また、室内にはテーブルがひとつあり、そこにミシンと何種類かの布地が載っていた。

「わたしの手芸の部屋。でも実は、あんまり使っていないの」マイラが言った。「もともとは子供部屋になるはずだったんだけどね……」

「子供を作ろうとしたのね？」ヘンは訊ねた。

「作ろうとした。約三年。でもだめだった。いまでは、ふたりともそれでいいと思っている。そのほうが楽だもの。子供がいないほうが。そう思わない？」

「思います。絶対に楽」

「だからって別に……お宅では――」

「いいえ。考えていない」

「理由をお訊きしてもいい？」マイラは訊ねた。

ヘンはその質問に驚いたが、いやな気はしなかった。「わたしのほうに健康上の問題があって――」彼女は言いかけた。

「ごめんなさい、穿鑿《せんさく》する気はなかったのよ」

「いいえ、大丈夫。わたしはね……鬱病なの。正直言って、薬を中断する気にはなれない。妊娠したら、中断しなきゃならないでしょう？　それに、自分の脳をつぎの代に受け継がせたいかどうか、よくわからないし」あなたも笑っていいのだとマイラに伝えるために、ヘンは笑った。

「驚いたわ」マイラは言った。「あなたはとっても幸せな人に見えるもの」

「いまは本当に元気なのよ」そう言いながら、ヘンは思った――わたしは実際、幸せな人間よ。昔からずっとそうだった。でもそれは、わたしの性格。この壊れた脳はそれとは無関係に、周期的に、説得力を持って、おまえは生きるに値しないつまらない人間だとわたしに告げるの。

そのときマイラが言った。「わたしは祖父と仲よしだったんだけどね、その祖父も鬱だったのよ」

「そうなの？」ヘンは言った。自らの精神疾患について常にオープンであろうと彼女は決めている。その結果のひとつは、些細《ささい》なものから悲劇的なものまでさまざまだが、どんな人にも必ずその人自身のエピソードがあるように思えてきたことだった。

「祖父はわたしが十四歳のとき、自殺したの」

「まあ。お気の毒に、マイラ」

「もうずっと昔のことよ。わたしは自分に、祖父は病気だった、その病気のせいで死んだんだって言い聞かせている」

「いい考えかただと思います」ヘンは言い、マイラを好きになりだしている自分に気づいた。それはヘンの癖《くせ》、自慢にならないやつだ。彼女は苦しみをかかえた人にばかり興味を抱きがちなのだ。

ふたりは階下に移動し、もう一度、キッチンを見た。ヘンはとにかくたくさん質問するよう心がけた。マシューの書斎に至ったとき、その炉棚に置いてあるものに妙に興味を示しているように見えてはいけないから。キッチンを出て、ダイニングで小休止したあと、ヘンは、つぎに向かうのは家の奥のあの書斎だと期待していたのだが、マイラはまずリビングにヘンを連れていき、広いスペースを作るためにホワイエとのあいだの壁をぶち抜いた経緯《けいい》を事細かに説明した。ようやく書斎に至ると、マイラは言った。「ここにあるものは、もちろん、わたしとは無縁よ。ここはマシューの領分だから」

「デスクのサイズを見ておきたいわ。うちもひとつ買わなきゃならないから」

ふたりは部屋に入り、ヘンは他の部屋部屋とその書斎とのちがいに、またしても衝撃を受けた。視線はただちに炉棚へと向かい、彼女はすぐさま、フェンシングのトロフィーがもうそこにないことに気づいた。その場所には、一面に文字の書かれた平たい石がスタンドに貼りつけられて立っていた。ヘンは凝視《ぎょうし》しないよう努め、室内のあちこちに視線をさまよわせて、トロフィーが別のどこかに移されていないかどうか確認した。「デスクを測るのにメジャーを持ってきましょうか?」マイラが言った。

「ええ。お願いできます?」

マイラが階段をのぼっていくのに、ヘンは耳をすませていた。たぶん行き先は、手芸の部屋だろう。ヘンはトロフィーのあったところに近づいた。ほんの束の間、あのディナーの夜、自分が混乱していた可能性が頭に浮かんだ。あれを見たのはどこか別の場所だったのではないか？　いや、ちがう。トロフィーは確かにそこにあった。暖炉の上の中央に。それはよそへ移されたのだ。

マシューはヘンがトロフィーを見ているのに気づいた。だからそれを移したのだ。彼女が知っていることを彼は知っている。

そしていま、ヘンはマシューが彼のかつての生徒を殺したことを確信していた。それは、あのトロフィーにダスティン・ミラーの名が記されていたも同然の強い確信だった。

「あったわよ」マイラがそう言いながら、メジャーを手に部屋に入ってきた。彼女がその黄色のテープを引っ張り出したとたん、それはピシッと引っ込んだ。ヘンとマイラはそろって飛びあがり、それから笑った。ふたりは一緒にデスクのサイズを測った。

第六章

マシューは夕食に自分の好みどおりにポークチョップを作った。塩と胡椒《こしょう》を少々、それから、鋳鉄《ちゅうてつ》の鍋を使い、バターで焼く。付け合わせは、茹《ゆ》でたジャガイモと蒸したブロッコリー。ポークチョップのてっぺんには、スプーン山盛り一杯のアップルソースをかけた。ミルク一杯とともに夕食を食べながら、彼はローカル・ニュースを見た。またしても私立校のひとつ、州西部のやつが、一九八〇年代に教師七名が複数の生徒に行ったとして、性的虐待を認めていた。サセックス・ホール校には、マシューの知るかぎり、そんな教師はいたことがない。新任の英語教師、ウィリアム・ロスが四年生の女生徒と恋愛関係になって退職するという不祥事はあった。これは、サセックス・ホール校が女生徒を受け入れるようになってほんの数年後の出来事で、年配の教師の大半はこの一件を、ウィリアムの自制心の欠如ではなく、そのせいにした。最終的にこの問題は丸く収まった。ウィリアム・ロスは学校を去り、マギー・アレンは正式に苦情を申し立てることなく、学年トップの成績で卒業したのだ。

夕食後には、マシューの弟のリチャードがやって来た。マイラは出張に出ているとマシューが話したため、リチャードは彼女の留守を利用しているのだった。過去には、リチャードとマイラがときおり同じ部屋にいることに我慢できた時代もあった。だが、そんな時代はもうとっくに過ぎている。

「一杯つきあってくれよ」リチャードが言った。マシューはリチャードのために、かつてふたりの父が好きだった飲み物、ラージサイズのスコッチのソーダ割りを作っていた。

「いや、やめとくよ」マシューは言った。

彼らはマシューの書斎にいた。理屈に合わないことはわかっているが、リチャードを迎え入れるにしても、自分の書斎であれば、マイラが設《しつら》えた部屋のどれかに入れるほどには、彼女に対する裏切りにならない気がした。

「先週、兄貴のことを考えてたんだ」リチャードが言った。

「そうなのか？」

リチャードは身を乗り出して、髪をかきあげた。彼の額《ひたい》の生え際《ぎわ》はV字を描いている。これもまた父親譲りだ。もっともリチャードの髪のほうは、二、三日、洗っていないように見えるが。

「俺は車を走らせていた。あれは、えー、メリマック・アベニューだな。で、例の全方向一時停止の交差点で約五分、待たされたんだよ。あんたんとこの騒々しい学生どもの一団が前をぞろぞろ走っていったおかげでな。頭に来たぜ、マッティー。ありゃなんなんだ？　女子のクロスカントリー・チームか？」

「さあね。ユニフォームを着ていたかい？」

「グリーンのやつな。半数は例のちっちゃなぴちぴちのショートパンツをはいてたよ。兄貴はなんであんなのに耐えられるんだ？　いやもう、連中のお肉ときたら。俺はそのときその場で心臓発作を起こすかと思ったぜ」

「そんな考えは浮かばんよ。彼女たちはうちの生徒なんだ。それにまだ子供だし」

「まさにな。気づかないかね？　若い女の子に付いてると、脂肪までホットに見える。ありゃあいったいなんでだろうな」

マシューは一時《いっとき》話を変えることに成功し、ふたりは子供時代のこと、母さんと父さんのことを語り合った。それこそ、マシューがいまだにリチャードと縁《えん》を切らずにいる唯一の理由なのだ。ふたりで思い出を語り合えるように。彼らは過去を――ひどい両親のもとで過ごした悲惨な過去を共有しており、そのために固く結ばれている。マイラとつきあいだしたころ、マシューは父が母をどのように扱ったか、その技巧を凝《こ》らした残酷な手口を説明しようとしたが、結局、彼女に理解できるように説明することはできなかった。彼の父は、母の自尊心と自信を少しずつ引き裂いていき、その結果、母はかすかに人間らしさを残す何者かへとなりさがった。ポーター・ドラモアには天賦《てんぷ》の才があった。彼は虐待の達人であり、毎日ちびちび皮膚《ひふ》をむしって、犠牲者を生かしたまま常時苦しめておくだけの忍耐力をそなえていた。ナタリア・ドラモアは耐え抜くために自分にできる唯一のことをした。つまり、夫のポーターがずっと思っていたとおりの女になり、町の既婚男性の半数と寝て歩いたのだ。そうして報復を果たしたものの、このことはまた、徐々に彼女を蝕《むしば》んでいった。ポーターが五十歳で死んだあと、ナタリーは別人と化した。無口で陰気な、ほとんど家を出ない女に。そして夫が世を去った三年後に、彼女も亡くなった。

リチャードは最初の一杯のあと、さらに三杯飲んだが、マシューは最後の一杯にはスコッチよりずっとたくさんソーダを入れるようにした。リチャードが帰ってくれるよう彼は願った。丸ひと晩、弟の存在に我慢することは絶対にできない。

帰る前、リチャードはこう言ってマシューを驚かせた。「兄貴の新しいお隣さんを見たよ」

「お隣さんはふたりだよ。ロイドとヘンリエッタ。夫婦者なんだ」

「ロイドは見なかったが、ヘンリエッタは見たぜ」

「彼女はヘンと呼ばれている」

「あの女、その気がありそうだよな」リチャードはそう言うと、舌先をちらりと出して上《うわ》唇《くちびる》を舐《な》めた。

「なぜそう思うんだ？」マシューは訊ねた。実際、彼はリチャードの答えに興味があった。その言葉の根拠がどこにあるのか、理解したかった。彼らの父と同じく、リチャードは自分の視野に入るあらゆる女を性的対象物、単なる肉の塊《かたまり》として見る。リチャードと父のちがいは、父のほうはときどき実際に獲物をとらえていたという点だ。リチャードの場合は口だけだ、とマシューは思っている。仮に本当に女をつかまえたとしても、リチャードはそのあとどうすればよいのかわからないのではないか。

「一目瞭然さ」リチャードが言った。「あの服装を見ろよ」

「そもそも見たっていうのはいつなんだ？」

「何週間か前、ここに来たときさ。彼女はフロントポーチにすわって、手すりに脚を乗っけてた。スカートのずっと奥のほうまで見えたよ。太腿《ふともも》の内側までな。向こうは俺を見たが、ぴくりともしなかった。ありゃあ一秒で落ちるね。絶対だ」

「それはまちがいだと思う」マシューは言った。「それに、おまえはもう帰るべきだな。こっちはそろそろ寝る時間なんだ」

「怒ったのか？」

「いや、怒ってないよ、リチャード。だが、おまえの物言いは父さんみたいだぞ」

「親父は女ってものをよくわかってたよ」

「で、自分も女をよくわかってると思ってるのか？　幸せな結婚生活を送ってるのは、こっちなんだがな。それは、おまえが言葉にできる以上のもの、父さんが言葉にできた以上のものだ」

「落ち着きな、マシュー。俺は別に何かしようってわけじゃない。そう深刻に受け取るなよ。あのお隣さんのことは別だが。彼女には気をつけな。ありゃあトラブルの火種になるぜ」リチャードは、母音を区切って、〝トラブル〟という一語を強調した。胃がむかつきはじめ、マシューはリチャードを追い出した。

＊

翌日、弟と会ったがためにまだ少し胃がむかついていたマシューは、お気に入りの授業、冷戦をテーマとする四年生対象の上級セミナーのさなか、ある学生のおかげで、一時《いっとき》、心をかき乱された。それは昼休み後の授業だった。七面鳥とチーズのサンドウィッチを食べたあと、マシューは教室の机を円を描くように並べ替えた。そのセミナーの学生は八人だけで、マシューは初回の授業で彼らにテーマを選ばせただけでなく、たくさんのトピックを提案させた。その日、生徒たちはヤルタ会談について話し合っており、ディスカッションを主導しているのは、今年度の四年生でいちばん優秀な女子と思われるヒラリー・マーゴリスだった。マシューは彼女の真向かいにすわっていた。ヒラリーは話しながら、机の下で落ち着きなく脚を組み替えており、その深緑色のスカートを何気なく見やったとき、マシューは一瞬、彼女の内腿とちらりとのぞく簡素な白い下着を見てしまった。それはマシューが毎日のように目にする類《たぐい》のものだ――学校の女の子たちはときどきその若い肉体、衣類の薄っぺらさに無頓着なので。しかしどういうわけか、リチャードの訪問の直後だと、そうしたものを見る目も変わってしまう。頭のなかにリチャードの声（あの女、その気がありそうだよな）が響き、マシューは束の間、ヒラリーの腿のやわらかさまで想像した。胸から首へと血がのぼってくるのが感じられ、彼はジャスティン・ナッドセンがちょっと心配そうに自分を見つめているのに気づいた。

その日の終わり、学校の駐車場で、マシューはしばらくフィアットの車内にすわっていた。自分が生徒を妙な目で見たことや、よくない考えが頭をよぎったことを、彼はリチャードのせいにした。昨夜、あいつを招《よ》んだのがまちがいだった。弟だからと言って、何も一緒に過ごすことはない。ふたりのあいだに共通点はひとつもないのだから。

気を鎮《しず》めるために、彼は夕飯の献立《こんだて》を考えた。まず、魚市場に行ってセンターカットのおいしい鱈《たら》を一枚、それから、食料品店に行ってトッピングにする〈リッツ〉のクラッカーを買ってこよう。それが彼の好きな魚の食べかただ。だが、マイラのほうはこの料理を好まず、鮭《さけ》をアジア風の辛いたれで食べるほうが好きなのだった。

彼が車のエンジンをかけたちょうどそのとき、ミシェルが自分の車をめざしてアスファルトを足早に渡ってきた。フィアットのエンジン音を耳にすると、彼女は振り向いて、笑顔を見せ、こちらにやって来た。

彼は窓を下ろした。

「お礼を言いたいと思っていたんです」ミシェルは言った。「きのう、授業をひとコマ全部使って、憲法の基礎を教えました。みんな寝ちゃうんじゃないかと思っていたんですけど、大丈夫だったようです。きょうは生徒たちに模擬憲法を作らせたんですが、すごくうまくいきましたよ。みんな、熱中できたみたいで」

「それはよかった」

「それと、ベン・ギンブルのおしゃべりをやめさせるのに、先生に教わった技を使ったんですが、ほんとに効果がありました」

「どの技？」

「ベンがおしゃべりしていたので、静かに、と言う代わりに、ただこちらがしゃべるのをやめて、じっと見つめてやったんです。そしたら、他のみんながあの子に文句を言いだしたんですよ。すごい効き目だったわ」暖かな風がさっと吹き寄せ、ミシェルの長い髪の一部をなびかせて窓のなかへと送り込んだ。彼女は髪をまとめて、後頭部で留め直した。

「スコットの問題はどうなった？」

「ああ。延々つづいています。携帯の中身を隠したことをわたしが責め、彼は新しいパスコードをわたしに教えた。パスコードを変えたのは、ただ、〝怪しげな若い子たち〟が」――ミシェルは両手で引用符を作ってみせた――「喫茶店で、彼がパスコードを打ち込むのを見ていたからだそうです。それから彼は、携帯を寄越して、なんでも見たいものを見てくれって言いました。でもそのときは、ライブからもう二十四時間経っていたわけで、彼は消したいものはなんでも消しておけたんです」

「彼が浮気しているって本当に思っているの？」

「さあ、どうかしら。たぶん。おそらく」マシューはミシェルの目に涙が湧きあがるのを見た。

「もしそうなら、彼はあなたに値しないよ」

「ええ、ええ、わかってます。でも、わたし……先生はお急ぎなんでしょうね」

「大丈夫。マイラがまた出張に出ているから。今週はずっとひとりなんだよ」

「まあ」ミシェルの顔がほんのり赤くなった。マシューはときどき、ミシェルは秘かに自分に思いを寄せているんじゃないかと思うことがある。

「いずれにしろ、もう行かないとな」彼は言った。「夕飯の支度をし、教案を作り、テレビを見まくらないと」

ミシェルは笑って、テレビでは何を見ているのかと質問しかけ、それから思い直して、うしろにさがった。「ミシェル、余計なおしゃべりはおやめなさい」なおも笑いながら、彼女は言った。「いい夜になりますように、マシュー。ほんとにありがとう」

低くなった太陽のもと、家へと車を走らせていくとき、マシューは、少なくとも、隣人のヘンのことや、フェンシングのトロフィーを見たときの彼女の顔色のことは、考えないでいられた。彼がいま考えているのは、ミシェルの彼氏、スコットのことだ。その男がミシェルを裏切っていることは、歴然としている。火のないところに煙は立たない——彼は自分にそう言い聞かせた。人は理由もなく携帯のパスコードを変えたりはしない。マシューは直接、スコットに会ったことはないが、ミシェルのフェイスブックのページで写真を見たことはあった。それは、刃のように薄い鼻を持ち、顔一面に赤い髭《ひげ》を生やした、青白い男だった。記憶ちがいでなければ、写真のひとつで、彼は自身のバンド、Cビームズの宣伝用のTシャツを着ていた。スコットの浮気を確認するのは、さしてむずかしくはあるまい。またその後、ミシェルをあの最低野郎から解放するのも、さしてむずかしくはあるまい。そう考えただけで、マシューの胸は躍った。体内にアドレナリンがみなぎるのを感じ、彼はラジオのドラムのビートに合わせて、ハンドルをたたきはじめた。自分はもうずいぶん長いこと過去を生きていた。そろそろ新たな思い出を作る頃合いだ。スコットはそれにふさわしい候補者と言えるだろう。

帰宅後、彼は夕飯を作ったが、ブロイラーで魚を焙《あぶ》る時間がやや長すぎたため、〈リッツ〉のクラッカーのトッピングを少し焦がしてしまった。それでもなお、その料理はうまかった。彼はテレビの前で食べるのはやめ、書斎でCビームズのウェブサイトの動画を見ながら食事をした。このバンドのイベント・ページによると、彼らは木曜の夜、居酒屋〈梟の頭《アウルズ・ヘッド》〉で演奏することになっており、その場所は家から歩いていけそうなほど近かった。マシューは、ミシェルが行かないことが確認できたら、ひとりでそこに行き、スコットというやつを見てやろう、と心に決めた。

第七章

夕方が近づいている。ヘンにとって一日の最悪の時間帯——エネルギーが弱まり、創造力が低下する時だ。夕飯のことを考えるにはまだ早すぎる。読書をすれば、眠り込んでしまうだろうし、長く眠りすぎれば、夜はずっといらいらと現実感なく過ごすことになる。だがきょうの彼女は、隣人の問題をどう処理するか懸命に考えながら、行きつもどりつ歩き回っていた。彼女にできること——それは、ケンブリッジ警察に電話をして、自分が何を見たか伝えることだ。荒唐無稽《こうとうむけい》に聞こえるだろうが、仮にマシュー・ドラモアがもともと容疑者だったとしたら？　自分がフェンシングのトロフィーを見たことは、警察がさらに調べを進めるきっかけになるのでは？　捜索令状も取れるのではないだろうか？　ひょっとすると、犯行現場には物的証拠があったかもしれない。もしかするとＤＮＡも。それで彼は有罪になる。ケンブリッジ市警の電話番号を調べるところまで行ったものの、彼女には実際に電話をする勇気がどうしても出なかった。まだ根拠が不充分だ。

携帯がブーッと鳴った。ロイドからのメール。いま帰りの電車の車内だという。これはつまり、一時間後に帰宅するということだ。ヘンはスケッチブックを手にリビングのカウチに行くと、白いページを開いて、三十秒間、目を閉じてから、記憶のままにあのフェンシングのトロフィーを描いた。自分では見たと確信している台座の銘《めい》まで書き込んだ。エペ　三位。ジュニアオリンピック。それから彼女は、自分の絵をじっと見つめた。それは正確に描けているように思えた。円形の台座の上の、突きの格好をしたフェンシングの選手。ヘンはノートパソコンを取りに行き、カウチに持ってくると、〝ジュニアオリンピック〟〝フェンシング〟〝トロフィー〟で検索した。画像の検索結果には、がっくりした。まず第一に、数が少ない。第二に、現れたトロフィーのいくつかは、優勝カップだった。だがひとつの写真が、彼女の目を引いた。カメラに向かって明るくほほえむ十代の少女。手には、マシューの炉棚《ろだな》でヘンが見たのとそっくりのトロフィーを持っている。写真はローカル・ニュースのウェブサイトのもので、八年前の記事に添えられていた。「ラブボック高校の二年生、フェンシングのジュニアオリンピックで優勝」ヘンは写真を拡大したが、ピクセル化がひどすぎて台座の文字は読めなかった。しかしその写真のおかげで、隣家で見たのがこれと同じイベントのトロフィーであることは確信できた。

ロイドの帰宅に、ヘンはぎくりとした。彼が、いまうちに向かっていると言ってきたのが、ついさっきのことのように思えた。

ロイドは冷蔵庫から〈ラグニタス〉（〈ラグニタス・ブルワリー〉製造のビール）を取り出して、お気に入りのビール・グラスに注ぐと、ヘンの向かい側の椅子に腰を下ろした。「きょうは一日どうだった？」彼は訊ねた。

「問題なし。少し仕事をして、散歩もした」

「工房に行ったの？」

「行かなかったけど、明日は行くつもり」自分でも驚いたが、隣家を訪ねたことや家のなかをもう一度見せてもらったことを、ロイドに話す気はなかった。話せば、心配させるだけだろう。

「あなたのほうはどうだった？」

「普通」ロイドは言い、さらにつづけて、厄介なお客とのやりとりについて語りはじめた。

ロイドは広告業界で働いている。「なんの因果か」――どんな仕事をしているのか訊かれると、彼は決まってそう言う。それがどういう意味なのか、ヘンは測りかねていた。ロイドは自分の仕事が大好きなのだから。彼は最近、勤め先の小さな会社で昇進して、ソーシャルメディア・マーケティング部の部長となり、社の最大の顧客、全国展開をもくろむ前途有望なボストン郊外の地ビール醸造所《じょうぞう》を獲得している。

「外に食べに行こうか？」ビールを飲み終えると、ロイドは言った。

「うちに余り物もあるけど」

「何があるんだっけ？」

「チリとコーンブレッド」

「そうだったね。きみが決めて。僕はどっちでも楽しめるから」

その夜は暖かく、最終的にふたりは、ウェスト・ダートフォードなりの町の中心部に歩いていくことになった。そこには、会衆派の教会、コンビニエンス・ストア、朝食とランチの時間に営業するカフェ、食事を提供し、ときどきライブもやる〈梟の頭《アウルズ・ヘッド》〉という居酒屋がある。この〈アウルズ・ヘッド〉のカウンター席が空いており、ふたりはそこでそれぞれビールを飲んだ。また、ロイドはベジ・バーガーを、ヘンはクラムチャウダーをオーダーした。バーテンダー（自転車のハンドル形の口髭を生やした、背の高い猫背の男）は、前回来たとき会っているため、ふたりの名前を覚えていた。それどころか彼は、ロイドが宣伝を請け負っている地ビール醸造所の名前まで覚えていて、その醸造所のウェブサイトをチェックしたと言った。料理が来て、野球の試合が始まった——レッドソックスがボルチモア・オリオールズと対戦しており、目下両者は、シーズンの残り試合あと五試合で、順位はタイだ。ヘンは小さな居酒屋の店内を見回した。その店は、実際より古びた印象を与えつつ居心地よさも感じさせる作りになっていた。壁は煉瓦《れんが》、ビールの注ぎ口のレバーはつややかな木材でできており、カウンターの左右にはひとつずつフクロウの剝製《はくせい》まで載っていた。この先、自分は何度ここを訪れるのだろう？　彼女はそう思い、突然、感謝の念でいっぱいになった。これはよい人生だ。自分は荒天と豪雨を切り抜け、いま日向《ひなた》に立っている。そう感じると、なぜか彼女はロイドにこう言わずにいられなくなった。「話さなきゃならないことがあるの」

「うん」ロイドは言ったが、目は試合から離さなかった。

「お隣に——マシューとマイラの家に行ったとき、わたしの様子がおかしかったって、あなた言ったじゃない？」

「様子がおかしかったって、いつ？」

「最後にマシューの書斎を見せてもらったとき」

ロイドは振り向いて、ヘンを見た。「覚えてるよ。きみは失神しそうに見えた」

「それは、あるものを見たからなの……炉棚に飾ってあったフェンシングのトロフィーのことで、わたしが質問したの覚えてるでしょ？」

「なんとなくね」

「ダスティン・ミラーのことは覚えてる？」

ロイドはビールをひと口飲んだ。「もちろん」

「事件直後には報道されなかったけど、警察は、ダスティン・ミラーが殺された夜、彼の家からなくなったもののなかにフェンシングのトロフィーがあることを公表しているの」

「なるほど」

「ダスティン・ミラーがどこの高校に行ってたか、覚えている？」

「サセックス・ホール校に行ってたとか？」

「まさにそうなの」

「どうかなあ、ヘン。その考えには無理があるよ」

「でも、わからないじゃない――」

「きみは、うちのお隣のマシューがダスティン・ミラーを殺したうえ、フェンシングのトロフィーを持ち帰り、自分の書斎の炉棚に置いたって言うわけ？」

「あれは、ジュニアオリンピックのフェンシングのトロフィーだった――ちゃんとそう書いてあったし、ダスティン・ミラーはその大会でトロフィーをもらったのよ。それにまだあるの――最後まで言わせて。サセックス・ホール校の生徒だったころ、ダスティン・ミラーは性的暴行で訴えられている。仮にマシューが、ダスティンが本当にやったのを知っていたか、やったんじゃないかと疑っていたとしたら？　それは彼が元生徒を殺す動機になるでしょ」

「そうは言えない」ロイドはスツールをくるりと回して、ヘンとまっすぐ向き合った。彼は声を落とした。「ダスティンが性的暴行を行ったと仮にマシューが思ったとしても、だからダスティンを殺すはずだということにはならないよ。それに、トロフィーを持ち帰るって？　記念品としてってこと？」

「わたしは可能性の話をしているだけよ」

「もしそうなら、すごい偶然だね」

「どこがすごい偶然なの？　実際に誰かがダスティンを殺してるのよ」

「そうじゃなくて。僕たちが殺人の被害者と同じ通りに住んでいて、その後、犯人と同じ通りに引っ越したとしたら、すごい偶然だってことだよ」

「まあ、そうね。それは偶然だわ」

ふたりはしばらく沈黙していた。レッドソックスの試合は、ちょうど雨のため一時中断となったところで、球場整備員がダイヤモンドに防水シートを敷いている。ヘンは反射的に店の正面側の大きな窓に目を向けた。ここウェスト・ダートフォードでも、もう雨は降りだしているのだろうか？

「正直言って」ロイドが言った。「いまの僕としては、お隣さんがダスティン・ミラーを殺したかどうかより、きみのことが気がかりだよ」

「わたしは大丈夫。本当よ」

「この前、ダスティン・ミラーにこだわったときは、大丈夫じゃなかったよね」

「確かに。でも今回のはちがう。それにね、トロフィーを見ていたとき、わたしはマシューの視線を感じたの。あれはまるで、わたしが気づいたのに彼が気づいたみたいだった」

「やばいね」

「それだけじゃないのよ」ヘンは言った。

「つづけて」

「きょうあの家に行ってみたの。そしたらマイラがいた。だから、もう一度、家を見せてもらえないかってたのんだのよ。内装のヒントがほしいからって」

「マジで？」

「それはまったくの嘘ってわけじゃない。わたしは実際、もう一度、あの家を見たかったんだから。ただ、本当に見たかったのは、あのトロフィーだけどね」

「で、彼女はなかに入れてくれたの？」

「入れてくれた。喜んでうちを見せてくれたし」

「そしてきみはもう一度、あのトロフィーを見た。するとそこには、ダスティン・ミラーの名前が記されていたってわけか」

「ちょっとちがう。トロフィーはなくなっていたのよ、ロイド。マシューが別のどこかにやったか、処分したかね――いずれにしろ、それはわたしが見ていたのに気づいたからよ。わたしは妄想を抱いているわけでも、むやみにこだわっているわけでもない。それに、躁《そう》状態でもないし。ただわかるの。わたしたちの隣人は、ダスティン・ミラーを殺している」

ロイドはしばらく黙っていた。考えをめぐらせているのは明らかだ。ヘンは彼の頭の働きかたを知っている。だから、いましがたの自分の発言すべてについて、彼が熟考しているのがわかった。彼はまた、いつものように、ヘンの心の健康についても熟考している。それが、ふたりの世界、ふたりの結婚生活に対処する彼の手法なのだ。ヘンは彼を愛している。それに、ロイド・ハーディングがいなかったら、自分の人生はいまよりもはるかに悲惨だったにちがいないと心から思っている。だが、全面的にヘンの面倒を見てきた時間があまりにも長かったため、彼は腫物《はれもの》に触るように彼女を扱う癖がついてしまった。ケンブリッジ在住当時の前回の躁期以来、ずっとこれは変わらない。彼は絶えず彼女の気分をチェックし、飲み食いを監視し、ちゃんと眠れているかどうか確かめている。ヘンはそのことに感謝していた――また、そういう彼を愛おしくも思っていたが――それでもときどき、知り合ったころのロイドがなつかしくなることもあった。当時、ふたりはそれぞれ同じ広告を見て、サマヴィル市ウィンターヒルの、寝室六部屋のシェアハウスに入居したのだ。どちらも大学を卒業したばかりで、ヘンはレスリー大学のアート・セラピーのコースを（結局修了はしなかったが）取ったところであり、ロイドのほうはバーテンダーのアルバイトをしながら、公共テレビ局で無給のインターンをしていた。ふたりはたちまち意気投合した。これは主として、その隙間風の入る湿っぽい家の他の四人の入居者が、完全菜食主義の引きこもりの魔女団のようだったためだ。家にはパチョリの香りと体臭が染みついており、〝動物質フリー〟の冷蔵庫内の食品はどれもこれも持ち主を記したラベルが貼ってあった。ロイドとヘンはそれに代わる自分たちのユニットを結成して、安全とは言えないバルコニーで一緒にタバコを吸ったり、毎日飲む牛乳などの食料品を共同で買ったりした。

ひと目で惹かれた部分はあった——少なくともヘンのほうには。ロイドは背が高く、痩せていて、髪型はひどかったが、淡い茶色の目が美しく、いつもコーヒーとシナモンのようないいにおいがした。しかしヘンは同窓の学生、中西部出身のきまじめな漫画家と交際していたし、ロイドのほうも、厳密に言えば、まだモルドバで平和部隊《ピース・コー》の活動をしている大学時代の恋人と別れていなかった。ある暖かな夜、バーガンディの一ガロン瓶と〈アメリカンスピリット〉ひと箱を携《たずさ》え、バルコニーで過ごしたあと、ふたりが初めて一緒に寝たとき、それはほとんど戦闘に等しく、まるで罪の意識に阻《はば》まれる前に最後まで行ってしまおうと急いでいるかのようだった。事後、彼らはともに、こういうことは二度としないと誓った。しかし二週間後、ロイドの恋人が（彼女は突如、ピース・コーを辞めたのだが）到着する日の前日、ロイドはビール臭い息をし、涙を目に、ヘンのベッドにもぐりこんできて、彼女の寝間着のボクサーパンツとTシャツを脱がせた。ヘンが純粋に交わりだけで達したのは、その夜が初めてだった。ロイドはひとことも発しないまま、寝室を去った。

ふたりが正式にカップルになったのは、それから六カ月後のことだ。そのときまでに、彼らはそれぞれの交際相手と別れていた――ヘンはいともたやすく、ロイドのほうはそこまで楽ではなかったけれども。そしてふたりは、ウィンターヒルのコミューンじみた住まいを引き払い、別々に、それよりほんの少しだけましな集合住宅コミュニティーに移った。いくつかの点で、それはヘンにとってストレスに満ちた恐ろしい一時期だった。ロイドは、大学時代の恋人のことで罪悪感に苦しんでいて、ヘンを自己嫌悪の一部のはけ口にした。ふたりは何度も酔って喧嘩し、情熱的なセックスもたくさんし、ときにはその両方を同時にした。ヘンは幸せではなかったが、当時のことはいまでも鮮明に思い出せる。その後に訪れた、満ち足りた幸せな年月――自身の躁鬱病《そううつびょう》の発症以外損なうものが何もない時期のほうは、必ずしもそんなふうに思い出せるわけではない。それに、あのころのロイドには尖ったところがあった。常にいいやつではあったが、対決を避けようとはせず、ときには喧嘩腰にもなり、ヘンがいい加減なことを言えば、いつでも挑みかかってきた。それに当時は行為の際、ロイドが支配を振るうひとときが必ずあった。ヘンは彼が自分を物として扱っているのを感じ、そのことは彼女に不快感ではなく快感を与えた。それはまるで、ふたりのあいだで何かが取り払われるかのようだった。ところが、レスリー大学中退につながった彼女の最初の鬱の発症以来、ロイドのそうした一面は影を潜めた。彼はヘンの状態に過剰に気を配る保護者となった。最近、ふたりは口論もしない。セックスするとき、それは恭《うやうや》しくさえあった。ヘンは、すでに結婚して子供が四人いる親友のシャーロットに、その話をしたことがある。するとシャーロットは笑って、退屈なセックスはヘンの心の健康とはなんら関係がない、結婚にはそれが付きものなのだ、と言った。

いま〈アウルズ・ヘッド〉の席で、なんと言うべきか慎重に考えているロイドをかたわらに、ヘンは初めて会ったころのロイドを思い浮かべ、あのロイドならなんと言うかを想像した。もちろん彼は、馬鹿じゃないかと言うだろう。きみは妄想を抱いているんだ、と。でも、いまの彼は絶対にそれは言わない。仮にそう思ったとしてもだ。ようやく口を開いたとき、彼はこう言った。「ただ匿名《とくめい》で警察に電話して、きみの疑いを伝えるのがいちばんいいんじゃないかな。そうして、この件はおしまいにするんだ。警察は調べるかもしれないし、調べないかもしれない。でもお隣さんが殺人狂かどうか自力で捜査しようとしたところで、きみには何もいいことはないからね」

「わたしもそれは考えた」

「でも通報したら、もうこの件は忘れなきゃだめだよ」

「わかってる。たぶんそれがいちばんね。だけどあなたはどう思う？　わたしは頭がおかしいのか、それとも何かをつかんだのか？　ふたりはサセックス・ホール校で一緒だった。彼はフェンシングのトロフィーを持っていて、わたしが目を留めたあと、それを処分したのよ」

ロイドはまたしばらく黙り込んだ。レッドソックスの試合は中断されたままで、居酒屋の窓にはいま、雨がパラパラと当たっている。傘を持ってくるべきだった。

「正直言って、僕は全部偶然だと思うよ、ハニー。彼はたぶん書斎のものの置き場を始終替えているんだろう。でもそうしたいなら、電話するんだね。そして、もうそのことを考えるのはやめること。いいね？　こういうことがきみのためになるわけはないからね」

第八章

木曜日、職員室で、マシューはミシェルに、その夜の彼氏のライブを見に行くのかどうか訊ねた。

「まさか。採点するものが六十枚もあるんですもの。どうしてです？」

「わたしのうちから〈アウルズ・ヘッド〉まで歩いていけるって知ってるかな」

「それは知りませんでした。今夜いらっしゃるの？」

「いま考えているところでね」

「でもどうして？」ミシェルはそう言ってから、声をあげて笑い、反射的に手で口を覆った。思わず笑ったときに出る彼女のその癖《くせ》にマシューは気づいていた。「別に変な意味じゃなくて……あれはいいバンドですよ。ただね――」

「わたしの好みではないと思う?」

「たぶん」

英語の教師のひとり、ディラン・ヘンブリーが入ってきて、まっすぐコーヒーのところへ向かった。マシューはディランのズボンのチャックが半分下がっているのに気づき、彼はその格好で授業をやってきたのだろうかと思った。

「ただ、今夜は外に食べに行こうかと思ってるってだけのことだよ」マシューはミシェルに言った。「今週はずっと自炊していたからね。それでたまたまCビームズが〈アウルズ・ヘッド〉でライブをやることを思い出したわけだよ」

「あの店、お料理はどうなのかしら?」ミシェルは訊ねた。「わたしは飲みに行ったことしかないんだけれど」

「結構いけるよ。わたしはあそこのチキン・ポットパイが好きなんだ」

「ふたりで〈アウルズ・ヘッド〉にスコットのライブを見に行くの?」そう訊ねたのは、ディランだ。彼はコーヒーを注ぎ終え、ふたりの会話に加わろうとしていた。

「わたしは行かないと思いますけど」ミシェルがそう言うのと同時にマシューは言った。

「チャックが開いているよ、ディラン」

「おっ、ありがとうよ」ディランは、コーヒーメーカーの載った折りたたみ式のカードテーブルの縁《ふち》にコーヒーを置いた。「うへえ、恥ずかしい」チャックを上げながら、彼は言った。

「わたしなんて、ケシの実を一粒、前歯のあいだにくっつけたまま、丸一日、授業をしていたことがありますよ」ミシェルが言った。

「〈アウルズ・ヘッド〉に早めの夕飯を食べに行こうかと思っていたんだよ」マシューは直接ディランに言った。「ミシェルの彼氏のバンドが演奏するのを知っていたから。それで、向こうで彼女に会えるのかどうか訊いてみたわけだ」

「ああ、一緒に行けたらいいんだがね」誘ってもいないのに、ディランは言った。「今夜は身動きが取れないんだよな」

「わたしも」ミシェルが言った。

「このつぎ、彼が金曜の夜に出るのはいつなの？」ディランが言った。「みんなで一緒に行こうよ。スコットにはもうずいぶん会ってないしな」

ディランとミシェルが友達だとは知らなかったため、マシューはちょっと意表を突かれた。とはいえ、彼はほっとしていた。どうやら今夜はひとりでCビームズを見られるようだ。

「もし行くことになったら」ミシェルがマシューに言った。「スコットに自己紹介してくださいね。確か先生のことは話してあるはずなので」

「そうしてみるよ」マシューは言った。

ライブが始まるのは八時だった。マシューは、普段なら六時ごろ食事をするのだが、強《し》いて七時まで待ってから、その居酒屋に向かった。家を出たとき、外はもう暗くなっていた。通りの並木のこずえのほうで風がざわめくのが聞こえたが、その風は肌には感じられなかった。外気は冷たくも暑くもなく快適そのもので、マシューはめずらしく幸せな気分になった。彼は夜ひとりで外出している――心にあるのは、スコット・ドイルが（このフルネームはCビームズのウェブサイトで知ったのだが）新たな犠牲者となりうるという考えだけだ。それは心が浮き立つ考えであり、マシューは自然と歩調が速くなるのを感じた。風はいま、彼を打ち据《す》えている。ブレザーの前が開いてしまうため、ボタンをふたつ、かけざるをえないほどだった。ペースを落とせ、と彼は自分に命じた。今夜はただ情報収集するだけだ。これは、ミシェルの彼氏を観察し、どうするか考えるひとつの機会にすぎない。落ち着いていなければ。平静でいなければ。頭のなかを詩の一行が通り過ぎていく。大学でロマン派の詩の授業を取ったときに習った一句――詩とは〝静けさのなかで思い出される感情〟である。彼はよくその句のことを思い出し、自分自身の人生にあてはめる。静けさは彼のめざすものだ。殺人を犯したあとだけではなく、その前も。それこそが殺人を有意義にするものであり、発覚の恐れから彼を解放するものなのだ。

　居酒屋で、マシューは正面のフロアの小さなテーブル――奥のほうだが、ステージがよく見える席に着いた。彼は酒飲みではない（それはリチャードの悪癖《あくへき》だ）が、今夜は、若いウェイトレスに〈ギネス〉をたのんだ。それと、チキン・ポットパイを。飲み物が来ると、まるで変装しているような気分で、ひと口飲んだ。小さなフロアを見回し、奥のカウンターに目をやって、彼は気づいた。店内の男たちは全員、彼自身と同様に、ビールの注がれた一パイント・グラスを手にしている。ひとりで来ている者もいれば、妻や彼女と一緒の者もいるが、その全員が、きょう一日をどうにかしのぎ、ようやくチーズバーガーとアルコールの報酬にありついた男といった風情で、虚《うつ》ろな目をし、肩を丸めていた。店内にマシューの知った顔はなかった。近所の連中も、かつての生徒もいない。いたとしても特に問題はなかっただろう——世間話くらいしてもかまわない。だが、誰にも知られていないほうがずっと気楽ではあった。

料理を半分ほど食べ終えたとき、三人組のバンドがステージ上に楽器を運び込みだした。ウェブサイトで見ていたため、マシューにはスコットがわかった。年のころは二十代半ば、髪は短く、顔一面に赤い髭を生やしている。今夜は黒っぽいジーンズをはき、わざとぼろぼろにしたオックスフォード・シャツを半分インにして着ていた。スコットがマイクスタンドを調節していると、たったいま外から入ってきた女が駆け寄って、彼に抱きついた。バンドの他のメンバーも彼女を見てうなずき、ほほえみかけている。そのあと女はカウンターへと移動した。ニューイングランドは初秋だというのに、彼女は、短い黒の革のスカートをはき、袖なしのシャツを着ていた。髪は黒みがかった金髪で、口紅の色は派手なピンクだ。あの女はバンドの追っかけなのだろうか？　いや、そもそもCビームズに追っかけなどいるのだろうか？　彼らが演奏を始めようとしている。店は満杯だが、お客の大部分は夕食を食べている人々だ。演奏を聴きに来たお客も若干はいるようだが、大勢ではない。

ウェイトレスが皿を下げに来て、訊ねた。「ライブ、聴いていくんですか？」

「考えてたところだよ」マシューは言った。

「ぜひ聴いてって。いいバンドだから」

「前にもここで演奏しているのかい？」

「一度ね。たぶん。でもわたしは、ローウェルで二、三回見てるんです。家がそこなので」

マシューはもう一杯、ビールをオーダーした。その一杯は、バンドが演奏するのを見ながら、ゆっくりと飲むつもりだった。もしかすると、あのウェイトレスもCビームズの追っかけで、スコットの浮気相手なのでは？　彼女はバンドが来たことで興奮しているようだ。しかし、いまのは単なるお客との雑談にすぎないのかもしれない。ウェイトレスがビールを持ってきたとき、マシューは、あのバンドがローウェルのどこで演奏したのか、もう少しで訊くところだった。だが、妙に興味を示していると思われたくはないし、記憶に残りたくもない。ウェイトレスが木のテーブルにギネスを置いたあと、彼は持ち場へともどっていくそのうしろ姿を見送った。彼女の歩きかたは、ほんの少しマイラの歩きかたを思い出させた。頭のなかでリチャードの切なげな声が響き（ああ、あの尻）、彼は思わず笑みを漏らしそうになった。あのウェイトレスは綺麗だが、まだ二十歳《はたち》そこそこだ。その目は、大きく見開かれ、びくびくしている。そこには臆病な鹿のハッとした表情があった。彼女はたぶんCビームズのメンバーの誰かに熱をあげているのだろう。マシューは再度、バンドを観察した。ドラマーはきれいに髭を剃《そ》っていて、獅子鼻で、ビール腹ぎみ、ベースはやつれていると言ってもいいほどひょろ長く、いつもマシューをうろたえさせる、あのひどく目立つ喉ぼとけをそなえていた。ウェイトレスがバンドの誰かに熱をあげているとすれば、その対象はおそらく、ヒッピーっぽい髭と高い頰骨を持つミシェルの彼氏だろう。スコットが本当にハンサムなのかどうか、マシューは懸命に見極めようとしたが、それは容易ではなかった。彼には、男はみんな同じに見える。連中はキツネ顔か、ブタ顔かなのだ。スコットはキツネ顔、ドラマーとベースはどちらもブタ顔だ。

ライブが始まり、バンドはかなり上手に「ノット・フェイド・アウェイ」を演奏していた。いちばん才能のある楽器奏者はおそらくドラマーだが、その鼻にかかったいらだたしい歌いかたにもかかわらず、グループの活力の源《みなもと》はスコットだった。マシューの担当のウェイトレスは、じっとスコットを見つめている。例のミニスカートの金髪女はいま、ウォッカのクランベリー割りらしきものを手にステージの端に立ち、タイムキーパーを務めているが、その目もやはりスコットに注がれていた。「ノット・フェイド・アウェイ」のあと、バンドはオリジナル曲を二曲、演奏し、つぎに一曲、ジョニー・キャッシュのカバーをやった。さらに何人かの人がライブを聴くために店内に入ってきて、食事客が去ったあと空いていたテーブルを埋めた。マシューにはすぐわかったが、Cビームズは、オリジナル・バンドとしての力量よりカバー・バンドとしての力量のほうがはるかに上のバンドだった。ライブが進行しても、マシューのこの見解は変わらなかった。彼らのオリジナル曲は退屈で記憶に残らず、一曲演奏されるたびに、店内の活気は衰えた。その一方、カバー曲、「ペーパーバック・ライター」とスプリングスティーンの「アトランティック・シティ」は、このバンドの一番人気の曲らしく、演奏が始まると、ファンの何人かが歓声を上げた。アンコール（「寂しき4番街」）をやるころには、〈アウルズ・ヘッド〉はほぼ満杯になっており、かなり多くの人（そのほとんどは女性）がステージの前で踊っていた。

すでに真夜中に近かった。マシューは現金で支払いをすませ、ちょうど演奏が終わるときに店を出た。店にいた四時間のあいだに、気温は十度近く下がっていた。暗い夜で、木々のこずえの上には明るい星がたくさん見えた。彼は足早に家に向かった。歩きながら、車に乗り込む前にスウェットシャツを取ってくるべきか否か迷ったが、結局、家には入らなかった。彼はただちにフィアットに乗り込んでヒーターを点け、〈アウルズ・ヘッド〉に引き返した。駐車場のいちばん暗い側のスペースに車を入れると、エンジンを切り、ライトを消し、バケットシートのなかで少し腰をずらして身を低くした。そこからは、あの居酒屋の正面がよく見えた。店の前にはタバコを吸う連中が何人か集まっており、そのなかにはスコットもいた。顔一面の赤い髭のおかげで、彼は遠くからでも見分けがつくのだ。彼の隣には、意外でもなんでもないが、あのミニスカートの金髪女がいる。マシューは、彼女がブーツの底でタバコを踏み消し、震えながら自分の体を抱き締めるのを見守った。スコットはわざと彼女を無視しているようだった。彼はあのやせっぽちのベースと話をしており、その後、ドラマーがおんぼろバンの後部に楽器を積み込むのを手伝いだした。金髪女はもう一本タバコを吸い、そのあいだに、また何人かのお客が各自の車に乗り込んで走り去った。駐車場は空になりつつあり、マシューは、その場所は暗いとはいえ、少し人目が気になりだした。だがせっかくここまで来たのだ。スコットがまっすぐ家に帰るのか、その前にどこかに立ち寄るのか、ぜひ確かめたかった。

ドラム一式がバンに積み込まれると、ドラマーは走り去った。スコットとベースは、ともにタバコを吸いながら、話をつづけ、ついに金髪女は名残《なご》り惜しげにスコットをハグしたあと、その場を離れた。女の車はマシューの車のすぐそばに駐めてあり、彼は女の様子を見守った。彼女はなおも店の前のスコットのほうに目を向けたまま、しばらく車内にすわっていたが、やがて駐車場から車を出した。彼女が去るとき、スコットはその車を見送っていた。それから彼はベースに何か言い、ふたりは声をあげて笑った。その後まもなく、ふたりは抱き合い（お互いの背中をピシャリとたたきあう例の男同士のハグだ）、左右に分かれてそれぞれの車へと向かった。ベースはすぐさま走り去ったが、スコットは彼のダッジ・ダート（以前ミシェルが「彼、高校時代からその車を持ってるんです」と言っていたやつ）に寄りかかって、携帯をチェックした。その顔を画面の光が明るく照らし出している。そのあと彼は車に乗り込んだが、すぐには出発せず、約五分間、ただ運転席にすわっていた。あのウェイトレス、ローウェルの若い子が店から出てきて、足早にスコットの車へと向かい、助手席に乗り込んだのを見ても、マシューは驚かなかった。車は騒音とともに発進し、砂利を撒《ま》き散らしつつ、駐車場から出ていった。

第九章

ヘンは居酒屋〈アウルズ・ヘッド〉の道をはさんだ向かい側で、車のなかにすわっていた。マシュー・ドラモアは店の駐車場で、やはり車のなかにすわっている。彼は何を企んでいるのだろう？　彼が監視しているのは、誰なのだろうか？

いまは木曜の夜。彼女とロイドは夕食にフィッシュ・タコスを作り、食後に「ベター・コール・ソウル」を二話見た。そのあとロイドが、ベッドに入って本を読むと言い、まだ早かったけれども、ヘンもベッドに入ることにした。手もとにはマーガレット・アトウッドの新刊があり、本当に読書に没頭できたのはもう何カ月も前なのだが、彼女はいまも挑戦をつづけているのだった。

寝室は寒かった。ヴィネガーが開いた窓の桟《さん》にすわるのが大好きなので、しばらく前にヘンがほんの少し窓を開けたのだが、気温は急激に落ち込んでおり、室内は凍てつくようだった。窓を閉めたちょうどそのとき、ロイドが気温の変化に気づきもせずに部屋に入ってきた。彼は新しいペーパーバック、SFっぽい何かを手にしていた。その顔には、寝る支度をしているとき彼がいつも見せるぼうっとした表情が浮かんでいる。彼はすでに眠りかけているのだろうとヘンは思った。この考えは理にかなっている。なぜならいったんベッドに入ると、読書を終え、ランプを消してから約三十秒で彼は寝入ってしまうのだから。これに対してヘンのほうは、少なくとも四十五分はベッドに横たわったまま、その一日のことをあれこれ考える。そうしてゆっくり興奮を鎮《しず》めていき、そこから徐々に無意識状態へと入り込むのだ。

今夜もまったく同じだった。ヘンはベッドの下の大箱からフランネルのパジャマを掘り出さねばならず、それを着た彼女がまだベッドに入りもしないうちに、ロイドはぐっすり眠り込んでいた。ヘンは本を読みだしたが、彼女の精神は、そこにある言葉を彼女が吸収するのを許さなかった。ヘンがロイドに、隣人に対する自分の疑いを打ち明けてからもう三日が経っている。その間、彼女は何もしていない。いや、そうとは言い切れないか。マシュー・ドラモアに関する情報が何かしら見つからないかと、彼女はネット検索にさらに時間を費やした。情報はあまりなかったし、ダスティン・ミラー殺害に関する新たな情報もあまりなかった。いずれにせよ、ヘンはまだ自分の疑いを警察に話してはいない。そしてロイドも、彼女がそうしたかどうか訊いてこない。この一件が立ち消えになるよう彼が願っているのは明らかだった。

二ページ目まで到達したことを栞《しおり》でわざわざ印《しる》そうともせず、ヘンは本を脇にやって、自分の側のランプを消した。頭が冴え切った状態のまま、彼女はあおむけになって、天井に目を据えた。ヴィネガーの爪が寝室の木の床をタッタッタッと移動していく音がした。猫は、窓がまだ開いているかどうか調べに来たのだ。窓は開いていなかったが、ヴィネガーはそれでも窓枠に飛び乗った。ヘンは顔を横に向け、ヴィネガーの尻尾がカーテンの下からヒュッと引っ込むのを見た。するとひとつの映像が頭に浮かんだ。作品となりうるもの――ベッドに収まった人間サイズの猫と、窓の桟で眠っている裸の女の子の図。窓の外では、一本の木の裸の枝に、猫みたいな大きな目をした裸の男の子がうずくまっている。作品を思い描くときはいつもそうなのだが、その全体像は、絵も雰囲気もあるべきイメージのとおり、頭のなかに即座にできあがった。ヘンはベッドを出て、階下のリビングに行き、いましがた頭のなかで見たままに、そのアイデアをスケッチした。いい感じだ。オリジナル作品のアイデアが浮かぶのは数カ月ぶり――少なくともウエスト・ダートフォードに引っ越して以来のことだった。このアイデアがよいものなのかどうかは、よくわからない――ペットと飼い主の入れ替わりというのは、ちょっとありふれているけれど――そのスケッチの表現の何かが、彼女に作用していた。それを見ると、いい意味でぞくぞくし、ヘンは創作の際に感じるお馴染みの高揚感、胸のざわめきを感じた。彼女は絵にキャプションを付けた。「まさにそのつぎの夜、少年はふたたびやって来ました」自分の作品に、彼女はいつも、実在しない本の途中の挿絵であるかのようなタイトルを付けるのだ。

ヘンはスケッチブックをしまった。翌日、新鮮な目でじっくりとその絵を見るのがいまから楽しみだった。問題はいま、完全に頭が冴えていることだ。ベッドにもどって、本を読んでみようかとも思ったが、無駄なのはわかっていた。彼女の精神はざわついている。

ヘンは寝室に上がって、ソックスとスリッパをはき、パジャマの上に厚手のカーディガンを着た。ヴィネガーはベッドに移動して、ロイドの足もとに落ち着いていた。彼は疑わしげにヘンを見つめた。

階下にもどると、ヘンはハーブティーを入れるためやかんを火にかけた。お湯が沸くのを待ちながら、リビングに立ち、外の夜に目を向けた。空には星が出ていた。これは、ボストンのまぶしい町明りにずっと近いケンブリッジでは、めったに見られなかったものだ。ドラモア夫妻の家はほぼ真っ暗で、一階のリビングのカーテンを透かして弱い光が漏れているばかりだった。道で何かが動き、ヘンの目をとらえたのは、ちょうど彼女が向きを変えようとしたときだ。頭をめぐらせると、ドラモア家の私道を男が歩いてくるのが見えた。男が通り過ぎたとき、玄関の上でモーション・センサーの明かりが点き、それがマシューであることがわかった。ヘンはマシューが家に入るものと思ったが、案に相違し、彼は車に乗り込んだ。

ヘンは腕時計に目をやった。もう真夜中近い。いったい彼はどこに行くのだろう？　そもそも、どこから歩いてきたのだろうか？　「尾行するのよ」——そんな言葉が頭のなかに飛び込んできた。マシューは明らかに何か企んでいる。それがなんなのか、突き止められるかもしれない。あと先も考えず、ヘンは玄関のフックから車のキーをつかみとると、外に出て、足早にフォルクスワーゲンへと向かった。マシューの車のテールライトが、シカモア・ストリートを遠ざかっていく。向かう先は町の中心部だ。

最初、ヘンは彼を見失ったと思った。だがそのとき、彼女はブレーキライトに気づいた。車が一台、〈アウルズ・ヘッド〉の駐車場に入ろうとしている。ヘンはスピードを落とした。彼のあとを追うことはせず、道の反対側の私道にバックで車を入れ、エンジンを切ってライトを消した。リスクはある、と彼女は思った。でもそれは、マシューを追って駐車場に入るよりは小さなリスクだ。しかも、そこからは前方がよく見える。マシューは車を駐めたあとライトを消した。ヘンは彼が車から出てくるのを待ったが、彼は出てこなかった。〈アウルズ・ヘッド〉の店の前は、看板を照らす照明が消えているにもかかわらず、賑わっていた。ヘンには入口付近に屯《たむろ》する数人の人々が見えたが、彼らがどんな風体なのかは遠すぎてわからなかった。しかし、店の前に居残っているその少数の人々は、バンドのメンバーのように見えた。やがてドラムのセットがバンの後部に積み込まれ、この事実が確認できた。だが、ヘンの最大の関心事はマシューだ。彼はいま、駐車場の外側のほうで車内にすわっている。

それはまるで、意図的に駐車場のもっとも暗い場所を選んだかのようだった。まさにヘン自身がそうであるように、彼がそこにいるのは明らかに誰かを見張るためだ。でも誰を？　それに、車を取りにもどる前、徒歩で出かけていたとき、彼はどこに行っていたのだろう？　もしかしたら、〈アウルズ・ヘッド〉に来ていたのでは？　そんな考えが頭に浮かんだ。ここまではそう遠くない。彼は誰かを尾行するために、車でもどってきたのだろう。

さきほどのバンが駐車場から出ていき、その後、女がひとり車に乗り込んで立ち去った。つづいて、顔一面に髭を生やしているように見えるひょろ長い人物が、角張った長い車に乗り込んだ。マシューは動かない。暗い車内にその頭の形がかろうじて見える。居酒屋の照明が暗くなった。ロングヘアの女が正面口から出てきて、あの長い車へと向かい、助手席のドアを開けて、なかに乗り込んだ。車は駐車場を出て、西に向かった。十秒が過ぎ、マシューの車のヘッドライトが点いた。彼は駐車場を出て、あのふたりのあとを追った。

またヒーターを点けられることにほっとしつつ、ヘンも発進し、マシューの尾行を再開した。彼の車のテールライト、傾いたふたつの円は、間隔が大きく離れた目のように見えた。彼らは、ほとんど農家と松林ばかりの隣町、ミドルハムを指して、アクトン・ロードを進んでいた。ヘンはなるべく距離を取ろうとしたが、マシューはのろのろと走っている。しかし、自分がつけられていることに彼が気づく可能性があるだろうか？　特に、彼自身が誰かをつけているとなれば？　この〝誰か〟というのは、ふたりの人間だ。ヘンは女が助手席に乗り込むのを見たのだから。彼女はリスクを冒すことにし、この状況の異常さに思わず声をあげて笑いそうになった。真夜中に隣人を尾行しているだなんて。だがどうせやりだしたなら、何が起きているのかなんとしても突き止めたかった。彼女はあれこれ臆測をめぐらせはじめ、それから自制して、運転と、マシューの車のテールライトを追うことに集中した。彼らは、森林地帯を通り抜ける曲がりくねった脇道に入った。その道はとても暗く、ヘッドライトも漆黒《しっこく》の闇を切り開くことはほとんどできないようだった。ヘンは不安になってきた。この道は（名前の標識は見なかったが）あまりにも淋しすぎる。マシューが本当につけられていることに気づいたらどうしよう？　それに、もし道に迷ったら、と思うと、その不安も湧いてきた。携帯は持ってこなかったし、この前GPSなしでどこかに行ったのは、もう何年も前のことだ。だが、彼女はマシューが何をする気なのか、どうしても知りたかった。

何度かヘアピン・カーブを曲がったあと、車は峠をひとつ越え、突然、景色が大きく開けた。左右には、月に照らされた農地が広がっている。そしてヘンは、ほんの束の間、前を行く二台の車両方のテールライトを見ることができた。彼女は減速した。前方で一台目の車が脇道に入った。そのライトは空っぽの駐車場らしきものを照らしていた。

マシューはそのまま走り過ぎ、ヘンもこれに倣《なら》った。ゆっくりと通過したため、マサチューセッツ州公園局のものらしき木の看板がそこに出ているのも見えた。看板には地図が載っていた。あの脇道は小さな駐車場への入口で、その先にはハイキング道があるのだろうとへンは思った。マシューがつけていた車はその駐車場で止まったのだろうか？　それを確かめようとうしろを見ていたため、彼女は危うくマシューの車に接触しそうになった。彼は約百ヤード行ったところで急に路肩に停車したのだった。ヘンは彼の車を迂回《うかい》し、さらに百ヤードほど進んでから、民家の私道に車を入れて、ふたたびエンジンとライトを切った。

彼女は胸に手を当て、パジャマの内側で心臓がドクドクと鼓動するのを感じながら、しばらく車内にすわっていた。それから首を振り、声をあげて笑った。いったいわたしは何をしているの？　そして自分に言い聞かせた。Uターンして、家に帰ったほうがいい。どういう事情なのかなんてわかりっこない。これは、くだらない三角関係のもつれなのかもしれない。マシューはどこかの女、または、男と関係していて、いま、その相手の行動をさぐっているところなのかも。ただ、どうもそういう気はしない。彼は誰かをつけまわしているような気がする。ケンブリッジのときとちょうど同じだ。あのときも殺害を実行する前、ダスティン・ミラーをつけまわしていたのだろうから。

馬鹿をやっているのは承知のうえで、ヘンは車のドアを開けると、冷たい夜気へと足を踏み出し、車内灯を消すためにすばやくドアを閉めた。突風のなか、パジャマを体に貼りつかせ、彼女はしばらくじっとしていた。何か物音が聞こえ、つづいて、明かりの落ちた農場の家屋の角から、動きの緩慢な哺乳動物が姿を現した。ともに静止し、両者はじっと見つめ合った。夜の闇に目が慣れると、ヘンはオポッサムの肉付きのよい尾と白い顔を見分けることができた。彼女がドアを開けて車内にもどるとき、そいつはシュッと威嚇《いかく》の声をあげた。家に帰るいいタイミングだ。夜陰にまぎれ、駐車場の様子を見てこようだなんて、馬鹿な考えだった。

ヘンは私道から車を出し、来た道を引き返していった。まだ路肩に駐まっていたマシューの車を通り過ぎると、ハイビームを点けた。駐車場が近づくのとともに、彼女は速度を落とした。道はカーブしており、ほんのひととき、ヘッドライトの光が駐車場に駐まっている車を照らし出した。彼女にはマシューの姿が（あれはマシューにちがいない）はっきりと見えた。彼は例の車のそばで身をかがめ、窓から車内をのぞきこんでいた。

そのまま車を走らせながら、彼女は携帯がそこにないか、カップ・ホルダーに手をやってみた。携帯を家に置いてきたことには、すでに気づいていたが。チャンスがあったら九一一に通報すべきだろうか？　マシューはあの車のなかのふたりを襲う気なのか、それとも、ただスパイしているだけなのだろうか？　そしてもし、ただスパイしているだけだとしたら、それは車内のふたりが誰か知っているからなのか、それとも、ただそういう性癖があるからなのだろうか？　彼はのぞき魔なのだろうか？

猛スピードで頭を働かせていたため、ヘンはアクトン・ロードに入ったとき逆方向に行ってしまい、三点方向転換をしなければならなかった。どういうわけか、帰宅途上にあるいま、彼女の神経はこの夜のどの時点よりも昂《たかぶ》っていた。胸は痛み、ヘンは昔の癖が出て親指の側面を嚙んでいる自分に気づいた。家に着いたら警察に電話すべきなのかどうか、彼女には決めかねた。自分が見たものは、襲撃の直前の光景だったのだろうか？　どうもそうは思えない。だが、理由がなんにせよ、マシューが誰かをつけまわしていることはまちがいなかった。

シカモア・ストリートを走っていくとき、前方には煌々《こうこう》と輝く自宅のポーチの照明が見えた。

さらに近づくと、ローブを着てポーチに立っているロイドの姿が見えてきた。ヘンは私道に車を入れ、彼がやって来ると、窓を下ろした。ロイドはほっとすると同時に怒っているように見えた。

「どこに行っていたんだよ？」

「ごめん」ヘンは言った。「ちょっとドライブしてきたの。あなたが目を覚ますとは思わなかった」

「やかんをかけっぱなしだったよ」

「ああ、いけない。すっかり忘れてた」

「パジャマのまんまじゃないか」

「はいはい、わかってる。なかに入ろう。ここはすごく寒いから。ほんとにごめんね」

家のなかに入ると、ヘンはロイドを抱き締め、もう一度、謝った。ロイドは、あと三十秒で警察に電話していた、と言った。何か恐ろしいことが起こったんじゃないかと本気で思ったのだ、と。

「あなたが目を覚ますと思ったら、出かけたりしなかったんだけど。頭が冴えてたし、外は星がとても綺麗だったから」

「このことはお隣さんとは無関係なんだろうね？」ロイドは訊ねた。

「ええ」ヘンは嘘をついた。自分がなぜ嘘をついているのかは、よくわからなかった。「ぜんぜん関係ない。ただ星を見ながら、車で走り回っていただけよ」

第十章

スコット・ドイルの車で見た光景に興奮し、憤慨《ふんがい》して、マシューは夜じゅう、眠ったり目覚めたりしていた。

ポカムタック州立公園の入口の少し先で車を路肩に駐めたあと、彼は徒歩で公園の駐車場へと引き返した。スコットのダートはその端の、楓《かえで》の大木の下に駐まっていた。マシューは引き返しかけたが、リスクを冒すことにし、何が起きているのか確かめるべく足早にダートまで歩いていった。彼はそれが他のことでないのを確認したかっただけだ。もっとも他にどんな可能性があるというのだ？　打ち解《と》けた会話とか？　一緒にクスリをやっているとか？

彼は車に忍び寄った。その窓は閉ざされ、少し曇っていたが、それでもうしろの窓からはなかが見えた。例のウェイトレスはひざまずいて、マシューからいちばん遠いドアにぎこちなく頭を押しつけており、スコットはジーンズを腿まで下ろして、彼女のうしろにいた。マシューが見ていたのは、三秒だけだ。ダートがわずかに揺れるなか、スコットの白い尻が激しく前後に動いている。喉の奥に胆汁《たんじゅう》がこみあげてきた。

車が一台、すーっと走り過ぎていき、そのヘッドライトが束の間、車を照らした。マシューは低く身を沈め、その後、軽く走って自分の車にもどった。

見たものに対する驚きは、特になかった。仮にスコットがライブのあとまっすぐ家に帰っていたら、彼はもっと驚いただろう。これは単に、スコットが女を食い物にする男の典型であり、バンド活動のもたらすわずかばかりの名声を利用して、スカートをはく者を片っ端から落としている、というだけのことではない——これは、ミシェルが犠牲者であるということなのだ。ミシェルは人間の善良さを信じる女たちのひとりだ。彼女は生徒らに学ぶ意欲があると信じている。宇宙のアーチは正義に向かっていると信じている。そして、あのキツネ顔の凡才の彼氏が自分に対し誠実だと信じているのだ。これらの信念ゆえに、ミシェルはおそらく不幸に陥《おちい》るだろう。だが、マシューにはそれに対して手を打つチャンスがある。

スコット・ドイルを殺す方法——完璧な方法さえ見つかれば、マシューはそれを実行するつもりだった。彼はミシェルを救うつもりだった。

翌朝、仕事に出かける前に、マシューはマイラとフェイスタイムでビデオ通話をした。

「今朝、目が覚めたときね」彼女は言った。「自分がどこにいるのか、わからなかったのよ。思い出すのに五分かかったわ」

「飛行機は何時に着くの？」

「夜遅く。よくわからない。真夜中までにはうちに帰れると思うけど」

「起きて待っているよ」マシューは言った。

「馬鹿言わないで。寝ていてよ。そうすれば、わたしも帰ったらすぐ、あなたの隣にもぐりこめるでしょ」

「わかった」マシューは言った。「待ち遠しいよ」そう言いながら、これが自分の本心であることに気づいた。いつもそうなのだが、彼はマイラが出かけるのが楽しみだったし、マイラが帰ってくるのも楽しみなのだった。

その日、学校で、マシューは一度だけミシェルを見かけた。ふたりは昼休みに廊下ですれちがったのだ。彼女は分厚い紙束をはさんだマニラ紙のフォルダーをかかえており、急いでいるらしく、その顔は紅潮していた。それでもマシューを見るなり、彼女は足を止めた。

「きのうの夜、行きました？」ミシェルは訊ねた。

「行ったよ」マシューは答えた。「あのバンド、悪くないね」

ミシェルは驚いた顔をした。「ええ、なかなか上手でしょう？」

「そうは言ってない」マシューは言い、ふたりは笑った。「いやいや、本当にうまいと思ったよ。スコットはいい声をしているし」

ミシェルは声を低くして言った。「誰か彼に身を投げ出す女性はいました?」

「正直言って、そこまでよく見ていなかったんだよ。あそこに行ったのは、主として夕食を食べるためだからね。しばらく残って音楽も聴いたんだが……」

「冗談ですよ。半分冗談。わかってますよね」

「わたしは何も見なかったよ」

「そうか。よかった。彼は、お客の入りはよかったし、みんな遅くまでいてくれたって言っていました」

「そうそう、話はちがうけれど」マシューは言った。「ここしばらくお父さんのことをうかがっていなかったね。お加減はどうかな」

「それがあまりよくなくて。わたしはコロンブス・デー（十月の第二月曜日。アメリカ合衆国の祝日）の前の土曜に帰省する予定ですけど、もっと早く行くべきじゃないかってずっと考えているんです」

「お母さんは何と言っている?」

「母はわかってないんですよ。残念ながら。父はじきによくなる、わざわざ帰ってこなくていいって言うんです」

ミシェルの父親がなんの癌《がん》を患っているのか、マシューは思い出せなかった。ただ、病状が深刻なのはわかっている。「いずれにせよ、行ったほうがいいな」彼は言った。「スコットも連れていくことだよ」

「そうできればねえ」ミシェルは言った。「その日は、ライブがあるんじゃないかしら。仮になくても、きっと彼は別の口実を思いつきますよ」

廊下は生徒たちでいっぱいになりだしていた。マシューは昼休みが終わりに近づいていることに気づいた。彼とミシェルは話を終わらせた。ちょうど卵サラダ・サンドの弁当を食べるだけの余裕を残して、教室にもどったとき、マシューはミシェルからほしかった情報を引き出せた自身の幸運を祝った。コロンブス・デーの前の土曜か。その日Cビームズがどこで演奏する予定か、彼はネット検索で調べるつもりだった。

第十一章

ヘンはほとんど眠れなかった。翌朝ニュースをチェックして、ミドルハムで殺された男女の遺体が車から見つかったとわかったら？　そのときどんな気持ちになるか、ヘンは想像しつづけた。それから彼女は、そんなことにはならないとなんとか信じようとした。それに、万が一そうなったなら、そのときは少なくとも、誰の仕業なのか自分にはわかる。少なくとも、マシュー・ドラモアが罪を免《まぬか》れることはないのだ。

しかし翌朝、チェックしてみると、ヘンがいつも見るニュースサイトのいずれにも、何も載っていなかった。〝ミドルハム〟〝殺人〟で検索もしたが、やはり何ひとつ出てこない。もちろんヘンはほっとした。だが彼女は、自分が見たものはまちがいなく標的をつけまわす男なのだ、と自らに言い聞かせた。昨夜、彼が犯罪を犯さなかったからと言って、今後もそうしないということにはならない。

ロイドが仕事に出かけると、ヘンは固定電話からケンブリッジ市警に電話をかけ、ダスティン・ミラーの殺人事件の担当者と話したいと言った。

「マーティネス刑事はまだ署に来ておりません。他の刑事におつなぎしましょうか？」

「直接そのかたとお話ししたほうがよさそうです。こちらの電話番号をお伝えいただけますか？」

その刑事は二十分後、電話をかけてきた。「どういったご用件でしょう？」彼はそう訊ねた。この男は話しながら朝食を食べているようだとヘンは思った。

「ダスティン・ミラーの事件に結びつきそうな情報を持っているんです」

「なるほど。お名前をうかがえますか？」

「ヘンリエッタ・メイザーです。でも名前は伏せておきたいんです。刑事さんにではなく、どんなかたちにせよ、自分の名前を表に出したくないという意味ですが」

「そのように取り計らいます。お約束しますよ、ミズ・メイザー」

「ヘンリエッタと呼んでください。または、ヘンと」

「それで、どんな情報をお持ちなんでしょう、ヘンリエッタ？」

ヘンは、新しい隣人の家に食事に行き、飾ってあったフェンシングのトロフィーを見たことや、それがきっかけで、前に読んだダスティン・ミラーの未解決殺人事件の話を思い出したことを刑事に語った。また、ダスティンがサセックス・ホール校の元生徒でなかったら、さして気にもしなかったのだが、その高校は隣人のマシュー・ドラモアが教師をしている学校なのだ、ということも伝えた。

「なぜあなたは、ご自分の見たそのトロフィーをお隣のかたの所有物ではないと思ったんでしょうか？」

「それは、フェンシングをするのかとわたしが訊いたら、本人が、フェンシングはしない、ただそのトロフィーが気に入っただけだと言ったからです。確か、ガレージセールで買ったと言っていたと思います」

「で、あなたは彼を信じなかったわけですね？」

「理由はもうひとつあります。わたしが二度目に見に行ったとき、そのトロフィーはなくなっていたんです」

「二度目というのはいつです？」

「食事会は先週の土曜の夜で、わたしが二度目に行ったのは月曜日です。奥さんのマイラ・ドラモアがお宅にいて、もう一度うちを見せてくれて――」

「その奥さんにはなんと言ったんですか？」

「わたしが訪問した理由をなんと言ったか、ですか？」

「ええ」

「家のなかをまた見せてほしいと言ったんです。内装がどんなだったか、もう一度、見たいからと。それはまったくの嘘ではなかったし。わたしたちの家は同じなんです。つまりレイアウトがですね。でもわたしの本当の目的は、そのトロフィーをもう一度見ることでした。台座に何か書いてあったんですが、最初に見たときは読めなかったので」

「でも、何か書いてあるのは見えたんですね？」

「〝ジュニアオリンピック〟という文字が見えたとほぼ確信しています」

「絶対確かではないわけですか」

「いえ、確かです。その文字を見ました。なぜ〝ほぼ〟なんて言ったのか、自分でもわかりません」

「どうかお気になさらず」刑事は言った。「要するに、あなたはもう一度そこに行った。それは、お隣の家をまた見たかったからでもあり、トロフィーをまた見たかったからでもある、というわけですね。で、実際にトロフィーを見ましたか？」

「いいえ、トロフィーはなくなっていたんです。どこかよそに移されていて」

「確かですか?」

ヘンはぐるぐると歩き回っていた。電話で話すときの彼女の癖《くせ》だ。「確かです。土曜日にはそこにあったのに、月曜の朝はなくなっていました。彼がどこかに移したか、処分したかです。それはきっと、トロフィーを見たときのわたしの様子に気づいたからですよ」

「食事会の日に、ですね?」

「ええ。わたしはしばらくトロフィーを見ていたし、そのことを彼に訊ねたから、それで気づいたんでしょうね。彼が気づいたのが、わたしにはわかりました」

刑事は咳き込み、その後、彼が何かを飲む音がした。それから彼は謝った。「そもそもなぜそのフェンシングのトロフィーに気づいたのか、うかがってもいいでしょうか? あれは格別めずらしい品でもありませんし。あなたは即座にそれを事件に結びつけたんですか?第一、ダスティン・ミラー殺害の現場からフェンシングのトロフィーが持ち去られたという事実を、なぜご存知だったんです?」

「警察はそのことを公表しましたよね?」

「ええ、しました。ですが、だいぶ前のことですよ。単に、その話を読んだのを覚えていたということですか?」

ヘンは、自分が以前ケンブリッジに住んでいたことや、その事件に興味を持ったことを刑事に話した。自宅がダスティンの家に近かったことは（殺人の被害者と同じ通りに住んでいて、その後、犯人の住む通りに引っ越したとしたら、すごい偶然だ、と言っているロイドの声が聞こえたから）言わずにおいた。また、その事件に、いや、実はダスティンに、自分が異常に執着したことも、言わずにおいた。

「頭の奥のほうに全部、残っていたんだと思います」二階の客用寝室の窓から外を眺めながら、彼女は言った。「フェンシングのトロフィー。サセックス・ホール校。そのとき、すべてがつながったんです」

「では、どうしていま、電話なさっているんですか？　なぜ月曜か、土曜のトロフィーを見た直後に、連絡をくださらなかったんでしょう？」

ヘンはすでに、昨夜、何を見たかについては話すまいと決めていた。真夜中に隣人を車で尾行したなどと言えば、当然、頭のおかしい人間に見えるだろう。そのことはあとで、もし必要に迫られたら、話せばいい。「最初は、考えすぎなんじゃないかと思ったんですが、日が経つにつれて確信が深まったんです。それに、いくつか事件の記事を見て、ダスティン・ミラーが高校時代、レイプで訴えられたという話を読んだものですから。全部、関連しているんじゃないかと思って」

「なるほど」刑事は言い、それから訊ねた。「ケンブリッジからダートフォードに引っ越したのはいつですか？」

「ウェスト・ダートフォードですが。この七月です」

「お仕事は何をされていますか、ヘンリエッタ？」

「ヘンです。どうかヘンと呼んでください」

「オーケー、ヘン。お仕事は？」

ヘンは、自分が子供の本の挿絵画家であることを話した。感想か質問——おもしろいお仕事ですね、とか、どの本の挿絵を描いているんですか？など——が来るものと思ったが、刑事はただ、ご協力に感謝する、と言い、さらに訊きたいことが出てきたら、また電話してもいいだろうか、と訊ねた。

「彼と話しに行かれるんでしょうか？」ヘンは訊ねた。

お茶を濁《にご》されるだろうと思ったのだが、意外にも彼は言った。「ええ、行きます。自分で出向きますよ。彼がきょう、うちにいるかどうかわかりますか？」

「わたしの知るかぎりでは、いるはずです。日中は学校で教えていますが、午後の四時ごろに帰ってくると思います」

「では、そのころに行ってみますよ。あなたのことには触れませんからね」

「ありがとうございます」

通話を終えたあと、ヘンは電話機を手にしたまま、しばらくその場に立って、自分のしたことが正しかったのかどうか考えていた。少し緊張の解《と》けてきた体が、これでよかったのだ、と彼女に告げた。そしてヘンは電話を切った。

第十二章

四時きっかりに私道に入っていったとき、マシューは自宅と隣家のあいだの道に紺色のフォードが駐まっているのに気づいた。警察だ――それを見ただけで、そう思った。彼がフィアットを降りると、駐まっていたその車からスーツ姿の男が現れ、ゆっくりとこちらに向かってきた。

マシューが振り返ると、その警官、背の高い骨張ったやつは言った。「マシュー・ドラモアさん？」

「ええ」マシューは言い、いぶかしげな表情を顔に浮かべてみせた。

「ケンブリッジ市警のマーティネス刑事です」彼はバッジ・ケースをさっと開いてみせ、マシューはそのバッジを見た。

「ケンブリッジ市警？」マシューは言った。

「実は当て込みで捜査をしていまして」彼は笑顔で言った。「二、三お訊きしたいことがあるんですが、少しだけお時間をいただけませんか？」

「ああ、いいですよ。なんの件です？」

「なかでお話しできませんかね？」

マーティネス刑事はマシューのあとから家に入ってきた。

「ダートフォードに来るのは初めてですよ。いいところですね」刑事は言った。「都心に住むより安あがりなんでしょうね？」

「さあ、どうでしょう」マシューは言った。「おかけになりませんか？　何か飲み物でもお持ちしましょうか？」

「いえ、結構」

マシューはコーヒーテーブルのそばに革のブリーフケースを置いて、椅子のひとつに浅くすわった。マーティネス刑事のほうはソファに落ち着いたが、脚がとても長いため、その膝《ひざ》頭《がしら》は膝より高くなっていた。彼は螺旋《らせん》綴《と》じの手帳を取り出して言った。「すぐにすみますからね、ドラモアさん。ただ、ある事件の捜査の過程で、あなたのお名前が出てきたもので、二、三、質問をさせていただく必要があるんです」

「どんな事件ですか？」

「あなたはサセックス・ホール高校の先生ですよね？」

「ええ」

「ダスティン・ミラーという生徒を覚えていますか？　七年前に卒業しているんですが？」

「彼は殺されたんですよね」マシューは言った。

刑事はうなずいた。「そうです。では、彼を覚えているわけですね？」

「いや、あんまり。わたしの授業をひとつ取っていましたね。普通なら覚えていなかったと思いますよ――もし彼が……ニュースにならなければ。警察はあの事件の捜査をいまもつづけているんですか？」

「未解決ですから。そう、いまもつづけています。新たに入った情報により、われわれは、彼の死には高校時代の出来事が関連しているかもしれないと考えるに至りました。それでわたしは、当時の彼についていろいろと教えていただければと思っているわけです」

「しかしわたしは……実を言うと、彼のことはほとんど何も知らないんですよ。記憶に残る生徒ではなかったのでね」

「なぜ記憶に残らなかったんですか、ドラモアさん？」

「どうかマシューと呼んでください」

「オーケー。そうしますよ。わたしのことはイギーと呼んでください」

マシューは、刑事がそこにいることにまごついているうえに、刑事の顔にもまごついていた。この刑事はキツネ顔でもブタ顔でもない。彼は新しい何かだ。丸い頭蓋、落ちくぼんだ目、小さな顎《あご》。これはフクロウだろうか？

「ご質問はなんでしたっけ？」マシューは訊ねた。

「さっき、ダスティン・ミラーは記憶に残る生徒ではなかったとおっしゃったでしょう。なぜ彼は記憶に残らなかったんです？」

「そうですね」マシューは言った。なぜかその質問は不安を掻《か》き立てた。「優秀な生徒は記憶に残るし、最悪な生徒も記憶に残る。でも彼はどちらでもなかったんです。特に優秀でもなく、問題児でもなく」

「友達はどうです？　彼にどんな友達がいたか、覚えていませんか？」

マシューは顔をしかめて、首を振った。「いいえ」

「彼はスポーツをしましたか？」

「サセックス・ホール校の生徒たちはだいたいみんなスポーツをします。正直言って、わたしはそこまでよく見ていませんが」

「すると、ダスティン・ミラーがフェンシングのジュニアオリンピックに参加したとき何があったかについても、まったくご存知ないわけですか？」

マシューは考えるふりをした。それは当時、かなり大きなニュースとなり、教師たちのあいだでもさかんにゴシップが交わされていた。「そう言えば、何かありましたね。よくないことでしょう？」

「彼は同学年の生徒に対する性的暴行で訴えられたんですよ」

「ああ。思い出しました」

「コートニー・シェイを覚えていますか？」

「やはり、あんまり、ですね。その子は、わたしの一年生向け世界史の授業を受けていたと思います。それと四年のときセミナーをひとつ取っていたかな。古代ローマ史を」

「その四年のセミナーを彼女は修了しましたか？」

「いや、いま思い返してみると。彼女はその学年の初めに学校をやめたんでした。リンカーン・サドベリー高校に転校したんです」彼女が学校をやめたとき、立ち去る姿を見て、俺は悲しかった。彼女は、とても淡い色の、透き通るようなまぶたの持ち主だった。体つきは小柄で、肩幅も小さかった。サセックス・ホール校に来てしばらくすると、その胸はとても大きくなり、彼女はそれを隠すのに懸命だった。フィールドホッケーからフェンシングに切り替えたのも、たぶんそのためだろう。ユニフォームが、堅い生地でできていて、しっかり体を覆い隠してくれるからだ。でも彼女は本当に優れた選手で、ダスティン・ミラーとブランドン・スーとともに、ニューイングランドの地区予選で好成績を収め、ジュニアオリンピック出場の資格を得た。遠征が決まったときは、大興奮で、俺のところに来て、セントルイスの歴史を知りたがり、ゲートウェイ・アーチの展望台にのぼるべきかどうか訊ねたものだ。ダスティンは彼女をホテルの部屋でレイプした。彼はその遠征にこっそりアルコールを持ち込んでいて、ふたりはどちらも酔っていた。コートニーがサセックス・ホール校を去ったあと、俺は（彼女があれだけ長いこと留まったことは、驚きだったし、立派だとも思ったが）、ダスティンと彼の友達が、コートニーがいなくなった現在、学校一のデカパイは誰なのか、決めようとしていたという話を耳にした。

「では、フェンシングの大会のときの事件については、何もご存知ないわけですね？」

「彼女が苦情を申し立てたことは知っていますが。告訴までしたかどうかはわかりませんね。ふたりとも酔っていたという話でしたよ」

「遠征に付き添い人はいなかったんでしょうか？」

「フェンシング部の監督が同行したことは知っています。彼はいつも行っていました。それと、たぶん保護者が一名。でもコートニーはひとり部屋だったんです」

「あなたはご自身が思っていたよりいろいろ覚えていたわけですね」刑事はかすかにほほえんだが、その悲しげな目は変わらなかった。

「そのようです。あれは忘れたくても忘れられない類《たぐい》の出来事なんでしょう」

「事件について何かご意見をお持ちでしたか？」

「そこまでよくその件を知っていたとは言えないので」

「しかし何かしらご意見をお持ちだったはずですよ。どちらの生徒も教えたことがあったわけですから。もし、水掛け論的状況になったら、あなたはどちらを信じたでしょうか？　これは公式な質問じゃありませんからね。わたしはただ、あなたのご意見を聞きたいだけです」

「サセックス・ホール校での出来事がダスティン・ミラーの死に関係していたと思っていら

っしゃるんですか？」

「いや、そういうわけでは。正直なところ、われわれはただ、いろいろな手がかりを追っているだけなので。情報は多ければ多いほど、ありがたいんですよ。繰り返しになりますが、わたしは公式な供述を求めているわけじゃありません。本当にただご意見をうかがいたいだけなんです」

「ずいぶん昔のことですからね」マシューは顎を掻き、考えるふうを装った。「この件でも他のことでも、わたしの名前を出されては困りますが、ダスティンはいい子だったと思いますよ。ふたりはどちらも酔っていた。たぶん彼はもっと慎重であるべきだったんでしょうが、彼女のほうも同様に、もっと慎重であるべきだったんです。よくあること……成り行きでしょう。そのことでダスティンの人生をぶち壊すのはもったいないと思いますね」

刑事はまたその薄い唇《くちびる》に笑みを浮かべ、しばらくマシューを見つめていた。「ありがとうございました。非常に参考になりましたよ」彼は言った。それから、いまにも立ちあがりそうに、両手を膝に押し当てた。

「これで終わりですか？」マシューは訊ねた。

「終わりです。それとも、他に何か思い出せそうですか？」

「前に言ったとおり、彼のことはあまり覚えていないんですよ」

「しかし彼はいい子だった。それは覚えているわけですね？」

「そう、悪い子ではなかったですね。そこまでは思い出せます」

ソファからすっと腰を上げ、刑事は立ちあがった。マシューもそれに倣《なら》い、ふたりは一緒にドアに向かった。マシューは、マーティネス刑事が、トイレを貸してほしい、または、家のなかを見せてほしい、と言うんじゃないか、と思った。訪問の狙いはフェンシングのトロフィーのはずだろう？　こいつが来たのは、あの新しい隣人が警察にそのことを密告したからにちがいない。マシューは、家のなかをひととおり見せてくれとたのまれたい、この刑事を自ら書斎に案内したい、とさえ思った。しかし玄関を出ると、刑事は握手の手を差し出し、気がつくとマシューはその手を握っていた。

「遠くからいらしたのに、骨折り損でしたね」マシューは言った。

「いやあ、それはどうかな。ドライブにはもってこいのいいお天気ですからね」

マシューは気づいていなかったが、確かにすばらしい天気だった――からりと爽やかな空気、深い青色の空。「そうですね」彼は言った。

「本当にいいところですね。素敵な家ばかりだし。このへんは子供が多いんですか？　いい学校もあるんですかね？」

「ええ、公立校がいいんですよ」マシューは言った。「そう聞いています」

マシューはしばらく戸口に立って、刑事の車が走り去るのを見ていた。

第十三章

その朝、ケンブリッジ警察に電話をしたあと、ヘンはさらにしばらく家のなかを歩き回り、その後、二杯目のコーヒーを注《つ》いできて、スケッチブックに向かおうとした。目下、取り組んでいる新たな児童書の挿絵、残り二点のスケッチがまだできていなかった。本のタイトルは、『ロア・ウォリアーズの学校――クロースの敵』。シリーズの第一作であり（近ごろの子供の本はみんなシリーズものなのだ）、その舞台は、十代の少年少女に超自然的生き物との闘いかたを教えるミリタリー・スクールだ。最近は、依頼される仕事のほとんどに超自然的な何かが出てくる。それは彼女が好きなタイプの仕事ではなかった。なぜかというと、そういう仕事では多くの場合、架空の生き物がどんな姿をしているか想像しなくてはならないのだが、作者の満足が得られることは決してないからだ。ヘンとしては、ヤングアダルト向けのサスペンス小説――たとえば、十代のころ好きだった、ロイス・ダンカンとかV・C・アンドリュースの小説のような作品に絵を描くほうがずっとよかった。だが、この種の本は近ごろはどうも人気がない。

スケッチブックを開いたとき、ヘンは昨夜、自分が描いた絵を目にした。ベッドのなかの大きな猫。そして、窓の桟《さん》に乗った幼い女の子。その絵のことはすっかり忘れていた。それは彼女をドキリとさせた。特に、木の枝に乗った男の子の目が。長年、描いてきたどの絵にも負けないくらい、ヘンはその絵を気に入った。すると突然、まるで物理的に引っ張られるように、工房に行って版画の制作にかかりたくてたまらなくなった。彼女は二階に駆けあがって、厚底のサンダルをはき、小さな穴がいくつか開いているため、最近、仕事用に降格された薄手のセーターを着た。階下にもどると、スケッチブックとキーホルダーを取って、家を出た。本来なら仕事の時間はすべて児童書の契約を全《まっと》うするのに使うべきだ。それがわかっているため気が咎《とが》めたが、工房に行けば、『ロア・ウォリアーズ』に取り組む時間も見つかるだろうから、と自分自身に言い聞かせた。ヘンはシカモア・ストリートの端まで行き、右に折れてクレイン・アベニューに入ると、丘を下って〈黒煉瓦工房《くろれんがこうぼう》〉に向かった。それは、シチユエイト川のほとりに建てられた古い繊維《せんい》工場——六十室あまり工房が入った四階建ての煉瓦の建物だ。ヘンの工房は地下で、外の景色が見えないため、あまりいい場所ではないのだが、そこにはヘンが必要とする実用的なシンクがある。それにその部屋は、サマヴィルの前の工房から大枚はたいて運ばせた彼女の印刷機が二台とも充分収まる大きさだった。

ヘンは裏口からなかに入った。ドアにはポスターが貼ってあり、それを見て彼女は、間近に迫る〈工房公開〉のことを思い出した。〈工房公開〉の土日、その場にいなければならないというのが、ヘンの恐れるアーティスト人生の一面だった。サマヴィルで彼女が所属していた工房は、アーティスト全員に年に一度のそのイベントへの参加を求めていた。そこにいた最初の五年、ヘンは〈工房公開〉を画廊のオープニングのように扱うというまちがいを犯した——彼女は上等のジーンズをはいて、その場に突っ立ち、工房をめぐり歩く人々とぎこちなく言葉を交わしたのだ。だがあとの五年は、その土日を働く土日として扱い、人々が通り過ぎていく前で忙しく版画を印刷しつづけた。気にする者はひとりもいないようだった。おかげでみんな、別に感想など述べなくてもただ作品を見てよいのだと思うことができる。見学者がヘンと話したがるとしても、多くの場合、それは彼女の仕事の技術的な面について——たとえば、どうやって版を彫るのか、どんな薬品を使うのか、時間はどれくらいかかるのか、といったことだった。ヘンはいつでも喜んで作業の工程について話をした。彼女が苦手なのは、アイデアがどこから湧いてくるのかを話すことなのだ。

地下の照明はすべて消えていた。これは、地下には他に誰もいないということだ。ヘンは自分の工房に入り、まっすぐ製図台のところに行って、例の猫の絵を版と同じサイズの紙に描き直した。つづいて銅板の準備にかかり、その表面を研磨し、脱脂し、その後、ワックスを塗った。作業中は、古いプレイヤーでアーニー・ディフランコのCDをかけていた。家では配信サービスで音楽を聴いているが、工房では、ヘンはいつもCDプレイヤーをかける。そして、CDはすべて彼女がもっと若いころに入手したものであり（少なくともここ五年は新しいのは買っていない）、その多くはロイドと出会う以前のものだ。ディスクが五枚入る

（カセットプレイヤーも付いている）不格好なプレイヤーは、彼女専用のタイムマシンのようだった。ヘンは年老いていくだろうし、いま現在は自分の創作でなく、子供の本の挿絵の仕事をしている。だが音楽はずっと同じなのだ。作業に没頭するあまり、ヘンはアーニー・ディフランコのCDがニュートラル・ミルク・ホテルに替わったことに気づかなかった――彼女はすでにペン先がダイヤモンドの彫刻ペンを手にして、ワックスに線を入れる工程に入ろうとしていた。ところが、ちょうど作業を始めたとき、どこか遠くでドアがバタンと閉まる音がし、彼女のテーブルのランプをのぞくすべての照明が消えた。

ヘンは「ちょっと」と叫んで、ドアに向かった。すべての照明が明滅して一斉に点灯し、男の大きな声が響いた。「すみません。誰もいないと思ったもんで」

「気にしないで」ヘンが言うのと同時に、その男、声の与える印象より若いやつが、角を回ってこちらの廊下に入ってきた。彼女は一回だけ出席したメンバー・ミーティングで会ったため、その男を知っていたが、名前は覚えていなかった。

「こんにちは、ヘンです」彼女は言った。

「うん、覚えているよ。デレクです」彼は眉《まゆ》が太く、著《いちじる》しく背が低かった。ヘンは、ミーティングのときも考えたように、これは単に背が低いだけなのか、それとも、軽度の小人症に由来する特徴なのだろうかと考えた。「〈工房公開〉の準備？」彼は訊ねた。

「いいえ。ただ仕事をしていただけよ。〈工房公開〉の日は、夜明けと同時にここに来て、版画をたくさん飾るつもり」ヘンはデレクの仕事がなんなのか思い出そうとした。彼の衣類は汚れていない。そのことから、きっと写真家だろうと思った。

「それと、キャンディーを入れた鉢を置くとか？」

「ピーナツバター入りのプレッツェルの大鉢をひとつ出します。以前、塩とライムのスライスと一緒にテキーラのボトルを出したことがあるの。一杯やる人がいるかな、と思って」

「どうだった？」

「もちろん、みんな一杯やった。タダ酒だものね。わたしの工房はパーティー会場と化してしまった。二度とああいうことはしない」

デレクは一方の足からもう一方の足へ重心をずらした。もう行くのだろうと思ったが、彼は言った。「いま時間ある？　ちょっと作品を見せてくれない？」

「いいですとも」ヘンは言い、デレクは彼女のあとから部屋に入ってきた。ヘンは、〈工房公開〉で展示する予定の版画の一部が入っている箱を開けた。そのほとんどは、何年も前に制作したオリジナル作品だが、なかには、彼女が気に入っている本の挿絵も数点あった。

「うわあ。すばらしいね」デレクが言った。

「ありがとう」

「それにダークだ」

「そうなの。わたしには、うちの母がよく〝豊かな想像力〟と呼んでいたものがそなわっているわけ」

すべての版画に目を通したあと、デレクは彼女の二台の印刷機のうち大きいほうをしげしげと見た。「あの印刷機、重さはどれくらいなの?」彼は訊ねた。

「正直言って、見当もつかない。でもすごく重いのは確か。わたしはこの工房を好きになるしかないと思ってる。だって二度と引っ越したくないから」

「ここならきっと好きになるさ。あんまりカルトっぽくないし。アーティスト同士の交流は推奨されているけど、別に交流しなくても、誰にも批判はされないからね……おっ、それすごいな。新作?」

デレクはヘンの最新のスケッチ——彼女が「まさにそのつぎの夜、少年はふたたびやって来ました」と題した作品を見ているのだった。彼は長いこと、それを見つめていた。ヘンは、枝の上の少年がむしろ小さな男に見えることに気づいた。本当に小人のように。デレクが不快感を抱くのではないかと彼女は少し心配になった。

「まるで誰かの夢をのぞき見してるみたいだ」デレクが言った。「実際、背筋がぞーっとしたよ」

「わたしも」ヘンはそう言い、さらに付け加えた。「そういうのが、わたし好みの作品なの。人をぞっとさせるようなのが」

デレクが立ち去る前に、ヘンは、〈工房公開〉のとき休憩を取って作品を見に行くと彼に約束した。彼の作品とはなんなのか、彼女はいまだに正確にはわかっていなかった。ふたたびひとりになると、彼女は版を彫る作業を終えた。ＣＤプレイヤーからはいま、「ロスト・ハイウェイ」のサウンドトラックが流れている。ヘンは版を酸の槽《そう》にすべりこませると、『ロア・ウォリアーズ』のスケッチのひとつを手早く描きはじめた。それは物語の冒頭に近い、悪いサンタクロースが暖炉から現れる場面だった。彼女はひとつのアイデア、サンタの片足だけが出ているところを手早く描き、つづいて、鉤爪《かぎづめ》のような手が見えているバージョンも描いた。そしてさらに、その化け物の顔の一部が細くのぞいているバージョンも。なかなかの出来栄えだ。スケッチに没頭するあまり、版を長く浸けすぎたのではないかと彼女は心配になった。だがワックスを取り除き、インクを入れて、一枚目を刷ってみると、仕上がりは完璧で、最近の作品としてはいちばんいいものになっていた。彼女はさらに何枚か刷り、その後、出版社に約束した第二の挿絵のアイデアを手早くスケッチした。いつのまにか、プレイヤーは五枚のディスクを一巡し終え、アーニー・ディフランコがふたたび歌っていた。ヘンはお腹が空《す》いていることに気づいた。きょうはいい仕事ができた。彼女は工房のドアに鍵をかけ、地下の部屋のどれかに他に人がいないか大声で確かめてから照明を消し、昼間の明るい日射しのもとへと出ていった。

第十四章

刑事が帰ったあと、マシューは家のなかにもどった。マイラが帰宅したときもし空腹だったら何か食べられるよう、彼女の好物のマリガトーニ・スープを作るつもりだった。だが結局は、冷凍庫を漁って冷凍食品をさがし、フレンチ・ブレッド・ピザを選んだ。

食事をしながら、彼は隣人についてなるべく多くの情報をつかむ工程に入った。彼女、またはその夫が警察に連絡したのは明らかだ。根拠はもちろん、フェンシングのトロフィーだろう。それに目を留めたのは、ヘンだ（彼女は雌鶏《ヘン》のようには見えない――むしろその正反対のキツネなのだから）。ダスティン・ミラーとトロフィーの関係を、なぜかヘンは知っていた。そしていま、彼女によって、彼のもとに警察が送り込まれた。これまでの生涯、そんなことは一度もなかったのに。でも大丈夫だ、と彼は思った。とにかく、可能な範囲ではうまくやれた。なぜ刑事が家のなかを見たいと言わなかったのか、トロフィーについて質問しなかったのか、その点は確かに不思議だ。マシューはこれを、隣人の密告が露呈《ろてい》するからだとみなした。それにもちろん、彼には拒否することもできた。捜索令状を求めることも。そう、あの刑事はさぐりを入れに来たにすぎない。そしてトロフィーがなければ、警察には、彼とダスティン・ミラーを結びつけるものは何もないのだ。

マシューは、〝ヘンリエッタ〟〝ロイド〟〝結婚式〟でネット検索をした。するとすぐさま、ある結婚式のページが現れた。ヘンリエッタ・メイザー、ロイド・ハーディングというのが、ふたりのフルネームだった。マシューは、〝ヘンリエッタ・ハーディング〟で検索をしかけたが、彼女が名前を変えていない可能性のほうがずっと高いことに気づき、〝ヘンリエッタ・メイザー〟で検索をした。版画家という仕事柄、彼女はネット上のいたるところに存在した。本人のウェブサイトもあったし、ツイッター、フェイスブック、インスタグラムもやっていた。彼女自身の写真は驚くほど少なかったが、作品の画像は複数見られた。マシューの興味をそそる、ダークで複雑なエッチング。多くは子供の本の挿絵だが、彼女のオリジナル作品数点をサムネイル画像にしているボストンの画廊もひとつ見つかり、マシューはじっくりとそれを見た。芸術にはさほど詳しくないが、これはすばらしいのではないか、と思った。ほとんど天才的だ、と。特に気に入ったのは、ご馳走を食べている一家、ママとパパと三人の娘を描いた銅版画だ。テーブルには肉のローストの大きな塊《かたまり》がひとつ載っており、家族全員が各自そのひと切れをがつがつとむさぼっている。なかには、顎《あご》に肉汁《にくじゅう》を伝わらせている者もいる。そしてテーブルの下に目をやると、一見しただけではわからないけれども、娘のひとりの脚が一本、膝のすぐ下で切断されてなくなっている。その脚は包帯を巻かれたばかりのように見える。この絵のタイトルは、「その年のクリスマスはとても楽しいものでした」だ。

ヘンリエッタ・メイザーの作品があまりにも興味深いので、マシューは一時《いっとき》、そもそもなぜ自分が彼女を調べているのかを忘れた。気がつくと彼は、ヘンの作品のいくつかを鑑賞し、署名入りの版画はいくらするのだろうなどと考えはじめていた。早くも、自分の書斎に一点、掛かっているところまで、思い描くことができた。

コンピューターをシャットダウンする前、彼はもう一度、〝ヘンリエッタ・メイザー〟で検索をし、彼女に関する報道記事が何かないか調べた。八年前の画廊による告知が一件、それから、十五年前、カムデン大学のある事件に関与したヘンリエッタ・メイザーという人物の記事がひとつあった。これは別のヘンリエッタ・メイザーだと思い、マシューはその情報をすっ飛ばしかけた。ところが、「高校時代、そのダークで魅力的なスケッチと絵画でいくつかの賞を受賞している芸術専攻生、ミズ・メイザー」という文言から、それが彼の隣人であることがはっきりした。彼女は同学年の学生を襲ったとして暴行罪で訴えられていた。マシューは、見つかるかぎりすべての記事を読んだ。何があったのか正確なところはわからなかったが、要はヘンリエッタが精神になんらかの変調をきたし、同学年の学生が自分を殺そうとしていると思い込んだということだった。彼女は指導教授と警察の両方にこの懸念を訴えたが、その後、自らその学生を襲い、精神病院に送られたすえ、裁判を受けるはめになった。一連の記事を読み、マシューは、その若き日のヘンリエッタが現実を見失っていたのは明らかだけれども、やはり彼女は正しかったのではないか、という奇妙な感想を抱いた。記事のひとつには、相手の女子学生、ダフニ・マイヤーズの写真が出ており、ピクセル化された画像であっても、マシューにはその冷たい目に何か異様なものがあるのがわかった。

そしていま、ヘンリエッタ・メイザーは警官どもを差し向け、おそらくは監視も行って、彼を追っている。いざというとき、ヘンリエッタの前歴は自分を救うのではないか——マシューの頭にそんな考えが浮かんだ。すると突然、不安が鎮《しず》まった。彼は妙に平静になっており、新しい隣人が自分の正体に気づいているらしいと思うと、ほんの少し興奮も覚えた。

その夜、弟が電話をかけてきた。

「マイラはいつもどるんだよ？」リチャードは訊ねた。

「今夜遅く」

「残念だな。またそっちに行こうと思ってたのに。兄貴に見せたいものがあるんだよ」

前回、これと同じことを言ったとき、リチャードがマシューに見せたのは、胸が悪くなるようなウェブサイトだった。

「こんなもの、なんで見せたんだ？」そのときマシューは訊ねた。

「カリカリするなって。こいつらはただの役者なんだから。これを兄貴に見せたのはな、インターネットの時代に親父が生きてたらって思ったからさ。こういうもんは親父の生きがいになったんじゃないかな？」

「おまえ自身が生きがいにしてるように見えるがな」

「それはないね。こんなくず。兄貴にこれを見せたのは、ただ親父のことが頭に浮かんだからだよ。俺たちが親父を唯一無二の存在、本物のオリジナルだと思っていたのを覚えているか？　ドラキュラやフランケンシュタインみたいなさ？」

「よく覚えていないよ」

「そうか、俺はそう思ってた。だが、これではっきりわかったよ。この世には、親父みたいな考えの男が山ほどいるわけだ。この手のサイトがひとつ成り立つくらいにな。おかしな世の中だよな、マシュー」

そのときのリチャードは内省的でさえあった。だが、彼はかなり飲んでいた。そして翌朝、マシューはリチャードがリビングで自慰《じい》をしているのを見つけた。彼は膝の上でノートパソコンを開き、羞恥《しゅうち》と歓《よろこ》びの色を目に浮かべていた。

「いったい何を見せたかったんだ？」マシューは電話口の弟に訊ねた。

「出会いがあったんだよ」

「ほう、そうかい。で、彼女はもうおまえに会ったのか？」

「直接じゃないが、何度かメールでやりとりしたよ。俺は彼女が投稿している写真を兄貴に見せたかったんだ」

「せっかくだが、遠慮するよ」

「すごいものを見逃すことになるぞ。次回、マイラが出かけるのはいつなんだ？」

「しばらく先だよ、リチャード。おまえ、大丈夫なんだろうな？」

リチャードは笑ったが、自分は大丈夫だと言い、それでこの会話は終わった。弟に嫌悪を覚えつつも、マシューは始終、彼の心配をしている。そして、それは単なる弟の心配ではない。マシューはリチャードが何をするかが心配なのだ。ドラモア家の者に何ができるか、マシューは他の誰よりもよく知っている。

その夜、マイラがもどったとき、マシューはすでに寝ていた。

「シーッ、眠ってて」彼女はそう言いながら、ベッドにもぐりこんできて、背後から彼の胸に腕を回し、自分のほうへぎゅっと抱き寄せた。

「おかえり」マシューは言った。

「あなたの心臓、ドキドキしてる。大丈夫？」

「きみに会えて喜んでるだけだよ」マシューはそう言って、寝返りを打ち、彼女の首にキスした。マイラは下着を着けずにTシャツを着ており、マシューは一方の手をその脚のあいだにすべりこませた。彼女は身じろぎし、彼のために脚を開いた。その気が失せないうちに、彼は急いでマイラの上になり、彼女の首のすぐ横で枕に顔を埋《うず》めた。隣人のことを、彼は思い浮かべた。これと同じことをしてやったら、彼女はどんな声をあげるだろうかと思い、それから、急いでその考えを押しのけた。

「驚いたわ」彼がごろりと転がって体を離したあと、マイラは言った。ふたりは前と同じ体勢になっていた。マイラが背中にくっついて、彼の胸に腕を回している。

「淋しかったよ」マシューは言った。

「わたしも」

「長い出張だったね」

マイラは笑った。「そうでもないけど、そう思ってもらえるのはうれしいわ」

「コロンブス・デーの前の土日はどういう予定？」マシューは訊ねた。

「わからない。どうして？」

「一泊旅行しない？」彼は訊ねた。「ポーツマスのあのホテルに行くとか」

「あのクラム・ディップがあるところ？」

マシューは笑った。「そう、あのおいしいクラム・ディップがあるところだ。それは覚えているんだな」

「他のことも覚えてるわよ。ええ、ぜひ行きたい」

「あした予約するよ」マシューは言った。

ふたりが眠りに落ちる前、マイラは言った。「心拍数が正常になってるね」

第十五章

マーティネス刑事から電話があったのは、ちょうどロイドが仕事からもどって冷蔵庫を漁っているときだった。

「ちょっとお待ちいただけますか」まずそう言ったあと、ヘンはロイドに、エージェントからなので書斎で話さねばならないと告げた。いまの嘘は見え透いていただろうか。そう思いながら、彼女は階段を駆けあがった。自分の小さな書斎——書類と格闘するときいつも使う部屋に入ると、彼女は送話口に向かって言った。「もしもし」

「お隣さんを訪問して話をしたことをお知らせしようと思いましてね」

「それで？」

刑事はここで間《ま》を取り、ヘンは確信した——この人はできることは何もないと言おうとしているのだ。「彼は重要参考人です。いまのところ、わたしに言えるのはそれだけです」

「まあ」ヘンは言った。「彼が犯人だとお思いなんですね？」

マーティネス刑事は笑った。「いや、そうは言っていません。率直に言って、聴取からは何も得られませんでした。しかし、彼はダスティン・ミラーとコートニー・シェイとのあいだに何があったか知っていました。ですから、あなたは貴重な情報を提供してくださったわけです。これはヒントをいただいたお礼の電話なんです」

「ただのヒントじゃありません。彼は犯人なんですから」

「フェンシングのトロフィーを持っていたからと言って――」

「それだけじゃないんです」部屋のドアが完全に閉まるようドア板を足で押しやりながら、ヘンは言った。「彼がやったのは確かです。先日の夜、わたしは彼を尾行したんですが、彼はまた誰かをつけまわしていました。その男性を追跡していたんです」

「それはいつの話です?」刑事は訊ねた。

ヘンは一部始終を彼に話した。車の男女を尾行しているマシューを尾行したことを。

「なぜその行動がダスティン・ミラーの身に起きたことと関係あるとお思いなんです?」彼女が話を終えると、刑事は訊ねた。

「それは彼が連続殺人鬼だという証拠になるんじゃありませんか? 少なくとも、連続ストーカーである証拠にはなるでしょう? 彼はどこかおかしい。気味の悪い男なんです」

「嘘じゃない、外の世界には気味の悪い連中が大勢いるんですよ。しかしその大半は、人殺しではないんです」

「おっしゃるとおりなんでしょうね」ヘンは言った。「でもなかには人殺しもいる。そうでしょう?」

長い間があった。ヘンは束の間、電話を切られたのかと思った。そのとき、刑事が言った。

「彼が人をつけていた理由はいろいろと考えられます。その大半は、ダスティン・ミラーとは無関係でしょう」

「ええ、わかっています。でも怪しくありませんか？」

ふたたび間があった。それから――「ひとつお願いがあるんですが、ヘン」

「ええ、どうぞ」彼女は言った。どんなお願いなのかは、もうわかっていた。

「ここからは警察に任せること。いいですね？　お隣の男が殺人犯ならば、われわれが彼をつかまえます。しかしあなたが彼を尾行して歩いても、われわれの助けにはなりません。なおかつ、あなたの身に危険が及ぶ可能性もありますからね」

「ええ」ヘンは言った。「わかりました」

「約束ですよ」

ヘンは笑った。「指切りします」

「これはまじめな話です」刑事は言った。「あなたの安全のためだけじゃない。そういうことは捜査の妨《さまた》げにもなりかねないんです。おわかりいただけますよね？」

「わかりました」ヘンは言った。彼の名を（確かイギーじゃなかったか？）付け加えかけたが――どうもしっくり来なかった。

「オーケー」刑事は言った。「ありがとう。また何か思いついたら、いつでも遠慮なく電話をくださいよ。こちらからも何かわかったらご連絡しますからね」

「よろしくお願いします」ヘンは言った。

階下にもどると、ロイドが訊ねた。「誰からだったの？」

「さっき言ってたでしょ。エージェントから。『ロア』のもともとの契約は挿絵八点とカバー絵だった。いまは、それが十二点になってるのよ」

「もう全部、仕上がった？」

「だいたいね」

「もらえるお金も増えるわけ？」

「そうよ。主として時間で決まるんだけどね。わたしはもう二巻目にかかってなきゃいけないの。なのに、まだ本を読んでもいないのよ。あなたのほうは、どんな一日だった？」

「いい一日だったよ」ロイドは言った。彼のいつもの返答だ。

ヘンはワインを一杯、自分用に注いで、夕食にする鶏の胸肉とブロッコリーを取り出した。

「コロンブス・デーの前の土日のこと、考えてみた？」ロイドが訊ねた。自分たちの以前の会話を思い出そうとして、ヘンは一時《いっとき》パニックに陥《おちい》った。それから、彼女は思い出した。

「ロブのパーティーね」

「そう、それ」

「うーん、やめとこうかな。もし、かまわなければ」彼女は言った。

ロブはロイドの大学時代の親友だ。その住まいは、マサチューセッツとニューヨークの州境のすぐ先、車で二時間半のところで、彼は毎年、コロンブス・デー前の週末にかがり火パーティーをやるのだった。ヘンは過去に何度もそのパーティーに行っている。うち何回かは楽しいとさえ思ったのだが、ロブがプロ級のマリファナ常用者であるのに対し、ヘンのほうは十年前にマリファナはやめたきりだ。彼女はときどき、マリファナを吸ったあと、新たなアイデアで脳が爆発するあの感覚をなつかしく思う。だが、破壊的な妄想症のほうは少しもなつかしくなかった。それに、あの馬鹿みたいなやりとりも。

「かまわないよ」ロイドは言った。

「あなたは一泊するんでしょ？」ヘンは訊ねた。

「もちろん」

「来年はわたしも行くから」

「無理しなくていいよ。あいつはきみの好きなタイプの人間じゃないもんな」

「別にロブが嫌いってわけじゃないのよ。ただ彼とは何も話すことがなくて。それに、ジョアンナがいないのは淋しいし」

ジョアンナというのは、長きにわたるロブの彼女で、ロブをもっとおもしろく、鋭く、皮肉っぽくしたような人だ。ジョアンナがロブと同居していた隙間風の入る農場の家を出て、パイオニア・ヴァレーの自分だけの家を持ったとき、ヘンは別に驚きもしなかった。しかし彼女は、いまもジョアンナの不在を淋しく思っている。ジョアンナがいないと、ロイドとロブはたちまち大学時代の彼らに変身してしまい、ヘンは、マリファナとくだらないジョークでいっぱいのふたりの穴倉をそのすぐ外に突っ立って、のぞきこんでいるような気分になるのだ。

「ジョアンナがいないのが淋しいのは、みんな同じだよ」ロイドが言った。「何か手伝おうか？」

ヘンはちょっとゴムみたいなブロッコリーをロイドのほうへ押しやって、それを切るようたのんだ。

食後、ロイドがレッドソックスの試合を見ているとき、ヘンは自分のパソコンのところに行って、もう一度、Cビームズのウェブサイトを調べた。いまの彼女にはなぜか、あのバンドのリード・ヴォーカルこそ、マシューがつけていた髭《ひげ》の男だという確信があった。連中は、ヘンがマシューを尾行した夜、〈アウルズ・ヘッド〉で演奏していたのだし。それなら完全にすじが通る。ドラマーがバンに楽器を積み込むのを手伝っていたことから、あの男は明らかにバンドのメンバーだ。少なくとも、バンドの関係者ではあるだろう。マシューはCビームズの演奏を見るために〈アウルズ・ヘッド〉に行き、その後、いったん家にもどって車で引き返し、最後にバーを去った者たちのひとり、リード・ヴォーカルを尾行したにちがいない。問題はもちろん、なぜか、ということだ。

リード・ヴォーカルの名はスコット・ドイルだった。ヘンは彼についてもっと調べようとした。たとえば、サセックス・ホール校と何か関係があるのかどうか。彼はかつての生徒なのだろうか？　マシューーは自らを正義の処刑人とみなし、特に素行の悪い生徒たちを卒業して何年もしてから殺しているのだろうか？　だがスコットに関して見つかった情報は、バンド関連のものばかりだった。彼はツイッターのアカウントも持っていたが、そこに載せているのは、自分の曲へのリンクや来《きた》るライブのための宣伝だけだった。Cビームズのつぎのライブは、偶然にも、コロンブス・デーの前の土曜、ロブのかがり火パーティーと同じ夜だった。場所は〈アウルズ・ヘッド〉ではなく、ノースショアの〈ラスティ・スカッパー〉というバーだ。その夜、車でそこに行って、ちょっとのぞいてみようか。それはひとりの夜の暇つぶしになるだろう。もしスコット・ドイルと話すチャンスがあれば、サセックス・ホール校の生徒だったのか、あるいは、マシュー・ドラモアと何かつながりがあるのか、本人に訊くこともできる。もしそうであれば、彼が危機にさらされていることはまちがいない。彼女は本気でそう思っていた。

だが、もしマシューもそこにいたら？　もし彼に見られたら？　まあ、どうということはない。単なる偶然だ。なおかつ、それによって彼女の隣人はつぎの殺人を犯すのをあきらめるかもしれない。

「行け！」ロイドがテレビに向かって叫んでいる。その直後のうめきが、たったいま彼が目撃したのが、ホームランではなく大きなフライだったことを彼女に告げた。

第十六章

「もうお腹いっぱいよ、マシュー」マイラが言った。

「部屋はすぐそこじゃないか」彼は言った。「よかったら、デザートももらおう」

「ううっ。これ以上ひと口も食べられない。もう一杯だけよ、いい？　ただし、あなたも飲むなら、だけど」

マシューは、マイラのためのラスティ・ネイルと、自分の〈ギネス〉をオーダーした。ここはニューハンプシャー州ポーツマス、ふたりは美しい玉石舗装の通りにある四階建てのブティックホテル、〈ポーツマス・アームズ〉のバーにいる。コロンブス・デーの三連休は、大西洋から来る冷たい刺すような雨で始まったが、土曜の午後四時までに空は晴れ渡り、太陽が束の間、現れて、やわらかなピンクの光で町を染めた。マシューとマイラは海岸ぞいに長い散歩をし、その後、ホテルにもどった。おめあては、飲み物とレストラン名物のクラム・ディップだった。ふたりは極上リブ・ステーキとワインのボトル一本をたのみ、そのボトルは主としてマイラが空けた。そしていま、彼女はラスティ・ネイルをちびちびと飲んでいる。

「これ、何が入ってるの？　おいしい」マイラが訊ねた。その呂律《ろれつ》は回っていない。彼女は大して飲めないのだが、奇妙なことに、酒の味は大好きなのだ。通常、二杯が彼女の限界だった。

「スコッチとドランブイ」マシューもビールを少し飲んだ。チャンスがあったら、そのビールはそばに吊るされている植物の鉢に捨ててしまうつもりだった。今夜、彼は車を運転してニューエセックスまで行く。だから、しらふでいなくてはならないのだ。

「オーケー、すんだわよ」カクテルを飲み終え、口のなかで氷をカラカラ鳴らしながら、マイラが言った。

「こっちもだ」マシューは両方のグラスをバーテンダーのほうへすべらせ、勘定をたのんだ。マイラは、彼のグラスにまだ半分以上ビールが入っているのに気づかなかった。

ホテルの部屋で、彼女は足首までジーンズを下ろすと、整えられたベッドにどすんとすわりこんだ。「部屋がぐるぐる回ってる」彼女は言った。

マシューはマイラが服を脱ぐのを手伝い、ベッドに入れてやった。シーツの裾《すそ》のほうは、忘れずに引っ張ってゆるめておいた。マイラが目を覚ますことはまずないと思ったが、仮に何かで目覚めるとしたら、これで掛け布団から足を蹴《け》り出すことができる。

マシューは窓を少し開けた（室内のラジエーターがシューシューカンカン音を立てており、

なかはひどく暑かった)。それから、スーツケースのところに行って、必要になりそうな数点の品を取り出した。スタンガン、入れ子式の棍棒《こんぼう》、ジャックナイフ、ビニール製手袋、髪をすっかり覆い隠すフリースのキャップ。各アイテムに触れるだけで、鼓動は速くなった。落ち着け。彼は自分に言い聞かせた。今夜は何事もないかもしれないんだ。たぶんそうなる。だが彼にはわかっていた。もしチャンスに恵まれたら、もしスコット・ドイルとふたりきりになれたら……彼は無言でダンスした。神経の昂《たかぶ》りを発散させるために、繰り返し身を縮めては拳《こぶし》を振った。それから鼻から息を吸い込み、コートを着た。

部屋を出る前、彼はマイラの上に身をかがめ、その耳もとにささやいた。「ちょっと散歩してくるよ、ハニー。眠れないんだ」マイラはしわがれたうめきでこれに応えた。返事というよりもいらだちの声だ。ちゃんと起こして、もう一度、話そうかとも思ったが、結局その必要はあるまいと判断した。唯一の懸念は、彼女がトイレに行きたくなり、ベッドを出ざるをえなくなることだ。念のため、メモを置いていこうか? 室内のデスクには、メモ用紙とペンがあった。どちらも、ホテルの名が浮き彫りで入っているやつだ。彼は、散歩に出かける、すぐもどる、と走り書きした。メモの上には、帰ってきたとき彼女が読んだかどうかわかるよう、文言の一部を覆う格好で、水のグラスを載せておいた。

部屋を出ると、ホテルの裏の駐車場に通じる奥の階段を下りていった。冷たい夜気のなかに足を踏み出し、彼は手袋をはめた。駐車場に人影はなかったが、外の通りのどこかで、一軒のバーから別のバーへと向かう集団が歓声をあげるのが聞こえた。

マシューはフィアットに乗り込み、ニューエセックスへと向かった。途中、彼はマイラのことを考えた。鍵のかかったホテルの部屋で、安全にベッドに寝ているマイラ。仮にそうしたくても、誰も彼女に危害を加えることはできない。するとそのとき、ミシェルのことが頭に浮かんだ。彼女は死期間近の父親を訪ねている。そして彼氏は、その隙にどこかのウェイトレスをつまみ食いするわけだ。息が止まるほどの怒りが押し寄せ、体を駆け抜けていった。ほんのわずかでも力を（整った顔、歌唱力、少額の金を）与えれば、男が真っ先にするのは、女をひとり、できればふたり、打ちのめすことなのだ。彼は束の間、父を思い出すことを自らに許した。自分が独裁者となるために父が世界を狭《せば》めたことや、その支配下で生きる以外、母になすすべがなかったことを。マシューにもなすすべはなかった。それを言うなら、リチャードにもだ。

ヘッドライトの光を浴びて、緑の標識が明滅した。それは出口が二マイル先であることを示していた。彼は窓を下ろして、潮気を含む空気を肺《はい》に吸い込んだ。〈ラスティ・スカッパー〉への行きかたは頭に入れてあり、携帯電話は部屋に置いてきていた。

信号をふたつ通過し、入江の短い橋を渡ると、右に折れて、バーのある道路、シーグラス・レーンに入った。窓を開けてあるため、〈ラスティ・スカッパー〉の駐車場に差しかかったときは、ベースギターの鈍《にぶ》い音がかすかに聞こえた。空気はいま、干潮時のような、泥臭い湿っぽいにおいを含んでいる。また、ピックアップ・トラックのまわりに寄り集まった四人グループからは、はっきりとマリファナの刺激臭もした。

マシューはさらに二百ヤード進んで、小さな保険代理店の裏の駐車場に車を駐めた。グーグル・マップで調べてあったので、バーの裏手に出る歩道が、ニューエセックス川ぞいを走っているのはわかっていた。その道はすぐに見つかった。〝ニューエセックス川遊歩道〟という小さな標識が出ていたのだ。マシューはバーに向かってその木造の歩道をぶらぶらと歩いていった。彼が通り過ぎていくと、魚が一匹、川面《かわも》から飛び出してきた。また一度は、発育不良の低木のなかを何かがバタバタと駆け抜けていった。バーが近づくと、覚えのあるサウンドが聞こえてきた。Cビームズが例のカバー曲、「寂しき4番街」をやっているのだ。前回のライブが参考になるとすれば、彼らのライブは終わりに近づいていることになる。マシューは腕時計に目をやった。そろそろ十二時だ。

彼は駐車場に入って、車の列に目を走らせ、スコットのダッジ・ダートをさがした。それは二階建ての煉瓦造りのバーの後方、お客たちがタバコを吸う裏のパティオのすぐ下に駐められていた。隣には、あのバンドのドラマーのものとわかるバンもあった。マシュー自身の車は、理想的な場所で暗闇に包まれている。だから彼は、今夜やれるんじゃないか、とささやきかける心の声を抑えることができなかった。すべての条件が整いつつあった。

マシューはあたりを見回し、誰もいないのを確認した。それから、ジャックナイフを開いて、スコットの車の左後輪のタイヤに穴を開けた。ナイフは一時《いっとき》つかえた。古くなった空気がすでにシューシューと抜けはじめている。マシューはナイフをぐいと引き抜いて、川べりの遊歩道に引き返した。ベンチがひとつ、川に向き合う格好で置いてあったが、体をねじればバーのほうを見ることはでき、ダッジ・ダートも見えた。彼は待った。その間、通り過ぎていった者はひとりだけだった。いやなにおいの葉巻を吸っている中年男。マシューは胸に顎《あご》を埋《うず》めて、眠っているふりをした——その葉巻男が、彼の無事を確認するようなお節介焼きでないよう願いつつ。男はお節介焼きではなかった。

〈ラスティ・スカッパー〉から聞こえてくる音楽がやんだ。お客たちが外に流れ出てきて、それぞれの車に向かうのを、マシューは見守った。誰も彼もが大声でしゃべっており、そのつまらない会話の断片がベンチのマシューにも届いた。バーの出口を見張る合間に、マシューは川に目を向けた。星のない空のもと、川は黒く見えた。あたりは暗かったが、彼はその速い流れを感じることができた。水が引き潮によって海へと吸いもどされていく。〈ラスティ・スカッパー〉の二階の窓の明かりが灯り、残っていた数少ないお客たちも帰るしかなくなった。駐車場はもう空《から》っぽに近い。一台のトラックのそばに中年のカップルが立ち、どちらが家まで運転していくかで言い合っている。店の裏の両開きのドアがカーンという金属音とともに開き、マシューは、機材を運び出すCビームズのメンバーふたりを認めた。ドラマーが、例の夜、〈アウルズ・ヘッド〉でマシューが見たあのバンに楽器を積み込みはじめた。

ベースがドラマーを手伝っている。スコットはどこだろう。おそらく、店内に残っている追っかけどもを値踏みして、つぎの獲物をさがしているのだ。マシューは、スコットのバンド仲間が先に帰ってしまうよう願っていた。彼がひとりでタイヤ交換をせざるをえなくなるように。スコットが暗い駐車場にひとりになる見込みはまだかなり低い。それはわかっているが、そうなった場合の準備はできていた。

さらに二十分が過ぎ、ドラマーとベースはどちらも立ち去った。その後まもなく、スコットが店の裏口から出てきたが、彼はひとりではなかった。若い女が彼と一緒で、服装（Tシャツと言ってもいいようなタイトなドレス）こそ前とちがったものの、それが〈アウルズ・ヘッド〉のあのウェイトレスであることは明らかだった。彼女がいることに驚きはなかったが、マシューはがっかりした。スコットがギターケースを後部座席に放り込み、その後、ふたりは車に乗り込んだ。エンジンがかかり、ダートはアスファルト上をすばやくバックしたかと思うと、それと同じくすばやく停止した。スコットが車から飛び出してきて、後輪のタイヤを調べた。マシューのところまで「くっそー」という声が漂ってきた。それから別のドアがバタンと閉まった。ウェイトレスも車から降りてきて、いまはスコットの隣にしゃがみこんでいる。マシューにはふたりの声（スコットのいらだたしげなのと、女の愚痴《ぐち》っぽいのと）が聞こえたが、言葉までは聞き取れなかった。スコットがトランクを開けて、スペアタイヤを取り出した。それとジャッキらしきものを。彼がふたたび車のそばにしゃがみこむ。

ウェイトレスのほうは二フィート離れ、腕組みをして立っている。これだけ距離があっても、マシューには彼女が震えているのがわかった。スコットは裏地がフリースのデニム・ジャケットを着ている。彼は車をジャッキで押しあげはじめた。

ウェイトレスが何か言った。言葉はやはりよく聞き取れない。スコットはいまも作業に集中しており、振り返りもせずこれに答えた。ウェイトレスは店の裏口へと引き返し、重たい両開きのドアをバンバンたたいた。五秒後、ドアは開かれ、ウェイトレスはするりとなかに入った。

アドレナリンがどっとあふれ出るのがわかった。マシューは、この瞬間まで自分が本当にチャンスが来ると思っていなかったことに気づいた。だがいま、そのチャンスがここにある。

彼は立ちあがり、キャップのひさしを目深《まぶか》に下ろして、駐車場に目を走らせた。まだ何台か車があるが、人影は見当たらない。入れ子式の棍棒をヒュッと振ると、それは伸び切ってカチッと固定され、長さ二十一インチの固い鋼鉄となった。その棍棒を一方の脚にそわせて持ち、念のため、反対の手にスタンガンを持って、決然と、だが、急ぎすぎないように、彼はダートへと歩いていき、ぐるりとうしろに回って、スコットの背後に立った。車はジャッキで押しあげられており、スコットはラグレンチを回そうとしていた。すぐうしろにいるマシューに、彼はまったく気づいていない。五秒間、マシューはただそこに立ち、目の前にしゃがみこんだこの虫けらに対する自らの圧倒的な優位を味わっていた。それから彼は手を振り上げ、渾身《こんしん》の力をこめてスコットの頭頂部に棍棒をたたきつけた。スコットはしわがれたうめきを漏らすと、意識を失って横倒しになった。マシューは片膝《かたひざ》をつき、再度、棒を振りあげて、さっき打ちつけたのと同じ箇所に力一杯、打ちおろした。今回、その音は、ゴツンという固い音ではなく、むしろバリッと砕けるような音だった。血の流出に備え、すぐ飛びすされるように、マシューはすばやく立ちあがった。ビニール袋とダクトテープを持ってこなかったことを彼はひどく悔やんだ。もっとも、そういうものを使う時間があったとは思えない。第一、スコットはたぶんもう死んでいる。この事実はそれだけで充分満足のいくものだった。念のためにもう一度、殴打すべきだろうか――彼は迷ったが、やりすぎるのが心配だった。棍棒が脳みそにめりこむのが。そんなことになったら、とても耐えられない。

マシューは再度、身をかがめ、アスファルトに先端部を押しつけて棍棒を縮めた。それから、生命徴候がないかスコットの体を調べたが、そのあいだも、ドアの開く音がしたらすぐ川べりの遊歩道にダッシュするんだぞ、と自分に言い聞かせていた。

スコットは死んだ――二度の強打で打ち倒されたのだ。そう納得して、マシューは立ちあがった。ふと見ると、二十フィートほど先、駐車場のまんなかに、ニット帽をかぶった女が立ち、じっとこちらを見ていた。束の間、ふたりの目が合った。

第十七章

マシュー・ドラモアに何か言おうとヘンは口を開いたが、言葉はひとつも出てこなかった。マシューはまっすぐにヘンを見ていた（誰なのかわかったような目だとヘンは思った）。それから彼は向きを変え、足早に歩み去った。〈ラスティ・スカッパー〉を取り巻く暗闇に呑まれ、その姿はたちまち見えなくなった。

「ちょっと」ヘンはなんとかそう叫んだ。その声は彼女自身の耳にも奇妙に、弱々しく聞こえた。それから彼女は、ダッジ・ダートのほうにゆっくりと走っていき、そのうしろに回った。アスファルトの地面には、まるで眠っているかのように体を丸め、スコット・ドイルが倒れていた。ヘンは彼の肩をゆすぶった。反応はないものと思っていたのだが、スコットはごろりと身を転がし、目を見開いた。喉に液体が溜まっているような声で、彼はなんとかひとことふたこと言葉を発した。

ヘンはジーンズから携帯電話を取り出して、九一一番にかけた。

＊

Cビームズの演奏は意外にも楽しめた。この前、バーで本物のバンド——お客たちを本当に踊らせようとするバンドを見てから、もうずいぶんになる。ヘンは、演奏が始まった直後に〈ラスティ・スカッパー〉に着き、カウンターのふた組のカップルのあいだに空いた席を見つけた。彼女はダーティー・マティーニを（たぶんマティーニを飲むのに最適のバーではないのだろうが、どうしても一杯ほしかったので）オーダーし、バンドを見るために椅子をくるりと回転させた。彼らはキンクスのカバーらしきものを演奏していた。マシューがいないか確認しようとして、店内を見回したが、彼の姿は見当たらなかった。実際に彼が現れたらどうするのか、彼女はまだ決めていなかった。おそらくは、ただ監視する。向こうに気づかれないよう用心する。ヘンはほんの少し変装していた。ジーンズにカウボーイ・ブーツにフランネルのシャツという格好で、頭には何年か前に買ったものの、一度もかぶったことのなかった新聞配達人風のニットのキャップをかぶっていた。

マティーニが来た。それは、いまにもこぼれそうに縁《ふち》までなみなみと注がれていた。彼女は頭をかがめ、キーンと冷えた塩からいそのカクテルを小さくひと口飲んだ。そうして変装し、完全に匿名《とくめい》でいられることが、なぜか心地よかった。いまの自分を見たとき、人には何が見えるのだろうか？　見当もつかないため、ヘンは本気で考えてみた。彼女は見てくれがよい。それはわかっていたが、同時に自分にどこか近寄りがたい部分、人を反発させる冷たさがあることもわかっていた。彼女はグラスを手に取って、前よりも大きくひと口飲んだ。U字形のカウンターの向こう側には女性のふたり連れがいた。一方はペイトリオッツ（ニューイングランド・ペイトリオッツ。マサチューセッツ州に本拠地を置くフットボール・チーム）のジャージを着ており、もう一方はタイトなジーンズに光沢のある黒いシャツという格好で、髪をつんつん突っ立てている。ヘンはこのペアの一方がこちらを見ているのに気づいた。過去の一時期、ヘンは、もしレズビアンだったなら、もっとおもしろい人生を送れたろうに、と思うことがときどきあった。彼女はいまもそう思っている。面白味のないこの人生を堪能してはいるけれども。

バンドはヘンの知らない曲を演奏しており、これは彼らのオリジナル曲だろうと彼女は思った。〈ラスティ・スカッパー〉には小さなステージと小さなダンスフロアがあり、お客たちは実際、オリジナル曲のときも踊っていた。それは見慣れない光景だった。ヘンはロイドの好きなバンドを見に行くのに慣れていたから。それは主に、芸術家ぶったローファイ・バンドで、その種のバンドが引き寄せるのは、ジーンズに黒のTシャツという格好の男たち、立ったまま腕組みをして音楽を鑑賞する、お腹が出はじめた連中なのだ。ときおりお客の一部がビートに合わせ、首を揺らしたりもするが、彼らは絶対に踊らない。ところがここでは、ふた組のカップルが踊っている。それに、明らかに女子会をしているらしい中年女性のグループも。また、ダンスフロアの端のほうには、グレイと白のストライプのTシャツ・ドレスに黒のロングブーツという格好の連れのいない女がいた。このバーには若すぎるように思えたが、彼女は膝のあたりに〈ミラー・ハイライフ〉のボトルを持っていた。ヘンには、この女が演奏中の曲の歌詞を口ずさんでいるのが見えた。あれはバンドのメンバーの恋人にちがいない。〈アウルズ・ヘッド〉のライブの夜、リード・ヴォーカルと一緒に車に乗り込んだ女性だろうか？　どうもそのようだ。

ヘンはマティーニを飲み終え（ペースが速すぎた）、ウォッカ・トニックをオーダーして、ゆっくり飲むよう自分に命じた。彼女はときおり店内を見回し、人々の顔に目を走らせてマシューをさがした。トイレに立ったときは、ビリヤード台が二台ある別室の前を通ったので、彼がいないかどうか確かめるために、なかをひと巡りした。ひとりの男がビリヤードをやりたいのかと声をかけてきたが、彼女は人をさがしているだけだと答えた。

「その男、きっと来るよ。あんたが待ってるならな」男は言った。彼はローウェル・スピナーズのキャップをかぶっていた。ヘンは彼に屋内で帽子をかぶるものじゃないと言ってやりたかった。だが考えてみると、彼女自身もいま、帽子をかぶっているのだ。

「相手は女性だけど」

「いいね」

カウンター席にもどったとき、彼女は軽いめまいを覚え、まだ食事はオーダーできるのか訊いてみた。

「厨房《ちゅうぼう》は閉まっていますが、ポテトチップスならあります」

ヘンは〈ダイエットコーク〉とソルト&ヴィネガー・チップスをふた袋、オーダーした。

すると、家に残してきたロイドの猫、ヴィネガーのことが頭に浮かんだ。たぶんあの子はリビングで眠っている——ロイドのリクライニング・チェアで。すると今度は、ロブのかがり火パーティーに行っているロイドのことが頭に浮かんだ。彼はマリファナで酔っ払い、ロブか大学時代の友達の誰かと早口でしゃべっているだろう。彼らの話題はなんだろうか？　昔、それは音楽だった。あるいは、ロイドが自分の作りたいドキュメンタリーについてしゃべりまくるか。それは音楽ドキュメンタリーで、観《み》る人にその歌を一曲も聞かせずにあるバンドの姿を描くとか、そんなふうなやつだった。いま、彼らはたぶん、政治の話をしているだろう——まるで自分たちに世界を正す力があるかのように。

「一緒に一杯やらない？」

　それはレズビアンのカップルの片割れ、光沢のあるシャツを着たほうだった。彼女は頭をめぐらせて、ペイトリオッツのジャージを着た男っぽい友達を示した。

「ぜひ」ヘンはそう言って、その女に従い、カウンターのU字の向こう側に回った。

「何を飲む？」自分と友達の紹介をすませると、女は訊ねた。バンドはビートルズのある曲をロカビリー風に威勢よく演奏している最中で、ヘンには彼女たちの名前がよく聞き取れなかった。ステファニーとマロリーだと思うのだが、どちらの名も目の前の女たちには似つかわしくなかった。

「〈ナラガンセット〉（ニューイングランドの代表的ビール）がいいかな」ヘンが言い、ステファニー／マロリーがそれを三つオーダーした。

三人は一緒に飲み、おしゃべりした。バンドはステージを終え（お客の半数はここで外のデッキに出て、タバコを吸った）、その後ふたたびもどってきて、まず「ノーヴェンバー・レイン」を、つづいて、ボブ・ディランの曲を演奏した。それはヘンの好きな曲だったが、タイトルは思い出せなかった。アンコールのあいだ、ヘンとふたりの新しい友達は、ダンスフロアの雑踏のなかでずっと踊りつづけた。誰も彼もがタバコと汗のにおいをさせており、ほぼ全員がバンドと一緒に（「ユーガッタ・ロッタ・ナアアアヴ！」と）歌っていた。ヘンは自分がそこにいるそもそもの理由を忘れ去った。彼女は、皮肉な楽しみかたではなく、純粋に楽しんでいた。それに、そこには新しい友達もいた。

席にもどったあと、ライブが終わって比較的、静かになった店内で、ヘンはふたりの女に、自分がウェスト・ダートフォードからはるばる車を走らせて〈ラスティ・スカッパー〉に来たことを話した。

「どうして？」

「近所のバーでこのバンドを見たことがあったの。今夜はひとりだったから、どこか初めてのところに行って、このバンドを見るのもいいかなと思って。そうしてよかった」彼女は新しい缶ビールのてっぺんから泡を吸い取った。

「帰り道が遠いね」ステファニーが言った（名前は絶対ステファニーだ――ヘンはペイトリオッツのシャツの女が彼女をそう呼ぶのを聞いたのだから）。「うちのカウチで寝たければ、わたしたちの家はすぐそこだけど」

「いいのいいの。大丈夫」

「別に口説《くど》いてるんじゃないよ」

「わかってる。ただね……帰ったほうがいいから」

「ウーバーで車を呼ぼうか」

ヘンは突然、気づいた。このふたりは自分が車を運転するのをなんとか止めようとしているのだ。彼女は缶ビールを下に置いて言った。「大丈夫だから。でも、このビールはやめておくね」

明かりがパッと点いた。そろそろ閉店らしい。ヘンはあたりを見回した。店内はほぼ空っぽになっており、天井のまぶしい照明のもと、何もかもがややみすぼらしく見えた。ヘンはくるりと向きを変え、ステージを見やった。バンドはすでに荷物をまとめていなくなっていた。「いま何時?」彼女は訊ねた。

外の駐車場で、ヘンはふたりの女にさよならを言い、それぞれと抱き合った。彼女はマロリーからタバコを一本、恵んでもらい、マロリーがそのタバコに火を点けてくれたあと、ふたりは立ち去った。ヘンが最後にタバコを吸ったのは、もう何年も前のことだ。結局、二度、深々と吸っただけで頭がくらくらし、そのタバコは駐車場のアスファルトの上でもみ消した。車に乗り込むと、ヘンは自分がどの程度酔っているのか見定めようとした。たぶん運転するなんて無茶なのだろう。彼女は少しのあいだ目を閉じ、危うく眠り込みかけて、ふたたび目を開いた。車の窓はすっかり曇っていた。そこでドアを細く開け、車内に少し外気を入れた。駐車場にはもう数台しか車が残っていなかった。彼女は外に出て体を伸ばし、寒気のなかでちょっと踵《かかと》の上げ下げをした。一時間前まで人と音楽に満ちあふれ、みんなが飲んで踊っていた〈ラスティ・スカッパー〉はいま、なんの変哲もない暗い二階建ての煉瓦の建物となっている。その奥のほうの暗がりに駐められた長い四角い車に、ヘンは見覚えがあった。まるで吸い寄せられるように、彼女は何歩かそちらに進んだ。すると、ダートのうしろに人影が現れるのが見えた。激しい恐怖が身内を駆け巡り、酔いを覚ました。彼女はさらに一歩、前進した。さきほどの人物はほとんど身じろぎもせずに立っていたが、やがてすっと身を沈め、見えなくなった。テニスの強いサーブのような音がした。つづいて、もうひとつ、野球のバットがボールを打つような乾いた音が。左右の脚はもはやないも同然だったが、それでも彼女はさらに二歩進んだ。例の人物は車のうしろで立ちあがっていた。その男は暗がりにいたうえ（なぜ男だとわかったのか不思議だ）、タイトな黒のキャップをかぶっていたが、彼がこちらを見返したとき、どこからか射す光がその目を照らした。それはマシュー・ドラモアだった。彼は向きを変え、走り去った。

＊

九一一に通報した直後、ヘンの背後でやかましくドアが開き、女が（というより、若い女の子が）現れた。彼女は束の間、困惑の色を見せ、それから、地面にあおむけになっているスコット・ドイルに駆け寄った。

「いま九一一に連絡しました」ヘンは言った。

「この人……何があったの？」

「誰かここにいたんです。その男が彼を何かで殴ったんだと思います」

ふたたびドアが開いて、男がふたり出てきた。どちらもラテン系だ。一方はタバコに火を点けはじめ、もう一方はヘンのそばにやって来た。「彼、大丈夫かな」

「わかりません」ヘンは言った。「いま九一一に連絡しました」

スコットはまだ意識があり、タイトなドレスのあの女に何か言っている。それがダンスフロアで見た女であることが、ヘンにはもうわかっていた。

女が言った。「大丈夫だから。とにかくじっとしてて」

スコットが何か言葉を返すと、彼女は言った。「〈ラスティ・スカッパー〉のすぐ外。ニューエセックスよ」

彼の言葉が聞き取れないかと思い、ヘンはもう少し近くに寄ってみた。ちょうどそのとき、両開きのドアの上の照明が点き、駐車場に蛍光灯の光があふれた。もうひとりの男は、たぶん照明を点けるためだろう、また屋内に引っ込んでいた。黄色いどぎつい光のなか、ヘンには頭部の傷が見えた。黒っぽい血まみれの陥没《かんぼつ》と細長い白いもの、頭蓋骨か脳みそが。彼女は反射的に口もとに手をやった。

「何州？」スコットがしゃがみこんでいる女に訊ねた。濡れタオルを通してしゃべっているような声だ。

「マサチューセッツ州よ、スコット。あなたが住んでるところでしょう？」

「メインだったらいいのにな」スコットは言った。五フィート離れていても、彼のなかから命が抜け出ていくのがヘンにはわかった。

女が肩を震わせて大声で泣きだした。そのとき、ヘンはサイレンの音を耳にした。赤いライトが彼方で明滅している。

救急隊員が先に到着し、これにつづいて制服警官二名がパトカーで現れた。警官の一方が、あなたは目撃者なのか、とヘンに訊ねた。

「そうです」彼女は言った。「正式に供述させてください。誰が彼を殺したのか、わたしは知っています」

第十八章

弁護士のサンジヴ・マリクが到着したのは、マシューが取調室に入ってちょうど一時間が過ぎたころだった。彼は二日分の無精髭《ぶしょうひげ》を生やし、やくしゃくしゃのスーツを着ていた。

「申し訳ない」隣の椅子にすわりながら、彼はマシューに言った。「マイラのメッセージを見たのが、一時間前だものでね。きみはいつからここにいるんだ？」

「正午ごろポーツマスからもどったら、警察が家で待っていたんだよ。妻はきみにどこまで話した？」

「知っていることを全部。あまり多くはなかったが。きみは逮捕されたのか？」

「まず、聴取を受けに来ることに同意した。そのあと帰ると言ったら、逮捕されたんだ。警察によると、彼らには犯行現場でわたしを見たという証人がいるらしい。まったく馬鹿な話だよ。昨夜はずっとマイラと一緒に寝ていたんだからね。それに——」

「マイラはすでに正式に供述した。釈放までそう長くはかからんだろうよ。警察がまちがえた。それだけのことさ」

「こっちはその男を知りもしな……殺されたのは誰だったかな？」

サンジヴはメモを見た。彼はマイラの父方の遠い親戚だ。だがマシューは昔から、自分がマイラとつきあっていたころ、彼は花婿《はなむこ》候補として彼女に紹介されたのではないかと思っている。

「昨夜、〈ラスティ・スカッパー〉で演奏したバンドのリード・ヴォーカルだよ。バンドの名前はCビームズだ」

「ああ、そうだった。警察から聞いたよ。実際、そのバンドのことは知っているんだ。うちの近所の〈アウルズ・ヘッド〉という店で演奏していたからね」

「ほう」サンジヴは言った。

「別にメンバーと知り合いってわけじゃない。ただ、その店で食事した夜に、彼らが演奏していたってだけのことさ。単なる偶然だよ。そのバンドのことを覚えていたのも、職場の同僚がメンバーのひとりと知り合いだからにすぎないんだ」

「どのメンバーと？」

「殺された人だと思うが、確かじゃない。警官によると、彼の名前はスコットだそうだが」

「スコット・ドイルだよ」

「おそらく彼だと思うが、姓は知らないんだよ。わたしを現場で見たと言ってるのは誰なんだ？」

「まだわからない。だが突き止めるよ」

前夜、マシューはほとんど眠れず、ベッドに横たわったまま、頭のなかで何度も何度もバーの裏での出来事を振り返っていた。ヘンは二十フィート先にいた。彼には彼女がはっきりと見えたが、こちらは暗がりにいたのだから、向こうにそれが彼だと確実にわかったわけはない。それに、彼にはアリバイがある。鉄壁のアリバイだ。マイラは夜じゅう、彼が隣で寝ていたと言うだろう。自分が飲んでいたことに触れるかどうかも大いに怪しい。なおかつ、物的証拠はもうどこにもない。彼は裏通りを走ってポーツマスに引き返し、塩沼のほとりの空き店舗となったガソリンスタンドに車を止めて、指紋をきれいにぬぐったうえで、あの棍棒を水中に投げ込んだ。ジャックナイフとスタンガンは、かつて駐車場だった区画の破損したアスファルトの下に埋めた。帽子と手袋と靴もだ。その後、彼は（誰にも見られずに）ホテルの部屋にもどり、シャワーを浴びて、ベッドに入った。わざわざマイラを起こすこともしなかった。

その日いちばん大変だったのは、シカモア・ストリートの自宅に着き、捜索令状を持ったふたりの刑事に迎えられたとき、驚いた芝居をすることだった。

「マシュー、心当たりはないか……誰かきみを陥《おとしい》れたいと思うような人間はいないかな？」

サンジヴが訊ねた。

それは、ふたりの刑事のどちらからもまだ出ていない質問だった。

マシューは息を吸った。「実は、ひとりいると思う」彼はそう切り出して、隣家の女のことを洗いざらい話した。古い事件の捜査のためにケンブリッジ警察の刑事が家に来たことや、刑事を送り込んだのは彼女だと自分が思っていることも。

「なぜその人だと思うんだ？」サンジヴは訊ねた。

「いや、お恥ずかしい話だが、彼女のことをネットで調べたんだよ。単なる好奇心さ。新しい隣人でもあることだしね。そうしたら彼女は、以前にも犯してもいない犯罪で人を告発したことがあったんだ。だから可能性はある。もちろん馬鹿な話だが。で、きょうの午後、警察が家に来ているのを見たとたん、なぜか彼女のことが頭に浮かんだんだ」

「彼女の名前は？」

「ヘンリエッタ・メイザー」マシューは言った。

「いまわたしに話したことはすべて警察に話さなきゃいけない。正確に、いま話したとおりに。いいね？」

マシューは言った「わかった」

＊

彼は五時少し前に釈放された。マイラが家まで彼を車に乗せていった。迫りくる夕闇のなか、どの窓も暗いヘンリエッタの家を通り過ぎるとき、彼は人のいる様子がないか首を伸ばしてそちらを眺めた。

「何を見ているの？」マイラが訊ねた。

「お隣さんが家にいるかどうか確かめようと思ってね」

「なぜ？」

「昨夜、バーで僕を見たと言っている証人というのは、どうもヘンらしいんだ」

「なんですって？」

家に入り、ほしくてたまらなかった〈ダイエットペプシ〉を飲み終えたあと、マシューはマイラに自分の疑いを話した。

「あの人、ここに来たのよ」マイラは言った。

「どういう意味?」

「その日からシャーロットに行ってて、話す機会がなかったんだけど、彼女はうちに来て、もう一度、家を見せてくれって言ったの。全部の部屋を見たいって」

「きみはなんて言ったの?」

「なんて言ったって、どういう意味? どうぞって言ったわよ。彼女に会えて、すごくうれしかったし」

「それで、彼女はこの家の部屋を全部見て回ったのか?」

「怒らないでよ。何も彼女をここでひとりにしたわけじゃないんだから。わたしたちは一緒に部屋を回ったの。食事会のときみたいに」

「彼女は僕の部屋も見たがったの?」

「え? わたしたちの寝室を?」

「いや。僕の書斎だよ」

「ふたりであなたのデスクのサイズを測った。彼女が、ひとつ買おうかと思ってるって言ったから。だって、考えてもみなか……」

「わかってるよ。きみを責めてるわけじゃない。まだびっくりしてるだけさ。彼女はまともじゃないと思うよ、マイラ。僕を人殺しだと思い込んでしまい、やっつけようとしてるんだろう。たぶんここに何か証拠を仕込んでいったんじゃないかな」

マイラは顔をしかめた。「わたしはあなたを信じてる。でも、わけがわからないわ。なぜあなたなの？」

「きっと僕とダスティン・ミラーを結びつけたんだろうな。その子はうちの学校の元生徒で、二、三年前に殺されている」

「サセックス校にいるときに？」

「いやいや。何年もあとにさ。正直なところ、その事件のことはよく知らないんだ。でも捜査はいまもつづいていてね。ケンブリッジ警察の警官がやって来て、僕とその話をしたんだよ」

「いつ？　なぜわたしに黙っていたの？」

「心配をかけたくなかったから。それにきみは出張でシャーロットに行っていたし。大したことじゃなかったからね。とにかくそのときは、大したことじゃないと思ったんだよ」

「それであなた、ヘンがその警官を差し向けたと思っているわけ？」

「彼女がそうしたことは確かだよ」マシューはフェンシングのトロフィーのことに触れたくなかった。それをよそへやったのが奇妙に見えることはわかっていた。「何か僕に恨みがあるとか、そういうことじゃないんだろう。これはただ……彼女のかかえている問題なんだ。

強迫観念みたいな。存在しない殺人者が彼女には見えるわけだよ」

「でも、そうは言えないでしょ、マシュー。現実に人殺しがいるんだから。きのうの夜、誰かがあの歌手を殺したんだから」

「そうだね。きっと彼女は誰かが心にひっかかると、その相手を犯罪者だと思いはじめるんだろうな」

「だけど、なぜ彼女はそこにいたの？　たまたま犯行を目撃したなんて。おかしいと思わない？」

マイラは立ちあがって、隣家に面した窓のところに行った。彼女はカーテンを二インチほど片側に寄せた。

「明かりは点いてる？」マシューは訊ねた。

「点いてない」

「さっきなんて言っていたっけ？」

マイラは振り返った。「たぶん彼女は事件に関与しているのよ。警察は彼女を疑っているんじゃない？　彼女は現場にいた。あなたはいなかった。たぶん彼女はあなたをはめようとしているのよ」

「すじが通らないな」

「どうして？　彼女はあなたが人を殺し、うまく逃げおおせたと思っている。だから自分で別の人を殺して、あなたがやるのを見たと言っているの」

「そんな馬鹿な。でも、もし本当にそうなら、警察が真相を解明するさ」

「その記事を見せてくれない？　彼女の大学時代の事件の」

＊

その夜、マシューは妻の寝息に耳をすませていた。やがて呼吸は遅くなり、少し喉音《こうおん》が交じりだした。ようやく寝入ったと思ったとき、彼女が言った。「刑事って朝何時に出勤すると思う？」

「さあ、わからない」

「朝、起きたらすぐ電話してみよう。早くから出ているかもしれないものね」

五分後、彼女は訊ねた。「ドアの差し錠はちゃんとかけた？」

「かけたよ」彼は言った。「でも心配なら、もう一度、確認してこようか」

「ううん、大丈夫。あのくそ女」まるでずっと隣人の話をしていたかのように、マイラは言った。マシューはこれまで妻がそんな言葉を使うのを聞いたことがなかった。

「まだ決めつけるのはよそう。もしかすると、大きな誤解にすぎないのかもしれない。彼女は本当に僕を見たと思っているのかもしれないからね」

「普通ならわたしもそう考えるんだけど。でもあの記事。彼女が大学であの被害者にしたことを思うとね」

「わかるよ」マシューは言った。そして今回、彼女はすべてをぶち壊した。ヘンリエッタ・メイザーと出会う前、俺は二重生活を送っていた。どちらもシンプルだったし、それぞれに安らぎと見返りがあった。そこへ不意に彼女が現れ、そのふたつをひとつにしてしまった。ややこしいひとつの泥沼に。マイラが殺人について語るのをベッドのなかで聴く日が来ようとは思ってもみなかった。なのに現実はこのありさまだ。俺だってヘンをくそ女と呼んでやりたい。だがそんな呼びかたをすれば、父と同じになってしまう。彼女はくそ女じゃない。だが、本人のためにならないほど、頭がいい。いまの俺は、巨大な嵐のまっただなかで、小舟に乗っている気分だ。うまく波に乗って、嵐が過ぎるのを待たなくては。

ついに眠りに落ちる前に、マイラは言った。「大好きよ、クマさん」この呼び名を、彼女は少なくとももう一年、使っていない。マシューはマイラの隣で不意に小さく丸くなって、彼女の太腿《ふともも》に脚をかけた。

「僕も大好きだよ」彼はそう言って、彼女の首に顔を埋めた。

「シーッ」マイラが言った。まるで凍えかけていて、彼女が唯一のぬくもりの源《みなもと》であるかのように、彼はその体にさらに体を密着させようとした。「シーッ、何も心配ないからね」

「本当に？」マシューはささやくように言った。

「本当よ、クマさん。大丈夫」

第十九章

夜明けに、マイラは目を開けた。眠ったことはわかっていたが、体も頭も休まった感じはしない。いまも丸くなって寝たままのマシューを起こさないよう、彼女は静かに起きあがってベッドを離れた。

ローブをはおって、階下におり、コーヒーを作ると、水を一杯、ごくごく飲んだ。それでもなお喉はひどく渇いていた。前日苦しんだ二日酔いの名残《なご》り。〈ポーツマス・アームズ〉では、本当に飲み過ぎた。胃はむかついているし、こめかみはずきずき疼《うず》いている。いつもの偏頭痛によく似た感じだが、この原因がアルコールとストレスであることはわかっていた。

彼女はリビングに移った。カウチに横になろうかとも思ったが、そうはせずに瞑想《めいそう》をしてみることにした。これは彼女の父の日課だ。朝のコーヒーを飲む前の十分間の瞑想。父はその効能を信じており、彼女は父を信じている。なぜなら、瞑想以外の点では、おそらく父は彼女の知る他の誰よりも実際家で、ニューエイジ系に縁遠《えんどお》い人だから。彼女はヨガマットを敷いて、その上に安座すると、呼吸に集中し、朝の光が硬材の床に描く菱形《ひしがた》の箇所を見つめた。しかしあと少しのところまでいきながら、昨日の一連の奇怪な出来事を完全に締め出すことはできなかった。特に、マシューを殺人の現場で見たと主張しているのが新しい隣人のヘンだったという点が気になってならない。まったく馬鹿げている――そのすべてが馬鹿げているが、それでもマイラはなんとか理屈をつけようとした。ヘンは実際、鬱病《うつびょう》を患っていると言っていたし、自分の脳を受け継がせるのがいやだから子供は持ちたくないとも言っていた。たぶん、彼女がイカレていて、どういうわけか、マシューを連続殺人鬼か何かだと思い込んだというだけのことだろう（とにかくマシューはそう思っている）。ただ……ヘンはまともに見える。それに、いい人そうに。いまでは、食事会のあとヘンがうちに来たのは、証拠をさがすためにすぎなかったとわかってはいるけれど。いや、あれは証拠を仕込むためだったのかもしれない。マイラは急に怖くなった。あの女はどこまでやる気だろう？　四人が出会ったあのブロック・パーティーのあとのことをマイラは思い返した。自分は、風変わりなアクセサリーを着け、髪をピクシーカットにした、芸術家っぽい新しい隣人をすっかり気に入ってしまい、あの夫婦をぜひ食事に招きたいとマシューに言ったのだ。

「ぜんぜん知らない人たちじゃないか」彼は言った。

「知らない人は、まだ出会っていない友達なのよ。わかってるでしょ、マシュー」彼女は笑いながら言った。本当は、友達に関するその話――いや、話というより言い合いはしたくなかった。ここ何年か、マイラはもっと友達がほしいと思っているが、マシューのほうはむしろ友達を減らしたがっているのだ。

「したいようにすればいいよ」マシューは言った。

だから彼女はしたいようにした。その結果がこれだ。現在、彼女には、夫をつけねらう異常な隣人がいる。

でも土曜の夜、実際に殺人事件が起きたのだ。どこかの男が死んだのだ。

マイラは少しストレッチをした。考えることが山ほどあり、彼女の頭は乱れだしていた。落ち着いて。彼女は自分に命じた。きのうのことを考えるのよ。がんばって客観的に見るの。

そこで彼女は、つま先を指でつかみつつ、前日のことを考えた。まず頭に浮かぶのは、あの二日酔いだ。何年ぶりかのひどいやつ、おそらく過去最悪の二日酔い。なぜあんなに飲んでしまったのだろう？

あんたの夫が飲ませたからよ。

マシューはしきりと飲むようにすすめてきた。その点はまちがいない。アルコール飲料は年に二杯、飲むか飲まないかのマシューが。ふたりは宿のあのお洒落《しゃれ》なバーにいた。店内はすべてダークウッドで統一され、キャンドルの灯が明滅していた。そしてワインはすばらしくおいしかった。そのあと、マイラはスコッチ・ベースの甘い飲み物を少し飲んだが、こちらの味もワインにひけをとらなかった。自分がこう考えたのを彼女は覚えている――この人はわたしを酔わせようとしている。マシューがわたしを酔わせようとしている。そして、なぜだろうといぶかり、たぶん理由はセックスにあるのだと思った。たぶん彼は寝室で何か試してみたいのだ、と。この考えは不快なだけでもなかったが、心惹かれるとも言えなかった。この前ちょっと変態っぽくなったとき（一年以上前のことだが）彼はマイラに、黒のストッキングをはいたままでいてほしいと言った。そのこと自体は気にならなかった――それどころか、かなり欲情が昂った。また、彼にうつぶせにひっくり返され、うしろからのフィニッシュとなったときも、やはり気にはならなかった。気になったのは――ひどくショックだったのは、終わったあと、彼女が振り返って見たとき、彼が嫌悪に満ちた表情で見返してきたことだ。ほんの束の間のことだが、その表情はまちがいなくそこにあった。そのあと彼は真っ赤になり、彼女と目を合わせることもできずにいた。

「おもしろかったわ」なんとか場を取り繕《つくろ》おうとして、マイラは言ったが、彼はすでにシャワーを浴びるためにバスルームに向かっていた。

マシューが〈ポーツマス・アームズ〉への小旅行を提案したのは、寝室でまた何か新規なことを試すためなのではないか――彼がクラム・ディップと酒をしきりにすすめだす前から、マイラの頭にはこの考えが確かにあった。それを念頭に、彼女は今回の旅行には黒のストッキングを持っていかなかったのだ。あの憎悪にも似た彼の表情を二度と見たくなかったから。

結局、部屋にもどったとたん、彼女はベッドの縁にすわりこんでしまった。あのときは部屋全体が、荒天のもとの小舟よろしく傾いていた。マシューが優しくベッドの上掛けにくるみこんでくれたのを、彼女は覚えている。また、こんなに揺れている部屋で果たして眠れるのかどうか、自分が危ぶんだことも。しかしあの夜のことで、彼女が覚えているのは、それだけだ。

翌朝、マイラはいつもどおり早く目覚め、バスルームに行って、イブプロフェンを四錠のんだ。ホテルの金臭い水道水三杯で薬を流し込むと、胃袋がうねったが、ふたたび眠ることはできた。つぎに目覚めたのは、すでに着替え、シャワーで濡れた髪をしたマシューがルームサービスの朝食のトレイを運んできたときだった。彼は彼女の大好物のトマト・チーズ・オムレツをたのんでくれていた。まず少しだけ齧《かじ》ってみたあと、彼女はその残りをバター付きトースト三切れとともに一気に飲み下し、このぶんなら死にはしないと判断した。

そしてその日、昼過ぎにポーツマスからもどってみると、あの刑事たちがふたりを待っていたのだ。一方は覆面パトカーの車内におり、もう一方はそのサイドに寄りかかっていた。

泥棒が入ったんだ。マイラは思い、マシューは小声で「んん？」と言った。

しかし泥棒が入ったのではなかった。マイラが詳しい説明を繰り返し刑事らに求めたにもかかわらず、マシューは署まで同行して聴取を受けることに同意した。「大丈夫だよ」彼は言った。「僕は何もしていない。だから心配いらないさ」その口調は、マイラの現実主義的な父の口調に似ていた。ただし、彼女の父の現実主義は、父に逆のことを言わせただろうが。潔白であることは、安全の保証にはならない。

「サンジヴに連絡する？」ふたりの刑事とともにマシューが車に乗り込むとき、マイラはそう訊ねた。

「その必要はないよ」彼は言ったが、マイラはとにかく弁護士に連絡した。また、そうしてよかったと思っている。警察署に行くことに彼が同意したあと、家にはまた別の刑事が、今度はマイラに質問するためにやって来て、前夜の夫の所在について訊ねた。

「ずっとわたしと一緒でしたよ」彼女は言った。「なぜそんなことを訊くんです?」

「夜のどの時点かで、離れていたことはありませんか?」この刑事は信じられないほど若い、肌の色が明るい黒人男性で、最近、大幅に痩せたのか、着ているスーツがぶかぶかだった。

「いいえ。ポーツマスのホテルで夜じゅう一緒に過ごしました。何を疑っているのか知りませんが、やったのはあの人じゃありませんよ」

マイラは警察署に行った。ようやくサンジヴがマシューとともに現れたのは、二時間近く待ったあとだった。マシューは殺人容疑で逮捕されたのだが、その割には、非常に冷静に見えた。彼はあの隣の女、ヘンのことをすっかり話してくれた。彼女が彼を告発したことも、警察は彼女を信じていないので、まったく心配いらないということも。ヘンには似たようなことをした前歴があるのだ。

だけど、彼はなぜあんたをあんなに酔わせたの?

マイラはその考えを脇に押しやった。その線を追えばどこに到達するかはわかっているし、あのことをいま考えるつもりはない。いまはまだ――他のことで手一杯だから。彼女の夫には——マシューには問題がある。彼は普通とはちがうのだ。子供時代があれ、育った家があれでは、無理もない。家族がどんなだったかを思えば、彼は信じられないほどノーマルだ。堅い仕事を持つ平均的な男。彼女にはいつも親切だった。いや、親切なんてものじゃない。彼は救い主だ。生涯つづくジェイ・サラヴァンによる虐待から、彼女を救ったのだ。

具体的に言うと、どうやって救ってくれたの、マイラ？

彼女はその声を締め出して、自分にこう言い聞かせた——ジェイが死んだとき、彼はそこにいてくれた。そこにいて、ばらばらになったわたしの破片をかき集め、もとどおりひとつにしてくれた。そうすることで、彼はわたしを救ったの。それ以外、あの一件には何もない。

もしそれだけじゃないとしたら？

それでも彼はわたしを救ったのよ。マイラは思った。彼はわたしを救い——

トラックが一台、ガタゴトとシカモア・ストリートを走っていく。マイラは立ちあがって、窓辺に歩み寄った。道は見渡すかぎり朝靄《あさもや》で霞《かす》んでいた。

「早起きだね」マシューの声だ。彼は階段のすぐ下に立っていた。すでに着替えているが、足は靴下だけだ。そうでなければ、下りてくるのが聞こえたはずだった。

「目が覚めちゃって、それっきり眠れなかったの」彼のほうを向いて、マイラは言った。

「きのうはちょっと大変だったものな」

「ちょっと？」

「コーヒーのにおいがするね」

「そう、ポット一杯分、作った。必要かなと思って」

マイラはマシューのあとからキッチンに入っていき、度胸が消えないうちに、前夜、訊きたかったことを訊ねた。「例のフェンシングのトロフィー――ヘンと彼女のご主人が食事に来た夜のことだけど、あれには何かあったわけ？」

「どういう意味だい？」

「あの夜、うちを見せて回ったとき、フェンシングのトロフィーを見て、ヘンがおかしな反応を見せたでしょう？　あのトロフィー、サセックス・ホール校の生徒が殺された事件と何か関係あるんじゃないかと思って」

「どうやら」マシューはゆっくりと言った。「ダスティン・ミラーは、フェンシングの試合の遠征中、サセックス・ホール校の他の生徒をレイプしたとして訴えられていたようなんだよ。それであの人は、つながりを見出したんだろうね」

「どんなつながりを？」

「それであの人は、僕がダスティン・ミラーの死に関与していると思い込んだんじゃないかな。たぶんトロフィーを見たのがきっかけで、あの話の記憶がよみがえり、なぜか僕をその件に結びつけたんだろう。あの人の脳がどう働くのか、僕にはわからないけどね」

「たぶん彼女は、あのトロフィーをダスティン・ミラーのものだと思ったんじゃない？　彼を殺したとき、あなたがそれを持ち去ったんだと?」

「そうだとしても、僕はまったく驚かない」

「でも、あなたはあのトロフィーをかたづけたわよね?」さりげない口調を心がけつつ、マイラは訊ねた。

マシューはクリームと砂糖をコーヒーに入れ終え、ひと口飲んだ。「そうだったね」

「なぜ?」マイラは訊ねた。

マシューは大きく息を吸い込んだ。「実は……実はね、僕はそもそもお隣さんに食事に来てほしくなかったんだよ——」

「なぜそう言わなか——」

「大した問題じゃないからさ。僕はただ……僕という人間を知ってるだろう? いまのままの生活で、僕は幸せなんだ。ところが、あの人たちがうちに来た。それは別によかったんだが、そのあと、ヘンが書斎にいたときに何か異変があったのが、僕にはわかった。トロフィーを見つめるあの人の顔を見たからね。だって、全員が見ただろう? あの人はいまにも気絶しそうに見えた。なぜあんな反応を見せたのか、さっぱりわからなかったが、とにかく僕はそれに気づいた。そのことが気になってしかたなかったよ。たぶん僕は、最初から彼らに書斎を見せたくなかったんだろうね。ある意味、あの場所を聖域とみなしているから。それで翌日、かたづけをしているとき、あのトロフィーもかたづけることにしたわけだよ。単なる気まぐれだな」

「あれをどこへやったの？」マイラは訊ねた。

マシューは考え中といった様子でしばらく天井を見あげ、その後、サセックス・ホール校でゴミ容器に捨てたのだと言った。「あれは古い教科書をひと山、返しに行った日だった。だからついでに、古いものをいくつかうちから持ち出して処分したんだよ。まさかきみは――」

「そうじゃない。ただ、あなたがそのことを訊かれるかもしれないと思ったの。ヘンがあのフェンシングのトロフィーをダスティン・ミラーのものだと思っているとすれば、警察が捜索令状を取る可能性もあるし――」

「そうはならないさ。警察はあの人の言うことなどまったく信用しないだろうよ。前にも似たようなことをしているわけだからね」

「なんだかすごい無力感を感じる。うちのすぐ隣に彼女がいて、わたしたちのことをどうとでも好きなように言えるんだもの。ほんとに怖い。何か禁止命令を出してもらったほうがいいんじゃない？」

「そうしたって、あの人がいろいろ言うのを止めることはできないだろう」

「そうよね。でも、彼女がうちの地所に入ること――わたしたちに接近することは、止められるんじゃない？　それが何かの足しになるかどうかはわからないけど、害にはなりっこないでしょ」

「わかった」マシューは言った。「ひょっとすると、あの夫婦はただよそに越していき、それですべてもとどおりになるかもしれないよ」

「そう願いましょう」マイラは言った。

「うん、そう願おう」オウム返しに言いながら、マシューは冷蔵庫を開けて、なかの棚にクリームをもどした。

第二十章

「釈放した？」怒りが声に出ないよう努めつつ、ヘンは言った。

「彼にはアリバイがあるんですよ」刑事の名前はシャヒーン。それは薄い唇《くちびる》としかつめらしい目をした三十代の女性だった。

「いいですか、その男は彼でした」ヘンは言った。彼女は前夜の経緯《けいい》をすでに七回、話している。また、マシューを〈アウルズ・ヘッド〉まで尾行していった夜——彼がつぎの犠牲者をつけまわしていた夜のことも話していた。彼女は真実をすべて話すことにしたのだ。その場合、自分が少々おかしく見えることはわかっていたけれども。

「それが彼だったというのは百パーセント確かなんでしょうか?」

「確かです。まっすぐ見つめ合ったんですから」

「バーの裏はかなり暗かったでしょう。他の目撃者たちは、ものを見分けるのはむずかしかったと言っていますよ」

「暗かったのは本当ですが、彼の目が見えないほど暗くはありませんでした。他の目撃者って誰なんです?」

「犯行の目撃者ではなく、われわれ警察が聴取した、昨夜、バーの裏にいた人たちです。Cビームズの他のメンバー。それに、ジリアン・ドノヴァンですね」

ジリアン・ドノヴァンというのがあのタイトなドレスの若い女だということは、もう教わっていた。彼女はスコット・ドイルのガールフレンドなのだ。

「月明りがあったんです」ヘンは言った。

会議室のドアが開いた。ヘンはこれまでに三つの異なる部屋で事情聴取を受けている。最初は、カメラが撮影している取調室、そのつぎは、ホイットニーという刑事の執務室だ。彼はこの事件の捜査主任のようだったが、現役の刑事にしては年寄りすぎるようにも思えた。その頭にはごくわずかしか毛がなかったが、顎には真っ白なヤギ鬚《ひげ》が生えていた。ヘンとの会話の最中ずっと、彼はへとへとに疲れているように見えた。

そしていま、ヘンは会議室にいる。この部屋はここ数カ月、使われていなかったらしい。

木製の会議テーブルに放置されていたマグカップをのぞきこんだとき、彼女はカビの白い点々に覆われた硬化したコーヒーの黒い輪を目にしていた。

「少しのあいだ話題を変えて、他のことについてお訊きしたいんですが、ミセス・メイザー」

「どうぞ」ヘンは言った。

「カムデン大学での初年度に関して、何か教えていただけることはありませんか？」

そう訊かれても、彼女は驚かなかった。その質問なら予想していた。それでもなお、その言葉は胸に打ちこまれたパンチのように感じられた。

「わたしが暴行罪で逮捕されたことをおっしゃっているんですよね？」

「ええ」

「わたしは躁鬱病《そううつびょう》なんです。初めて躁の症状が出たのが、カムデン大学の一年のときでした。あのときは、いつものわたしじゃなかったんですよ」

「でも、あなたは人を殺そうとしたとして、同学年の学生を告発したわけですよね？」

「ええ、そのとおりです」

「それから、その学生を自ら襲撃したんでしょう？」

「さっきも言いましたが、当時わたしは具合がよくなかったんです。その事件は今回のこととはなんの関係もありません」

「でも……あなたはいまも躁鬱病なんですよね？」

ヘンは、冷静に慎重に話すのよ、と自分に言い聞かせた。「わたしは躁鬱病です――今後もそれは変わらないでしょう――でも薬はちゃんと効いています。いま現在、躁の症状はありません。マシュー・ドラモアに関しては、妄想など一切、抱いていませんから」

刑事は一方の手をテーブルに置いた。ヘンの手からほんの一インチのところに。「あなたを信じていますよ、ミセス・メイザー。でもわたしには、あらゆる可能性に目を向ける必要があるんです」

「わかっています。でも今回のはちがう。まったくちがうんです」

「でも仮に現在、躁鬱病の一病相期にあるとしたら、あなたにそのことが自覚できるとはかぎらないわけです」刑事は椅子のなかで少し体をうしろに傾けた。「それは現実から乖離《かいり》している状態のひとつの特徴なんでしょう？」

この刑事は自分と話をする直前に少し勉強したのだ、とヘンは思った。あるいは、身近に誰か精神疾患を持つ人がいた過去があるかだ。

「そうですね」ひとことそう答え、それ以上は何も言わないことにした。抗弁すればするほど疑わしく聞こえることに、彼女は気づいていた。

ふたりはしばらく無言ですわっていた。それから、シャヒーン刑事が立ちあがった。「ありがとう、ミセス・メイザー」彼女は言った。「そうそう、ご主人がいらしていますよ」

ヘンがロイドに電話して何があったか知らせたのは、正午を過ぎてからだった。例のかがり火パーティーはおそらく深夜までつづいただろうから、彼女はロイドに午前いっぱい安らかに過ごしてほしかったのだ。それに、彼がどう反応するか心配でもあった。警察と同じく、彼もまた、彼女が一種のノイローゼ状態にあるのだと思うのではないか、と。

シャヒーン刑事につづいてヘンが警察署の待合室に出ていったとき、ロイドの顔には気遣いの色、憐《あわれ》みに近いやつが浮かんでいたが、これはなぐさめにはならなかった。

「大丈夫？」ハグしあったあと、ロイドは訊ねた。彼は前夜のパーティーで着ていたものと思《おぼ》しき服を着ており、饐《す》えた汗と使いすぎた消臭剤のにおいがした。

「大丈夫よ、ロイド、でもうちの隣には、人殺し野郎が住んでるの」

「そのことは車で話そう」

事件について語ることにはもう飽き飽きしていたものの、彼女はロイドに一部始終を話してきかせた。話しはじめたのは車内で、話し終えたときは家にいた。彼はほとんど口をはさまずに辛抱強く聴いていた。旅の疲れが出ているようだとヘンは思った。その目の下には隈《くま》ができていたし、肌の色は不健康に青白かった。話し終えると、彼女は訊ねた。「あなたはわたしを信じる？　本当のことを言って」

ロイドはしばらく間《ま》をとり、ヘンは、いっそ信じないと言ってくれ、という気持ちになった。疑われるほうが、機嫌をとられるよりまだましだった。

「どうやら彼には確固たるアリバイがあるらしいね。彼は現場にいなかったんだ」

「わたしが作り話をしてるって言うの？」

「いや。きみは彼を見たと思っているんだと思う。でもそれは他の誰かだったんだよ」

「じゃあ説明して。隣の男に殺されるんじゃないかとわたしが思った人物が、他の誰かに殺されるなんてことが、どうして起こるわけ？　そんな偶然がある？」

「意味がわからないな」

「わたしは、マシューがその人を──スコット・ドイルという人をつけまわすのを見ているの。ごめんね、すぐに言わなくて。でもあなたが心配するのがわかっていたから。きのうの晩、わたしが彼のバンドを見に行ったのは、だからなの。マシューもそこに来てるかどうか確かめたかったのよ」

「警察によると、きみは酔っていたそうだね」

「そう、少しね。それは認める。でも、ちょっと考えてみて。スコット・ドイルが他の人物、うちの隣の男以外の人物にたまたま殺される確率はどれくらい？」

「だけどね……警察によると、そうだったんだよ」

ヘンは歯を食いしばり、ぐいっと水を飲んだ。「わたしを躁状態だと思ってる？」

「そんな気がするよ、ヘン、悪いけど。言動が前のときと同じだものな。強迫的になっててさ」

「つまり、あなたにはわたしが躁状態に見えるわけね？」

ロイドはしばらく考えていた。「いや、そうは見えない。きみは大丈夫そうに見える。でもやっていることが……どう考えればいいのかわからないな。心配だよ、ヘン」

ようやくベッドに入ったときには、ヘンは年に一度の予約を早めて精神薬理学者に血中濃度を調べてもらうことに同意しており、ロイドのほうは、ヘンの考えがすべての点で百パーセント正しい可能性を考えてみることに同意していた。

「仮に、全面的にわたしが正しいと思ったら、あなたはどうする？」

「どうするって、どういう意味？」

「あなたはマシュー・ドラモアと対決する？　この家を出ると決断する？」

「たぶん警察が真実にたどり着くよう願って、おとなしくしてるんじゃないかな」

「マイラは何もかも知ってるにちがいない」

「誰が？」

「奥さんのマイラよ。彼女は知っている。でなきゃ、旦那にアリバイを提供したりしないはずよ」

「かかわっちゃいけないよ。知ってることは何もかも警察に話したんだ。あとは放っておこう」

ロイドが眠りに落ちたあと、ヘンはこっそりベッドを抜け出して階下に行った。その夜、眠れる見込みがほぼゼロであることはわかっていた。睡眠薬をのむことも考えたが、それはやめることにした。いまはしゃきっとしていたかった。

リビングで、彼女は窓の向こうのドラモア夫妻の家を眺めた。タッタッという足音がして、ヴィネガーが角を回って現れ、立ち止まった。彼はそこにすわって、ヘンをじっと見つめた。ヘンは猫の丸い目をまっすぐに見つめ返した。ときおり彼女は思うのだが、ヴィネガーは猫というよりフクロウに似ている。風が家を打ち据《す》え、ヴィネガーはガタガタ揺れる窓を振り返った。ヘンはカウチのところに行き、横になって、天井を見あげた。なんにもしないことよ。彼女は自分に言い聞かせた。訊かれたときは、真実を言いつづける。でもなんにもしない。さもないと、事態は余計悪化する。

夜明けごろ、ヘンは毛布をしっかり引き寄せ、体を丸めて横向きになると、眠りに落ちた。呼び鈴《りん》の音で、彼女は目覚めた。夢のなかでは、それはヘンが登ってきた塔のてっぺんの鐘の音だった。風が塔の壁に吹きつけており、壁の煉瓦は木から舞い散る木の葉さながらに飛び散っていった。塔のてっぺんには、ダスティン・ミラーもいた。何か言っているのだが、その声は風にさらわれてしまう。ヘンは彼に手を差し伸べた。忘れていたわ——あなたがどんなに美しいか。彼女は思った。するとふたたび呼び鈴の音がし、気がつくとヘンは目覚めており、つぎには、立ちあがっていた。ロイドが階段を下りてくる。彼もまた呼び鈴に起こされたようだった。

「誰なの?」彼がヘンに訊ね、彼女はドアに向かった。

訪問者は二名の警官だった。どちらも制服警官だ。一方は大学のフットボール選手のような男、もう一方は三十代の美人で、髪はプラチナ・ブロンド、前歯のあいだに隙間がある。

その女性警官が、少し話せないか、とヘンに訊ねた。

「いいですよ」ドアの前から動かずに、彼女は言った。

「入っても？」

「どうぞ」

全員がリビングにすわった。ヘンは二階に駆けあがって、ジーンズとセーターに着替えてきた。階下にもどったとき、あたりにはまもなくできあがるコーヒーの香りが漂っていた。

彼女はふたりの警官の向かい側にすわった。

「これは、何よりもまず、善意の訪問なんです」女性警官が言った。彼女はローランドと名乗っていた。「うかがったのは、ドラモア夫妻、マシューとマイラが今朝、正式にあなたのいやがらせに対する苦情を申し立てたことをお知らせしたかったからです。彼らは保護命令を求めようとしています」

「いやがらせ？」ヘンが訊き返すと、ロイドが彼女の膝に手を置いて、彼女を黙らせた。

「それはどういうことですか？　保護命令というのは？　禁止命令ということですか？」ロイドは訊ねた。

「実質、それは同じものです。われわれの知るかぎりでは、夫妻にはこの家を引き払うようおふたりに求めるつもりはないようです。しかし彼らは自分たちとの接触を一切絶つよう求めています。彼らの地所に近づかないように――」

「うちはすぐ隣なんですけど」ヘンは言った。

「――また、彼らを監視したり、尾行したりしないように」

「それは正式な要請なんでしょうか？」ロイドが訊ねた。

「ローランド巡査が説明したとおり」男性警官（ヘンには彼の名が聞き取れなかった）が言った。「これは善意の訪問です。この件は、保護命令なしに解決できれば、それがいちばんいいんです。われわれは、あなたが彼らの要望に従うことに同意なさるよう願っています。個人的な経験から言って、近所同士のトラブルはたいてい平和的に解決できるものなんです」

ヘンはソファの前のほうに体を進め、ロイドは彼女の膝から手をどけた。「これは近所同士のトラブルなんかじゃありません。わたしはマシュー・ドラモアが人を殺すのを目撃したんです。禁止命令が出たところで、話を変える気はありませんから」

警官はてのひらをヘンに向けて両手を上げた。「ようくわかっていますよ。われわれは殺人事件の話をするためにうかがったわけではないんです。ただお隣のご夫婦が保護命令申請の手続きに入ったことをお知らせに来ただけですから」

「はいはい」ロイドが言った。「時間はどれくらいかかるんです？　その命令が出るまでには？」

「通常、判事は書類を見るのに二十四時間、与えられますが、多くの場合、その期限より前に承認が下ります。たとえば、きょう命令が通達される可能性もあります」

「わかりました。知らせてくださってありがとう」

「今朝の時点では、ドラモア夫妻はまだ必要な書類のすべてを提出してはいませんでした。われわれは、こうしてお話ししたことで、問題が解決するよう――」

「勝手にしろ、だわ」ヘンは言った。「申請したいなら、させてやりましょ。そんなこと屁《へ》でもない」

ロイドがヘンの背中に手を当てようとした。彼女は立ちあがった。

「お務め、ご苦労さまでした」

警官たちが帰ったあと、ロイドが言った。「やってくれたね、ヘン」

「何よ？　わたしは思ったままを言っただけだけど。あいつらはいくらでもほしいだけ禁止命令をもらえばいい。そうしたって、わたしが何を見たかは変わらないんだから」

「コーヒーを飲みながら、この件についてもう少し話そうよ」

「このことはもうこれ以上、話したくない。あなたがわたしを信じてないのはわかっているし。どうすればあなたの考えが変わるのか、わたしにはわからない」

「僕はきみを信じているよ。ただ、きみは何か勘違いしたんじゃないかと思うんだ。その可能性があることは、きみも認めるよね？」

「ううん、その可能性は認めない。土曜の夜以前に見たものに関しては、全部わたしの意見だということは認める。フェンシングのトロフィーはダスティン・ミラーのものじゃなかったのかもしれない。マシュー・ドラモアには何か他に、真夜中に人をつけまわす理由があるのかもしれない。でもわたしは確かにあの犯行現場で彼を見た。この目で見たのよ」

「きみは酔っていたんだろ」

「そこまで酔ってはいなかった」

「僕の聞いた話とちがうな」

「どこで聞いたのよ?」

「刑事のひとりと話したんだ。きのう、きみと家に帰る前に。その刑事が言っていたよ。きみはひどく酔ってたって」

「そんなことない。飲んではいたけど……」

「警察はバーテンダーから話を聞いたんだよ。きみは少なくとも五杯は飲んだんだよな。マティーニも一杯」

「正確に五杯かどうかは覚えてない」

「わかってるだろ。薬を服用していると、それは十杯飲むようなもんなんだ。その夜、きみは夕飯を食べもしなかったんじゃないか?」

「覚えてない。ねえ、そんなにどなりつけないでよ。わたしは酔っていた。でも何を見たかはわかってる。あなた、わたしの薬のことを連中に話したの?」

「誰に？　警察にか？　奥さんはよく飲むほうなのかと彼らは訊ね、そんなことはないと僕は答えた。薬を服用しているから、いつもは非常に慎重で、飲むのは二杯までにしていると言っておいたよ」

「よかった」

「僕はきみの味方だよ、ヘン。きみのことが心配なんだ」

「あなた、仕事に行かなくていいの？」

「きょうはコロンブス・デーだよ」

「ああ、そうか」

「仕事はあるけど、家でもできる。きみをひとりにしたくないよ」

自分が歯を食いしばっているのに気づき、ヘンは緊張を解《と》いた。「きょうは工房に行くつもりだったの。一日じゅうここにいるなんて無理。これじゃあ……隣にあの男がいるんじゃね」

「わかった。工房に行っておいで。気持ちはわかるよ」

ヘンはコーヒーを飲み、トーストも少し食べようとしたが、口のなかに食べ物があるのを感じただけで吐き気に襲われた。彼女はふたたび着替えをし、リビングでコンピューターに向かっていたロイドに、工房に出かけると告げた。

「ひとつお願いを聞いてもらえないかな？」彼は訊ねた。

「わかった」彼女は言った。

「工房に行くだけだって約束して。馬鹿なことは一切しないって」

「約束する」彼女はそう言って、玄関から外に出た。車に乗り込むときも、ドラモア夫妻の家には目をやりもしなかった。

第二十一章

警察からヘンリエッタ・メイザーを訪問し、話をしたとの連絡はあったが、それでもやはりマシューとマイラは命令申請の手続きを進めることにした。判事はその日の午後三時に申請を承認し、夫妻は、送達人がその夜か、遅くとも翌朝には、ヘンリエッタに直接、令状を手渡すとの連絡を受けた。

「令状は、犯行現場であなたを見たと彼女が言いつづけるのを止めることはできませんよ」電話口でシャヒーン刑事はマシューに言った。

「わかっています。わたしはとにかくあの人にあとをつけられたくないんです。あの人を家に入れたくないし、妻と話もさせたくない。前にこういうことをしたとき、彼女は人を襲っているわけですから」

「そうですよね。ああいうことにならないよう、わたしたちも手を尽くします」

マイラは偏頭痛に襲われて寝室に行き、シェードを下ろして、なかに立てこもった。頭痛が起こるのは頻繁《ひんぱん》ではないが、いざそれが始まると（本人は否定するが、不安が誘発するものとマシューは見ている）、彼女は丸一日、寝込むことになる。マシューは胃の調子が優れず、夕食はシリアルですませた。スコット・ドイルの頭蓋骨に金属の棒を打ちおろしたとき――骨が割れ、あの男から命が流れ出ていくのを感じたとき、どんな感覚を覚えたか、土曜の夜以来、そのことをゆっくり思い返す暇が一時《いっとき》もなかったことに、彼は気づいた。あの無二の瞬間の喜びは、ヘンリエッタによって、たちまち打ち砕かれたのだ。彼女は駐車場に亡霊のように現れ、その目は彼の目を見つめていた。彼はこのふたつの出来事を切り離そうとした。神聖な行為を為すことは可能なのだと思おうとした。神聖であると同時に無謀な行為。それでも、自分はどうにか逃げおおせた。予想していたとおりだ。ヘンリエッタ・メイザーは信頼できない目撃者なのだ。いや、それどころじゃない。頭のおかしい目撃者。空想と現実の区別がつかない精神を病む女。ある意味、すべてがうまくいったわけだ。

夜が過ぎていく。マシューはスコット・ドイル殺人事件のオンラインの情報を熱に浮かされたように読み漁った。やがて彼は、殺しのことよりもヘンリエッタのことを考えている自分に気づいた。あの凍てついた瞬間に、彼は繰り返し立ち返っていた。見つめ合う自分たち、ふたりのあいだを流れた電流――そして彼の足もとにはスコットが倒れている。そのシーンは、彼に何かを思い出させた……実を言えば、母のことを。そのことを考えるべきなのかどうかはわからない。しかし今回だけ、彼は自制しなかった。じっと見つめるあの目――表情のない、すべてを見通すような目は、晩年のナタリア・ドラモアが身につけたものと同じだった。いま、彼はそれを思い浮かべた。夕食の皿をかたづけ、自分の皿を床から拾いあげている母の表情を……その夜も父は、キッチンのリノリウムによつんばいになり、ぐちゃぐちゃに混ぜ合わせた食べ物を犬の皿から食べることを母に強《し》いたのだ。母はもちろん従った。従わなかった場合、どうなるかわかっていたから。だがその顔は、屈辱に無感覚な、凍りついた仮面のままだった。それは、我が身に起きていることを眺める傍観者の顔――体験しているのではなく、観《み》ている者の顔だった。

ヘンリエッタもそんなふうに見えた。あれもまた傍観者の顔だった。その瞬間、マシューは、彼女には何もかも見えるのだと思った。その場で起きていることだけではない。物心がついて以来、彼の身に起きたあらゆることが、彼女には見えるのだ、と。父の怪物ぶりも、母の脆《もろ》さと優雅さも、捻《ね》じ曲げられ、自らも怪物となった弟のリチャードも、初めて人が死ぬのを見たとき、マシューの内部で開かれた扉も、彼女には見える――それまで想像すらしたことのなかった色彩の世界に彼が足を踏み入れるのを、彼女は目撃したのだ。排気ガスが充満した車の前部座席で気を失っているジェイ・サラヴァンが、彼女には見える。椅子で死んでいるダスティン・ミラーも、彼の整理箪笥《だんす》の上からフェンシングのトロフィーを盗むマシューの姿も。彼がどれほどそのトロフィーをほしがっていたか――それを自分のものにしたいというあの強い想いまでもが、彼女には見える。そして、トロフィーをおおっぴらに書斎に飾りたいという馬鹿げた欲求も。

ヘンリエッタはそのこともすべて警察に話しただろう。夕食に来たとき、彼女が見たトロフィーのことも。だが彼は安全だ。トロフィーはもうない。警察にそのことを訊かれたら、ただ、今朝マイラに言ったのと同じことを言えばいい。あれはもう処分した、と。ガレージセールで買ったものだが、書斎が物でいっぱいになったのでゴミ容器に捨てたのだ、と。怪しく聞こえるだろうが、連中にはどうしようもない。トロフィーは、サセックス・ホール校の備品保管庫のずっと奥に埋もれている。指紋をぬぐいとられ、予備の椅子や古いカトラリーのうしろに押し込まれているのだ。仮にトロフィーをさがすことになったとしても、警察はあんなところは見ないのではないか？　この家は捜索するかもしれない。たぶん彼の教室も。でもあそこをさがすなどということがあるだろうか？

胃袋がぎゅっと縮んだ。もしかすると、さがすかもしれない。そして、トロフィーを見つけるかも。彼は、いますぐ学校に行って箱を回収し、どこか絶対に見つからない場所に持っていこうかと考えた。だがその考えは胃袋をさらに縮みあがらせた。いまはよせ。危険すぎる。

彼はコンピューターのところにもどり、スコット・ドイル関連の新たな情報が何かないか、改めて検索を行った。記事のひとつはスコットを、前途有望なミュージシャン、〝未来のロックスター〟と評していた。まあ、せめてものはなむけだな。マシューは思った。スコットは一夜にして、アイドル気取《きど》りのカバーバンドのメンバーから未来のロックスターへと昇格したのだ。記事のなかに、ミシェル・ブラインに言及したものはひとつもなかった。少し奇妙にも思ったが、考えてみれば、あのふたりは同居すらしていない。ミシェルは単なるガールフレンドだし、そういう女はいったい何人いたことか。そもそもミシェルは事件を知っているのだろうか――マシューは怪しみ、知らずにいる可能性を考えた。彼女は死期間近の父親を訪問していた。警察は彼女の存在をつかんでもいないのではないか？　もちろん彼女は、事件の日、スコットに電話して、ライブがどうだったか訊こうとしたはずだ。彼から連絡がなかったときは、どれほど心配しただろう？　彼女はもうもどって、今週の授業の準備にかかっているにちがいない。電話して、事件のことを聞いたと言ったほうがいいのではないだろうか？　何も容疑者として連行されたことを話す必要はない。送致されてはいないのだし、彼の名は報道から除かれているのだ。

マシューはミシェルの携帯に電話した。

「こちらからかけようと思っていたの」電話に出ると、彼女は言った。その声からマシューには、彼女が事件を知っていることがわかった。

「お気の毒に」マシューは言った。「たったいまニュースを聞いたんだよ。何があったんだい?」

ゼイゼイと音を立て、ミシェルは息を吸った。彼女が泣いていたのは明らかだった。

「土曜日に何度も電話してみたんです。ライブがどうだったか訊こうと思って。でも彼は出ませんでした。不思議なんですよ。わたしには何か恐ろしいことが起こったのがわかってたんですから。なぜか感じたんです。そしたら、ジェレミーが電話を寄越して、話してくれて。わたしは実家から車でもどってくるところでした」

「ジェレミーというのは?」

「ごめんなさい。支離滅裂ですよね。ジェレミーというのは、スコットのバンドのメンバー。ドラマーです。彼が電話をくれて、スコットが死んだと言ったんです。わたしは『わかってる』って言いそうになりました。それほど必然的に思えたんですよ。どうしてなのか……たぶん頭がおかしいのね」

「おかしくなんかないさ。おそらくショック状態にあるだけだよ」

「実はね、わたしたち、もう別れていたんです。わたしが発つ直前。金曜日に。先生はきっと、えらいぞ、と言ってくださったわね。わたし、一緒に父に会いに行かないかって、もう一度、彼に訊いたんです——父の容態がとても悪くなっているからと話したんですよ。ところが彼は、ライブがあるから行けない、そのライブはとても重要なんだと言うんです。だからわたしは、金曜の夜に一緒に車で行って、ちょっと父に会って、土曜の午後、わたしの車で帰ったら、と言ってみました。こっちは電車で帰るからってね。そしたらなんと、彼は、演奏の前は充分な余裕が必要なんだと言うんですよ。だから、失せろ、と言ってやりました……そうね、まあ、そこまでは言わなかったけど、もう別れたほうがいいと思う、と言ったんです。彼は異を唱えました……いちおうかたちだけ。でも結局、わたしたちはそうした。別れたんです」

誇らしげな声だ――マシューはちらっとそう思った。まるでスコットが死んだことを忘れているみたいじゃないか。ところがそのとき、突然、ミシェルが大きく息を吐いた。ほとんどうめくように。彼女は泣いていた。

「たぶん……」彼女は言いかけたが、先がつづかなかった。

「何があったかは知っているのかい？　強盗だったのかな？」

ミシェルは二度、はなをすすりあげると、割合、普通の声で言った。「ライブのあとのことなんです。車のタイヤがパンクしていて、タイヤを交換しているときに、頭を殴られたんですよ。わたしも警察署に行きました。彼に敵がいなかったか、警察は知りたがっていました。わたしに忠実だったかどうかも。それに、なぜわたしたちが別れたのか、

「それで、金曜日に喧嘩して別れたと話したんだね？」

「ええ、何もかも話しました。別にわたしは容疑者ではないんです。週末はずっとピッツバーグにいたんだし」

「で、いまどんな気持ち？」

「さあ、どうなんでしょうね。何かひとつ感情を挙げてみて。いまのわたしはきっとそれも感じてますから。この週末、実はわたし、幸せだったんですよ——ようやくスコットを振り落とせて。ううん、幸せというのはちがうわね。だって父の容態は、母が言っていたのよりずっと悪かったんですもの。でもわたしはほっとしていた。そしていまは、どう感じればいいのかわからずにいる。わたしは彼の死を嘆き悲しむべきなのかしら？　すごく混乱しているんです」

「一週間、休みを取るべきだな」

「冗談じゃない。それこそ何より避けたいことですよ。このアパートの部屋にこれ以上ひとりでいたら、頭がおかしくなってしまいます。こんなこと、お願いしていいのかどうかわからないけど、いいわ、もう。いま、お時間ありません？　うちに来ていただけないかしら？　それとも、こんなことをお願いするのは、変でしょうか？」

マシューはすばやく選択肢を考えた。イカレた隣人に殺人者として告発されていることをミシェルに話すなら、いまがそのときだ。他方、彼女はまだその話を聞いていないわけだし、今後も聞くことはないかもしれない。警察はミシェルに彼の写真を見せもしなかったらしい。これは非常によい徴候だ。つまり彼らは、ヘンリエッタ・メイザーなどまるで相手にしていないのだ。マシューはミシェルに何も言わないことにした。あとになって彼女に知られた場合は、余計、動揺させてはいけないと思ったのだ、と言おう。

「実はいま、マイラの具合がよくないんだよ」彼は言った。

「まあ、お気の毒に」

「別に重病ってわけじゃない。ただ、偏頭痛に襲われていてね。そういうときは、完全にダウンしてしまうものだから」

「いいえ。いいんです。全部、忘れてください」

「明日、あなたが本当に学校に来られたら、放課後に会おう。コーヒーでも飲みながら、話そうじゃないか」

「そうですね」彼女は言った。

「それと、誰かと話したくなったら、電話するんだよ。遠慮しないこと。いいね?」

ふたりが通話を終えたあと、マシューにはわかった。ミシェルはもうかけてこないだろう。彼女の家（〈コートリー・エステーツ〉とかなんとかいう団地の、ちょっとチューダー様式っぽい造りのアパート）を訪れたらどうなるか、その場面を思い描きながら、彼はしばらくすわっていた。男を追跡し、殺しておいて、そいつの彼女を（元彼女を）なぐさめるというのは、どんな気がするものだろう? そして、もう帰らなくては、と告げたとき、彼女に抱き寄せられ、唇《くちびる》に唇を押しつけられたら、どんな気がするものだろうか? 彼はひとときの赴くままに空想に耽《ふけ》ってみた。ミシェルがあとじさり、ベッドの奥へと体をずらしていく。彼にジーンズを下ろしてもらうために、腰を浮かせ、長い脚を震わせている。目に浮かぶその光景にマシューはぶるっと身震いし、暗闇の繭《まゆ》のなかにいるマイラのことを思った。これまで彼女を裏切ったことは一度もないし、今後も裏切るつもりはない。浮気は父のすることであって、彼のすることではないのだ。

それに、スコット・ドイルという存在から物理的に解《と》き放たれたミシェルを訪ねることを思うと、大いに心をそそられるものの、気がつくとマシューは、まだヘンリエッタ・メイザーのことを考えていた。彼女を訪問したら、どうなるだろう？　ドアをノックしたら、彼女は何と言うだろうか？　でも出てくるのは、彼女ではない。おそらく、あの夫、ロイドだ。やつはたぶん彼の顔にパンチを入れる。それでもマシューは彼女のことを考えるのをやめられなかった。彼女が何を考えているのか知りたくてたまらなかった。とにかく、これだけはわかっている——彼女のほうも、こっちのことを考えているはずだ。それもノンストップで。そして、つぎの二十四時間のどの時点かで、彼女は、彼とマイラに近づくことを禁じる保護命令を受け取るのだ。あの夫婦は引っ越すだろうか？　そうは思えなかった。また、彼女が自分に干渉するのをやめるとも思えない。そう考えると、彼は自分でもよく理解できない、歪《ゆが》んだスリルを覚えるのだった。

第二十二章

火曜日の朝、大柄で無頓着な令状送達人から保護命令を受け取ったあと、ヘンは勤め先のロイドに電話して、そのことを伝えた。

「くそ、来ちゃったか」彼は言った。

「そう」

「どんな気持ち？」

「わからない」ヘンは言った。「判を押されたって感じかな」

「でもこれ以上何かする気はないんだよね？」

「どういう意味？　あの夫婦の家に押し入るとか？」

「まあね」

「ううん。もうおしまい。言うことは言ったし。ちゃんと薬が効いているかどうか血中濃度も調べてもらう。おとなしくしているわ。大丈夫よ、ロイド。わたしは躁《そう》状態じゃない」

「信じているよ」その火曜日、ヘンはロイドを出勤させるのに全力で説得しなければならなかった。彼女は気分はぜんぜん悪くないからと請け合い、二時間ごとに電話して様子を知らせると約束したのだ。

「でもこれだけは言わせて。もしこの事件が迷宮入りになったら……もしマシューが逮捕されなかったら、そのときはわたしたち、引っ越しを考えたほうがいいかもしれない。彼は人殺しなんだから」

「わかった」ロイドは言い、それから、くぐもった音声が聞こえてきた。彼が送話口を手で覆い、オフィスの誰かとちょっと話しているらしい。

「うん、賛成だ。それでいいよ」

「またあとで電話するね」

ヘンはシカモア・ストリートが見える大きな窓のところに行った。隣家に面した窓はどれもカーテンを閉めてある。マシューが殺人者である確証をすでに得ているうえ、こちらがそれを知っていることを彼が知っているという確信もあるため、なぜ自分がもっと怯えないのか、我ながら不思議だった。彼はいつか襲ってくるのではないか？　だが、ヘンにはそうなるとは思えなかった。理由のひとつは、彼女の身に何かあれば、警察は即座に、彼女が告発していた男、マシューを疑うにちがいないからだ。でもそれだけではない。彼女には、自分が彼の標的になるとは思えないのだった。彼が殺すのは男だ。なぜかはわからないが、それが彼のすることなのだ。

近所の母親たちのひとりが通り過ぎていく。その女性はヨガパンツをはいて、左右の手に小さなウェイトを持っていた。彼女が顔をこちらに向け、家のほうを眺めたので、ヘンは窓から一歩あとじさって陰に隠れた。あの女性は何か知っているのだろうか？　そうは思えない。マシューの名もヘンの名も、ニューエセックスの殺人事件を扱った報道には一切出ていないのだから。それでもヘンは疑いを持った。

外はよく晴れていた。空の色は鮮明なブルー、道の向こうの楓《かえで》の木はいまや真っ赤に色づいており、その葉はまだほんの数枚しか落ちていない。ヘンはどんな天候も大好きだが、大きな変化の月（十月と四月）には何か、うまく言い表すことができない、彼女の心を悲しみで疼《うず》かせるものがある。彼女は、三週間のライン川クルーズからニューヨーク州北部にもどったばかりの父母のことを思った。父は、すでに落ち葉だらけの庭のことで頭がいっぱいだろうし、母はつぎのヨーロッパ旅行の計画を立てているだろう。ヘンはあとで、工房に行ってから、ふたりに電話することにした。〈工房公開〉は今度の土日なので、やるべきことはたくさんあった。

その週はずっと快晴がつづき、連日空は雲ひとつなく、空気もさわやかだったため、ヘンの毎日にはひとつのパターンができあがった。朝食後、工房まで歩いていき、午前いっぱいは『ロア・ウォリアーズ』の残りの版画の制作に当たる。その後、工房の近くの、川べりの小さなカフェでランチを取り、午後は土日の準備をして過ごす。彼女は自分の工房を掃除し、版画を（いちばん新しい、ベッドのなかの猫と窓枠の少女の絵も含め）十五作選んで、壁に飾った。さらには、〈ウォルマート〉まで車を走らせ、ピーナツバター入りプレッツェルの巨大なプラスチック・バケットをひとつ買ったりもした。それはヘンの大好きなジャンクフードだ。彼女はいつも〈工房公開〉のときだけはそれを買っていいことにして、鉢に一杯分、来場者に出すのだが、実はこれは、赤の他人に仕事場をうろつかせ、作品を評価させる苦痛に耐える自分へのささやかなご褒美なのだ。

奇妙なことに、マシュー・ドラモアのことや自分が目撃した彼の行為のことが絶えず頭にあったにもかかわらず、それはよい一週間だった。夜、ロイドとヘンは一緒に料理をした。レッドソックスはプレーオフの第一ラウンドで敗退してしまい、ロイドは二十四時間、むっつりしていたが、おかげでふたりは、前シーズンの「ゲーム・オブ・スローンズ」を思う存分、見ることができた。

ヘンは、ドラモア夫妻の家に面したすべての窓のカーテンを閉め切っていた。ロイドはまちがいなく気づいていたが、何も言わなかった。

土曜日の朝、ロイドは、ヘンが仕事場をどう設《しつら》えたか見るために、〈黒煉瓦工房《くろれんが》〉についてきた。〈工房公開〉は土日とも正午から五時までで、ここ一週間ずっとそうだったように、その日も建物内はざわついていた。ロイドはコーヒーを飲み、ヘンが選んで壁に飾った版画を見て回った。そのほとんどが彼にとってお馴染みの作品であることをヘンは知っていた。彼女がいつも展示会に出す〝グレイテスト・ヒッツ〟だ。しかしロイドは、彼女の最新作をまだ見ていなかった。彼はじっとそれを見つめてから、訊ねた。「僕はこれを見たことがあったっけ？」

「つい最近、作ったやつなの」

「いいね」彼は言った。「ぞっとするよ。何を表現しているの？」

これは彼女の嫌いな質問、ロイドも彼女が嫌うのを知っているはずの質問なのだが、彼はときどき自分を抑え切れなくなる。ロイドは彼女の作品が大好きだ。少なくとも本人はいつもそう言っている。だが、作品を分析したいという欲求もまたひどく強いのだった。

「これはマシュー・ドラモアを表現してるの」ヘンは言った。

ロイドが懸念の色を見せ、くるりと振り向いた。ヘンは目を剝《む》いてみせた。「冗談よ。何を表現してるのか、自分でもわからない。ただポンと頭に浮かんだの」

ロイドは午前中ほぼずっとそこにいて、ヘンがやめてくれと言うまで、プレッツェルを食べていた。

「これと一緒に何を出すつもり？」彼は訊ねた。「飲み物は？」

「アップル・サイダーがあるから」

「おおっ、それならあっためて、何かスパイスを入れるべきだよ。部屋全体がいいにおいになるからね」

ヘンはいい考えだと思った。ここにはホットプレートもある。ロイドがポットを取りに行って、サイダーのスパイスも買ってくることになり、ヘンは彼を送り出した。ロイドを追っ払えたのが、彼女にはありがたかった。人々が室内を歩き回るようになれば、彼がすぐさま立ち去るのはわかっていたが、ひとりの時間が少しほしかった。彼女はその午後、印刷機にかけられるよう、銅板を八枚ほど用意した。自分の作品を赤の他人が見るのをただ突っ立って眺めているのはいやだから、期間中は忙しくしているに越したことはないのだ。ロイドはちょうど正午前にもどった。彼はうちにある黄色い厚手の蓋《ふた》つき鍋とスパイスひと袋、それに、〈メーカーズマーク〉の一パイント瓶まで持ってきていた。

「サイダーにアルコールを混ぜろって言うの?」ヘンは笑って訊ねた。

「あるといいかもと思ってさ。念のためだよ」

彼はサイダーを〝弱〟で温め、まもなくヘンの工房は林檎《りんご》とクローブの香りに満たされた。ロイドとヘンはそれぞれマグカップに一杯ずつ、バーボンを加えて飲んだ。彼女は突然、幸福感が波のように押し寄せるのを感じた。すべてうまくいくにちがいない。最初の見学者(中年のカップル、不機嫌で興味なげな男と、髪にひとすじ紫のメッシュを入れ、コートに手作りのブローチをふたつ付けた女)が入ってくると、ロイドは立ち去った。

忙しい午後だった。好天が大量の人出をもたらし、サイダーは鍋底の黒ずんだどろどろ以外何も残さずに、午後三時までになくなった。ヘンは自身の作品に安い値を付けており、その結果、作品は十五点も売れた。サマヴィルで長年やってきたため、彼女もすでにこういうイベントには慣れていたが、郊外では客層が少しちがった。彼らはより多く質問をし、より多く金を使った。五時までに、彼女はへとへとになっていた。ロイドに電話をすると、彼は車で迎えに来てくれた。午後はずっとチリを作っていたのだ、と彼は言った。それに、大学フットボールもちょっと見た、と。また、においからすると、ビールもかなり飲んでいたらしく、ヘンは彼の運転する距離がたった一マイルですむことに感謝した。

日曜になると天候が変わった。朝の空は膨張《ぼうちょう》した雲に覆われ、空気は湿っぽかった。歩いて雨に遭うのがいやで、ヘンは車を運転していった。それは長い一日だった。正午になるころには空は活動を開始しており、土砂降りの雨が間断なく降っていた。地下の工房にいるヘンには、その様子は見えなかったが、部屋に顔を出した何人かの人が、床にポタポタ滴《しずく》を落としつつ、外の惨状を教えてくれた。

雨のせいと、ペイトリオッツの試合が午後にあったせいとで、前日に比べ、見学者は著《いちじる》しく少なかった。他のアーティストたちは喜んで自分の部屋を飛び出し、ヘンの工房にも立ち寄ったし、ヘン自身も地下の階をさっと一巡した。彼女は自分が名前を覚えている数少ないアーティストのひとり、デレクの工房にちょっと挨拶しに寄った。

「やあ、ヘン」彼女が入っていくと、デレクは言った。

「あなたの〈工房公開〉はどんな感じ？」ヘンは訊ねた。

「きょうはのどかだね。きのうはすさまじかった」

ヘンは彼の写真を見て回った。かなりおもしろい作品。すべて白黒で、被写体のほとんどは建物だ。繁華街、ショッピングモール、郊外の住宅群――だが、その多くは、空が大きな部分を占めるように、振り仰ぐような角度で撮影されている。写真のこの視点はデレク自身の背の低さと関係があるのだろうか？　ヘンはそんな疑問を抱き、本人に訊こうかと思いかけたが、自重した。それは彼女自身が嫌いなタイプの質問だから。この作品とあなたとの関係は？　個人にこだわる文化において、自分の意見が不評なのはわかっているが、ときとしてアーティストとその作品は別個の存在なのだ。

そこで、彼女はこう訊ねた。「たくさん売れた？」

「一点ね、きのう」

衝動的に、ヘンは彼に、作品群のなかの気に入った一点を買いたいと言った。秋祭りらしき風景をバックにカボチャひと山が写る美しい銀白色の写真。ひとりの子供がカボチャの山のそばにしゃがみこみ、むきだしの地面を棒きれで引っ掻《か》いている。上空には雲が交錯していた。

「そんなこと、しなくていいよ」デレクは言った。

「しなくていいのは、わかってる。でもこの写真がすごく好きなの。つぎの本の挿絵のインスピレーションが湧いてきそう」

ヘンは自分の工房に駆けもどり、クレジットカードを取ってきて、まだフレームに入っていないその写真を買った。手に取るとすぐ、本当にその写真が大好きになり、リビングの低い本棚の上に飾るのにちょうどよいと思った。

四時半、もう誰も来ないだろうと思い、ヘンはかたづけを始めた。水のグラスにバーボンを少し注いで、CDプレイヤーには「ペインテッド・ヴェール」のサウンドトラックをかけた。人が入ってきた気配を感じたのは、業務用の大きなシンクで手を洗っていたときだ。濡れた手のまま、彼女は振り向いた。すると五フィート先に、マシュー・ドラモアがいた。両手はジーンズのポケットに突っ込んでいる。上着にはぽつぽつと雨の跡がついていた。

全身が冷たくなり、目がすっとドアのほうへ行った。マシューは一歩うしろにさがった。

「あなたに危害を加える気はありませんから」彼は言った。

「だったら何しに来たの？」自分の声が非常に冷静に聞こえることに、ヘンは驚いた。

マシューは小さく肩をすくめ、それから言った。「話がしたかったんです。それに、あなたの作品も見たかったし」彼の目が室内を見回している。両手は相変わらずポケットに突っ込んだままだ。ヘンは彼が緊張しているのに気づいた。彼女は一歩前に出た。

「帰ってもらえませんか」彼女は言った。「わかっているでしょう。あなたは保護命令を申請した。わたしは令状に違反したくないんです」

「あなたはわたしを監視していましたよね」

「ちゃんと理由があってのことよ」

「いいですか……」マシューは言ったが、そこで口をつぐんだ。

「本当に帰ってほしい」ヘンは言った。「いますぐに」

「話はできませんか？　ここに来たのはそのためなんですが。危害を加えるためでも、脅《おど》すためでもなく」

「殺すためでもなく？」ヘンは言った。

彼はほほえみ、ヘンはその顔を見て、遊び場で汚い言葉を使っているのを見咎《みとが》められた子供みたいだと思った。「そう、あなたを殺すなんて絶対にありえない」

「でも、あなたはスコット・ドイルを殺した。それに、ダスティン・ミラーも殺したでしょう」

マシューはうしろを振り返り、近くに誰もいないのを確かめてから言った。「ええ、そうです」

ヘンはまた怖くなった。それが顔に出たにちがいない。マシューは両手をポケットから出し、掲げてみせた。「何があろうと、あなたに危害を加えたりしません。お約束しますよ」

「いったいわたしにどうしてほしいの？」ヘンは訊ねた。

マシューはふたたびほほえんだ――ほとんど申し訳なさそうに。「まだ自分でもわからないんですよ」彼は言った。「たぶん、あなたに真実を知ってほしいんだと思います」

俺の兄貴は見た目どおりの人間じゃないと思う。と言って、あいつを責めるつもりもない。俺たちみたいな子供時代を経験してりゃ、誰だってやりたいことをやるようになる。俺たちには貸しがあるからな。兄貴と俺には。

リチャード

＊

認めよう。俺もご同様の衝動に駆られたことはある。だが自信を持って言うが、こっちはそれを実行しちゃいない。この世界は俺がいたって安全だ。もっとも、ときによっちゃ俺だって楽しみたくはなる。昔、親父が味わってたようなのとはちょっとちがう楽しみだろうがな。一度、親父が出張から帰ってきたとき、俺は寝室についてって、親父が荷解《にほど》きをするあいだそこにいた。お袋は下の階だ。そのときは親父の好物のポットローストを作ってるとこで、絶対に料理を焦がしたくなかったわけさ。親父は少なくとも一週間は家を空けてた（俺にはもっと長く思えたが、小さいころはなんだって長く思えるからな）。で、俺は親父がスーツケースから服を取り出すのを見てた。ほとんどがドレスシャツ、それと下着やソックスだ。親父はあとでお袋に拾わせるために、どれもこれも床に放り出していった。それからなんと、女物の下着を取り出したんだ。ベージュのレースのやつ。ところどころ擦《す》り減ってたな。親父は、歯の詰め物が見えるほど大口開けて笑いながら、そいつを俺に掲げてみせると、でこぼこ模様のベッドカバーのまんなかあたりにそうっと置いた。おつぎに取り出したのはブラだった。親父はこれもパンツの二フィートくらい上に、分厚い尖《と》んがったカップが突き出すように置いた。俺はちょうどそのブラのなかにあったものを想像できるくらいの年ごろだった。その場に立ったまま勃起したのを覚えているよ。カップの片っぽはもう片っぽより黒っぽかった。黒っぽい血、赤というより茶色いのが、ブラの内側に染みて広がってたんだ。親父は俺を見た。それから、眉《まゆ》をぴくぴく上下させて言った。「彼女はこいつを脱ぎたがらなかった。でも、どうにか説き伏せたのさ」

「それ、母さんのなの？」俺は訊ねた。そうじゃないのは、だいたいわかってたけどな。

これを聞いて、親父は頭をのけぞらして笑った。「おまえの母さんには、そのブラはぶかぶかだよ。絶対だ」親父は言った。「だがそいつは母さんへの土産《みやげ》だ。留守のあいだもずっと母さんのことを考えてた証拠さ。そうそう、おまえにもいいものを持ってきてやったぞ、坊主」

俺が親父の寝室についてった本当の目的はそれだった。俺は土産を期待していた――親父はたいてい何かしら（シャンプーやローションの小瓶のこともあったが）持ってきてくれたから。このときは、スーツケースのポケットのひとつをかきまわすと、カードをひと組、取り出して、俺に放《ほう》って寄越したもんだ。「俺のよき友、ビルからだよ」親父は言った。「そいつは特別なカードなんだ。持ってるとこを母さんに見られるなよ」

俺はよれよれのカードを箱から取り出した。カードの裏側には裸の女たちがいて、三角形の茂みも含め、体のあらゆる部分を披露《ひろう》していた。

「隠しとけよ。いいな？　学校で他の小僧どもに見せたら、きっと誰かが盗もうとする。自分の部屋にしまっとくんだぞ」

そのあとのことは覚えてない。ベッドの自分が寝る側で血のついた下着を見つけたとき、お袋がどうしたかも。自分がそれをトリックだと思ったことを、俺は覚えている。親父が自分の手から指を引っこ抜くふりをしたり、家族で石切り場に行ったとき、いまにも俺を崖っぷちから投げ落としそうなふりをしたのとおんなじことだと。だが、俺はあのカードをいまでも持っている。いまじゃ前以上によれよれになっているがな。スペードの8の女が、俺のお気に入りだ。彼女はよつんばいになって、顔だけこっちに向けている。たぶんただの影なんだろうが、その左の尻には拳大《こぶしだい》の黒っぽい痣《あざ》みたいなものが見えるんだ。

＊

俺は何度も何度もおんなじ夢を見る。森の奥のどっかの家を訪問している夢だ。俺はその家で、行っちゃいけない上の階をずっとうろついている。そこには長い暗い廊下があって、廊下の両側にはドアがたくさん並んでて、ドアの向こうの寝室のほとんどは朽《く》ちかけてて使われていない。廊下のどんづまりには黒っぽい人影が見える。そいつは、こっちをじっと見て、俺がどこに行くのか確かめようとしてるんだ。そいつを目にしたとき、俺の感じることはいつだっておんなじだ。俺はそいつが誰なのか知らなきゃならない。ところが近づいていくと、そいつは部屋のひとつに引っ込んじまい、俺にはそいつが見つけられない。部屋のなかにあるものを俺は恐れてる。だがドアは開けなきゃならない。俺はそいつを見つけなきゃならないんだ。

*

三日前、よく晴れた日に、俺はウィンズロウのダウンタウンへ行った。連中がどっと繰り出すことはわかっていた――ウィンズロウ大の学生どもが、小さなドレスやフィールドホッケーのユニフォームに身を包んで。俺は、ウィンズロウ・マーケットでタイ風ステーキ・サラダを買い、歩道のテーブルのひとつをすばやく占拠した。その女に気づいたのは、ちょうどサラダを（ステーキは焼きすぎで、ゴムみたいだったが）食い終わったときだ。女はひとりだった。学生にしちゃちょっと年が行きすぎてるが、まだ二十代。黒のヨガパンツに、ネオンオレンジのスニーカー。それに、なんと本当に〝未来《フューチャー》は《イズ》女性《フィーメイル》〟とスローガンが入ったTシャツを着ていた。女は道の向こうのカフェ（〈ラテ・ダ〉という店）から出てきて、迷うことなく町の中心部へと向かった。俺はサラダをおっぽり出して、坂をのぼる女をつけてったが、彼女がプリウスのロックを解除するのを見ると、すぐさま引き返した。その車はメインストリートの坂の部分に駐めてあり、俺自身の車はその約二百ヤード後方にあった。俺は向きを変え、走りださないでなるべく速く歩いた。車でメインストリートに入ったときは、女はすでに消えていたが、坂のてっぺんまで行くと、グリーンのプリウスが左折してリバー・ストリートに入っていくのが見えた。俺は二台うしろから女を追った。一マイルかそこら走ったところで、彼女はウォルサム・リバー通りの新しいアパートの敷地内に車を入れた。建物は煉瓦造りの四階建て。それぞれの住居に専用のデッキが付いてるやつだ。俺は来客用スペースに車を駐め、駐車場を横切っていく女を監視した。彼女はうつむいて携帯を見ながら、革製の大きなバッグを上下に揺れるヒップにはずませていた。

俺は携帯を取り出して、インスタグラムの俺の偽アカウントを開き、#ラテダと打ち込んだ。本気でヒットを期待してたわけじゃないが、最新の投稿、渦を巻いてハート形になっているラテの泡のクローズアップを見ても驚きはしなかった。投稿者は、haleyfpetersen なる人物。ほぼ自撮りばかりのこの女の写真から、それが、いま俺が自宅までつけてきたブロンドだってことがわかった。彼女は自称、活動家、ライター、ヨガ・インストラクターだった。三十秒前に彼女が投稿した写真のハッシュタグは、#ショップローカル、#ガールボス、#ヨガライフ、#フューチャー・イズ・フィーメイル、#ザ・ハッピー・ナウ、などだった。

アパートの駐車場の各スペースには番号が付いていた。俺は彼女の車のところまで歩いていった。17番。

そうやって、俺は彼女を手に入れた。彼女の名前。本人の写真。住んでいる場所、運転している車。俺にはわかっていた。これは確かな事実だ――俺はつぎの二十四時間以内に彼女を殺せるし、つかまることは絶対にない。彼女は生きている女、インスタのフォロワーが二千人もいるほどの美人から、死んだ女、全国ニュースになるほどの美人へと昇格するのだ。どうやってやるか、具体的な方法を考えながら、俺は車で家に向かった。当面は考えるだけで充分だ。午前中より気分はよくなっていた。だがなぜか、今回のは簡単すぎた。あまりにも。そして俺は、始終考えるように、ゲームの難易度を高めようかと考えた。実際に最後までやってやろうかと。

＊

兄貴が行くところには死がついてまわる。他に誰かこのことに気づいたやつはいないんだろうか？　大学で兄貴と同じ学年だったあの学生、ジェイなんとか。黒っぽい薄い髭《ひげ》を生やしたくそ野郎。あいつは入学した年、ＢＭＷに乗って現れ、翌年その車内で自殺した。俺が初めて疑いを抱いたのはあのときだ。そのことを訊ねると、マシューは、ジェイは死んで当然の男だ、だが自分はまったく関係ないと言った。

ほんとかね。

＊

夏の暑い日、お袋はよくふたつ先の町の池に俺たちを連れてった。俺たちは立入禁止の区域——底が岩と水草だらけのところを泳ぎ回った。お袋はそのあいだ、持ってきたローンチェアにすわって、雑誌を読みながら、メンソール・タバコを吸っていた。ミントっぽいそのにおいが水面を渡って漂ってきたもんだよ。

　ときどき、胸毛の濃い男がやって来て、お袋のそばにすわることもあった。ふたりは一切、言葉を交わさなかったが、お袋がトイレに行くと（「ここにいなさいよ、母さんはすぐもどるから」）、そいつはいつもお袋についてった。

「あの男の人、母さんの友達なの？」マシューは一度、家に帰る途中、ステーションワゴンの後部座席からそう訊ねた。

「どの男の人？」

「僕、見たんだ。あの人、母さんと一緒に森のなかにいたでしょ」

　お袋はしばらく黙っていた。その時間はずいぶん長く思えた。〈ファッジシクル〉（アイスキャンディーの商品名）をひと口齧《かじ》ると、俺の歯の感覚は麻痺《まひ》した。「もしあんたが父さんにあの人のことを話したら、母さんは殺されるんだよ。わかった？」

　マシューはわかったと言った。

＊

　もうひとつの夢のなかでは、俺はひとり夜なかに車を走らせている。その道は暗くて、ヘッドライトが円錐形《えんすいけい》の白い光で闇を切り開いている。前方には、走っている男が見える。それは、部屋がいっぱいあるあの家にいたのと同じ男だ。俺はそのことを確信している。そして、どんなに車を飛ばしても、男はずっと、ヘッドライトの光のすぐ先を走っているんだ。

＊

俺は兄貴に、ヘンリエッタ・メイザーがフロントポーチにいるところを見たと話した。これは本当のことだが、俺が彼女を見たのはそのときだけじゃない。たまに俺は招《よ》ばれてないときにマシューの家に行っている。数ブロック離れたところに車を置いて、歩いてくんだ。マイラが（あの偉ぶったくそ女め）俺に会いたがらないのはわかってるが、こっちはときどきあの女を、あるいは、兄貴が彼女と一緒にいる姿を見るのが好きだ。兄貴が晩飯の支度を手伝ったり、一日の終わりに彼女の足をさすってやったりしているその様子を見るのがな。兄貴は芝居をしているんだ。俺はそう思う。

そしていま、俺にはヘンリエッタ・メイザーを見ることもできるわけだ。

俺は家の裏手からガラス戸の向こうの彼女を見る。こっちには聞こえない音楽に乗って身をはずませる、キッチンのヘンリエッタを。一度など、短いオックスフォード・シャツをボタンをかけて着て、あとは黒のパンティーだけって格好の彼女がそこにいたこともある。何か取ろうとして、あの女はつま先立ちになった。するとシャツがずりあがって、光沢のある布地にかろうじて包まれた完璧なお尻のほっぺが丸見えになったもんだ。

彼女は小柄で、黒っぽい髪を俺の好みより少し短めにカットしていて、身のこなしはダンサーみたいだ。体はきっとやわらかいだろう。足首をつかんで持ちあげりゃ、両脚をずっと向こうにやって、頭のどちら側にでもつけられるんじゃないか。俺は彼女のウェブサイトに入って、本人の版画、病的なイカレた作品を見た。あの頭のなかで何が起こっているのかは、想像するしかない。ときどき俺は、カードの絵の女たちみたいな、密生する黒い恥毛《ちもう》の生えた彼女を目に浮かべる。そしてときどき、その毛をすっかり剃《そ》り落とした彼女を想像する。近ごろじゃ女どもはそうするんだよな。始終、下の毛を剃ってるんだろう？ いつ何時、どっかの男がやって来て、連中のちっちゃなパンティーを引っ張りおろすかわからないからさ。

*

ニューエセックスの、あるバーのすぐ外で、殺人事件が起きた。バンドのヴォーカルが、頭蓋骨をつぶされたんだ。俺はさして興味を持たなかった。そのバンドの名前、Cビームズを見るまでは、だが。

マシューは、近所のバーにバンドを見に行ったとか言ってなかったか？ リード・ヴォーカルの交際相手と知り合いだとか、そいつはその女を裏切ってるが、女のほうはなんにも知らないとか？ なんとなくそんな記憶がある。マイラはしょっちゅう留守しているが（例の出張とやらで向こうは何をしてるのか、ときどき俺は疑わしく思う）、近ごろ俺は、マシューのうちにあんまり行ってない。それに、飲み過ぎて、ふたりで何を話したのか、記憶が飛ぶこともときどきある。俺はいつも思う――俺が飲み過ぎたら、いつかマシューは、泊まってカウチで寝ていけって言ってくれるんじゃないか？　だがあいつは絶対そうは言わない。ただ俺を送り出すだけだ。

これぞ兄弟愛だよな。

*

ヘイリー・ピーターセンは、インスタグラムでヨガ教室の宣伝をしている。あの女は自分ちで土曜の午前にヨガを教えてるんだ。俺は行く気になりかけた。本人のことをようく知ったうえで、あの女と直接、話すんだと思うと、ものすごく興奮する。彼女のインスタの写真を（あの女はいろんな格好で――特に、レースのパンツでヨガのポーズをやりながら――自分の体を見せびらかすのが大好きだ）俺は全部見ている。それに、ツイッターの投稿（冬のあいだ鬱《うつ》っぽかったとか、春にリスボンに行ったとか）も全部、読んでいるし、ウェブサイト（彼女は、こいつ虐待されてたのか？　と思うような恐ろしい詩を書く）も見ている。

想像してくれよ。あの女の部屋――インスタが真実を語ってるなら、そこじゃ何もかもが白いんだが、その部屋に行くんだぞ。あいつの体の汗のにおいを嗅げるんだぞ。もし参加者が俺ひとりだったら？　そう考えると、もう限界だったんで、俺は〈クレイグスリスト〉（出会い系部門が人気の大手求人サイト）のページを開き、ボストン、メトロウェストの〝男性を求めている女性〟のセクションを見て、ビレリカ（ボストン郊外の町）の〝悪いオジさん欲しいよ〟にメールする寸前までいった。この女の投稿（もちろん写真なし）は前にも見たことがある。でも彼女にメールする気にはやっぱりなれない。自分が何をしでかすか、どうも自信が持てないんだよ。

＊

結局、親父はお袋と例の池の男のことを嗅ぎつけた。俺にそれがわかったのは、親父が何週間もお袋に家で水着でいることを強要したからだ。お袋はキッチンの床で食事をするとき、いつもその水着を着ていた。マシューは、お袋が犬みたいによつんばいになって食べてたって言うが、それは俺の記憶とはちがう。親父が別の部屋で長距離電話に出てる隙に、お袋がキッチンテーブルのいつもの席にもどったときのことを、マシューは覚えてない。お袋には親父がもどってくるのが聞こえなかった。で、親父はお袋の顔を夕飯の皿にたたきつけ、その皿を粉みじんにしたんだ。俺は全部、見ていた。親父があんなにすばやく動けるなんて思ってもみなかったよ。そのあと、お袋はただそこにすわってた。顔を前に出して鼻から血を垂らし、黄色い花柄の陶材のテーブルを血だらけにしてた。マシューは病的に血を嫌ってるからそのことを覚えてないが、こっちはようく覚えてる。お袋は血を止めようとしなかったし、ハンカチを顔に当てようともしなかった。体から血が出つづけるように、いつまでも止まらないように願ってるんじゃないか――自分がそう思ったことを、俺は覚えてる。

＊

俺はスコット・ドイルの死に関する記事をずっと読み漁っている。いちばん新しいやつには、彼はサセックス・ホール校の教師と交際してたと書いてあった。その学校はマシューが教えているとこだ。いま、俺は本気で疑っている——あいつはなんらかのかたちでスコット・ドイルの死に関与したんじゃないだろうか？　相手の教師の名は、ミシェル・ブライン。この女はフェイスブックもインスタグラムもツイッターもやってないが、リンクトインには写真がひとつ出ている。細面《ほそおもて》、薄茶の髪。唇は赤味がぜんぜんなくて、肌の色とおんなじだが、首は長くてすらりとしている。大きな悪いオオカミから彼女を救ってる気でいるとすりゃ、いかにも兄貴らしいことだ。見た感じ、彼女は救ってもらう必要がありそうだしな。

だから俺は、ヨガ教室に行ってヘイリー・ピーターセンに会うのはやめる。ビレリカの〝欲しいよ〟女にEメールするのもやめる。俺はミシェル・ブラインを調べ尽くすことに全精力を注ぐつもりだ。彼女のほうがやりがいがある。ああいう女、自分を見せびらかさない女はむずかしい。誰も見ちゃいないと知ってる女は。

彼女について知りたけりゃ、ただ兄貴に訊くって手もあるが、俺にはそうするつもりはない。兄貴はいつもみたいに身構えるだろうから。

それに、兄貴はここしばらく俺に連絡を寄越していない。マイラがまた留守してることは、こっちもわかっているんだが。ちょっと顔を出してみようか。俺からずっと隠れてることなんて、あいつにはできないんだ。

第二部　生者から死者へ

第二十三章

「たぶん、あなたに真実を知ってほしいんだと思います」マシューは言った。胸のなかでは、スコット・ドイルを殺したとき以上に大きな音で心臓が鼓動していた。

ヘンの額《ひたい》に皺《しわ》が寄った。それから彼女は笑った。「帰ってください」彼女はまた言った。

「わかりました」マシューはそう言いながら、うしろに二歩さがって、地下のこの工房の開いたドアのすぐ内側で止まった。「気が変わったら、いつか話をさせてください。ただ話すだけです」

ヘンは彼から目を離さなかった。後退して正解だったのだ、と彼は悟った。

「なぜスコット・ドイルを殺したの？」彼女は訊ねた。

マシューは肩をすくめた。「あの男はくずだった。あれは当然の報《むく》いですよ。わたしはあの男の交際相手を知っているが、彼女はいい人です。彼はそうじゃなかった」やつのしたことだけじゃない。問題はやつがいい気になっていたことだ。俺がやつを殺したのは、やつが気障《きざ》で傲慢《ごうまん》なキツネ顔野郎だからだ。俺はもう一度だって同じことをするだろうよ。

今度はヘンは本当に笑った。「この話のあと、わたしはまっすぐ警察に行くかも。そうは思わない？」

「どうぞ。わたしは否定しますから」

「ここは公共の場なのよ。きっと誰かが、あなたが入ってくるのを見ていたでしょう」

「ここに来たことは否定しません。警察には、あなたと理性的に話し合うためにここに来たのだと言います。なぜわたしに嫌がらせをするのか、あなたに訊ね、保護命令を守るようお願いするために来たのだと。話したことはそれだけだと言いますよ。警察はどっちを信じるでしょうね？」

考えている彼女を、マシューは見守った。「なぜあなたがここに来たのか、わたしはやっぱり理解できない」

「わたしのような人間……わたしのような欲求がある者は……」うまくいっていないデートの最中のように、心臓がふたたび早鐘を打ちだした。「わかるでしょう。わたしは誰にも話ができないんです。セラピストにさえも」

「わたし、あんたのセラピストじゃないんだけど」

「ええ、もちろんです。そういうことを言ってるわけじゃない。ただ、わたしたちの特別な関係性について説明しようとしているだけです。わたしはなんでもあなたに話せるし、あなたはそれに対して何もできない。その逆も真なり、です。あなたが襲った例の女子大学生ですが。彼女は本当にあなたをつけ狙っていたんですか？」

「ダフニ・マイヤーズのこと？　いいえ、彼女は何もしていない。わたしは精神的におかしくなっていて、妄想を抱いていたの。ねえ、わたしたちのあいだに特別な関係があるって思ってくださるのはとってもうれしいんだけど、そんなもの、ないから。わたしはあなたの正体を知っているし、警察もじきに知ることになる。さあ、帰って。わたしが通報する前に」

マシューは、ヘンが布製のバッグに目をやったのに気づいた。そこにはおそらく携帯が入っているのだろう。

「わかりました」彼は言った。「しかしもし気が変わったら、この関係はあなたにとって価値あるものになるんじゃないかな。あなたには一切危険はありません。わたしは女性は殺さないので。絶対にあなたに危害を加えたりしませんよ。たとえあなたに脅されても、です」

マシューは踵《きびす》を返してその場を離れた。薄暗い白壁の廊下をまっすぐに進むと、金属の階段をのぼって、午後の暗い空のもとにふたたび出た。雨はすでにやんでいたが、轍《わだち》の多い駐車場はさざなみの立つ水溜まりだらけで、木々はいまも雨水を滴《したた》らせ、濡れた葉を落としていた。湿っぽい冷たい空気を、マシューは大きく吸い込んだ。それはまるで大気を飲んでいるようだった。口は乾き、背中はこわばっていた。彼は車に乗り込むと、駐車場を出て、ダートフォード・センターに向かった。マイラには図書館に予約した本を取りに行くと言ってあり、これは本当だった。彼は一緒に来ないかとマイラを誘い、家でつぎの出張の準備をしたいと彼女に言われて、ほっとしたのだった。マイラは週いっぱいつづく地域会議でウィチタ（カンザス州の市）に行くことになっている。

マシューが出かける支度をしているとき、彼女は言った。「〈工房公開〉はこの土日だったのよね」

「行きたかった?」

「行けるわけないでしょう? 彼女がいるんだから」マイラはヘンを〝彼女〟と呼ぶようになっている。また、ときには〝あの女〟と。

「行って、彼女の部屋には近づかないという手もあったんだがな」

「そうよね。でも彼女はそのへんを歩き回っていたかもしれない。または、ロイドがそこにいたかも。わたしにはとても……」

「わかるよ。僕も行きたくなかった」

マシューが図書館に車を横付けにしたとき、雨はふたたび降りだしていた。その場所は、マロニエの木の下だった。車の外で彼はしばらく足を止め、地面に目を走らせて落ちたマロニエの実をさがした。すでに半分開きかけた毬《いが》のひとつを踏みつけると、つややかな固い実がころころと転がり出てきた。彼はそれを拾いあげて、ジーンズのポケットに入れた。

図書館で、予約してあった本、冷戦時代のアメリカにおけるソ連の諜報活動を描いた歴史書、『ホーンテッド・ウッド』を受け取ると、彼はその本を閲覧室の革張りの椅子に持っていった。しばらくすわって、ヘンとの会話について考え、その一語一語を思い返したかった。実のところ、話し合いは期待していた以上にうまくいったのだ。自分が入っていくなり、ヘンはパニックをきたし、部屋から飛び出して、まっすぐ警察に行くのではないか――彼はそんな想像をしていた。彼の姿を見て、確かに彼女は緊張していたが、それは過剰な緊張ではなかった。心の底で彼女は、彼といても危険はないと確信しているのだ――マシューにはそれがわかった。また、そう感じているのなら、いずれ彼女は自分をわかってくれるだろうとも思った。そう考えると、彼はわくわくした。こんな気持ちは何年ぶりだろう。

あとは、自分が接触したことを彼女が夫に話さないよう願うばかりだ。彼女はおそらく話すだろうが。うちにすっ飛んでくるロイド、妻にかまうなと言っているその姿が目に見えるようだった。まあ、そうなったら、ヘンと親しくなるのはあきらめるとしよう。いずれにしろ、警察はなんの影響も受けまい。連中がヘンを信じるわけはない――あの前歴なら、絶対だ。しかも殺しの夜、彼女はひどく酔っていたという。ホイットニー刑事が言っていた――「彼女はあの夜べろべろでした。だから何が見えたっておかしくありませんよ」そしてこの言葉によって、マシューは確信を強めた。自分は大丈夫。今回もつかまりはしない。犯行現場に目撃者がいたとしてもだ。

彼は膝《ひざ》に置いた本のページをぱらぱらとめくった。それから、うちにすっ飛んできて、脅し文句を並べるロイドの姿を思い浮かべ、もしそれが現実となるなら、自分はその場にいるべきだろうと気づいた。マイラをうちにひとりにしておくのは、不当だ。

彼は停止信号をつぎつぎとすり抜けながら、家へと車を走らせた。うちに入ると、マイラはカウチに寝ころんで、「バチェロレッテ」(女性が結婚相手を選ぶリアリティー番組)を見ていた。

「バレちゃった」うしろめたげに彼女は言った。

「見てていいよ。僕は書斎で本を読むつもりだから」

「外のお天気はどう?」

「寒いし、雨が降っている。外出はおすすめしないね」

「もともとその気はないけど」マイラは言った。

ドアを閉めた書斎のなかで、マシューは考えた。ヘンに会いに行ったことを前もってマイラに話しておこうか。話すとすれば、それは先手を打つため、ということになる。ヘンが警察に訴えたり、ロイドが本当にやって来てドアをドンドンたたいたりする場合への備えだ。だが彼はそのリスクは冒さないことにした。どういうわけか、ヘンが人に言うとは彼には思えなかった。それどころか、彼女はこちらの誘いに応じるのではないかという気さえした。彼女の作品を見て、その精神がどう働くか、彼にはわかっていた。彼女には病的な好奇心がある。彼は彼女に実に多くを提供しようとしている。彼は自分自身を提供しようとしているのだ。

新しい本には目を向けず、マシューはインターネットを始めた。彼はヘンの作品のいくつかをもう一度、見た。それから、これはまだやっていなかったので、ヘンの夫、ロイド・ハーディングについて調べた。ネット上には彼の情報がたくさんあった。その名前は彼の会社のウェブサイトに載っていた。また、リンクトインにもプロフィールがあった。しかしマシューが見つけたのは、五年も更新されていない古いブログだ。「ロイドの記録」と銘《めい》打たれたそれは、長編ドキュメンタリー映画の短評（大半が辛口のやつ）を並べたものだった。「自己紹介」のページで、ロイドは自らをドキュメンタリー映画制作者志望としていた。マシューはその夢はどうなったのだろうと思った。彼はロイドが好きではなかった。あの男が食事に来た夜から気に食わなかったのだ。ロイドは軟弱で怠惰《たいだ》な男に見えた。隣人宅での食事につきあわされ、退屈していることも、顔に出てしまっていた。それに、マイラの料理への賛辞もまるで足りないとマシューは思った。ヘンが何度か、とてもおいしい、と言ってくれたのに対し、あの夫のほうはただ小さくうなずき、うんうんと唸《うな》って、同意を表すだけだった。テーブルの向こうのロイドを見て、ビニール袋をかぶせられたその顔を想像したことを、マシューは覚えている。

彼はロイド・ハーディングについて調べられるだけ調べることにした。おそらく何もないだろうが、これればかりはわからない。

その夜の夕食後——マイラの作った絶品のレンズマメのスープを食べたあと——警察もロイドも来はしないとわかり、マシューはようやく緊張をゆるめた。連中はもうこの件に終止符を打ったのだ。ヘンは彼の訪問のことを誰にも話していない。だからと言って、彼女が彼と会うのに同意するとはかぎらないが、少なくとも、彼女はこのことを秘密にしているわけだ。

彼らには——ふたりには秘密がある。そして、秘密の共有以上に、友達になるのによい方法はない。

＊

その夜も、つぎの日も、ヘンからの連絡はなかった。月曜日、マイラは飛行機に間に合うよう朝早く出発し、マシューは学校に行った。

ミシェルは一週間、休みを取ったあと、ふたたび出勤することになっていた。その日は彼女が来る前に朝の職員会議があり、歴史学科の学科長ドナルド・フーギームが、ミシェルは交際相手の死については触れないでほしいと言っていると一同に伝えた。彼女はそれよりも仕事の遅れを取り返すために時間を使いたいのだという。

マシューは、自分はこの要望の対象外であるものとみなした。彼とミシェルはすでに電話で話しているのだから、当然だろう。その日の終わりに、ミシェルが彼の教室に顔を出したときも、マシューは驚かなかった。彼女はなかに入ってドアを閉めた。

「みんな、なんて言っていますか?」

「なんにも。ドナルドが今朝、あなたが来る前に、職員全員に、あなたの前であの件は持ち出さないよう言ったしね」

ミシェルは激しく首を振って言った。「ああ。それでよかったのかどうか、わからない。わたしはただ、みんなにあれこれ説明するのがいやだっただけなんです。彼とはもうつきあっていなかったとか、彼の身に何があったのか自分はぜんぜん知らないとか——」

「本当に何があったんだろうね。警察は誰か逮捕したのかな?」

「わたしは何も聞いていません。事情聴取は受けたけど、たった十五分だったたし。わたしたちの関係や、彼に敵がいたかどうかを訊かれただけで……もうお話ししましたっけ?」

「ああ、話してくれたよ。でも気にしないで」

「それっきり警察からはなんの連絡もないんです。たぶんですけど、彼はバーで誰かを怒らせたんじゃないかしら。その男の彼女に手を出そうとして」

「あれは悪いやつだった。わかっているね?」ミシェルを元気づけようとして、マシューは言った。

ところがミシェルは顔を歪めた。その唇が震え、彼女は泣きだした。マシューはそちらに行って、彼女を椅子へと導き、ふたりはすわった。

ようやく話せるようになると、ミシェルは言った。「彼がわたしのためにならないってことはわかっていました。でも、だからって悪い人だと言い切れるのかどうか」

「人間は行動によって定義づけられるものだよ。何をするかで、どういう人間かが決まるんだ」

「わかっています。スコットがわたしの人生の一部にならなくてよかった。でもあんなことになって、わたしはいまも動転しているんです。彼はまだとっても若かったのに」

マシューは黙るべき時を心得ており、何も言わなかった。しばらくすると、ミシェルは深く息を吸い込んで言った。「生徒たちもわたしに何があったか知ってるんでしょうね。誰も――ベン・ギムベルさえも――きょうは面倒を起こさなかったんです」

「いいこともあるもんだね」マシューが言うと、ミシェルはほほえんだ。

「もうひとつの問題は、急にやることがゼロになってしまったことなんです」ミシェルは姿勢を正した。「スコットとつきあっていたときは、彼と一緒にいるか、彼がいなければ、浮気してるんじゃないかと疑って、思い悩んでいるかでした。別れてから彼が死んだと知るまでの二十四時間は、ほんとにあれでよかったのか、彼が淋しがってないか、もう他の誰かといるんじゃないか、そんなことばかり考えて、やっぱり思い悩んでいましたし。ところがいまは……わたしにはもう何もない。巨大な穴がぽっかり開いているばかりなんです」

「また出会いがあるさ」マシューは言った。

「そうでしょうか？」

「いつかはね」

ミシェルは笑った。今回は声をあげて。「その言いかた、あんまり説得力がないわ。でもわたし、ストーカーされてるんですよ。すごいでしょう？」

「どういうことかな？」

「昨夜、知らない男からEメールが来たんです。本当にお気の毒にって。写真を見て、あなたのことを考えているって。気持ち悪いと思いません？」

「そいつは誰なんだ？」

「さあ。どこかの男。リチャード。本人はそう名乗っていました」

胸が苦しくなったが、マシューはそれを顔に出すまいとした。「返信したのかい？」

「まさか。無視しましたよ」

「警察に知らせた？」

「なぜ？」

「なんだろうな。そいつはスコットの件と関係があるかもしれないし」

「それはないと思いますよ。その男はただ記事を読んで、わたしの名前を見ただけでしょう。それで、ネットでわたしを検索して――」

「でも、どうやってアドレスを入手したんだろう？」

「宛先はサセックス・ホール校のわたしのアドレスでしたから。わたしの名前を検索すれば、ここで働いていることは出てきますよ。大丈夫ですか、マシュー?」

「うん。申し訳ない。ただちょっと心配になっただけだよ。その男がいきなりEメールしてきたというから」

「わたしは有名な被害者ですからね」ミシェルは笑った。「変な男がこぞって連絡してくるでしょうよ。ひょっとすると、なかのひとりによい夫になる素質があるかも」

「とにかく返信してはいけないよ」

「しませんよ」ミシェルはそう言うと、「わたしの保護者さん」と付け加え、赤くなった。

＊

その夜、マシューは弟に連絡した。マイラが留守なので、週内に彼を招ぶことを考えてはいたのだが、その声を聞くやいなや、マシューは出ていってこう訊ねた。「おまえ、ミシェル・ブラインにメールしたんじゃないだろうな?」

「誰だって?」リチャードは言った。

「ミシェル・ブライン。同僚の教師だよ。彼女がリチャードというやつから変なメールが来たと言っているんだ」

「誰のことだか、俺にはさっぱりわからんね」

「そうか」マシューは言った。リチャードの言葉は本当らしく聞こえた。だが彼の言葉はいつも本当らしく聞こえるのだ。

「その女、誰なんだよ？　それも兄貴がマイラに秘密にしてる別の女か？」

「いや」

「なんでその女は、自分の受け取ったメールのことなんか兄貴に話すんだ？」

「その人は職場の友達だ。〝女〟じゃない。わたしがマイラに忠実なのは、おまえも知ってるだろう」

「それはちがうんじゃないか、マシュー。友達になった女と寝ないからって、かみさんに忠実だとは言えないぜ。当ててみようか──そのミシェルって女は、自分の私生活のことを何から何まで兄貴に話すんだろ。で、ときどき兄貴は彼女をハグしてやり、ときどきそのハグはちょっと長くなり──」

「いまはそういう気分じゃないんだ、リチャード」

「結構。いまに見てろよ。ミシェル・ブラインも、いまに見てろ、だ。誰かがいい思いをさせてやらんとな」

その夜、マシューはベッドに横たわって考えた──リチャードと話をしたのはまちがいだったのだろうか？

第二十四章

ヘンはマシュー・ドラモアのことを考えつづけた。

〈工房公開〉のとき彼が訪ねてきたことは、まだロイドには話していない。ロイドには話せない――どう考えてもだ。なぜなら、そうしたところでどちらの側にもいいことはないのだから。彼は自らマシューと対決するだろう（それはなんにもならない）。あるいは、ヘンを警察に送り出し、すべてを話させるか。だがそうすれば、ヘンが余計おかしく見えるだけだ。その点ではマシューは正しい。いま、マシューに関して彼女の言うことは、何もかも嘘に見えるだろう。そしてまさにこれこそ、ヘンがロイドにあの来訪のことを話さない理由なのだ。自分の夫がもしも信じてくれなかったら？　もしも全部、彼女の作り話だと思ったら？　彼は彼女を病院に入れたがるかもしれない。少なくとも、薬は変えたがるだろう。仮に逆の立場だったら、彼女もそれを考えるのではないか。

そして、何があったか誰にも話せないがゆえに、彼女はマシューのことを考えつづけた。彼はいまや彼女を信じる唯一の人間なのだ。この考えにはグロテスクな可笑《おか》し味《み》があった。真実のすべてを知るのは、彼と彼女のふたりだけなのだ。マシューは決して誰にも話さない。

なぜなら、もし話せば一生、監獄で過ごすことになるから。そして彼女は誰にも話せない。なぜなら誰も信じはしないだろうし、またしても躁の病相期に入ったと誰もが思うだろうから。

彼と会ってみるべきかも。

思っただけで震えあがってしまうというのに、その考えは何度も繰り返し脳裏をよぎった。

彼が何を言いたいのか聞くべきかも。

頭のなかで、彼女はシミュレーションをしてみた。ふたりが会うのは、半公共の場所でなくてはならない。彼が危害を加えられない場所。たとえば、バーリントン・モールで会って、〈シナボン〉をいくつか食べ、モールに並ぶ店の前を一緒にぶらつく。そうしながら、マシューはサイコ・キラーとしての自らの半生を語るのだ。あるいは、うちのもっと近場で会ってもいい。いつか午後に〈アウルズ・ヘッド〉に一杯飲みに行き、隅のテーブルに着くとか。このシナリオの問題点は、ふたりが関係しているように見えることだ。彼らは近所の人に見られるかもしれない。では、ぜんぜんちがうバーに行ってはどうだろう。別の町のどこかに。彼の家に行ってもいい。あの書斎で会っても。彼はひとつ記念品をキープしていた。それは、〝見せてお話〟(アメリカの幼稚園や小学校で行われるプレゼンテーション。児童が自分の好きなものをみんなに見せて、それについて語る)みたいなものになるかもしれない。フェンシングのトロフィーを。だったら他にも記念品はあるだろう。

実は、絶対にあなたに危害を加えない、というマシューの言葉をヘンはほぼ信じていた。

なぜなのか正確にはわからないが、これは事実だ。工房に彼が来たのは、彼女を脅すためでも、怖がらせるためでもなかった。彼は心から誰かと話したいと思っているようだった。そして、もしそうだとしたら、彼の話を聴くことこそ、彼女の取るべき正しい道、倫理的な道なのではないか？　彼はなんらかの情報——彼女が警察に届けられるような情報を漏らすかもしれない。それに彼女は、彼を救うこともできるかもしれない。自首する必要があることを彼に気づかせられるかも。この筋道にそって考えれば考えるほど、マシュー・ドラモアとゆっくり話すことが本当に自分の倫理上の義務のように思えてきた。他の選択肢はない。彼が危険であることが彼女にはわかっている。だが、その事実を警察に（または、あのいまいましい夫に）信じさせるすべはないのだ。

その日の午後、ヘンはまた工房に行った。日曜に降りだした雨が日が変わってもなお間断なくそぼそぼ降りつづいていたため、今回は車で出かけた。地下の階はひっそりしていた。きのうとちがい、建物のドアに鍵がかかっているのがありがたかった。自分の工房に入ると、昨日のマシューの来訪のことは考えまいと懸命に努め、かたづけをした。少し仕事ができれば、と彼女は思っていた。『ロア・ウォリアーズ』の次作（仮題『ロア・ウォリアーズの学校——恐怖のゴッドマザーたち』）の概要が届いていたので、それを基に仮のスケッチをいくつか描いておければ、と。だが気がつくと、彼女は相変わらずマシューと会うことについて考えていた。そこには、よい行いをしよう、犯罪者を止めよう、という善意以上のものがあるのかもしれない。これは心のどこかで、彼のしてきたことを詳しく聞きたがっているということではないだろうか？　考えてみれば、彼女は普通なら得られない機会を差し出されたのだ。他人の頭のなかをのぞき見る機会。モンスターの頭のなかをのぞき見る機会。となれば、誰だって興味を持つだろう。世間の人がテレビで犯罪実話を見たり、連続殺人犯に関する本を読んだりするのは、だからだ。世間の人がヘンの作品を好むのは、だからなのだ。自分の版画が不穏であればあるほど、世間の興味を引くことを、彼女は充分認識していた。

ロイドからメールが来たのは、ちょうど工房を出ようとしているときだった。**とっても暇。早めに帰るよ。**

たぶん本人の言うほど暇ではないだろう。ロイドの会社が暇だなんてことはない。おそらく彼は、ヘンのことが心配だから早めに帰ろうとしているのだ。彼女は、あとでね、と返信し、笑顔の絵文字を付け加えた。

彼女は建物を出て施錠し、車にもどった。いま会社を出ようとしているのなら、ロイドが帰宅するまでには、あと一時間ほどあるだろう。ヘンはなおも、マシューとどこで会うかを考えていた。それは公共の場所でなくてはならない。ふたつ先の町、ウィックフォードに、照明の明るい、スポーツ・バーのような店があったことを、彼女は思い出した。場所はルート117ぞい。この近隣でいちばんよい画材店に行く道の途中なので、彼女は何度かそのバーを通り過ぎたことがあった。そこまでは遠くない――車で十五分だ。そこでヘンは工房を出ると、ルート117方面に向かった。

実際には二十分近くかかったが、それはラッシュアワーの渋滞が始まっていたためだ。バーの名は〈ウィンターズ・サークル〉。ウィックフォードに入ってすぐの、平屋のショッピング・センター内にある四軒の店舗のひとつだった。窓には、キーノ（ビンゴのような賭博ゲーム）と〝マサチューセッツ宝くじ〟と、ペイトリオッツの試合中はいつも四十セントになる手羽焼きの広告が出ていた。ヘンはブルーインズ（ボストン・ブルーインズ。プロアイスホッケーチーム）のバンパーステッカーが貼られたピックアップ・トラックの隣に車を駐めた。実のところ今日は、バーのなかをのぞいて、店内がどれくらい暗いか、お客がいるのか、チェックしたいだけだ。だから、ちょっとなかに入って人をさがしているふりができないかと思ったが、目立つようなまねはしたくない。そこで、店内に入ると、カウンター前のビニールカバーのスツールにすわった。月曜の午後だというのに、お客が自分だけでないことに、彼女は満足した。カウンターの向こう端には男がひとりいて、ボトルの〈クアーズ・ライト〉を飲みながら、スポーツ関連のトーク番組らしきものを一様に映している複数のテレビのひとつに目を据《す》えている。それに、フロアの向こうの壁ぞいのブース席には、若めのカップルもひと組いる。このふたりのあいだには、ボウリング・ボールほどのナチョスの山があった。

黒のジーンズに白のタンクトップという格好の、筋張ったブロンド女のバーテンダーが、カウンターの向こうからやって来た。ヘンは自分のすわっているところから唯一タップの文字が読めるビール、〈ショックトップ〉をオーダーした。

「オレンジ、入れます？」

「はい？」

「オレンジ・スライス。ビールに入れますか？」

「いいえ、結構」

ビールが来た。ヘンは現金で支払ってチップを残し、バーテンダーはカウンターの向こう端にもどって、携帯電話をスクロールしはじめた。ぐうっと長くビールを飲んでから、ヘンはあたりを見回した。その場所はマシューと会うのにちょうどよかった。ブース席には高い背もたれがあるため、人に聞かれる気遣いなく話すことができそうだ。照明は明るすぎないが、テレビ画面があちこちにあるため、さほど暗くもない。また、ヘンの知り合いが（そもそも知り合いが大勢いるわけではないが）午後の時間帯にこの店にいるということもなさそうだった。

ヘンは、マシューと会うのは午後がよいだろうと思った。彼は教師だから、早く仕事が退《ひ》ける。それに、彼女には夜に家を抜け出すことなどもうできない。そんなことをすれば、ロイドは絶対に許してくれないだろう。

ビールの残りを飲み干すと、軽い酔いが全身に回って、筋肉をゆるませた。彼女は時刻を確認した。ロイドより先に家に着きたいなら、もう帰らなくてはならない。

＊

翌日、ヘンは工房に行かなかった。二日つづいた雨のあと、ふたたび日差しがもどって、木々にしがみついている葉も生き生きしており、シカモア・ストリート全体が色あざやかに輝いていた。昼食後、ヘンはプラスチックの収納ケースから、ケンブリッジで過ごした前の冬以来そこに入れっぱなしだった冬服を取り出した。彼女はいちばん温かなセーター（ロイドは〝カビ色〟と呼びたがるが、自分では控えめなオレンジ色だと思っているウールのタートルネック）と、フリースの裏地の帽子を見つけ、お茶の大きなマグカップとスケッチブックを手に、ポーチに出た。太陽はすでに低くなり、道の彼方に見える家々の屋根の際《きわ》まで落ちていたが、ポーチはまだ比較的、暖かかった。彼女はいちばん日当たりのいい場所に椅子を持っていき、いつもテーブルにしているベンチに足を乗せて、道路に目を据えた。

マシューのフィアットがシカモア・ストリートを走ってきたとき、日はほとんど暮れかけていた。車はドラモア家の私道に入っていった。ヘンは凍りついた。隣人の帰宅を待ちかまえ、ひどく緊張していたため、実際、彼が帰宅したときどうするのかちゃんと考えていなかったのだ。

マシューは私道のなかほどに駐車して、車から降りてきた。ヘンは立ちあがった。勇気を奮い起こして網戸を開け、三歩進んで自宅の私道まで行くと、マシューのほうに目をやった。彼が振り向き、ヘンはそちらへと向かった。話すときまで目を合わせたくなかったので、顔は少し伏せていた。マシューは革のブリーフケースを左手に持ち、彼女を待っていた。

「話をしましょう」充分距離が縮まると、ヘンは言った。

「ええ」マシューは言った。「いまですか？」

これは想定外だった。ヘンは急いで首を振った。「いいえ、あした会いましょう。ウィックフォードに〈ウィンターズ・サークル〉というバーがあるから。ルート117ぞいの店ですけど。知ってるかしら？」

マシューは首を振った。「知りません。でも調べますよ。なぜバーにしたいんです？」

「あなたとふたりきりになる気はないの」ヘンは言った。

「ああ、なるほど」なぜ自分たちが会おうとしているのか、いま思い出したかのように、マシューは言った。

「何時なら行けます？」

「三時半でどうでしょう？」

「それでいいわ。三時半ね。店に入ると、左側にブース席があるから」

「わかりました」マシューはうなずいた。

ぶるぶる震えていることを彼に気づかれないうちに、ヘンは向きを変え、家に引き返した。

・

第二十五章

マシューは〈ウィンターズ・サークル〉の隣の中古スポーツ用品店の前に車を駐めた。駐車場にヘンのゴルフは見当たらなかった。自分が先に着いたのだろうか、と彼は思った。あるいは、彼女の気が変わったのか。

彼はエンジンを切って車を降りた。よく晴れた風の強い日で、落ち葉が駐車場に散らばり、風に吹かれて飛び回っていた。

マシューは正面のドアを開け、〈ウィンターズ・サークル〉の店内に入った。中年の女がふたりカウンターにいたが、ブース席には誰もいなかった。テレビはどれもフットボールのハイライトを流していた。さりげなさを心がけつつ、カウンターに歩み寄り、彼はライム・ウェッジ入りのジンジャー・エールをたのんだ。支払いをすませると、飲み物を持って、いちばん奥のブース席に行き、ドアが見える側にすわった。

カウンター席の女の一方がスツールをするりと下りて、ジュークボックスのところに行くと、紙幣を一枚入れ、番号をいくつか押した。流れだした最初の曲は、聞き覚えのあるハードロックのバラードだったが、演奏していたバンドの名前は思い出せなかった。彼は確か曲名は「エヴリ・ローズ・ハズ・イッツ・ソーン」だと思い、コーラス部分を聞いて確信を得た。曲を選んだ女は、たぶん承認がほしいのだろう、しきりとマシューのほうを見ていた。彼は自分の飲み物に視線を落とした。ジンジャー・エールの表面に浮いたライム・ウェッジには、焦げ茶色の点が散っていた。

ドアが開き、店の奥のマシューが肌に感じるほどの突風を呼び込みながら、ヘンが入ってきた。彼は立ちあがろうとしたが、ヘンが目を合わせずにまっすぐカウンターに行ったため、そのまま動かずにいた。彼女は生ビールを持ってブースにやって来ると、彼の向かい側にすわった。着ているものは、前日このバーに彼を誘ったとき着ていたのと同じセーターだった。少し毛玉ができはじめている分厚い錆《さび》色のタートルネックだ。

「こんにちは」彼女は言った。

「まず身体検査をさせてもらわないとね」これは、マシューが最初に言おうと思っていた言葉だ。ヘンが驚いているのを見て、彼は驚いた。

「まあ」彼女は言った。

「そうしないかぎり、この話はできない。おわかりでしょう?」

「隠しマイクをさがすってこと?」ヘンはそう言って、問いかけるような顔をした。「わたしは何も着けてないけど」

「信じていますよ。でもやはりチェックしないと」

「わかった。どうやるの?」

「ちょっとあなたの隣に行きます。傍目《はため》には、挨拶のハグをしているように見えるでしょう」

「それはちょっと」ヘンは言った。

「もちろんあなたが決めることですが。こちらとしては確かめる必要があるんです」

「わかった」彼女は言った。

マシューはブースの自分の側を出た。音楽を選んだ例の女はもうカウンターの連れのところにもどっていた。ジュークボックスからは、ローリング・ストーンズの「アンダー・マイ・サム」が流れている。彼はヘンの隣にすわって、「すみません」と言いながら、厚っぽたいセーターの両脇に左右の手を走らせた。

「セーターの下は何を着ていますか?」マシューは訊ねた。

「フランネルのシャツ」

彼はセーターのなかに手を入れた。抗議されるかと思ったが、ヘンは両腕を持ちあげてくれた。彼はやわらかなフランネルの上から、彼女の両脇に手を走らせ、次いで背中を、さらにすばやく腹部をさぐった。彼女の胸郭の形と肺《はい》の速い動き以外、何ひとつ感じられなかった。彼女はセーターの下にタイトなジーンズをはいていた。彼はできるかぎりプロっぽくその脚をなでおろした。ジーンズの前ポケットに手が触れると、携帯電話の輪郭が感じられた。

「携帯を見せてもらって、録音中でないのを確認してもいいですか?」

「どうぞ」ヘンはそう言って、彼に携帯を見せ、親指の指紋で画面をオンにして、アプリをスクロールしていった。自分が何を見つけようとしているのか、マシュー自身にも判然としなかったが、とりあえず疑わしいものはなかった。そもそも彼は、彼女がマイクを着けてくると思ってなどいなかった。だが、確かめないわけにもいかなかったのだ。

「ありがとう」マシューは言い、ブースの自分の側にもどった。軽口をたたこうとして、彼は言った。「さて、気まずい部分はこれですんだことだし……」

ヘンは顔をしかめて彼を見た。「おもしろいことを言おうなんて思わないで」彼女は言った。「あなたには似合わない」

「ああ、そうですよね」

「この店はすぐわかった？」彼女は訊ねた。

「少なくとも、わたしは雑談しようとはしていませんよ」彼は言った。

これには彼女もほほえんだ。「確かに。なぜスコット・ドイルを殺したのか教えて」

「あなたはそれよりダスティン・ミラーのほうに興味があるのかと思っていましたよ」

「あなたがなぜ彼を殺したのかはもうわかってると思う。彼は誰かをレイプしたんでしょう？　サセックス・ホール校にいたころに？」

ヘンの言葉の選びかたに少しうろたえながら、マシューは飲み物を少し口にした。「単なる〝誰か〟じゃない」彼は言った。「彼女の名前はコートニー・シェイです」

「それは知らなかった。その人の名前は知らなかったの」

「彼女は授業のあと教室に残って、教師が教えたことについてさらに質問するような生徒でした。たぶん、内気で授業中には質問できないから、そうしていたんでしょうね。それでも、彼女に知的好奇心があったのは確かです」

「その人は……亡くなったの？」

「いやいや。すみません。教え子のことを話すときは、いつも過去形になってしまうんですよ。彼女は元気です――わたしの知るかぎりでは。五年前の同窓会には来ませんでしたが、彼女の友達によると、ワシントンDCのロースクールでがんばっているということでした。いまに検察官になって、ダスティン・ミラーのような男どもを追及するんじゃないかとわたしは期待しているんです」

「だけど、彼女にはダスティンを追及する必要はない。それはあなたがやったんだものね」

「そう、わたしがやった。彼が死ぬ直前、なぜ自分が死のうとしているのか本人にわかるよう、コートニーの名も告げてやりましたよ」声に出してそう言うと、大きな満足感が得られ、マシューはそれが顔に出ないよう――笑みが漏れないよう努めた。

「それで、あなたはその瞬間、彼にはわかったと思っているのね。ただひどい恐怖を味わっただけじゃないと」

マシューは少し身を乗り出した。「仮に彼が感じたのがひどい恐怖だけだったとしても、わたしが自分の務めを果たしたことに変わりはありません。あれは悪い男だった。大勢の女性を不幸にするに決まっていたんです」

「でも彼には変わる可能性もあったんじゃない？　あなたの生徒さんの件は、ほんとにひどい話だけど、たぶん一度かぎりのことだったかもしれない。彼はやがて結婚し、子供を育て、いい人になっていたかも」

「まず第一に、コートニーにしたことだけで充分だと言いたいですね。それひとつで、彼は死に値するんですよ。コートニーが転校したあと、わたしはやつが彼女のことでジョークを言っているのを耳にしました。ダスティンとその仲間が、コートニーがいないとなると、学校一、胸が大きいのはどの女の子なのか、話していたんです。もちろん、使っていた言葉は、〝胸〟ではありませんよ。わたしが保証します。あれは悪い人間だった。人格は変わらないものです。ご主人と一緒にうちに食事に来た夜のことを覚えていますか？　あなたはわたしに教師の仕事について訊ね、わたしは子供たちが目の前で育っていくのを見ることのすばらしさを語った。一年生から四年生になるまでに起こる変化のことを話しましたよね？」

「ええ、覚えてる」

「それは全部が全部、真実とは言えないんです。わたしは子供たちが成熟していくのを目《ま》のあたりにします。彼らが不器用な思春期の若者から大人へと成長するのを。しかし人格の変化――これは絶対に見られない。彼らは常に彼らのままです。一年生のとき優しい子は――

たとえ過《あやま》ちを犯したり、問題を起こしたりすることがあっても――四年生になっても優しい。逆もまた真なり、です。セントルイスで彼がコートニーに何をしたか聞く前から、わたしには、ダスティン・ミラーが生涯、女性の迫害者でありつづけることがわかっていました。彼にはその素地があった。わたしの父親と同じです。父は弱者を食い物にしていました」声が大きくなるのを感じ、マシューは息をひとつ吸って、ボリュームを落とせと自分に命じた。「その事実は何ものにも変えられない。彼は常に彼だった」

「で、あなたは彼を変えたの？　ダスティン・ミラーを変えた？」

「ええ、変えました。わたしは彼を生者から死者に変えたんです」

「それは、えー、かなり大きな変化よね。たぶんあなたと同じ考えを持つ人は大勢いるんだろうけど、その考えを実行に移す人はあまりいないんじゃないかな」

「わたしは人とはちがうので」

ヘンはすわってから一度もビールに手をつけていなかったが、ここで初めてそちらに目を向け、小さくひと口飲んだ。「やめられると思う？」

「人を殺すのを、ですか？」

「そう」

「あなたがここに来たのは、そのためですか？　自分がわたしを止められると思ったから？」

「わたしがここに来たのは、あなたが会ってほしいと言ったから、誰かに真実を話したいと言ったからよ。たぶんあなたは心の重荷の一部を下ろしたいんだろう、と思ったの。自分のしていることをやめるすべを見つけたいんだろう、と」

「そう思うのも無理はないが、わたしがあなたと話したかったのは、そのためではありません。わたしはたぶん、あなたならわたしが何をしているのか理解できると思ったんでしょう。わたしはあなたの作品を見ました。それで——」

「あなたは自分も一種のアーティストだと思っているのね」

「いいえ。ちがいます。そんなふうには思っていない。しかし人を殺したとき——それをちゃんとやれたとき——自分がそのあとに感じるものは、完璧な芸術作品を見たとき感じるものに似ていることを、わたしは知っています」

「それはどうして？」

「あなたもあの気持ちは知っているにちがいない。何かを創造したとき——たとえば、あの絵、十代の少女が鏡の自分を見て、頭に……頭に……」

「鹿の角が生えているのに気づくやつ？」

「そうです。最初にあの絵を描いたとき——あるいは、彫刻するか何かしたとき、あなたはどんな気持ちでした？　あなたが描くまでそれは存在しなかった。そうでしょう？　あなたはそれを無からこの世界へともたらしたわけです。それこそ、わたしがしていることですよ。ただし逆にですが。わたしは生きて呼吸している人間を殺し、この地上から取り除く。わたしが手を下すと、そいつは完全に変わる――ひとりの人間になしうる最大の変化を遂げる――これは大変なことです。あなたならわかるはずですよ」

「それが大変なことだというのはわかるけど、そのことの何がいいのかわからない」

「もしチャンスがあったら、あなたは時を遡《さかのぼ》ってヒトラーを殺しますか？」

「その喩《たと》えが的確だとは、どうも思えないけど」

「わかりました。では、もしチャンスがあったら、あなたは時を遡ってテッド・バンディを殺しますか？」

「つまり、ダスティン・ミラーは連続殺人鬼になってたはずだってこと？　それに、スコット・ドイルも？　どうしてそんなことがわかるわけ？」

「わたしは、ダスティン・ミラーは不幸を広めていただろうと言っているんです。あの連中の存在は、人々の生活をみじめなものにしたでしょう。この世から彼らを取り除いたことで、わたしは世界をより幸福な場所にしたわけです」

ヘンは懐疑的な顔をしていた。マシューはいったん口を閉じることにした――まだ始めたばかりだったし、他にも言うべきことがたくさんあると感じてはいたけれども。ヘンのほうも何も言わなかった。そこでマシューは言った。「少なくとも、わたしが正しかった可能性くらいは認められませんか？」

「彼らを殺したことが正しかった可能性？　いいえ、そんなこと認められない。あなたに決定権はないの。それはあなたが決めることじゃない。この世はそういうものじゃないわ。ねえ」ヘンは席のなかで体をずらした。「ここに来たのはまちがいだったみたい。自分が何を期待していたのか、よくわからないけど。あなたには専門家の助けが必要だと思う。いましていることをやめる必要があると思うし。あなたは芸術家じゃない。単なる犯罪者よ。わたしはスコット・ドイルが死ぬのを見た。あなたはそのことを知ってるの？」

「死んでいる彼を見たということですか？」

「いいえ、わたしがそこに行ったとき、彼はまだ死んでいなかった。わたしは彼が死ぬのを見たの」

「どんなふうでした？」マシューは言った。

「無惨だった。彼は混乱していたし、怯えていた。それに脳が頭からこぼれ出ていたの」

その言葉を聞いて、マシューの胃袋はのたうった。彼はずっとそれを心配していたのだ。スコット・ドイルを最後に殴打したとき、頭蓋骨をぶち破りはしなかったかということを。いやな気分を振り払って、彼は言った。「では、あの男には恐怖と混乱の二秒間があったんですね。ミシェル・ブラインはそれよりもっといろいろ感じてきたわけですが」

「ミシェル・ブラインって誰なの？」

マシューはそれ以上何も言わないよう自制した。ヘンに会う前、彼は、彼女側の話の裏付けになるような情報は一切、提供してはならないと自身に言い聞かせている。ミシェルがそのカテゴリーに当てはまるのかどうかは定かでないが、用心するに越したことはない。

「その人のことはどうでもいいんです」ついにそう言うと、急いで付け加えた。「あなたがそういうものを見てしまったことについては、申し訳なく思います。そうなると知っていたら、絶対にあんなことはしなかったんですが。わかっていただけますよね？」

「よくわからない」

「あなたは悪い人じゃない。わたしにはあなたを傷つける気はないんです」

「もし突然、こいつは悪い人間だという判断に至ったら？　その場合は、状況が変わるの？」

「それでもあなたには危害を加えないでしょうね。わたしは女性には手を出さないんです」

ヘンは眉間に皺を寄せて、無意識にほほえんだ。一瞬、マシューは、彼女が自分を笑うのではないかと思った。「自分が殺したくなるほど悪い女は存在しないと思っているの？」

「いや、いるでしょう。もちろん。何を考えているのか、わかっていますよ。わたしが救済者コンプレックスみたいなものを抱いていて、この世のすべての無垢《むく》な女性を大きな悪いオオカミたちから救おうとしているとお思いなんでしょう？　わたしも馬鹿ではないのでね。ひとつにはそれもあるのはわかっています。わたしの父親はモンスターで、母親はその犠牲者だった。わたしがこういう考えかたをするようになったのは、そのせいです。わたしはあなたにも他のどんな人にも到底及ばないくらい、深く、綿密に、わたし自身を分析してきましたからね。自分が何者なのかはわかっていますよ」

「でも――」

「でも実際問題、男は女が男を傷つける以上に女を傷つけるものです。これは事実ですよ。それに……わたしがあなたを傷つけないのは、あなたが女だからというだけじゃない。あなたがよい人間だからでもあるんです。わたしにはそれがわかります」

「では、もしそう信じているのなら――もしわたしをよい人間だと信じているのなら、わたしの意見に耳を貸すこともできるんじゃない？　あなたは自首して、警察に自白すべきだと思う。わたしに話したことを全部、警察に話すべきだと思うわ」

「なぜそんなことをしなきゃならないんです？」

「あなたは自分のしていることを止めてほしいんじゃない？　ここに来て、わたしと話しているのは、だからなんじゃない？　あなたは罪悪感を抱いているのよ」

「罪悪感など抱いてはいませんよ。ここに来て、あなたと話しているのは、あなたなら理解してくれるだろうと思ったからです」

「それはない。理解できない。残念だけど。あなたは自分の好きなことができるように、インチキな道徳律、自分自身に話して聞かせるストーリーを作りあげたんだと思う。あなたは人を殺すのが好きなのよ。それは明らかだわ」

「そうです」マシューは言った。「わたしは人を殺すのが好きです」マシューの肌を震えが走った。背中で発生し、頭蓋骨の底部までのぼってくるさざなみが。その言葉を口にするのは実に快感だった。「それが動機のひとつでないふりをする気はありませんよ。幻想を抱いてはいませんからね」

ヘンはため息をついた。「もう行かなきゃ」

「あなたは作品を創造するのが好きでしょう？　心をかき乱すようなものを創り出すのが？　それはあなたに歪んだ快感を与えるんじゃありませんか？」

「それとこれとはまったく別よ。わたしの作品は人を傷つけることはない。単なるアートなの」

「でも本当は、単なるアートじゃない。そうですよね？　それはあなた自身の一部を表しているんだ」

ヘンは激しく首を振った。「作品が表しているのは、わたしの空想。現実から完全に切り離されたものだけよ。わたしはそのふたつを分けられるけど、あなたは分けられない。そこがわたしたちのちがいね」

「わかりました」マシューは言った。「でも、わたしの言ったことを考えてみてください。あなたもたぶん人を殺すのが好きになりますよ。一度やってみればね」

「それはない。保証する」

「きょうわたしが言ったことを警察に話すつもりですか？」

「まだ決めていない」

「信じてはもらえませんよ」

「わかってる。でも、あなたはいずれつかまるでしょう。そしてそうなったら、わたしは警察に行って何もかも話すつもりよ」

「ご主人は、きょうわたしたちがここで会っていることを知っていますか？」

「たぶんこれから話します」ヘンは言い、マシューは、自分の向かい側にすわって以来、彼女が嘘をつくのはこれが初めてだと思った。

「彼はあなたにはふさわしくない」マシューは言い、ヘンの顔に懸念の色がよぎるのを見た。

「いや、ご心配なく。ロイドをどうこうする気はないので。しかし、彼があなたにふさわしくないことに変わりはありません」

「あなたはロイドをよく知りもしないでしょう」

「彼はうちに夕食に来ましたからね。わたしはずっと見ていたんです。彼には真の倫理基準というものがない。わたしにはそれがわかりました。マイラがダイニングを出入りするたびに、彼はその動きを見つめていた。たぶん彼女と寝ることを想像していたんでしょう」

「なんてことを。もう結構。わたしは行きます」ヘンは座席の上で腰をずらした。

「ひとつ訊いてもいいですか？　あなたと初めて関係を持ったとき、彼は他の女性とつきあっていませんでした？」

「大きなお世話よ」

「やっぱりね。人間は変わらないものですよ、ヘン。彼には女がいる。たぶんあなたはもう気づいているんじゃないかな」

第二十六章

〈ウィンターズ・サークル〉でマシュー・ドラモアの向かい側にすわってから、ヘンは実にさまざまな感情を抱いてきた。だがここで、彼女は突如、激しい怒りに襲われた。自分の作品に関するあのでたらめな見解。そしていま、この男はロイドを糾弾《きゅうだん》（あるいは脅迫？）しているようでさえある。

ヘンは立ちあがった。「くたばりな、マシュー」彼女は言った。「あんたは誰の救済者でもない。それだけは保証する」

「自分が救済者だなんて、わたしは言っていませんよ。ただ、あなたの夫はおそらく見かけどおりの人間ではないと言っているだけで」

「それがあんたになんの関係があるっていうのよ？」

「関係は何もない」マシューは言った。「すみません。余計なことを言って」

ヘンはバーをあとにした。外がどれほど暗くなっていたかに初めて気づいたのは、黄昏《たそがれ》の光のなかへ足取り荒く出ていったときだった。駐車場では落ち葉やゴミ屑が風に吹きなぶられ、飛び回っていた。彼女は車に乗り込んで、ルート117に入った。店の前に車を駐めたとき聴いていた曲（ルーシー・ローズの「シヴァー」）がふたたび始まった。ヘンはボリュームを下げた。少しのあいだ、いましがたの会話についてじっくり考えてみたかったのだ。マシューの言葉を頭のなかで見直しながら、彼女は自問しつづけた。彼は何か自分に与えただろうか――なんらかの情報、警察に持ち込む価値のあるものを、ひとかけらでも？　彼の言ったことを洗いざらい話しても、警察が全面的に信じるわけはない。それはわかっているが、もしも確かな証拠があったら？　いや、だめだ。考えれば考えるほど、彼は単に人を殺す観念上の理由について語ったにすぎないとわかる。彼の話を録音する手段さえ見つかれば（そう、彼女は確かにそれを考えていた）、この件はけりがつくのだが。彼は話したがっている。それに、ヘンを感心させ、興味を引こうとしているのも明らかだ。それどころか、彼女にも自分と同じ見かたで世界を見てほしいとさえ思っているだろう。しかし、ロイドに関するあのたわごとはなんなのだろう？　四人で食事した夜のことを、ヘンは思い返してみた。ロイドはマイラを値踏みしているように見えただろうか？　そんな記憶はまったくなかった。彼が他の女性たちに目を向けることをヘンは知っている。また、そうであってもぜんぜんかまわなかった。どうせなら、他の女性にも惹かれると言われたほうが、他の女性には惹かれないと言われるよりも、気持ちがいい。とはいえ、マシューはなぜロイドに女がいるという点にあそこまで自信を持っているのだろう？

うしろでクラクションが鳴り、ヘンは信号が青になっていたことに気づいた。彼女は前進して、緩慢な車の流れに追いついた。まだ五時にもなっていないが、道は混んでいた。彼女は携帯電話を取り出し、ロイドからそろそろ社を出るというメールが来ていないか確認した。実際、彼はメールを寄越していた。きょうは仕事で遅くなるから、夕食はひとりで食べてくれという。

明らかに浮気だわ——ヘンはそう考え、それから、声をあげて笑った。その笑い声は、息苦しそうに聞こえ、我ながら好きになれなかった。

家にもどると、ヴィネガーが大声でニャアニャア鳴きながら、彼女を出迎えた。彼は先に立って地下室へ、空《から》っぽの餌《えさ》のボウルのところへと歩いていき、ヘンは、ごめんね、と猫に詫《わ》びてボウルに餌を流し込んだ。

キッチンで、もう一本ビールを飲むかどうか迷いつつ、彼女はしばらく冷蔵庫をのぞいていた。バーでは割合、冷静だったのに、いまは体がかすかに震えている。だが無理もない。彼女は、頭のおかしい人間、こちらの人生に急に強い興味を持ちだした人間と向き合ってすわっていたのだ。冷蔵庫のビールは、ロイドの好きなホップ過多のＩＰＡばかりだった。クランベリー・ジュースの小瓶が一本あったので、彼女は氷をたくさん使って、冷凍庫にいつも入れてあるウォッカで飲み物を作り、長くひと口飲んでから、呼吸に意識を集中した。精神は跳ね回っている。ダスティン・ミラーやスコット・ドイルに関するマシューの発言について、ヘンは考えようとした。だが気がつくと、彼女が考えているのはロイドのことだった。もしも彼が浮気をしているとしたら？　それは比較的、容易なことだろう。彼の勤め先はボストンで、こちらはこの郊外に縛りつけられているのだから。彼は確かに、今夜のように、ときおり仕事で遅くなる。その一方、いま会社が取り組んでいる新しいキャンペーンのことをヘンに話したくて、いつもいそいそ帰ってくる。仮に嘘をついているのだとすれば、相当、嘘がうまいことになるが、ロイドが嘘がうまいとはヘンには思えなかった。ところで、仮に本当に浮気をしているのだとしたら、彼はいつそれをしているのか？　いちばん最近のチャンスは、年に一度のロブのかがり火パーティーのときだったはずだ。しかし、そこに集まるのが彼の大学時代の仲間ばかりであることは、ほぼまちがいない。あとは、その恋人や妻たちくらいのものだろう。それに、あれは色気のあるイベントとはとても言えない。大勢の男どもがハイになって、火で遊ぶだけなのだ。

ヘンはキッチンカウンターに飲み物を置き、階段へと向かった。あのパーティーのことを考えたために、突如、スコット・ドイルが殺された夜の翌日の記憶が呼び覚まされたのだ。警察署で彼女を抱擁《ほうよう》するロイド。あの日、彼はロブの家から直接、署に来ていた。彼のにおいをヘンは覚えている。饐《す》えた汗のにおい。これは驚くには当たらない。だが他にも何かにおいがした。目の前のことに気を取られ、彼女がほとんど気に留めなかった何か。あれは煙のにおいではなかった。ロブのかがり火パーティーには、彼女自身、何度も行ったことがある。その翌日、ときには翌々日も、体からは焚火《たきび》の煙のにおいがぷんぷんする。それは衣類にも髪の毛にも入り込む。鼻孔にも入り込み、そこに留まるのだ。

夫婦の寝室で、ヘンはあふれんばかりの洗濯籠《かご》に目を向けた。ロイドとヘンがともに無視してきた二週間分の衣類。彼女は籠の中身をかき出しはじめ、乱れたままのベッドの上に衣類を広げていった。するとやがて目当てのものが見つかった。留守した土日にロイドが着ていた服、彼のいちばんいいジーンズと、襟《えり》が擦《す》り切れたチェックのシャツだ。彼女はそのシャツに顔を埋《うず》めて、深く息を吸い込んだ。煙のにおいはまったくしなかった。念のため、ロイドの衣類を全部、籠から取り出して、においを嗅いだ。なんのにおいもしない。

階下にもどると、ヘンは携帯を取り出して、連絡先をスクロールしていった。ロブ・ボイドが見つかり、彼の番号がまだ自分の携帯に入っていたことに彼女は驚いた。親指が発信ボタンの上で止まった。具体的にはなんと言えばいいだろう？　ロイドがかがり火パーティーに行ったかどうか、あからさまに訊ねるわけにはいかない。なぜなら、来ていないと答えた場合、ロブはすぐさま彼女から電話があったことをロイドに告げるにちがいないからだ。ヘンは脳みそを絞って、電話する理由を思いつき、気が変わらないうちにボタンを押した。

「ヘン？」ロブの声がほぼ即座に聞こえてきた。

「どうも、ロブ」ヘンは言った。

「何かあった？」

「いやいや、何もない。大丈夫。ただちょっと訊きたいことがあって」

「なんだろう」その声は空っぽの部屋から聞こえてくるようだった。きっと運転中なのだとヘンは思った。

「いま新しい本のカバーイラストをやってる、というか、やりたいと思っててね、それが魔女たちの話で、カバーにかがり火を描いてほしいって言われているの」

「いいじゃん」ロブは言った。

「それで、かがり火の写真をネットでさがしたんだけど、どうもピンと来なくて……だからちょっと思ったの――」

「うん、実はすごい写真を持ってるんだ。いくつか送ろうか？」

「ええ、そうしてもらえたらとっても助かる。ほんとにありがとう」

「どうってことない」

「あなたは元気なの？」ずいぶんひさしぶりだけど」

「元気だよ。年を取ったけどな。今年のパーティーは、きみたちがいなくて淋しかった」

ヘンは実際、体の芯《しん》に物理的な刺激を感じた。「ああ、ごめんね……わたしたち、まだ新しい家に移ったばかりで――」

「うん、きみたちの下手な言い訳なら、もうロイドからすっかり聞いたよ。俺はやつの言葉を信じなかったし、きみの言葉も信じないからな」

「どんな顔ぶれだった？」

ロブは名前を挙げだしたが、そのほとんどはヘンには馴染みのないものだった。彼女は聴いているふりをしたが、本当の望みは、電話を終わらせ、たったいま受け取った情報を消化することだけだった。ロイドはロブのパーティーに行っていなかった。ということは、いま関係している誰かとロマンチックな週末を過ごしていたということだ。それ以外の可能性があるだろうか？

ロブは名前の列挙を終えようとしていた。「……それと、ジャスティンだな。あいつは必ず来るから」

「ほんとにごめんね。来年は絶対に行く」

「期待せずに待ってるよ。ああ、このド阿呆……赤信号だぞ、おばさん」クラクションがブーッと鳴る音がした。それからロブは先をつづけた。「なあ、もう切らないと。あとですばらしくいいかがり火の写真を送るよ」

「ほんとにありがとう、ロブ」

ヘンは膝《ひざ》の上に手を下ろし、携帯をゆるく握ったまま、五分間、ただじっとすわっていた。ロイドは単に浮気をしているだけではない。週末に外泊するために策を弄《ろう》したのだ。彼女にとってこれはなぜかまるで思いもよらないことで、たとえば、ロイドが以前は女性だったとか、実はCIAに雇われていたとか聞かされるのと同じくらい奇妙に感じられた。彼女は傷ついていたが、それと同時に、この新情報に不意を突かれ、当惑しきっていた。この当惑の一部は、ロイドを隠し事をする人間、大きな情事を隠し切るほどの狡猾《こうかつ》さ、もっと言えば、それだけの知力がある人間だと本気で思ったことがないことに由来する。突如、他の何より、もっと知りたいという思いが強くなった。彼女は何もかも知りたかった。

ロイドのパソコンはキッチンカウンターの上で充電中だった。ヘンはそれを取ってきた。パスワードが必要だったが、ロイドのパスワードならだいたいわかっている。銀行口座やクレジットカードの口座のパスワードは別として、ロイドはほぼいつもASDFJKLの配列を使う（ヘンは一度、それではすぐわかってしまうと言って彼を責め立てたことがあるが、結局、彼はそれを使いつづけている）。果たしてそのパスワードでロックは解除され、ヘンはまずロイドのインターネットの履歴を調べた。前夜の履歴は削除されており、この朝、ロイドが閲覧したサイトは、彼がコメントを投稿しているレッドソックス関連のブログと、本人のEメール・アカウントだけだった。ヘンは彼のEメールをすばやく見ていった。自分の知らない女性からのメールをさがしながら、彼女は同時にロブ・ボイドとの通信もさがしていた。受信箱には何もなかったが、送信済みフォルダーを見てみると、ロブとの一連のやりとりが見つかり、そのなかでロイドは、今年のかがり火パーティーには行けない（「箱から出さなきゃならないものがまだ山ほどあるんだよ」）、来年は必ず行く、と言っていた。

ヘンはロイドが送信したメールを逐一見ながら、さらに前へと遡《さかのぼ》っていった。メールのほとんどは、ノース・カロライナにいる彼の両親か弟に宛てたものだった。だが一年以上遡ったところで、彼女は、ロブのかつての恋人で、いまもマサチューセッツ州にいるジョアンナ・グリムルンドとロイドとのやりとりを見つけた。

最初のメールはロイドからジョアンナに送られていた。「やあ、週末はすごく楽しかったよ」これは一年前のメールで、月はいまと同じ十月だ。ヘンはそのかがり火パーティーをパスしている。時刻印によると、ジョアンナはおよそ五分後にロイドに返信していた。「わたしも。ロブが自分のパーティーのとき、その場にいなきゃならないのが残念。それさえなければ、彼のパーティーは完璧なのに。冗談だからね！　J」

つぎのメールは、その翌日、ロイドが送ったもので、十文字の短文だった。「きょう電話くれない？」

返信はなかったか、あったとしても、削除されたかだった。週末に始まったことは、どうやらEメールの力を借りずに進められたらしい。

ヘンは、夫のEメール・アカウントの新規作成ボックスを開き、ジョアンナのアドレスを打ち込むと、こう書いた――「もう終わりにしよう」送信ボタンの上にしばらくカーソルを当ててみたが、結局クリックはしなかった。これを送ることを思うと、喉の奥に奇妙な忍び笑いがこみあげてきたけれども。彼女は未送信のそのメールを消去し、ブラウザを閉じ、パソコンをシャットダウンした。ロイドはまもなく帰宅する。入手した情報をどう扱うか、決めなくてはならない。彼が入ってくるなり非難を浴びせ、あの土曜、ロブのパーティーに行かなかったことを知っていると告げれば、すべてが一気にあふれ出てくる。言い逃れを試みるのでないかぎり、ロイドは何もかも白状するだろう。彼はジョアンナ・グリムルンドと関係している。おそらくはジョアンナを愛していて、おそらくはヘンのもとを去ることになるだろう。そう、むしろ、ヘンがその話を持ち出したことに大喜びするのではないだろうか。おかげで苦しみが終わるのだ。

ヘンは行きつもどりつ歩き回った。気がつくと、彼女はリビングに立って、窓から隣家のほうを見ていた。少なくとも、目下、彼女の頭はマシューの諸々の発言でいっぱいではない。ロイドが丸一年、自分に嘘をつきつづけていたという事実により、とりあえずそれらは霞《かす》んでくれた。なぜロイドはただ出ていかなかったのだろう?

ジーンズのなかで携帯が鳴り、ヘンは、いま家に向かっているというロイドからのメールを見た。

彼女はポケットに携帯をしまった。突然、自分が今夜、ロイドと対決しないことがわかった。どういうわけか、彼に関するこの情報をしばらくただ持っていること、相手より多くを知った状態で少し時間を過ごすことが、重要に思えた。

そしてついに、むっつりと不機嫌なロイドが帰宅し、ヘンの頭のてっぺんにおざなりにキスをして、ビールを取りにまっすぐ冷蔵庫に行ったとき、ヘンは彼を見つめていたが、それはまるで赤の他人を見つめているような感覚だった。

第二十七章

マシューは夕暮れ前に帰宅した。家のなかは暗かったが、明かりはひとつも点けなかった。彼は自分の書斎に行き、ヘンとの会話を思い返した。面談は想像していたよりもはるかにうまくいった。彼は自分自身についてこれまで誰にも話したことがないことをヘンに話し、彼女は席を立つこともなく、あの濃い茶色の目でまっすぐ彼を見つめ、耳を傾けてくれたのだ。口にした言葉ひとつひとつがマシューの胸から重石《おもし》をどけていき、いまの彼は何年も何年もなかったほどに心が軽くなっている。

あの会話を彼は何度も繰り返し頭のなかで再生した。そうするうちに、呼吸はだんだん浅くなっていった。もしかすると、ロイドのことを持ち出すのは時期尚早だったかもしれない。彼がそこに触れたとたん、ヘンは行ってしまったのだ。しかしマシューとしては、ヘン自身も男が女にすることから無事ではいられないこと、他のみなと同様にロイドもまた淫《みだ》らな考えでいっぱいであることを知らせないわけにはいかなかった。もちろんロイドに女がいるというのは確かとは言えないが、その可能性はまちがいなくある。なんと言ってもロイドは男なのだし、それが男のすることなのだ。

マシューが本当に悔やんでいるのは、ミシェルの名前を出したことだ。なぜ自分はスコット・ドイルの手にかかって彼女が苦しんでいたことをしゃべってしまったのだろう？　確かにヘンに対しては完全に正直でありたかった――もともとそのつもりだったわけだが。だからと言って、ただちにすべてを話すことはないのだ。そう、ミシェルの名を出したのはまちがいだった。その気になればヘンにはミシェルの住所を調べることができるし、彼女と話しに行くこともできるのだから。それでどうなるわけでもないが、そう考えると彼は気分が悪くなった。これは、弟がミシェルにEメールを送ったらしいと知ったときと同じ気分だ。ああ、なんと。あのことをすっかり忘れていた。ヘンとの会話で得られた爽快感が突如、全身から消え失せた。

気分がよくなるよう、彼はただ様子を訊ねるためにミシェルの携帯に電話をかけた。

「ああ、マシュー。不思議だわ。ちょうどお電話しようと思っていたんですよ」

「へえ。どうして？」

「実はね、ついさっきドナルドと話したんですけど、わたし、今学期の終わりまでお休みを取ることにしたんです。彼も長期の代理をたのめると言ってくれましたし、一月にもし復帰したくなったら、ポジションは押さえておいてくれるそうです」

「そうですね……いろいろとあったから――スコットはあんなことになるし、父のこともあるから、仕事に集中する時間とエネルギーがいまの自分にはちょっとないような気がして。しばらく実家に帰って、両親と一緒に暮らすつもりなんです――ああ、それを言葉にするだけでもう……ううん、そうするのが正しいことなの。わたしは満足しています」

「本気なのかい？」

「うん、いちばん大事なのはそこだな」

「わたしは満足しています」

「それなら、あなたは正しいことをしているんだと思うよ」

「そう思います？　そう言ってもらえると、うれしくなります」

「思うとも。いずれ復帰するのであればね。一月が無理なら、来年度からでも。あなたは優秀な歴史の先生なんだから」

「はい。もう泣きだしちゃいそう」ミシェルは言った。

「発つのはいつなの？」

「明日の朝、実家まで運転していきます」

「ええっ！」

「そうなんですよ。ドナルドはもう代理の先生を確保したし――ほら、マンディの産休のとき来てくれたあの女の先生。覚えてらっしゃるでしょう？」

マシューは、銀髪に紫のワンピースの半引退した公立校の教師を目に浮かべた。「ああ、覚えているよ。だったら、あなたの生徒たちは大丈夫だ」

「そうでしょう?」

「しかし信じられないよ。さよならを言うチャンスもないとはなあ」

「今夜うちに来ません?」ミシェルは言った。その言葉は、用意されていたかのように、勢いよく飛び出してきた。

「うーん」マシューはためらった。

「急なのはわかってます。でもマイラさんは今夜もお留守なんでしょう? お会いできたら、すごくうれしいんだけど」

「今夜は忙しいんだが」マシューは言った。「でも、いいとも。何時に行こうか?」

「いますぐとか? いつでもいいですよ。こちらはたぶん荷造りやいろんな準備で、ひと晩じゅう起きてますから。いつでもどうぞ」

シリアルを食べ(それ以外のものは胃袋が受け付けなかった)、マイラとビデオチャットしたあと、マシューは〈カントリー・スクワイア・エステーツ〉へと車を走らせた。それは、装飾の支持材を外壁に交差させた粗末なアパートの建物二棟が大きく広がる団地だ。入口の標示は深緑。中世風の書体で〝カントリー・スクワイア〟と綴《つづ》られていた。マシューはプールの横の来客用駐車場に車を駐めた。オフ・シーズンなのでプールは防水シートで覆われている。シートには茶色の雨水と落ち葉が溜まっており、その中央部はたるんでいた。マシューは突然、自分のしていることに疑問を持った。ミシェルが彼に対しロマンチックな夢を抱いているのは確かだ。さよならを言いに行けば、その気持ちを刺激するだけであることも。しかし彼は、同僚として、また、たぶん友人としても、ミシェルを大切に思っている。だからせめて、さよならを言いたかった。心を決めかねて、マシューは自問した——ミシェルのためにいちばんいいことはなんだ？　マイラのためにいちばんいいことはなんだ？　彼は家に帰ることにした。

帰宅すると、明かりはまだ点けずにおいて、隣人がそこにいるのを確かめるため窓を見守った。ヘンの家のリビングの明かりは点いていて、ときおり横手の窓の薄いカーテンを影がよぎるのが見えた。自分の秘密をすべて知る人間がこんなに近くにいるということが、信じられなかった。そう、もちろん秘密のすべてではないが、彼の正体を彼女は知っている。マシューは窓ガラスに片手を押しつけ、もう何年も感じたことがなかったもの、切望の疼《うず》きを感じた。リチャードからの連絡で、彼はハッと我に返った。

「もう夜遅いんだがな」マシューは言った。

「そうか？」

「遅いのは知ってるだろう。マイラがいたら、目を覚ましてしまうところだ」

「彼女が留守なのはわかってるからな」リチャードは言った。

「なんの用なんだ、リチャード?」

「ただ話がしたかっただけさ」彼は言った。少し呂律《ろれつ》が怪しい。きっと飲んでいたんだろうとマシューは思った。「お袋は俺たちのことを知ってたと思うかい?」

「だいぶ酔ってるな」

「いや、まじめな話。お袋は知ってたかな?」

「知ってたって何をだ?」

「俺たちが親父みたいだってこと。親父みたいに考え、親父みたいに行動するってことを、だよ」リチャードが〝行動する〟という言葉を強調したことで、急にマシューは強い不安を覚えた。

「おまえ、何かやったんだな」彼は言った。

「自分のやったことや、やらなかったことの話なんぞしたかないね。俺はお袋の話がしたいんだ。高校で一緒だったサリー・レスペルを覚えてるか? 俺たちが彼女に何をしたか?」

「俺たちは何もしてない。おまえがやったんだ」

「彼女が惚《ほ》れてたのは、兄貴だろ。彼女を誑《たぶら》かしたのは、兄貴だろうが」

サリー・レスペルのことは、もう何年も考えたことがなかった。彼女はマシューと同じテニス部に所属していた。学年は彼よりひとつ下。高すぎるほど背が高い、肌がつやつやの子だった。ある日の午後、マシューはサリーのバックハンドの練習につきあい、以来、サリーは彼に夢中になった。彼女は午後ごとに電話を寄越し、休み時間はいつも廊下で意図的にマシューと出くわし、彼の言うことにいちいち大声で笑った。ついにサリーが勇気を出して、三年生のダンスパーティーにマシューを誘ったとき、彼はやんわりことわるために彼女の家に行った。ふたりはサリーが子供時代に遊んだジャングルジムのブランコに並んですわり、彼は（「よその町の人、うちの親の友達の娘なんだ」と嘘をついて）他に気になっている女の子がいる、きみとはただの友達でいたい、とサリーに話した。彼女は泣いたが、割合すぐに泣きやんだ。そのときすでにマシューには、これがサリーに対する親切であることがわかっていた。彼は、よい思い出になるドラマチックなひとときを彼女に提供したのだ。ブランコにすわって、大人っぽく愛について語り合うふたりの場面を。

そんなことはすべきではなかったのだが、彼はリチャードにサリーのことを話した。これは主として、リチャードが、その年にしてすでに、倒錯的な妄想であふれんばかりになっていて、自らの妄想を絶えずマシューに聞かせようとしていたからだ。マシューはとにかくこの弟を少しのあいだ黙らせたかったのだ。

三年生のダンスパーティーの夜、リチャードはサリーの寝室の電話に（彼女はその夜、家にいることにしたのだ）連絡を入れ、ひそひそしゃべるという手で声をごまかし、マシューのふりをしたうえで、気が変わったと告げた。あとでそっちに行って、寝室の窓から忍び込んでもいいだろうか？　きみにキスしたくてたまらないんだ。

暗い部屋のなかで、一緒にいるのがマシューではなくマシューの弟だとサリーが気づくまでに、リチャードはどこまでやったのか——マシューは正確なところを知らない。しかしそれで充分だったのは確かだ。サリーの恐怖の叫びは彼女の父母を目覚めさせ、リチャードは彼らによって追い払われた。翌日、サリーの母親がマシューとリチャードの母のところに直談判《じかだんぱん》にやって来て、当局を巻き込まずにこの件を解決したいと申し出た。リチャードはさしたる罰も受けなかった。結局、彼は二度とサリーには近づかないと約束するだけですんだのだ。

「ときどき考えるんだよ。あの一件のあと、お袋は俺をどう思っていたのかね」

「正直言って」マシューは言った。「それっきりそのことは考えもしなかったと思うね。母さんには母さんの問題があったからな。おまえがサリーにしたことなんぞ、母さんは気にしちゃいなかったろうよ」

「俺たちがサリーにしたことだろ」

「どうとでも好きなように言えばいい。だが事実は変わらんよ」

「兄貴は当時もいまとおんなじだった。女を自分に惚れ込ませ、そのあとで追っ払うのが何よりも好きなのさ。それで兄貴は快感を得るんだろ。俺が本人のほしがってるものをサリーにくれてやったのが、なんでそれより悪いっていうんだ?」

「彼女はおまえなんぞほしがっちゃいなかったからさ、リチャード。誰もおまえなんぞほしがったことはないからだよ。彼女がほしがってたのは、俺なんだ。おまえのしたことは、最低だよ」胃が痛みだし、マシューは電話を取らなければよかったと心底悔やんだ。

「なあ、俺が兄貴に連絡したのは言い合いするためじゃないんだがな」

「じゃあ、なんのためなんだ？」

「今夜ひと晩、泊めてもらえないかな？」リチャードの声が突然小さくなった。ほとんど哀願するような声だ。

「どうして？」

「書斎のソファで寝るからさ。マイラにはばれっこない。絶対だ。そっちはもう寝ちまってかまわない。勝手に入らせてもらうから。兄貴は俺が行ったことに気づきもしないだろうよ」

マシューにはなおもその声が奇妙に聞こえた。それは、リチャードが混乱した怯えた子供だったころの声を思い出させた。

マシューはため息をついた。「今夜だけだぞ。いいな？」

リチャードは約束を守り、マシューは翌朝まで彼の姿を目にしなかった。リチャードはコーヒーを作って、キッチンテーブルに着いていた。小首をかしげ、一方の脚を上下にゆすり、もう一方の脚をコルクの床の上で横に伸ばしたその姿は、ふたりの父親によく似ていた。

「朝だ朝だ！　ベーコン・エッグだ！」彼は尊大に大声で言った。

「よく眠れたかい？」マシューは訊ねた。

「赤んぼみたいにな」リチャードは言った。「あのソファだといつもよく眠れるんだよ。自分ちで眠ると、頭蓋骨のなかで眠ってるみたいなんだ。いろんなものがガチャガチャ転がり回っててさ」

「いいか、ここに慣れないでくれよ」

リチャードは両手を掲げてみせた。「大丈夫、わかってるよ。その問題に関しちゃ、兄貴ははっきり気持ちを表明してきたからな」

「コーヒーをありがとう、リチャード」

「どういたしまして。お邪魔だろうからもう行くがね、兄貴にささやかな贈り物があるんだ。あんたが喜びそうなもんだよ」

マシューはカップにコーヒーを注いでいたのだが、弟の口調が気になって、そちらに顔を向けた。「おまえ、何をしたんだ？」

「大したことじゃない。兄貴が何度もしてきたことだから、安心しな。さて、もう行かないと。書斎に封筒を置いといたよ」

リチャードが去ったあと、マシューはしばらくその場に立ちすくんでいた。口のなかのコーヒーが苦く、胃は硬いボールと化している。彼はコーヒーを置き、勇気を奮い起こして書斎に行った。見ると、炉棚《ろだな》の上のロゼッタ・ストーンのレプリカに、白い封筒が立てかけられていた。マシューはそこに歩み寄り、封筒のなかに何か硬いものがあるのを感じ、垂れ蓋《ぶた》のなかに指を入れて封を切った。なかには、鍵がふたつ通されたキーリングが入っていた。もうひとつ、リングに付いていたのは、プラスチック製のピンクのMだ。喉の奥にコーヒーがせりあがってきた。マシューは目を閉じ、吐き気が収まるまで鼻から呼吸しつづけた。そのキーリングには見覚えがある。それはミシェル・ブラインのものだった。

第二十八章

馬鹿に広いそのホテルの部屋で、マイラはフラットシューズを脱ぎ捨て、クイーンサイズのベッドの縁《へり》に腰を下ろして、足をさすった。前回の昇進に伴い、彼女が出なければならない見本市は、年に四、五回ではなく一回だけとなっている。これは、いいのか悪いのかよくわからない話だった。終日ブースで立ちっぱなしで、ソフトウェアの実演を行うのはきつい仕事だが、いまではその種のイベントに出る機会が減ったため、いざ出たときは以前よりも足がはるかに痛くなる。これは修練不足のせいなのだろうが、もしかすると単に彼女が年を取ったということかもしれない。

携帯がブーッと鳴った。送信者はジョン・マカリア。彼はメールで、彼女が夕食をどうするのか訊ねてきたのだった。何年も前、ジョンはマイラと同じ会社に勤めていた。ふたりはクラーク郡学区に一緒に送り出され、長い二日間のプレゼンテーションのあと、ベラージオ・ホテルの〈ル・サーク〉に食事に行った。その後、ジョンがぜひにと言うので、彼らは泊まっていたホテルのバーでもう一杯やった。マイラは彼に口説《くど》かれることを予想していた（それまでにも出張中に男性から誘いをかけられたことはあったのだ）。予想外だったのは、愛の告白をされたことだ。彼は、結婚半年で妻との関係は破綻《はたん》した、自分はこの世でいちばん孤独な男だと言った。なんと涙まで見せ、そのためマイラはもう少しで、場所を変えてどちらかの部屋に行こうと言うところだった。仮にそうしていたら、無惨なことになっていただろうが、結局、彼女は、明日の朝また話そうと言い、バーを出てまっすぐ自分の部屋に帰った。翌朝、朝食の席で、ジョンはさかんに謝ったものの、最後は、いまも気持ちは同じだとして話を終えた。自分はマイラを愛しているし、それはいつまでも変わらないが、そのことは二度と持ち出さない、すぐに新しい仕事をさがしにかかる、と。彼はそれっきり二度とそのことは口にせず、半年後、会社を辞めて、大手教科書出版社のひとつに移った。三カ月後、マイラは彼が離婚したという話を聞いた。

そしていま、ジョンはここウィチタにいて、展示会場でマイラに会いに来た。彼は前より太り、髪も少し薄くなっており、彼女に挨拶して、あれこれと気さくに話をした。「いまもここで働いているのかなあ、と思ってたんだ」彼はそう言って笑った。

それで終わりだと思ったのだが、いま目の前には彼からのメールがある。それは罪のないものに見えた（マイラ、また会えてよかったよ。大勢でBBQをやってるから、他に予定がなかったらどう？　忙しかったら、気にしないで）が、疑いはぬぐえなかった。彼はこの出会いを画策したのではないか？　彼女がブースに立つのを知ったうえで、さりげなく立ち寄り、グループでの食事に誘い出そうと目論《もくろ》んだのではないか？　マイラは彼の言葉（「僕はいつまでもきみを愛しつづける」）を思い出し、強《し》いて五分間、待ってから、返信を打った。お誘いありがとう、ジョン。でもたったいまルームサービスをたのんだところなの。もうへとへと！

マイラはベッドの奥に体をずらして、サイドテーブルのリモコンを取り、テレビをつけた。そして思った――自分は偏執的な男ばかり惹きつけてしまう質《たち》なのでは？　彼女はジェイ・サラヴァンのことを考えていた（目下マシューがかかえている問題のせいで、最近よく彼のことを考えるのだ）。ジェイは彼女が初めて本気でつきあった相手だった。ふたりは、ニューハンプシャー大学に入って一週目に、新入生オリエンテーションで出会った。二度目のデートで、早くもジェイは彼女を愛していると言った。それは衝撃だったが、必ずしもいやな気分ではなかった。第一に、彼は信じられないほどハンサムだった。彼女は、子供時代、自分が長いこと熱を上げていたアニメのアラジンの実写版をイメージした。その肩幅は広く、体つきはすらりとしており、黒っぽい房がひとつ額《ひたい》にかかったヘアスタイルも完璧だった。マイラ自身と同じく、彼の両親ももとはパキスタンの出だが、マイラとちがって、彼はある程度、（ラマダンの期間は断食《だんじき》をし、イード（イスラム教の祝祭）を祝うなど）宗教的な家庭教育を受けており、実際パキスタンに行ったこともあった。ふたりは嵐のような恋をし、大学初年度はずっと離れられない仲だった。彼は若干独占欲が強く、要求が多いように思えたが、その強引さはときめきを誘った。そのうえ彼は常に変わらずロマンチックだった。

ところが二年生のとき、すべてが狂いはじめた。ジェイはマイラを説得して、キャンパス外に彼女自身の部屋を借りさせ、マイラがそこに移ると、一年目に彼女が仲よくなった数少ない友達とのつきあいを絶つよう求めだした。授業に出ることは許されたが、社交的な集まりには参加できなかった。彼は何を着るべきか、何を食べるべきか、彼女に指示するようになった。マイラがしばらく会うのはよそう、お互い真剣につきあうにはまだ若すぎるかもしれない、と言ったときなどは、彼女の腕を皮膚《ひふ》が裂けるほど強くねじあげた。その後、彼女は慎重にものを言うようになったが、それでも彼はよくカッとした。原因は主に、彼女が授業に着ていく服のことだった。その爆発は、さりげないひとこと（「そのスカート、サイズはいくつ？」）から始まり、最後はたいてい、彼がマイラの腕を（ときには顔を）ぎゅっとつかんで、おまえは尻軽な娼婦だ、とどなりつけるに至るのだった。

下の階の住人に（彼女の部屋は、三階建て住宅の改装した屋根裏だった）騒ぎが聞こえているのが、マイラにはわかっていた。それがわかったのは、ひとりのときに出くわすと、いつも親切で話し好きなマシュー・ドラモアが、ジェイと一緒のときは彼女に見向きもしないからだった。ジェイの前で自分がマイラに挨拶したら、あとで彼女がひどい目に遭うことがマシューにはわかっていたにちがいない。そんなささやかなやりかたで、彼はマイラを護《まも》っていたわけだが、その心遣いはマイラにはとても大きく思えた。一度、お礼のために、非常に危険なことだと知りながら、ジェイがスカッシュの大会で遠征に出ているとき、彼女は彼をお茶に招いた。ふたりは、人間関係の話以外、ありとあらゆる話をした。少々堅苦しい部分もあったが、彼は驚異的に聞き上手な人々の一員だった。どんなにつまらない話をしているときでも、彼女は彼が自分にじっと目を注ぎ、全神経を集中しているのを感じた。

そのアフタヌーン・ティーのあと、マシューは（一度だけだが）うちにコーヒーを飲みに来ないかと彼女を誘った。マイラは、彼氏がもう町にもどっているし、そういうことはよくない気がするから、とことわった。何があろうとふたりの関係は変わらないこと、そして、ジェイが一緒のときは自分に会っても知らん顔をしなければならないことを、マシューがわかってくれるよう、彼女は願っていた。どうやら彼女の言いたいことは伝わったらしい。つぎにマイラとジェイがマシューとすれちがったとき（ふたりは食料品店から帰ってきたところ、マシューはバックパックを肩に掛けて出かけるところだった）、彼はジェイに軽く会釈《えしゃく》しただけで、マイラのことは完全に無視していた。

にもかかわらず、その日、マイラが買ってきたものをすっかりしまい終えると、ジェイは訊ねた。「下の階の男のことはどの程度、知ってるの？」

「下に住んでる人?」彼女は言った。

「そう。さっきすれちがったやつ、おまえがいつも頭に思い浮かべてるやつさ」

「あの人は知り合いですらないのよ、ジェイ」彼女は言った。「話をしたこともないんだから」

事態はどんどん悪化していき、言い合いの果てに、ジェイはマイラの頭をベッドのヘッドボードに押しつけ、両手の指を彼女の頭皮に食い込ませて、金切り声でわめき立てるに至った。ただけりをつけるだけのために、マイラは、マシューを部屋に招いて一緒にお茶を飲んだことをいまこの場で話そうかと思った。ジェイはもちろん彼女を殺すだろうが、それですべてが終わる。そして、殺さなかった場合は? 彼は彼女のもとを去るだろうか? 見込みは薄いが、それもひとつの可能性だ。

しかし、告白する勇気を彼女が奮い起こす前に、ジェイは出ていった。マイラはベッドの上に横たわったまま、しばらく泣き、それから、耳をすませつつ考えた。マシューには今夜のエンターテインメントが聞こえただろうか? 自分たちが見かけたときは、図書館に行くところのようだったが、もうもどっているだろうか?

この諍《いさか》いの唯一のプラス面は、ジェイが、少なくとも何日かは、彼女に優しくなるはずだということだった。彼は後悔するだろう。これはもちろん、彼女と階下の住人のあいだに本当に(ある種の)関係があることが発覚しなければ、の話だ。だめよ、彼女は自分に言い聞

かせた。絶対に知られちゃいけない。これはわたしのためじゃない。マシューを護るためな

の。

一週間後――ジェイが実際に後悔していた（マイラに白薔薇《しろばら》の花束まで買ってきた）一週間のあと、水曜の朝に、警官がひとり彼女の部屋を訪れて、あなたはジェイ・サラヴァンの交際相手だろうかと訊ね、ジェイが死んだことを知らせた。遺体が見つかったのは、数マイル先の袋小路に駐められた本人のＢＭＷ（マイラのつぎに大事なジェイの所有物）のなかだった。彼は排気管につないだパイプを窓から車内に引き込んで自殺を遂げたのだ。遺書はなかった。

つぎの数週間――悲嘆に暮れる恋人として扱われ、その実、幸運な生存者のような気持ちで過ごした、現実感のない一期間、マイラは一度もマシューを見かけなかった。しかしそれはどうでもよかった。心の奥底で彼女には、あの階下の住人がジェイ・サラヴァンの死に関与していることがわかっていた。それは、彼がマイラとジェイの関係の真の姿を目撃した唯一の人間だから、というだけではない。また、ジェイのようなエゴイストが自ら命を絶つことはありえないから、というだけでもない。ジェイの死の数日前、彼女は寝室の窓から外を見たとき、駐車場でマシューとジェイが話しているのを目にしたのだ。ジェイは自分の車を見せびらかしており、マシューは熱心にあれこれ質問していた。だからマイラにはマシューがどんな手を使ったかわかっていた。彼はジェイのＢＭＷに興味を示した。そしてジェイが

死んだ夜、アパートから帰ろうとしていた彼をつかまえ、たぶんこんなことを言ったのだろう――「ねえ、きみの車でドライブしないか？」ジェイは承諾し、そのあとマシューはどうにかジェイを制圧して、自殺の偽装を施したのだ。

しかし感謝祭の休みが終わり、つぎにマシューに会ったとき、彼がいかにも気遣わしげな顔をして近づいてきたため、彼女は自分を疑いだした。この物言いの優しい史学部の学生が殺人計画を立て、完全犯罪を成し遂げるなどということがあるだろうか？ 彼女の考えは変わりはじめた。たぶんジェイは、あのナルシシズムと強大なエゴの表面下で、自らの虐待行為をひどく恥じており、それで自殺したのだろう。前に進むために、マイラは自分にそう言い聞かせた――彼女とマシューがカップルとなってからは、さらに強く。ふたりはそれから大学を終えるまでずっと交際しつづけ、卒業後まもなく結婚した。

そして何年もの月日を経たいま、彼女はふたたびそのことを思い返し、マシューが本当にジェイ・サラヴァンを殺したのかどうか考えている。

もちろん殺したのよ。あのときすぐにわかったことじゃないの。

ふたりの結婚生活において、彼女が夫を疑うのはこれが初めてではない。いまはいたって正常ではあるものの、マシューは歪《ゆが》んだ子供時代を過ごしている。本人はあまりそのことを話さない。だがいざ彼が話すと、マイラにはよくわかった。真上の部屋でジェイが彼女を虐待するのを聴いているとき、それは彼のなかに自分の両親にまつわるさまざまな想念を呼び覚ましたにちがいない。

なおかつ、マシューの性格にはいくつかの異なる面がある。普段は、ごく普通のいかにもアメリカ人らしい男、献身的な教師、信頼できる夫なのだが、ときどき彼は子供のように要求がましくなるのだ。また、怖いほどによそよそしくなり、物を見るような目でマイラを値踏みすることもある。

それに彼はときどき、セックスの直前や直後にそんな目をする。

だがどんな結婚もまあ、そんなものだろう。他者を知ることには限界がある。

それでも、彼女は考えずにはいられなかった——もしマシューが本当にジェイを殺しているとしたら？　その快感に味を占めて、殺しをつづけてきたとしたら？　隣人のヘンは、マシューがダスティン・ミラーというサセックス・ホール校の元生徒を殺したと信じている。実はマイラもその事件のことは覚えていた。ローカル・ニュースはその話で持ち切りだった。ケンブリッジの高級住宅地で裕福な若い男性が殺害された未解決事件。ダスティンがマシューの学校の生徒だったことを知るなり、彼女は事件を話題にしたが、マシューはその生徒のことはほとんど記憶にないと言った。いや、知らないと言ったのでは？　正確なところは思い出せない。先週以来——ヘンの告発以来ずっと、マイラは、いまも未解決のダスティン・ミラーの殺人事件について調べてきた。そうしてわかったことのひとつは、ダスティンがサセックス・ホール校にいたころ、性的暴行で訴えられていたという事実だ。マイラにとってこれは初耳だった。もし本当なら、マシューは彼を覚えているはずではないか、と思わずにはいられなかった。それは大事件だったろう。

そんな自分がいやになりながらも、マイラはダスティン・ミラーが死んだ日の正確な日付を調べた。それは二年半前の春だった。彼女は仕事用のカレンダーを確認した。その週、彼女自身は丸一週間、カンザスシティーに行っている。だからと言って、どうということはない。彼女は始終、出張しているのだ。とはいえ、その週はどこにも行っていないと判明していたら、そのほうがずっと幸せだっただろう。

そして今度は――スコット・ドイルだ。事件のとき彼女は出張中だったろうか?

いいえ。ただ酔いつぶれていただけよ。あんたの夫がお酒をしきりとすすめたせいで。

さらに、マシューとスコット・ドイルのあいだに、非常に弱いものではあるが、つながりがあることもわかった。スコットは、マシューと同じサセックス・ホール校の歴史の教師、ミシェル・ブラインの交際相手だったのだ。ミシェルはマシューに自分の彼氏のことを何か話したのだろうか? 何かよくないことを?

あの人は男しか殺さない。女をむごく扱う男しか。

少しのあいだ、マイラはこのすべてが本当なのだと考えてみた。マシューは、マイラを虐待していたことを理由に、ジェイを殺した。つぎに彼は、レイプ犯でありながら罰を免《まぬか》れたことを理由に、ダスティン・ミラーを殺した。そして最後は、スコット・ドイルだ。この男にもやはりどこか腐った部分があったのだろう。同僚のミシェルがマシューに相談したにちがいない。

歯ぎしりしている自分に気づき、マイラは自制した。それからベッドを離れ、窓辺に行って、外の宵闇をのぞきこんだ。道路の碁盤の目に区切られたオフィスビルの広がりを。建物のほとんどは暗く、なかにはまったく人気《ひとけ》のないものもあり、ここから見える車のライトの大半は赤、ウィチタの繁華街からベッドタウンへと逃げていく通勤者たちだった。

どうするの？　彼女は自問した。マシューが殺人者かもしれないと本気で思ったら、そのときはどうする？

警察に知らせるのか？

あの人はあんたを救ってくれたのよ。

マシューは連続殺人鬼とは言えない。彼は正義の処刑人だ。それに、もしかすると（どうかどうか、そうでありますように）そのどちらでもないかもしれない。お隣のヘン・メイザーこそがおかしいやつで、マシューを悩ませ、マイラの頭に入り込み、この結婚に疑いを抱かせているということなのかも。

ベッドの上で携帯がブーッと鳴り、マイラはそちらにもどって画面を見た。マシューからのメールを期待していたのだが、それはジョン・マカリアからの返信だった。ぜんぜんオッケー。よくわかってる。でもあとで寄らせてもらうからね。一杯飲みに誘い出せるかどうか挑戦するよ。メッセージの最後には、笑顔でウィンクしている絵文字が添えられていた。マイラは不意に気づいた。ジョンはこの出張中になんとしても自分に会うつもりなのだ。彼女は少し不安になった。なおかつ、少し腹も立った。返信はしないことにした。期待を持たせるようなことは一切すまい。男はみんな変態だ。他のすべての女性と同様に、マイラもずっと前からそれを知っている。どうやら彼女の夫もそれを知っているらしい。彼に電話して、ここウィチタでしつこい同僚に困らされていると伝えたほうがいいだろうか。そうして一週間後にジョン・マカリアが死を遂げるかどうか見てみようか。この考えに、彼女は声を立ててくすす笑い、そのせいでもとから痛んでいた胸が余計痛くなった。

食欲はなかったが、それでも彼女はルームサービスのメニューを開いた。いま食べなければ、真夜中に空腹のあまり目が覚めるにちがいない。

第二十九章

「きのうの夜はどこで寝たの?」ロイドが訊ねた。

ヘンはキッチンで、マグカップを片手にコーヒーメーカーの信号音を待っているところだった。

「ああ、ごめん。カウチで寝たの」

「徹夜で絵を描いてたんじゃない？」

「ううん、それはない。ちゃんと寝た。本当よ」

「ひとりで淋しかったよ」ロイドはそう言って、キッチンテーブルに着き、深皿に〈ハニーナッツ・チェリオス〉を流し込んだ。

ヘンはコーヒーをひと口飲み、それから言った。「きのうの夜、気づいたんだけど、わたしったらロブのパーティーがどうだったか訊いてもいなかったよね。あなたがもどったとき、ちょっとばたばたしてたから」

「ああ、確かに。楽しかったよ。例によって例のごとし」

「誰が来ていた？」

「いつもの連中。何人かいたりいなかったり。トッドとスティーヴはもちろん来ていた。あとはイヴァン。それとクリッシー。新しい人も何人か。僕が知らない近所の人が二、三人いたな」

話しているロイドの顎《あご》をミルクが伝い落ちていく。彼は手の甲《こう》でそれをぬぐった。

「ロブにはいまつきあってる人がいるの？」

「いるとしても、その人は来てなかったね。いや、そういう人はいないと思うよ」

「ジョアンナのあと、つきあった人はいないの？」

「ジョアンナのあと？」ロイドは天井を見あげ、ヘンはその顔に何か出ていないか見定めようとした。「いないんじゃないかなあ。独身女性が豊富な地域に住んでるとは言えないしね」

「あの人たち、まだ連絡を取り合ってるの？」

「あの人たちって？」

「ロブとジョアンナ」

「どうして？　ふたりがよりをもどすよう願ってるとか？」まだ顎にミルクをつけたまま、ロイドは笑顔で言った。

「ときどきそう思う。ロブにはあんまり興味ないけど、ジョアンナは彼のよきパートナーだったもの。少なくとも、わたしにとっては好ましかった」

「実はね、つい最近、僕は彼女に会ったんだよ」

「誰に？　ジョアンナ？」

「うん、ボストンで偶然、出くわした。彼女の勤め先の会社がボストンの中心街にあるんだよ。住んでるところは、いまもノーサンプトンだけどね」

「彼女、何をしてるの？」

「よく覚えていないよ。話してはくれたけど。公衆衛生の調査に関係した仕事だったと思う」

ヘンは注意深くロイドを観察していた。彼はいま、（ジョアンナと寝ていながら、彼女の仕事の具体的内容は覚えていないというのは、大いにありそうなことだけれども）嘘をついており、なおかつ、巧みにそれをこなしている。ヘンが彼に質問することにしたのは、これが理由——嘘をついているとき彼がどうなるのか知りたかったからだ。いくらかでもうしろめたげな顔をするのか？　そわそわするのか？　実際にはそういった様子はなく、この事実は、泣きだす直前のように、ヘンの喉を疼《うず》かせ、詰まらせた。彼女は冷蔵庫を開けて、グレープフルーツを取り出した。

「半分食べる？」ロイドに訊ねたが、その声は普通に聞こえた。

「いや、いらない。もう遅れてるんだ。急がないと」

鋭利なナイフで、ヘンはグレープフルーツを半分に切り、なかの実を丁寧に薄皮から切り離していった。作業が終わるころには、ロイドはすでに彼女の口の端にキスして、家を出ていた。ヘンはバスルームに行き、便器の前に膝をついた。きっと嘔吐《おうと》すると思っていたのだが、何も出てはこなかった。

彼女はリビングのカウチに行った。今朝はこちらもロイドに嘘をついている。彼には、昨夜、眠ったと言ったが、本当は眠ってなどいない。そしていま、彼女は疲れ果て、ロイドの浮気から派生する諸々の問題について考える気にもなれずに、横になった。寒くはなかったが、カウチの背もたれから毛布を取って体に掛けると、その小さな暗い包被にくるまり、胎児のように丸くなって目を閉じた。眠れるほどには疲れていないと思ったが、つぎに気づいたとき、彼女は目覚めるところだった。汗をかき、混乱し、いまが何日で何時なのかもわからなかった。毛布を顔から押しのけると、すぐ上でヴィネガーが背もたれにすわって、急ピッチでゴロゴロと喉を鳴らしていた。

「ハイ、猫ちゃん」彼女が言うと、両者の目が合い、猫の喉を鳴らす音はさらに大きくなった。

ヘンは体から完全に毛布をどけて腕時計を見た。正午過ぎだ。この二十四時間の記憶がどっとよみがえってきた。しかし動揺や悲しみは感じられず、彼女は急に冷静になっていた。まるで夢も見ずに五時間眠ったことで、すべての感情が吹き飛んだかのようだった。トイレに行きたかったが、彼女はカウチの上で丸くなったまま、ロイドのことを考えた。彼はジョアンナを愛しているのか、それとも、目的はセックスだけなのか？ あるいは、まったく別のものなのだろうか？ 突然、彼女は知りたくなった。復讐心や自己憐憫《れんびん》からではなく、ロイドを愛していて、彼に何が起きているのか知りたいから。彼女のほうもきわどいことをやり、ロイドにはその事実を明かすまいと決めている。だが、いまならたぶん、何があったか彼に打ち明けるだろう――もしも彼がジョアンナとのことを告白してくれるなら。初めて会ったとき、ヘンにとってロイドの好きなところのひとつは、その無情なまでの正直さだった。ふたりが結ばれたころ――ヘン自身が別の女だったとき、彼は一度、自分の目標は毎年、ちがう女性と新たな関係を持つこと、常に恋をし、恋を終え、また恋をすることだと彼女に言った。

「悲惨な気がする」ヘンは言った。

「そうだよなあ」彼はそう返した。「僕は恋愛の悲惨さの中毒なんだろうな。人生にドラマが必要なんだよ。基本的に、やな野郎だってことさ」

「やな野郎かどうかはわからないけど。むしろド阿呆って感じ」

「確かに」彼は同意し、笑った。「むしろド阿呆って感じだ」

ヘンは実際、ロイドのそういった一面に惹かれていた。自分の人生をより刺激的に、より予測不能にしてくれそうなところに。だがそれは遠い昔のことで、いまの彼女は、当時の自分の欲求には躁《そう》の影響もあったのだと気づいている。自伝で読むような類《たぐい》の結婚——無茶苦茶で、独創的で、ロマンチックで、裏切りに彩られた生活に、彼女は憧れを抱いていた。それは現在、彼女が求めているものではない。絶対にちがうのだが、その魅力はいまでも理解できた。実際には、ロイドとの年月は心地よく、安定しており、やや退屈なくらいだった。

空腹でふらふらしながら、ヘンは立ちあがり、キッチンへと向かった。ヴィネガーも彼女と並んで駆けてきた。ヘンはカウンターに放置してあったグレープフルーツに気づき、手づかみでその房をむさぼってから、残った果汁を直接口に搾《しぼ》り入れた。つづいて、ロイドがキッチンテーブルに置いていった〈チェリオス〉を手に取り、空腹感が収まるまで、箱から直接、手ですくって食べた。

食べ終わると、スケッチブックを携《たずさ》えてフロントポーチに出ていき、クッション入りのデッキチェアに膝を折ってすわった。ものすごく風の強い日だったが（天気予報によると、フロリダから沿岸を上ってきた熱帯低気圧の名残《なご》り）、その風は暖かく、細かな霧を含んでいた。ヘンは長いことすわって、道の向こうの木々がたわみ、揺れ、その枝から葉が落ちるのを見守っていた。すると突然、ひとつの映像が浮かんだ。一気にすべての葉を落とす一本の木。だがそれらは葉ではなく、小さな鳥たちで、荒れ狂う空へと一群となって飛び去っていく。つづいて彼女は、鳥でいっぱいの空を思い描いた。その数があまりにも多いため、彼らはかまびすしい黒っぽい雲となって、すべてをかき消してしまう。ヘンは身震いした。

ついに彼女は、ロイドの問題にふたたび心を向け、これからどうすべきか判断しようとした。もちろん彼と対決し、騒ぎを起こすこともできる。家から彼を蹴《け》り出すことも、ジョアンナと会うのをやめるよう求めることも。あるいは、離婚を求めることも。彼女は、若いころの自分ならどうしただろうか、と思った。おそらくは闘って、彼を取りもどそうとしただろう。さもなければ、意趣返しに新たな男を見つけ、自分も不倫をしたか。当時ならそれも簡単だったろう。世界が愛に飢えた二十代のダメ男でいっぱいだったあのころなら。でもいま現在、いったい自分は誰と寝ればいいのだろうか？　もちろん、お隣の殺人者、マシューだ。ヘンは思わず声をあげて笑い、その後、誰かに聞かれはしなかったかとあわてて通りを見回した。彼女は腕時計に目をやった――三時ちょっと過ぎ。そろそろマシューが帰ってくるのではないか。本当にそう考え、彼女は気づいた。自分がこうしてポーチに出て、通り過ぎる車や葉を落とす木々を見ている理由には、それもあったのだ。ただし、求めているのは情事ではない（この考えに、ヘンはまたしても声をあげて笑いそうになった）。これは、もう一度、彼と話をして、ロイドのことを彼がどの程度、正確に知っているのか知りたいということなのだ。

突風に雨が交じりだした。散発的な吹き降りが木々の葉をたたいている。ヘンは一本の木を、また、その枝々から飛び立つ鳥の群れを描きはじめた。それでも車が通り過ぎるたびに、彼女は顔を上げた。

四時。マシューが自宅の私道に彼のフィアットで入ってきた。その姿を見守りながら、ヘンは思った。前を通り過ぎたとき、彼はポーチの自分に気づいただろうか？　マシューは車から降りてきて、後部座席からブリーフケースを取り出すと、くるりとヘンのほうを向いた。ポーチの網戸といまや小やみなく降っている雨のせいとで、その顔は見えなかったが、彼女が手を振ると、向こうも手を振り返した。マシューは自宅に入っていき、ヘンは彼と話しに行くべきかどうか迷った。ところがそのとき、彼がふたたび外に出てきた。服装はツイードのブレザーからクルーネックのセーターに変わっている。ヘンのいるポーチの階段までの短い距離を歩いてくると、彼は立ち止まった。

「上がってもいいですか？」そう訊ねられ、ヘンは吸血鬼を想起した。彼らは招かれないと家に入れないのだ。

マシューは彼女に向き合う格好で、もとから家に付いていた古い木製の揺り椅子にすわった。きょうの彼はいつもとちがって見えた。顔が青白いし、怯えているようでさえある。もしかすると、髪のせいかもしれない。それは濡れて、掻《か》きあげられ、シャープなV字形の生え際《ぎわ》が露《あら》わになっている。ヘンはふたたび吸血鬼を想起した。

「なぜあなたはロイドについてあんなことを言ったの?」彼女は訊ねた。

マシューはしばらくわけがわからずにいるようだった。それから言った。「すると、彼はあなたを裏切っていたわけだ」

「いいえ、そうは言ってない。ただなぜあなたがそう思ったのかと思って」ヘンは突然、胃がうねるのを感じた。ロイドのことになど触れるべきではなかったのでは? たったいま自分は、マシューの考えに裏付けを与えてしまったのではないだろうか?

「さあね。ただの臆測です。彼はそういう顔をしているので」

「どういう顔? 具体的に言うと?」

マシューは口をすぼめて考えていた。「いかにも男という感じかな」ようやくそう言うと、ちょっと申し訳なさそうにほほえんだ。

「どういう意味かわからない」ヘンは言った。

「つまりですね、女性に会うたびに——いや、女性を見るたびに、彼はただちに、その人と寝るかどうか考えるということです。彼は頭のなかで女性を裸にする。そして相手も同じことを考えているかどうか考える。きっとあの食事会の夜、あなたのご主人は頭のなかでわたしの妻を思い浮かべ、精緻《せいち》な物語を作りあげたでしょう。あなたが留守しているとき、わたしも同時に留守したら、どうなるか考えたでしょうね。たとえば、ふたりが一緒に食事をし、不倫しようと決めて、そのことは誰にも絶対言わないと約束しあうとか、ですね。彼はこと細かに想像したんじゃないかな。具体的に詳細に。妻の胸がどんなか、ヴァギナがどんなか――」

「わかった。もういい」

「まあ、それが男のすることなので」その口調はやや弁解がましく聞こえた。

「あなたたちがすること、よね」ヘンは言った。

マシューは椅子ごと前のめりになった。「いや、わたしはしない、本当に。わたしはちがいます」

「それじゃどうして、男がそうするってわかるの？」

「ただわかるんです。わたしにはひどい父親がいた。父は……性的略奪者であり、サディストだった。そしてわたしの弟……いま、彼は父そっくりになっている。ただし、弟に妻はいないが。彼には虐待する相手がいない。しかし仮にいたら……」

塗装されたポーチの木の床に両足をつき、ヘンは身を乗り出した。「だとしてもよ、すべての男が――」

「すべての男が同じとはかぎらない？　確かにね。しかしそれはスペクトラムであり、すべての男がそのどこかにいるんだ。あなたのご主人はたぶん統計上平均的な人で、悪い男ではないでしょう。しかし女性を見るときは、その人にしたいことを思い描いているはずですよ」

「それで、あなたはそのスペクトラムのどこにいるの？」

「わたしはそこにはいません」

「あなたは女性を物として見ない？　ぜんぜん？」

「ええ」

「初めて奥さんを見たときは、何を考えた？　言葉を交わす前には？」

「美人だな、と思いましたよ、もちろん。しかしそれだけです……他のこと、体のことなど考えなかった。たいていの男が考えるようなことは」

「だからあなたは、悪い男をみんな殺して、女性を護るというわけね」自分の言葉がひどく皮肉っぽく聞こえることに気づいたが、ヘンは気にしなかった。

「そうです」マシューは言った。「過去に女性にひどいことをし、またそういうことをしそうな男がいたら、わたしはそいつを殺すのを厭《いと》わない」

「厭わない？」ヘンは笑った。

「ええ。別に好きでやってるわけではないので。そう、やり終えたあとは、確かに快感を覚えることもありますが。しかし最初にその気になるのは……そもそもわたしが人を殺せるのは、厭わないからです。このふたつは大ちがいですよ」

「ロイドは浮気なんかしていないから」ヘンは言った。

「わかりました」

「彼には手出ししないでほしいの。絶対によ。いい?」

マシューの顔は真剣だった。彼は言った。「実は、もうやめるつもりなんです。それがあなたの望みなんでしょう? きのうわたしに会ってくれたのは、だからですよね? わたしを投獄するよう警察を説得することはできなくても、人を殺すのをやめるようわたしを説得することはできる。あなたはそう思ったんだ」

「それもあるけど」ヘンは言った。「あなたが言いたいことをただ聞きたかったというのもあるの。これって不思議な関係よね。あなたはわたしになんでも話せて、わたしは誰にも何も言えないなんて」

「本当に。実に不思議ですよ。おかげで、わたしはずいぶん楽になっている」

「これまでに何人、殺したの?」ヘンは訊ねた。

マシューは揺り椅子をうしろに傾け、セーターの袖をいじった。「いまはその話はしたくないんです」

「わかった」

「弟の話をしたいんですが」

「わかった」

「前に弟の話をしたことはありましたかね？」

「ついさっきしたでしょ」

ついさっき言ったことをもう忘れてしまったのか、マシューは困惑の色を見せた。

「弟さんはお父さんに似ているって言ったじゃない」

「リチャードが、ですよ。わたしではなく」彼は言い、その言葉の使いかたが突然、ヘンを不安にさせた。

「どんなところが？」ヘンは訊ねた。

「弟は確かに父に似ている。ただ……さっきも言ったとおり、彼はわたし以外の人とはあまり交流しないので。だからわたしは、彼が危険だとはまったく思っていません」

「お仕事は何を？」

「リチャードですか？　なんにもしていませんよ。本を書くとか言っていますが、実物を見るまでは信じられませんね。マイラには話していませんが、わたしは彼を経済的に援助しています。長年、援助してきたんですよ。彼は病気なんです。頭のなかだけの問題ですが、今回は……どうも心配でね。とうとう実行しはじめたんじゃないか、大胆になりだしているんじゃないか、と――」

「彼が誰かに何かしたと思ってるの？」

「したかもしれない」マシューは言った。ヘンには彼が何か隠しているのがわかった。「それに、また何かしそうな気もします。わたしたちのような人間はそういうふうに作動するんです。しばらくは大丈夫でも、そのうち命を奪うことに味を占める。それはドアが開かれるのに似ていて、そのドアを閉めることは決してできない――完全には無理です。少なくともわたしの場合は、殺す相手を死に値する男たちだけに絞ることで、コントロールはできました。しかしリチャードの精神はそのようには働かない。彼は父に似ている。なんの罪もない女性たちに手を出したがっているんです」

「警察に行くべきなんじゃない？」

マシューは歯を食いしばった。「それも考えましたよ。本当です。しかし理解してくれないと。やっぱり彼はわたしの弟なんです。わたしたちは子供時代を一緒に生き抜いてきた。その弟に対し、そんな仕打ちができるだろうか。彼は刑務所ではうまくやっていけないと思うんです」

雨はすでにやんでいたが、雲はさらに黒くなっており、ヘンにはその男が道を歩いてくるのも、曲がって私道に入ってくるのも見えなかった。気がつくと、男は網戸に向かって階段をのぼってくるところだった。現実離れしたそのひととき、ヘンはマシューの弟が現れたのだと思った。しかし網戸が開くと、そこにいたのはロイドだった。彼はポーチに入ってきて、ヘンと揺り椅子のマシューとを見比べた。

「ただいま」彼は言った。

「早いじゃない」ヘンは思わずそう言った。

「メール、見てない？」

「ああ、見てない。携帯はうちのなかなの」

マシューが立ちあがると、ロイドはそちらを向いた。「どうも、マシュー」彼は言った。

「どうも、ロイド。何分か前に来たんです。ほら、誤解を解《と》こうと思いましてね」

ロイドはヘンに顔を向け、眉《まゆ》を上げた。「大丈夫？」

「もう行かないと」マシューが言った。「お話しできてよかったですよ、ヘン。お会いできてよかった、ロイド」

彼は網戸を開けてポーチを出ると、足早に自宅に向かった。

ロイドは、なおもヘンの顔を見ながら言った。「いったいいまのはなんなんだ？」

「あなた、ジョアンナ・グリムルンドと寝ているのね」ヘンは答えた。

第三十章

ヘンの夫の突然の出現になおも胸をドキドキさせながら、濡れたセーターで自宅の書斎にもどったマシューは、弟が残していったあの封筒にもう一度、目を向けた。それはまだそこにあった。プラスチックのMに付けられた鍵も一緒に。その日、彼は何度かミシェルと連絡を取ろうとしたが、彼女の電話はその都度、自動応答になってしまった。彼は弟にも連絡を試みた。応答はなかった。

マシューにはわかっていた。自分はただ、〈カントリー・スクワイア・エステーツ〉に車を走らせ、鍵が合うかどうかやってみて、ミシェルの部屋で(もし何かがあったのなら)何があったのか確認すればよいのだ。もし彼女が死んでいたら、すべてが変わったということだ。だ——ついに彼の弟が、長いことやるやると言っていたことをついにやったということがそこに行かなければ、そのドアを開けなければ、ミシェルがまだ生きている可能性は残る。彼女は車で実家に向かっているところで、安全運転のため携帯を自動応答に設定していたのかもしれない。いかにもミシェルらしいじゃないか? 彼女のうちに行っても、たぶんそこには何もない。空《から》っぽの部屋、ミシェルはとっくにいなくなっている。リチャードが何か恐ろしいことをしたふりをして、あとでただのジョークだったと明かすのは、これが初めてではない。いや、〝半分はジョーク〟と言うべきか。なぜならそれは常に、彼が本当にやりたいことなのだから。

でもこの鍵は? マシューは思った。あいつはどこでこれを手に入れたんだ?

マイラが電話をかけてきた。ふたりで話している二十分のあいだ、マシューは安心しており、ほぼ平常心にもどっていた。

「早く会いたいよ」電話を終えるとき、マシューは言った。

「そっちは何も問題ない？」マイラは訊ねた。「警察から何か言ってきたとか？」

「何も問題はないよ。単に会いたいというんじゃだめかな？」

マイラは笑い、その声を聞いて、マシューはさらに気分がよくなった。「あしたの夜、帰るから。フライトの情報を送ったけど、届いてる？」

「届いていると思うよ」マシューは言った。

「じゃあそのときに。それと、マシュー……」

「うん」

「とっても愛してる。それをわかっていてほしいの」

「わかっているとも」彼は言った。

電話を切ったあと、マシューは冷蔵庫のところに行った。空腹ではなかったが、何か食べるべきだと思ったのだ。きょうはひどい一日だった。朝、彼が職員室に入っていくと、みんながミシェルの唐突な休職のことを話していた。マシューはほしくもないコーヒーを注ぎながら、サセックス・ホール校の最年長の教師、ベティが半ばささやくようにこう言うのを聴いていた。「代理の先生と会って、一緒に授業計画を確認するくらいのことはできたでしょうにね。せいぜい半日ですむことだもの」

「交際相手が殺され、お父さんは死にかけているんですよ」マシューは部屋のこちらから言った。ベティと、噂話をしていた三人の教師が一斉に振り返って、彼を見た。

「すみません」マシューは言った。「ただ、彼女が心配なもので」

「彼女が心配なのは、みんな同じじょ」ベティは急いで言った。「でもわたしは生徒たちの教育のことも心配なの」

そのあとの一日、彼はずっと焦燥の霞《かすみ》のなかで動いていた。ときには弟の訪問のことを忘れて授業をしているのだが、すぐにまた思い出す。不意にあのキーホルダーが目に浮かび、その都度、胃袋がうねるのだった。ついに一日が終わると、マシューは車に乗り込んで、ミシェルと連絡を取ろうとし——またしても自動応答へと送られた(「ミシェルです。いつもの手順でどうぞ」)。彼は自分に命じた——ミシェルの住む団地に直接行って、ドアをたたくんだ。彼女がドアを開けたとき訪れる安堵感が早くも感じられるようだった。彼にはミシェルの声が聞こえた。「来てくれたんですね! 予定どおり今朝出発できなかったのは、きっとこのためだったんだわ」つづいて、自分を笑っている弟の声が聞こえた。「まさか俺が本当にそんなことをすると思っちゃいないよなあ?」きっと彼は言うだろう。「あのキーホルダーはドラッグストアで買ったんだよ。あれで兄貴をひっかけようと思って何カ月も待ってたんだぜ」マシューはそのシナリオを頭のなかで何度もリプレイした。それから生徒のひとり、ビリー・ポーティスが駐車場の向こうからじっとこちらを見ているのに気づいた。フィアットのエンジンをかけながら、マシューは考えた。自分は口を動かしていたのだろうか？ ひとりごとを言っていたのだろうか？

〈カントリー・スクワイア〉に行くのはやめて、彼はまっすぐ家に帰ってきた。風が横殴りの雨を降らせ、車内には蒸気が立ちこめていた。窓を細く開けると、雨が降り込んできて顔にかかったが、フロントガラスの曇りは少し取れはじめた。彼は車を駐め、外に出ていきながら反射的に隣家に目をやって、ポーチにヘンがいるのに気づいた。彼女は彼に手を振った。すると安堵感が全身に広がった。ヘンと話をしに行こう。ミシェルの件をどうするかは、あとで決めればいい……

そしていま、マシューは冷蔵庫からジンジャーエールを取り出した。それと、ビニールに包まれたストリングチーズを二本。さらに戸棚から〈トリスケット〉を少し出し、それらを全部持って、リビングのカウチに移ると、暗いなかにすわって、その夕食を食べた。

リチャードのことをヘンに打ち明けたなんて我ながら信じがたいが、話をするのは心地よかった。それはマシュー自身の救いとなるだけではない。もし本当にミシェルに何かしたとすれば、リチャードは他に何をしでかすか知れないのだ。弟は以前、ヘンのことを口にしていた。ある夜、ポーチにすわっている彼女を見た、と。スカートのずっと奥のほうまで見えた、とも。他には？ そう、ヘンは「その気がありそうだ」とかなんとか言っていた。あのときはまともに聴いていなかったが。何しろ弟の言うことだから。彼のダメな弟。口先ばかりで何もできない。だがついにそれが変わったのだとしたら？　そう考えると、その日ずっと痛んでいた胃がますます痛くなった。彼は決断した。やはりミシェルのうちに行くしかない。どちらに転ぶにせよ、何があったのか真実を知らねばならない。

彼は時刻を確認した。団地に行くには、まだ早い。人の出入りが多すぎる。夜の十一時に行くとしよう。それだけ遅ければ人目もないだろうし、仮に誰かに見られても不審に思われるほど遅くはない。彼は書斎に行って、ソファのそばの小さな〈ティファニー〉のランプを点け、これから数時間、暇つぶしに読むものが何かあればと本棚の本をいくつか見てみた。自分のそろえたサリンジャーのペーパーバックの背表紙に、彼は手を触れた。『ライ麦畑でつかまえて』は、十三歳のころ、彼を救った本——両親に対し、世界全体に対し、怒りを感じていることを、それでもいいんだ、とようやく思わせてくれた本だ。しかし彼が棚から抜き取ったのは、これも同じく自分にとって重要な『フラニーとズーイ』だった。女の子に対する庇護《ひご》欲を初めて彼に感じさせたのが、この本なのだ。やはり十三歳でこれを読んだとき、彼は物語前半の混乱したフラニーに恋をしているような気がした。ある意味、それは本当だった。彼女は彼の初恋の人、われわれの住むこの世界が全部嘘っぱちであることを理解している女性だった。いま、脆《もろ》くなったカビ臭いペーパーバックを開き、その一行目を読むと（「快晴とはいえ、土曜の朝はまたしても軽いコートじゃいられない、厚手のコートの天気だった」）、ふたたび体の緊張が解けだすのがわかった。彼はその本、ふたつの長い物語を本当に全部読み、その後、ソファから起きあがると、本を棚のもとの場所にもどして、何度か挙手跳躍《ジャンピング・ジャックス》をした。本を読んだことは功を奏していた。その間のひととき、彼は架空の国に没入していられた。彼にとって、これは昔からたやすいことだった。自分はそれで救われたのだ――彼はときどきそう思う。ずっと地獄に囚われていた子供時代を自分が切り抜けられたのは、そのおかげであり、それが現在、そこに置かれた本やお護りとともに、彼の書斎が象徴しているものなのだ。それは切り離された世界だった。

まだ十一時になってはいないが、マシューには、いまこそミシェルのうちに行き、真実を知るべきときだとわかった。彼はチノパンツとセーターから、家のまわりで作業するときしか着ない、いちばん古いジーンズとスウェットシャツに着替えた。さらに、マイラのフリースのスキー帽を見つけると、それをかぶって髪を覆い隠した。もしも団地で人に見られても、少なくともその姿はあまり彼らしくは見えないはずだった。

彼は〈カントリー・スクワイア〉まで運転していき、来客用スペースのひとつにふたたび車を駐めた。ミシェルはホンダ・シビックに乗っている。マシューはまずその車を見に行こうかと思ったが、結局、思い直した。彼女の車がここにあろうがなかろうが、同じことだ――どのみち部屋に何があるか見なくてはならないのだから。すでに雨はやんでいたが、駐車場は濡れて光っていた。空は暗い紫色で、星は見られない。団地は、長方形の大きなプールを囲む、L字形の建物二棟から成っている。どちらの建物もひっそりと静まり返り、窓のほとんどが暗くなっていた。なかの世界から外の世界へこぼれる光は、カーテンやブラインドを通して流れ出てくるものばかりで、そのほとんどはちかちかする不安定なテレビ画面の光だった。スタッコ仕上げの安っぽい壁をそなえた二棟のあいだを歩いていきながら、マシューはずっと先のエントランスへ、ほのかな光に照らされたガラスのドアへと吸い寄せられるのを感じた。一羽の蛾《が》がそのガラスの表面を音もなくたたいている。ドアの横のコンソールには、33号室から64号室までのブザーが並んでいた。マシューはジーンズのポケットから鍵がふたつ付いたキーリングを取り出した。どちらにも番号は入っていないが、ミシェルは電話で、部屋は41号室だと言っていた。マシューはブザーを押しかけた。しかしそのとき、何かが彼を思い留まらせた。リチャードが置いていった鍵が本当にこの団地のものなのかどうか。彼はそれを確かめたかった。もしそうであるなら、起こりうる最悪の結果に備え、心の準備をしなければならない。

最初に試した鍵は、鍵穴にすんなり入ったものの、回らなかった。マシューはふっと安堵が湧くのを感じた。しかし第二の鍵は、同様にすんなり鍵穴に入ったうえ、ちゃんと回転し、ボルトがカチリと開いた。マシューはドアを開けて、絨毯《じゅうたん》の敷かれたロビーに足を踏み入れた。いまや恐怖感は最高潮に達していた。彼はしばらくそこに立ったまま、建物の静けさに耳をすませ、天井の蛍光灯のどぎつい光に目を慣らした。それから二歩、前に進み、左に曲がって長い廊下に入った。塗り立ての壁は当り障りのない薄茶色、絨毯は赤と金の凝《こ》った模様にもかかわらず汚れが浮いて見えた。部屋の番号は33から始まった。マシューは四分の三ほど廊下を進み、41号室に到達した。木製のドアに耳を押しつけたが、何も聞こえない。彼はドアをノックしかけ、思い直して鍵を使った。もしまだ部屋にいるのであれば、ミシェルは死んでいる。なぜか彼にはそれがわかった。いまや彼の願いは、彼女がそこにいないこと、持ち物を全部持って立ち去ったあとであること、実家に無事でいること、そして、リチャードが殺人者でないことだけだ。

マシューはドアを開けた。室内は暗かったが、窓のブラインドは上がっており、家具の置かれたリビングが見えた。天井のファンが一回転ごとにかすかにカチッといいながら、ゆっくりと回っている。なかに入ると、彼は静かにドアを閉め、しばらく鼻で呼吸しながらじっと立っていた。住居内は何かのにおいがした。甘い、銅っぽいにおいだ。マシューはそのまま回れ右しようかと思った。最悪のことが起きたのだ。このにおいだけで充分にそれはわかる。だが彼は、見なくてはならない、と自分に言い聞かせた。弟がしたことを確認しなくてはならない、と。途中、キッチンに積まれた箱に目を留めながら、マシューはリビングのむきだしの床の上を足早に進んでいった。寝室のドアは細く開いており、彼は靴の先でそのドアを押し開けた。においがさらに強くなった。ほんの束の間、目が完全に慣れるまで、彼はクイーン・サイズのベッドの奥に見えるものを壁に掛かったタペストリーだと思っていた。だがそれはタペストリーではなかった。それは高く弧を描く血飛沫《ちしぶき》だった。黒っぽい、滴《しずく》を垂らす、ふたつのアーチだ。

ベッドの上にはさらに血があり、ミシェルはそこに横たわっていた。外からの光を浴びて黒く輝く血だまりのなかに。

第三十一章

ヘンはベッドに横たわり、夜明けが光で寝室を満たしていくのを見守った。ロイドは階下のカウチで寝ている。選べるものなら、ヘンとしては自分がカウチで寝るほうがよかった。だが、ロイドがジョアンナとの一年にわたる不倫を認めたあとなので、彼を夫婦のベッドで寝かせ、こちらがカウチに行くというのは、適切とは思えなかったのだ。

それは非常に疲れる長い夜だった。彼女が浮気のことを質《ただ》したとたん、ロイドの顔はくしゃっとくずれた。そして彼は泣きだした。いや、〝泣く〟というのは、彼のしたことを表すのに最適の動詞とは言えない。彼は体を折り曲げると、ゼイゼイと喉を鳴らしてあえぎながら、慟哭《どうこく》しはじめたのだ。これはヘンをいらだたせただけだった。話ができるようになるまで、約十分、待たされたあと、彼女は真実のすべてを知りたいと言い、ロイドは何度もうなずいた。ふたりはリビングにすわり、ロイドは話しはじめた。「でも、もう終わったんだよ。

このあいだ、ロブのパーティーに行ってることになってたとき、僕が行ってたのはそこなんだ。僕はノーサンプトンで彼女と一緒にいた。ふたりとも同じ考えだった……ふたりともそれがひどい過《あやま》ちだってわかってた。彼女もいやな気持ちでいる。苦しんでいるよ。でも嘘じゃない。もう終わったんだ」

「どう終わったかには興味がないの、ロイド。気になってるのは、なぜ始まったかよ」

すると彼はそれについて語った。始まりは一年前、ジョアンナがロブのかがり火パーティーに顔を出し、ロイドがひとりでそこにいたときだった。ふたりはその夜くっつき（「ただ酔っ払ってキスしただけだけど」）、その後、メールのやりとりが始まり、つづいて電話で話すようになり、そうして事は進んでいった。ロイドは何度も繰り返し、それは肉体関係というより情緒的なものだったと言った。ふたりはとにかくお互いに話しやすかったのだ、と。

「あなたたちはわたしのこと、わたしたちのことも話したの？」ヘンは訊ねた。

「うん、話した」

「どんなことを？　忘れないで。何もかも話す約束よ」

「僕は確か、僕たちの関係が変わったことを話したと思う。僕たちをめぐるすべてがいままでは物事への対処になっていることを。最初はきみの病気とその治療。そのせいで、僕は単なる介護人にすぎないような気持ちになった。それから僕たちは一緒にこの家を買い、考えることと言えば、ローンや引っ越しの費用や内装――」

「それが実生活ってものでしょ」ヘンは言った。

「わかってる。僕はこっちに理があると言ってるわけじゃない。ただ自分がどんな気持ちだったかを話しているだけだ。不当なのはわかってる。自分が悪者なのはわかってるよ」

「オーケー」ヘンは言った。「つづけて」

ロイドは話しつづけ、ヘンはそれを聴きながら自分が退屈に近いものを感じていることに驚いた。その気なら、彼女は自分でその話を語ることもできただろう。それは単なる中年の危機にすぎない。ロイドは日々の暮らしに疲れていた。健康上の問題、経済面での決断、そして、思っていたほどクリエイティブではなかった仕事。そこへ突然、話のしやすい秘かに会いに行ける新しい女が現れ、しばらくはそのおかげで毎日が楽しくなったわけだ。ヘンは、もう本当に終わったんだ、というロイドの言葉を信じてさえいた。なぜなら、彼とジョアンナのあいだに起きたことが大恋愛などでないことがはっきりしたから。これは単に、ちょっと孤独な人たちが相変わらず二十代であるかのようにくっついたということにすぎない。ヘンとしてはこれ以上何が望めるだろう？　心のどこかで、彼女はロイドが、激しい恋をしている、きみとは別れたい、と言うのを聞きたがっていたのだろうか？　結婚生活を護《まも》るために、やむをえず闘うことを――あるいは、闘わないことを望んでいたのだろうか？　たぶんこれはただ、ここ数日のあいだに、自分が知った隣人の秘密と比べると、ロイドのあさましいケチな情事など霞《かす》んで見えるということかもしれない。

「疲れたわ、ロイド」また始まった嗚咽《おえつ》をさえぎって、ヘンは言った。「もう上に行って寝るから。このことはまた、あしたの朝、話そう」

彼女がリビングを出ていく前に、ロイドは言った。「さっきマシュー・ドラモアと何を話していたの？」

「彼、人を殺しているのよ」ヘンは言った。

「ええっ？」

「前からわかってたことでしょ。わたしはもうあなたにそう話したよね。で、今度は彼自身がわたしにそう話したわけ」

「ええっ？　じゃあもう一度、警察に行くつもり？」

「そんなことできないでしょ？　彼は否定するだろうし、警察は彼を信じるに決まってる。こっちには何も証拠がない。警察は大学時代のことを全部知ってるんだし。わたしを信じるわけないものね」

「彼は危険なのかな？」

「わたしにとって？　ううん、それはないと思う。心配なのはむしろあなたのほうよ。ちなみに、彼はあなたが浮気をする男だって知ってるから」

「いったいぜんたいなんの話なんだよ？」

「彼がわたしに言ったの。あなたを見たとたん、わかったって。あなたが彼の奥さんを見る様子でわかったそうよ」

「驚いたな。もうこれ以上、彼と話す気はないんだろうね？」

「わからない。話すんじゃない？　彼は自分のしていることをやめたがってるの。わたしはその手助けができるかもしれない。それ以外、わたしには何もできないし」

「警察に行って、何もかも話すべきなんじゃないか。たとえ信じてもらえないとしても。そのことを記録に残すんだよ」

「それじゃあなたは、いまではわたしを信じてるわけ？」

「もちろんだよ！　つまりね、僕はきみがあの変態野郎と話をしたことや、やつがきみに自分は人殺しだと話したことを信じてる。それに、きみが彼を信じてるってことも」

「じゃあ、あなたが信じてないのは、今度は彼のほうなのね？」ヘンは片手を手すりにかけて、階段の前に立っていた。

「何を信じればいいのかわからないよ」ロイドは口を開けて、大きく息を吸い込んだ。ヘンは彼の唇《くちびる》がどれほど乾いているかに気づいた。その両端はほとんど白くなっていた。

「あした、また話そう。ね？」

ヘンは夜明け過ぎにほんの少しだけ眠った。室内の光がまぶたの内側を赤っぽく染めており、彼女は、ここは両親の質素なコテージがあるアディロンダック地域の湖のほとりなのだと思うことにした。それは彼女の憩《いこ》いの場のひとつなのだ。周囲を取り巻く松の木々。肌に残る冷たい湖の水。モーターボートの遠い音。そこで彼女は目を覚ました。モーターボートの音は実は、シカモア・ストリートのどこかで稼働している芝刈り機の音だった。ヘンはベッドの上で身を起こし、前夜、薬をのみ忘れたことに気づいて、通常の倍の量をいまのみ、それからシャワーを浴びに行った。そのあと、服を着たものの、階下に行って、ロイドとの話し合いを再開する気にはどうしてもなれなかった。あの話し合いは、ひどく疲れるし、悲しくなる。同時に、ある部分で自分がもうさほど気にしていないことに気づき、彼女は驚いた。彼の不貞の衝撃はすでに薄れ、なぜか彼女はそれに対して無感覚になっていた。彼女の本当の望みは、階下に行って、とにかく出勤してくれ、とロイドに言うことだった。話はまたあとでもできる。いまはひとりになりたかった。工房に行くのもいいだろう。彼女は、マシューとの話し合いをつづけたかった。彼の弟のことをもっと知り、その方面で何が起きているのかを知りたかった。

ベッドの上にあおむけになり、ヘンは耳をすませた。ロイドはもう起きているだろうか？そう思ったのだが、なんの音も聞こえない。ついに彼女は覚悟を決めて、階下に下りていった。ロイドはまだカウチにいて、おそらくまだ泣いているんだろうと思いながら。どうして**そんなに泣けるのよ？**浮気をされたのはこっちなのだ。

一階に着いてみると、カウチは空っぽで、毛布は床に落ちていた。

「ロイド」ヘンはそう呼びかけ、そのあとすぐに、彼が家にいないことに気づいた。彼女は私道に面した窓のところに行った。ゴルフは消えていた。キッチンに書き置きはない。ロイドが伝言を残すとすれば、おそらくそこなのだが。これはただ、彼が電車でなく車で仕事に行ったということだろうか？　いや、それは考えられない。仮にそうするのなら、ちゃんと言ってくれたはずだ。こちらが二階でまだ寝ているあいだに出かけたりはしないだろう。ヘンは携帯を取り出した。メールは入っていない。音声の伝言も。彼女はロイドの番号をダイヤルした。呼び出し音が鳴りだすと、リビングからお馴染みの騒音が聞こえてきた。ロイドが着信音に使っている、ディアハンターの曲「コロナード」のイントロだ。

携帯の〝切〟ボタンを押すと、ヘンはロイドの携帯をさがしに行き、カウチのすぐそば、毛布の下でそれを見つけた。彼はマシューのことを話しに警察に行ったのだろうか？　あるいは、自ら直接マシューのところへ行ったとか？　でも、それではすじが通らない。マシューに会うなら、車を使うはずはないのだから。**ロイドは朝食を買いに行ったのよ**。ヘンは自分に言い聞かせた。**ダートフォード・センターのあのすごくおいしいパン屋に、わたしの好きなアプリコット・スコーンとコーヒーのLをふたつ買いに行ったの。ただ、携帯を持っていくのを忘れただけ**。そう自分に言い聞かせたものの、その言葉を完全に信じてはいなかった。これはそういうことじゃない。何か別のこと、悪いことだ。

彼女はリビングの窓辺に行き、マシューの家のほうを見た。彼の車も消えている。これは当然だ。マシューはいまごろ学校だろう。見るべきものは何もなかったが、それでも彼女はそこに留まり、つぎにどうすればよいのかわからず、近隣の見張りをつづけた。

リチャード

血があんなふうに跳ねあがるもんだとは知らなかった。まるで、人体から離れて、できるかぎり遠くへ逃げたがってるみたいにさ。もちろん、それについちゃ本で読んだことも、映画で見たこともあった。動脈血がどんな具合に噴き出すかはな。だが現実にそれを見ること、血の命を見ることには、また別の何かがあった……それがなんなのか俺には言葉にできないが。

＊

親父もやっぱり血が好きだった。それを俺が知ってるのは、昔、出張からもどった親父にあのブラジャーを――血の染みのあるブラジャーを見せられたからってだけじゃない。俺はいまもあのブラジャーを持ってて、親父の他の形見と一緒に隠してあるがな。そう、俺がそれを知ってるのは、晩飯の席で親父がお袋の鼻を折り、お袋が身動きもせずそこにすわって、顔から血を滴《したた》らせ、そこらじゅうを（割れた皿も、テーブルの陶の天板も、ナプキンも、リノリウムの床も）びしょびしょにしたあと、親父がナプキンのひとつを洗濯籠《かご》から抜き取るのを見たからだ。たっぷり染み込んだ血のせいで、それは茶色く硬くなっていた。俺が見ているのに気づくと、親父はウィンクして言った。「これも記念品だよ」

解《と》き放たれたとき、血ってやつに何ができるか、親父は見たことがあったんだろうか？　俺はずいぶんそのことを考えた。一時期は、親父が出張でよく行く場所に着目して、未解決殺人事件をさがしたりもした。さがせば、いつだって何かしら見つかった。アメリカじゃあらゆる町に、犯人が不明のままの、殺された女がいるんだ。だが、それをやったのが親父なのかどうか、俺にはわかったためしがない。

親父が知らなかったことを、いまの俺が知っているという可能性もある。血にはそれ自体の命があるってことをな。

*

マシューもいまじゃ、やつの女、ミシェルに俺が何をしたか知っている。もちろん、俺があの鍵を残していった時点で、やつにはわかっていたわけだが、やつはそこに行って自分の目で確かめずにはいられなかった。俺は遠くからやつを見ながら考えていた。いざまちがいないとわかったら、あいつはどうするだろう？　警察に直行して、俺を密告するんだろうか？　いまのところ、やつはそれはしていない。少なくとも、俺の知るかぎりでは。たぶん今後もしないんじゃないか。お袋は一度も警察に行かなかったし、家族のなかでいちばんお袋に似てるのはマシューだからな。

そう、きっとマシューは自分でなんとかしようとする。内々《ないない》にすませようってわけだ。考えてみりゃ、親父を殺したのも兄貴だしな。本人はやってないと俺に誓ったが、兄貴が犯人だってことはお互いにわかってる。高校三年になるころには、マシューは親父よりでかくなってた。お袋の言葉を借りれば、〝ぐーんと成長〟したんだ。親父も気づいたにちがいない。うちにいるときは前よりいくらか用心するようになってたからな。お袋に仕掛けるゲームのほうも、いくらか抑えぎみだったし。で、チャンスを絶対逃さない女、お袋はそこにつけこんだ。会話のなかで、お袋が他の男どもの名前をよく出してたのを俺は覚えている。「そうそう、ポーター」お袋は言う。「今朝、ディック・ハンフリーズにばったり出くわしたんだけどね、早くよくなるよう願ってるって、あなたに伝えてくれってよ」これは親父の腰の具合が悪かったときのことだ。このせいで親父はいつにも増して凶暴になってたが、やり返すすべはあんまりなかった。前回、親父が皿洗いをしてたお袋の喉をつかんで脅《おど》したときは、マシューが親父を突き飛ばし、親父はキッチンの床に倒れたきり、腰を動かせなくて、一時間そうしてたんだ。お袋は親父に、夕飯は床で食べたいかなんて訊いてたっけ。

親父を地下室におりる階段から突き落としたのは、マシューに決まってる。なぜ俺がそれを知ってるかと言うと、少なくとも俺の知るかぎりじゃ、親父が地下室に行くことは絶対になかったからだ。うちの地下室は、一階の半分の広さしかない、体《てい》のいい果物貯蔵庫で、実質なかは空っぽだった。カビ臭い箱がいくつかあるだけ——中身は、やっとふた親とも死んだあと、お袋が実家から持ってきた少しばかりの形見なんだからな。以前は巨大な冷凍庫があって、お袋がそこに冷凍した肉や〈スワンソン・ディナー〉（解凍してそのまま食べられるようにパッケージされた、スワンソン食品会社の冷凍ディナー）をしまっていたが、ある夏、その冷凍庫はだめになり、腐った肉を全部放り捨てたあと、お袋は結局それを修理せず、新しいのを買うこともなかった。家族の誰もその地下室には行かないんだから、親父が階段の下で、頭を怪我して死体で発見されたときは、まったくわけがわからなかった。事が起きたのは、マシューと俺がどっちも学校にいた時間帯で、親父は腰の具合が悪くて家にいた。俺にはわかってる。マシューにとっちゃ、こっそり学校を抜け出し、森を抜けて家にもどるくらい、なんでもないことだったろう。そのころマシューは充分、強くなっていた。親父のほうは充分、弱くなっていたしな。だからマシューには、親父を階段まで運んでいって、下に投げ落とすこともできたはずだ。

もちろん、親父を発見したのは俺だ。異常な角度に首が曲がった、ぼろ人形みたいな俺の父親。どこにも血はなかった。俺の父親の身に起きた死は、全部その皮膚《ひふ》の内側で起きたんだ。

*

もちろんミシェルは、俺をマシューとまちがえた。サリー・レスペルとまったくおんなじだ。別人だって気づいたときは、もう遅かった。俺は彼女のうちのなかにいたし、ドアは閉まっていた。あのシケた部屋の明かりじゃ、彼女には俺の顔が見えなかったんだ。

俺はまた、たくさん部屋があるあの暗い家の夢を見てる。いまじゃ始終この夢を見るから、夢のなかでもこれは夢だってわかるんだ。それに、自分のさがしてるやつが見つかりっこないことも、俺にはわかってる。なにせ、めったやたらに廊下があるし、めったやたらに部屋があるから。やつが隠れられる場所が多すぎるんだよ。

だが、こっちはさがしつづけるしかない。このでかい家は天井が低い。それに、これまであんまり考えたことがなかったが、窓がぜんぜんなくて、ただ暗い部屋が別の部屋へとつづいているだけだ。ドアを開けるのはもうやめろ——俺は自分に言い聞かせる。だがやめることはできない。部屋のなかじゃ恐ろしいものが見つかる。まっぷたつに引き裂かれ、それでもまだ生きてるウサギとか、くり抜いたところが蜘蛛《くも》でいっぱいの感謝祭の七面鳥とか、キッチンの床で出産してるんだが、何も出てこず、だらだらと血ばかり流しているお袋とか。

それにもかかわらず、俺はドアを開けつづけ、期待しつづけるんだ。

＊

俺はいま隠れている。俺をさがしているのは、マシューだけだがな。それもじきに一変する。死体がにおいはじめ、隣近所が気づくだろう。あるいは、誰かがあの女がいないのに気づいて、様子を見に行くか。そうなりゃ、俺は警察からも隠れてることになる。それは時間の問題だ。

マシューは何度も何度も連絡を寄越してる。俺が応答しないのはわかってるだろうに。

やつが〈カントリー・スクワイア〉に行ったあと、俺はやつを家までつけてった。やつが車を降りるところも見ていたし、何やらものほしそうな目で隣の家のほうを眺めてるのにも気づいたよ。**あいつ、隣の女に何をしゃべったんだ?** 俺はあの家の窓をのぞきこんだが、見えたのは、リビングのカウチでさかんに寝返りを打っている男だけだった。だが俺には、あの女、ヘンリエッタが家にいるのが感じ取れた。彼女は俺の兄貴に何かの魔法をかけたんだ。それくらいはわかってる。ちゃんと知ってるさ。〈黒煉瓦《くろれんが》〉の〈工房公開〉で、俺はようやく間近からあの女を見れた。マシューは俺がそこにいるのを知らなかったが、俺はいたんだ。あの女はくるぶしが出るタイトな黒のパンツをはいて、大きなオックスフォード・シャツを袖をまくって着ていた。きっと、これならアーティストらしく見えるって自分に言い聞かせたんだろうよ。ふらっと入ってくる男どもがひとり残らず、あの大きすぎるシャツの中身、あのパンツの中身を想像するなんてことはない、連中はあたしの描く子供の絵に興味があるんだってな。あの女は印刷機のそばにしゃがみこんで、大きな紙を一枚、引っ張り出していた。だから俺には、パンツの上の肌――太陽を見たことが一度もないような白い肌が見えた。それに、あの華奢《きゃしゃ》な胸の骨格も。

俺はあの肌、ティッシュみたいに薄いやつのなかに収まっているたくさんの血のことを想像している。彼女はあったかいだろうと想像している。

＊

本当にマシューの注意を引きたいなら、俺は殺す女をまちがえたんだと思う。

第三部　兄と弟

第三十二章

パニックに陥《おちい》ることもなく、マシューは平静だった。室内はそのままにしてアパートの部屋を去ったが、その前に、もう一度ミシェルの番号に電話をかけ、彼女の携帯が鳴っているのに耳をすませた。携帯はキッチン・カウンターの上で充電器につながれていた。

彼はプラグを抜いて携帯をポケットに入れ、手を触れた可能性のあるものをすべてスウェットシャツの袖で拭《ふ》きながら、ゆっくり後退していった。外の廊下に出ると、部屋のドアに鍵をかけ、できるかぎりすばやく団地の中庭へ、自分の車へと引き返した。車を出したあと、気がつくと彼は林のあいだを行く裏道を走っていた。ヘッドライトが暗闇に光のトンネルを穿《うが》っている。交差点に至ると、そこにはダートフォードの方角を示す標識があった。何度かマイラと行ったことのある店、夏場だけ営業するアイスクリーム店を通り過ぎ、それによって自分がいまどこにいるかがわかった。彼は店の空っぽの駐車場に車を入れて、ライトを消し、平屋の店舗の裏手へとためらいなく歩いていった。そこには、小さなゴミ容器と、ピクニックテーブルが二、三台、置かれていた。そこで砂利のエリアは終わり、草の生い茂る原っぱが始まる。その片側には石塀が立ち、反対側には暗い紫色の空を背に木々が一列に並んでいた。マシューは百ヤードほど原っぱを進んで、石だらけの場所に至った。ミシェルの携帯は、そこで見つけた平たい石の上に置き、もうひとつの平たい石でたたきつぶした。それは粉みじんになり、破片を回収するのに雑草のなかをさがさねばならないほどだった。彼は砕けた携帯とあの鍵を、掘り起こした大きな石の下に埋めた。月が雲のうしろからそろそろと現れ、その銀色の光のもと、石をどけたところの湿った黒い土のなかでミミズどもが蠢《うごめ》いているのが見えた。彼は注意深く石をもどすと、木々の並ぶところまでさらに百ヤード進んだ。木の列のすぐ向こうには、牛の放牧地との境目の針金のフェンスがあった。マシューはフェンスの上から身を乗り出して、激しく嘔吐《おうと》した。吐き終えたとき、彼は寄り集まっている雌牛《めうし》たちの一頭が頭をめぐらせてこちらを見ていたことに気づいた。その後、月はふたたび雲のうしろに隠れた。

マシューは、今後のことはあまり突きつめて考えないように、パニックを募らせないように努めつつ、家まで車を走らせた。

もうかなり遅いことを意識し、彼は私道に入っていきながら、フィアットのライトを消した。隣近所に気づかれたくはなかった。ヘンの家のほうに目を向けると、リビングの明かりはまだ点いていた。それを見て、彼はふと思った——あの夫が帰宅して、ポーチにいる自分たちを見たあとは、どうなっただろう。彼女の夫はもちろん、心配そうだった。どう考え、何を言ったものかよくわからないまま、あの愚鈍《ぐどん》な目をマシューからヘンへ、またマシューへと移し、すべてをゆっくり取り込んでいた。あの男にはふたりの親密さに気づくだけのめざとさがあるだろうか？　自分の妻とマシューが関係していると思っただろうか？

暗い家のなかにもどると、マシューは行きつもどりつしながら、しばらく心の赴くままにロイドを殺す空想に耽《ふけ》った。彼らは汚れひとつない白い部屋にいる。たぶん、ボストンの高級ホテルの一室だろう。ロイドはダクトテープでぐるぐる巻きにされていて、目玉以外、体のどこも動かすことができない。マシューはロイドをかかえあげ、深いバスタブのなかに入れて蛇口《じゃぐち》をひねる。そうしてロイドが溺《おぼ》れるのを見守るのだ。何が起きているのかはっきり認識しだすとともに、彼の目から、あの気取《きど》り、好色さ、尊大さがすべて消えていくのを。この空想はほとんどなぐさめにならなかった。なぜなら、これを実行に移すことはまずできないとわかっていたからだ。あの時代はとうの昔に過ぎ去った。これも全部リチャードのせいだ。マシューは挙手跳躍《ジャンピング・ジャックス》をし、その後、二階に上がった。

何もなかったふりをすれば——歯を磨《みが》いて、顔を洗って、ベッドにもぐりこめば——たぶん何もなかったことになる。

だが、そうはいかなかった。マシューはベッドに横たわって、つぎはどうなるのかを考えた。警察がミシェルの遺体を見つける。そして彼女とスコット・ドイルとの関係から、彼らはただちに、ふたつの事件にはつながりがあるものと見る。あるいは、そうは見ないか。ふたつの事件には大きなちがいがあるから――いやいや、それはあまりにも甘い考えだ。警察はそう見るだろう。彼らはスコットとミシェルの死を結びつける。そしてそれとともに、スコット・ドイルの事件のあと、真っ先に連行されたのがマシュー・ドラモアだったことも思い出すはずだ。マシューはミシェル・ブラインの同僚だ。それも学校が同じというだけじゃなく、学科まで同じなのだ。ディラン・ヘンブリーの声が聞こえるようだった。「ああ、あのふたりは始終、話していましたよ。何かあるんじゃないかと思う人もいたくらいです。それと一度、ふたりは妙なやりとりをしてましたっけ。マシューが彼女を、あるバーに一緒に行こうと誘っていたんです。あれは、スコットがCビームズのライブをやる夜だったんじゃないかなあ」もちろん警察はまたマシューを訪ねてくるだろう。そして今回、彼にアリバイはない。ミシェルの殺人に関しては、何ひとつ。そのあと、警察はヘンから再度、話を聴き、たぶん今度は彼女を信じる。ヘンは、自分の前で彼がミシェルの名前を出したことまで話すのではないだろうか。そして警察は、彼に迫れば迫るほど、リチャードにも迫ることになる。

もうひとつ、別のシナリオも考えられた。仮に、スコット・ドイルとミシェル・ブラインを殺したのはヘンリエッタ・メイザーなのだと警察に信じ込ませることができたら？　彼女は彼を犯人に仕立てるためにそうしたのだ、それもみな、いたるところに殺人を見出してしまう彼女の異様な強迫観念のなせる業《わざ》なのだ、彼女もせめて一度は自分の正当性を認めてほしかったのだ、ということにしたら、どうだろう？　彼はうまくいくかもしれないと思った。だがそれはできない。彼女にそんなことをするわけにはいかない。それはあまりにも不当だ。しかし相手がロイドだったら？　何か証拠を——たとえば、髪の毛を一本——どうにか手に入れ、犯行現場にこっそり引き返して、仕込んでくることができたら？　それは一石二鳥というものだ。最終的にロイドが有罪にならないとしても、偽の証拠は警察の目をくらませ、捜査を攪乱《かくらん》するだろう。考えれば考えるほど、それは名案に思えた。

学校が始まる一時間前、マシューはベッドを出た。まったく眠れていなかったし、全身の筋肉が痛んでいた。束の間、病気ではないかと心配になり、額《ひたい》に触れてみたりもしたが、おそらくずっと体を緊張させていたため、疲労が出たのだろうと思った。シャワーを浴びながら、彼は首をゆっくり回し、できるかぎり大きくうしろへそらした。すると首の関節がポキポキ鳴り、心地よい痛みの矢が背中を駆けおりていった。彼は眠って体を癒《いや》したかった。だがその一方、出勤しなければならないこともわかっていた。いま、普段とちがうことをするわけにいかないのだ。

外は寒く、前庭の芝生は露《つゆ》に濡れていた。空の半分は雲に覆われて灰色、半分は白っぽいブルーだった。彼は車に乗り込み、エンジンをかけると、ラジオの局をつぎつぎと換えていき、ダイヤルのいちばん左のほうでクラシック音楽の局を見つけた。今朝ばかりは、天気や政治や野球のプレーオフの話をする普通の人の声などとても聴く気になれない。フロントガラスは外側が曇っており、彼はまずワイパーをオンにしてから、助手席側の窓を下ろした。一度だけ、思い切って隣家のほうをちらりと見やると、頭をめぐらせたちょうどそのとき、窓から人影が離れるのが見えた。あれはロイドだ。マシューは胸の内で思った。ヘンが何もかも話したんだな。俺たちが会ったことも、俺の言ったことも。そしていまでは、彼もヘンを信じている。それで俺を見張っているわけだ。だが、かまわんさ。俺を追ってきたら、どうなるか見てろ。

マシューはゆっくりと私道を出て、シカモア・ストリートを左に入った。車でサセックス・ホール校に行くには、ふたとおりの方法がある。いちばん速いのは、ルート2を行く方法だが、彼はよく裏道を使い、ダートフォード・センターでリトルトン・ロードに入る方法を採る。だがきょうはルート2へと向かい、リアビュー・ミラーから目を離さずにゆっくり運転していった。明るいグレイのゴルフに彼が気づいたのは、学校までの道のりの半ばで、コンコードのロータリーを通過したときだった。その車は三台ほどうしろにいた。ロイドの車とはかぎらない――世界のこの地域はフォルクスワーゲンだらけなのだから。だがマシューには、そうであることがわかった。彼は学校への道に通じる出口を出た。すると、ゴルフもこれに倣《なら》った。ロイドは何をする気なのだろう？　ただこちらのあとをつけて、どこに行くか確認しようということなのだろうか？　いいや。マシューは思った。ロイドは学校の駐車場で自分と対決する気なのだ。早くもその場面が目に見えるようだった。他の教師や生徒らがあっけにとられて見守る前で、ロイドが口角泡を飛ばしている——「妻に近づくな。ぶっ殺すぞ」とかなんとか。そこでマシューは、いつも使う正門ではなく、第二の門から校内に入り、ぐるりと私道を進んで校舎の裏に向かった。裏の駐車場が空っぽであるよう、彼は願っていた。果たしてそこはほぼ空っぽで、駐めてある車は、たぶん用務員たちのものだろうが、ほんの数台だった。マシューは搬出入口《はんしゅつにゅう》の横に車を停めて三十秒待ち、その後、角を回って現れたロイドのゴルフを目で追った。それはそろそろと進んできて、ふたつ離れたスペースに入った。

ブリーフケースを後部座席に残したまま、マシューは車を降りて、ゴルフへと向かった。ロイドのほうも降りてきた。彼はジーンズにくたびれたTシャツと妙に軽装だった。

「やあ、ロイド」神経質な笑いを浮かべないよう気をつけながら、マシューは言った。

ロイドは急にハッとした。言うべきことをきちんと考えていなかったという表情だ。彼は車のドアを閉めて言った。「妻に近づくな」

まさに予想どおりの台詞《せりふ》だ。マシューは思わず笑みを漏らした。

「いったい何を笑ってやがる?」ロイドは言った。その顔は赤くなっていた。

「あんたはなんにもわかってない。だから笑っているんですよ」

「こっちは何もかも知っている。おまえが妻に何を言ったか知ってるんだ。それに彼女は警察に何もかも話す気だしな。おまえはイカレてるよ。俺がここに来たのは、警告のためだ。ヘンに近づくな。もし近づいたら、おまえはいま以上に面倒なことになる」

マシューはお馴染みの穏やかな高揚感が胸に広がるのを感じた。彼はロイドに向かって決然と歩いていった。パニックをきたし、どう動くべきか決めかねて、ロイドの目がきょろきょろと動いている。あと一歩というとき、ロイドが殴りかかってきた。緩慢な一撃。それは、マシューの左耳の上部三分の一ほどを不器用にとらえた。マシューはロイドのTシャツ（スクラッフィ・ザ・キャットとかいうバンドのやつ）をつかむと、両脚の裏側に右足をあてがって、ロイドの体を押し倒した。その間も、相手が舗装面に激突しないよう、Tシャツはつかんだままでいた。ロイドが地面にあおむけに倒れると、マシューはその胸に膝《ひざ》を乗せ、一方の手で右腕を押さえつけながら、反対の手でロイドの顔の側面をぐいぐいと圧迫した。ロイドの左手は自由なままだった。彼はその手でマシューの首をつかみ、うなじの髪の生え際《ぎわ》を引っ掻《か》いた。これはさほど痛くはなかった。たぶんロイドは爪を切ったばかりだったのだろう。マシューはそう考え、実にラッキーだ、と思った。骨折させないよう注意しつつ、彼はロイドの胸にさらに体重をかけ、やがてロイドは酸欠によって気を失った。

引っ掻かれた箇所を片手で押さえ、荒い息をしながら、マシューは立ちあがった。触った感じでは、それは小さな掻き傷らしく、皮膚が裂けた部分がほんの少しべたついているものの、大したことはなかった。彼は大きく二回、深呼吸をした。それから身をかがめ、ロイドの頭から毛髪を一本引き抜いた。まぶたが震え、ロイドは咳をしはじめた。ここはただ、再度その胸に体重をかけるだけでいい。しばらくそうしていれば、彼はこの世からあの世へと旅立つことになる。それは実に簡単で、実に痛快だったろう。しかしマシューはそうはせず、毛髪をポケットにしまい、ふたたびフィアットに乗り込み、学校の表側にぐるりと回っていつもの場所に車を駐めた。彼の最初の授業が始まるまで、あと二十分だった。

第三十三章

ロイドの不在に気づいてから一時間のあいだに、ヘンは約五回、九一一番に電話しかけ、その都度、先方とのやりとりを想像して逸《はや》る心を抑えた。

ご主人がいなくなってどれくらいですか？

二、三時間です。

お出かけになった理由に何か心当たりは？　おふたりは喧嘩したのではありませんか？

はい。この一年、彼が浮気をしていたことがわかったものですから。

でしたら、そのことがご主人がいなくなったことに関係していると思いませんか？

えーと、隣に住んでいる連続殺人犯の話を聴いていただけないでしょうか……

電話はあきらめ、彼女は強《し》いてコーヒーを作り、トーストを一枚、食べた。それから、マグカップと携帯を手にポーチに出た。待つのよ——心のどこかで、何か恐ろしいことが起こったのだと思いながらも、彼女は自分にそう言い聞かせた。彼はじきに帰ってくる。

またしても九一一にかける寸前まで行って、ヘンは九一一ではなく、ケンブリッジのマーティネス刑事に電話することにした。彼女はスコット・ドイルの事件を担当している地元の刑事らの前で、マーティネスの名を出している。だからたぶん、新たな事件の情報は彼にも届いているだろう。もし何も伝わっていないなら、そのときは自分で彼に経緯《けいい》を話せばいい。

刑事の電話は六回ほど鳴りつづけた。彼には電話に出る気がないのだ——ヘンがそう判断したちょうどそのとき、カチッと音がし、刑事の声が聞こえてきた。「どうも、ヘン」それはまるで、彼女が昔馴染みであるかのような言いかただった。

「ああ、どうも、刑事さん」ヘンは言った。「いま、ちょっとお話しできますか？」

「いいですよ。どうしました？」

「スコット・ドイルのことはお聞きになりました？　ニューエセックスの〈ラスティ・スカッパー〉という店で殺された男性ですけど？」

「ええ、聞きましたとも。その件で現地から刑事ふたりが別々に電話を寄越しましたからね。あなたが目撃者なのだとか、わたしの名前を出したとか」

「わたしは何もかも見たんです」

「ええ、そのようですね」

「あれはマシュー・ドラモアでした。はっきりこの目で見たんですよ。でもいまお電話しているのは、厳密に言うとその話をするためじゃありません」

「なるほど」刑事は言った。

「他のことも聞きました？　わたしが大学時代に一度、同学年の学生につきまとって逮捕されたこととか、その女子学生が殺人を企んだと主張したこととか？」

「そう、そのことも聞いています」

「それと、現在、マシュー・ドラモアと彼の奥さんをわたしから護る保護命令が出ていることも？」

「夫妻が保護命令を申請しようとしていると聞きましたが」

「ええ、その申請が承認されたんです。もっとも、それでマシューがわたしに近づくのをやめたわけじゃありません。わたしたちは――わたしたちふたりは話をしつづけています。彼はわたしにすべてを打ち明けました。ダスティン・ミラーを殺したことも話したし、スコット・ドイルを殺したことも話したんです。安全だと思うから――わたしの話は誰も信じないからだ、と本人は言っています」

「彼はいつそういった話をしたんです？」

ヘンは三度にわたる自分たちの接触のことを話した。また、そのときのマシューの発言の内容も、前夜、弟に言及した際のあの奇妙な物言いのことも。自分の話がどれほどおかしく聞こえるかは、そのさなかにもわかっていたが、彼女はとにかく話しつづけ、起きたことを順序立てて正確に伝えた。

「その会話ですが、録音はないんですよね？」刑事は訊ねた。

「最初に会ったとき、身体検査をされたので。彼もその点は考えていたわけです。だから、そう、録音はありません。でもね、そんなことより、いまわたしが心配しているのは、夫がいなくなったことなんです」

「ご主人がいなくなった？」

「ええ、今朝から。昨夜わたしは、いま刑事さんにお話ししたことを全部、夫に話しました。そして今朝、起きてみたら、夫はいなくなっていて、車も消えていたんです。夫の携帯はここにあります。彼はマシューを追っていったのかも。そう思うともう心配で。実を言うと、怖くてどうかなりそうなんです」

「オーケー、ヘン、落ち着いて。ご主人を最後に見たのはいつですか？」

「昨夜はうちにいました。目が覚めたらいなくなっていたんです」いまはロイドの不貞の話をするのに最適の時ではない――ヘンはそう判断した。「九一一にかけようかとも思ったんですが、現時点ではまだ正式に行方不明とはみなされないでしょうし」

「そうですね。先にわたしに電話してくれてよかったんですよ、ヘン」

ヘンは刑事がさかんに自分の名を呼ぶのが気になった。それは、入院していた当時のことを思い出させた。カウンセラーやセラピストが彼女との絆《きずな》を作ろうとしていた時のことを。この刑事は頭のおかしい人の機嫌を取るように自分の機嫌を取っているのだという気がした。

「わたしを信じていないんですね」彼女は言った。

「さあ、何を信じたものか」短い間《ま》のあと、刑事はそう言った。「わたしにはそこまで言うのが精一杯です。しかし残念ながら、状況はあなたに有利とは言えませんね。わたしの聞いたところでは、スコット・ドイルが死んだ夜に関して、彼にはかなりしっかりしたアリバイがあるようですから」

「彼の奥さんの証言でしょう」

「ええ、奥さんの証言です」

「嘘をついてるに決まってるじゃありませんか。彼女はあの男の妻なんですよ。なのにあなたは彼女の証言を疑わないんですか？　ほんの少しも？」

「確かに彼女が嘘をついている可能性はあります。しかし、その可能性はあなたにもあるわけです。そこが問題なんですよ。あなたには似たような場面で嘘をついた前歴がありますし」

ヘンは、この会話が無益であることを悟り、電話を切りかけた。だがここで彼女は深呼吸して言った。「わかりました。言い合っても始まらないわね。この状況がどう見えるかは、わたしにもわかっている。自分がどう見えるかもわかっているし。でも記録のために言わせてください。マシュー・ドラモアは、ダスティン・ミラー、スコット・ドイルを含め、何人か人を殺している。これは確かな事実です。自分の証言が重視されないのはわかっています。でも、他にも何か証拠はあるはずです。きっと何かあるはずですよ」

「オーケー、われわれが――」

「それともうひとつ。彼の弟のことを調べてください。マシューによれば、弟の名はリチャードだそうです。マシューは、両親のせいで自分たちはふたりともおかしくなったと言っています。ただ、リチャードは男ではなく女を殺すんだそうです」

「自分の弟が人を殺していると彼が言ったんですか?」

「いいえ、そうは言いませんでした。ただ彼は、弟は自分に似ていると思っているようです。そして、仮に人を殺しだすとしたら、男でなく女を殺すだろうと。彼がわたしに言ったのは、そういうことです。彼は心配しているようでしたよ。もしかすると弟はすでに何かしたんじゃないかって」

「調べてみますよ、ヘン。それでいいですね?」

「何か変わったことがあったら、あるいは、何かわかったら、連絡していただけますよね?」

「もちろん。あなたのほうも他に何か思い出したら、またわたしに電話していいんですからね。それと、ご主人が現れなかったら、知らせてくださいよ」

彼がそう言っているまさにそのとき、道の向こうからグレイのゴルフがやって来た。それがゆっくりと私道に入ってくるのをヘンは見守った。

刑事にはこのことは黙っていることにして、彼女は急いで言った。「話を聴いてくださってありがとう、イギー」口にすると違和感があったものの、刑事の要望どおりの呼び名を最後に使い、それから電話を切った。

車からロイドが降りてくると、ヘンはポーチの端に立ち、網戸越しに彼を見つめた。彼の身を案じる気持ちはすっかり消え失せ、彼女はいまふたたび、怒りだけを感じていた。彼の浮気に対する怒り。今朝、自分を心配させたことに対する怒り。

「いったいどこに行ってたの？」彼がポーチの階段をのぼってくると、ヘンは言った。

「ごめん……えーと、急に出かけることになったもんで」

「携帯、忘れてってたでしょ。死ぬほど心配したのよ」ロイドはすでにポーチのなかにいた。そしてヘンは、彼がひどく青ざめていること、ひどく怯えた目をしていることに気づいた。

「何があったの？　大丈夫？」

「あいつを追っかけた。マシューを学校まで追っかけたんだよ。話がしたかったから……なかに入らない？　寒くてたまらないよ」

うちのなかに入ったとき、ヘンはロイドが自分の右手をつかんで曲げようとしているのに気づいた。彼女は訊ねた。「あなたたち、殴り合ったの？」

ロイドは彼女にいきさつを話した。サセックス・ホール校までマシューを追っていったことや、マシューに押さえ込まれたことを。

「どこで？　駐車場？」

「校舎本館の裏だよ。やつはそこに行って車を駐めたんだ。たぶん僕がつけているのを知ってたからだな」

「あなたが先に殴ったの？」

「そうだよ。ただ、向こうより僕自身のほうが痛かったんじゃかな。やつは冷静そのものだった。僕を地面に押し倒して、上にすわるような体勢になって……僕は……僕はもう死ぬんだと思った。目の前が真っ暗になって、こいつに殺されるんだと思って、考えられるのは……考えられるのは、きみのことだけだった」

彼はまた泣いていた。ヘンは、本当にそうしたかったわけではないが、彼の背中に手を置いて、さぞ怖かったろうと言った。「町の警察に話してみる？」

「いや。やめておく。話したって無駄だろ。やつを追っかけたのはこっち、先に殴ったのもこっちなんだから。やつはただ、自分の身を護ったんだと言うだけさ。そのことは僕も考えてみた。僕たちはここを離れるべきだと思うよ。会社には、事情があって、しばらく休みを取らなきゃならなくなったって電話するから。車で一緒にどこかに行こう。メイン州に行くのはどう？　バー・ハーバーのあのホテルにまた行って、一週間過ごすとかさ？　そうして、夫婦関係を修復するんだ」

ヘンは首を振っていた。「それはどうかな、ロイド。わたしたちは、結局ここに帰ってこなきゃならないわけでしょ。それに、自分が夫婦関係を修復したいかどうかもよくわからないし」

「だったら別々の部屋を取ろう。とにかくここにはいちゃいけない。そう言うと、いかにも腰抜けって感じだよな。でも、かまうもんか。いまじゃ僕も信じてる。やつは危険――」

「そうだよね。いまじゃあなたも彼は危険なんだと信じてる。身をもってそれを経験したからね。わたしが、彼が人を殺すのをこの目で見たって言ったときは、信じなかったのに。あのときは休暇を取ろうなんて言わなかったのにね」

「僕は休暇を取ろうと言ってるんじゃないよ、ヘン。身を護るために一緒にここを出ようと言ってるんだ。そして、よそで過ごしながら、ふたりの関係について考えようって言ってるんだ」

ヘンはヴィネガーがカウチの上にいて、ふたりの言い合いをよそに、前足をなめ、耳を掃除しているのに気づいた。自分を見ている彼女に気づくと、彼は手を止めてじっと彼女を見返し、それからあくびをした。

「わたしには仕事があるの」ヘンは言った。「例の本の締め切りをまだクリアしてないのよ。だから、工房に行かなきゃならない」

「ほっとけよ、そんなの」ロイドは言った。

「行きたければ、ひとりで行ったら？　むしろ、あなたは行くべきだと思う。それがいちばん理にかなってる。しばらく離れて過ごすのは、お互いにとっていいことだろうし」

「ひとりで行く気は――」

「ロイド、あなたにここにいてほしいのかどうか――そもそもわたしにはそれもわからないのよ」

「追い出されてたまるか。隣の家にあの男がいるかぎりは、ごめんだね。きみがそうしてほしいなら、僕は客用寝室に移るよ。口をきいてくれなくてもいい。きみが腹を立てるのは無理もないし。僕も自分に腹を立ててるんだ。でも僕は出ていかないぞ。あの男が牢にぶちこまれるまではね」

「その時は永遠に来ないかも」ヘンは言った。「わたしは信頼できる目撃者じゃない。あなたもそうだしね。彼にはアリバイがある。否でも応でも、いま現在、彼はわたしたちの隣人なのよ」

「だったら引っ越そう」ロイドは言った。

ヘンは急にひどい疲れを覚えた。ただ考えるだけで――この結婚を維持するために努力することを考え、再度ロイドを信頼することを考え、新たな住まい、新たな工房をさがすことを考えるだけで、なぜここまでと思うほどへとへとになった。「あなたはどう思う、ヴィネガー？」彼女は猫に訊ねた。「よそに引っ越したい？」

猫は反対の耳を掃除しはじめ、前足でその耳をぺたんと押さえつけた。

「いますぐ引っ越そうと言ってるわけじゃない。もしあの男が逮捕されなかったら、いずれはっていうことだよ。でも僕はやっぱり、ここを離れてどこかに行くべきだと思う。いますぐに。このままじゃ危険すぎるよ。きみにも一緒に来てもらうよ、ヘン。きみ自身がそうしたくなくても、僕はかまわない。これは僕からのお願いだ。僕のためにそうしてほしいんだよ」

「あなたのために？」ヘンは笑いながら言った。「もういい、これで話は終わりよ。わたしは工房に行って仕事をしなきゃならないの。あなたはうちにいてもいいし、仕事に行ってもいい。車で北に向かい、メイン州で紅葉《もみじ》狩りをしてもいいしね。どっちでもわたしはかまわないから」

「きみが工房に行くなら、僕も一緒に行くよ」

「それは遠慮してよ、ロイド。悪いけど。そもそも工房に行くわたしよりも、ここで過ごすあなたのほうがはるかに危険なんだしね」

ロイドは眉《まゆ》を寄せた。「どういう意味だよ？」

「彼がわたしに危害を加えることはないと思うの。わたしたちはお互いをよくわかってる。この点は確かよ」

「実のところ、きみはおかしくなってると思うよ、ヘン。かなり深刻な病状なんじゃないかな。ちゃんと薬はのんでいるの？」

「ほっといてよ、ロイド。ジョアンナのうちに行って、泊めてもらったら？　彼女に電話して、迎えに来てもらいなさいよ。わたしは工房に行く。やるべき仕事があるのでね」

ヘンはキッチンに行って、壁から車のキーを取った。それから、ちょっとその場にたたずみ、たったいまロイドに言われたことについて考えてみた。自分はおかしくなっているのだろうか？　彼女の人生においては、大きな感情が湧く瞬間の多くが精神の健康状態の影響を受けている。でも、これはちがう。徴候のいくつか——観念奔逸《ほんいつ》（考えが次々とほとばしり出る状態）、強いこだわり、恐怖感は同じであっても、いまの彼女は自分が何を知っているかを知っている。これは現実なの。彼女はロイドに言いたかった。マシューが何者なのか、わたしには正確にわかっている。わたしの健康状態はそれとはなんの関係もないのよ。

彼女はリビングに引き返した。ロイドは力ずくで止めようとするだろうか——そう思ったが、そばを通り過ぎるとき、彼はひとことこう言っただけだった。「きみの帰りをここで待ってるからね」

ドアに向かいながら、ヘンは言った。「ああ、待っててくれなければいいのに」

第三十四章

ロイドの毛髪をチノパンツのポケットにしのばせたまま、マシューは〈カントリー・スクワイア・エステート〉へと車を走らせた。長く悲惨な授業日だったが、彼はなんとか乗り切った。ティーンエイジャーたちと日々を過ごすことのプラス面は、連中が自分たちの内輪のドラマに没入するあまり、大人にも彼ら自身の問題があることに気づかないということだ。もちろん例外はある。早熟で母性的なカトリーナ・ベネディクトは、疲れた顔をしていますね、と彼に言った。「何か流行《はや》ってるみたいですよ、ドラモア先生。痛みとかありませんか?」ジェイソン・クーリーは、マシューのうなじの生え際の赤いみみずばれに気づいた唯一の人間だった。彼はマシューに、大丈夫ですかと訊ねた。

「目が覚めたら、こうなっていたんだよ」マシューは言った。「たぶん怖い夢を見て、自分で引っ掻いたんだろうな」

まだラッシュアワーではないが、ルート2Aは混んでいた。彼はすでにギフォード農場に立ち寄っている――閉店したアイスクリーム店の裏のあの原っぱ、ミシェルの鍵と携帯を埋めたところに。ミシェルの団地にまた行くことは言うに及ばず、昼日なかにそこを訪れるのが、いかに無謀なことかはわかっていたが、彼はなんとしても（それが有効であろうとなかろうと）ロイド・ハーディングを犯人に仕立てる証拠を現場に仕込む覚悟だった。シャッターの下りたアイスクリーム店の裏に車を入れたとき、あたりに誰もいないことに彼はほっとした。そして二十分後、ミシェルの鍵と携帯を埋めた場所が見つかった。見つかるまでにあまりにも時間がかかったため、あれは全部、空想だったのではないか、自分は本当に正気を失いかけているのではないかと不安になりだしたが、それからまもなく、少しぐらつくあの石を見つけ、鍵を掘り出した。それを手に取ると、胃袋がうねり、束の間、ふたたび嘔吐しそうな気がした。しかし吐き気は去り、彼はふたたび車に乗り込んだ。両のてのひらは汗ばみ、口はからからに乾いていた。

〈カントリー・スクワイア・エステート〉は道路から百ヤードほど引っ込んだところ、松並木のうしろに位置している。パトカーが二台、ミシェルの棟の入口付近に駐まっているのに気づいたとき、マシューはすでにルート2Aを出て、駐車場に入ろうとしていた。それだけ距離があっても、パトカーと建物のあいだの黄色い立入禁止のテープは見えた。制服警官がひとり、一方のパトカーのそばに立ち、無線機で話している。近くには居住者が何人か集まっており、その全員がしゃべっていた。マシューは、団地に隣接する〈ホール・フーズ・マーケット〉の駐車場に入り、スペースを見つけて車を駐めた。考えるのに少し時間が必要だった。どうやら来るのが遅すぎたらしい。あの髪の毛を仕込むのは無理なようだ。心のどこかで、彼はほっとしていた。これは主として、あの恐怖の部屋に再度入らずにすむから、大量に流れた血のにおいを嗅がずにすむからだが、同時に、どういうかたちにせよ、まもなくすべてにけりがつくからでもあった。いま重要なのは、リチャードをつかまえることだ。いざつかまえたら、どうするのかはわからない。だが警察の聴取を受ける前に、弟に会わねばならないことはわかっていた。彼にはいくつかの決断を下す必要があった。

自宅の私道に車を駐めたあと、彼はヘンリエッタとロイドの車が隣家の私道にあるかどうか反射的に確認した。車はなかったが、このことからわかるのはふたりのどちらかが出かけているということだけだ。家に入ったとき、室内の様子が今朝、家を出たときとまったく同じであることに、彼は驚いた。捜索令状を振りかざす警察官の一団がいるものと半ば覚悟していたからだ。いずれにしろ、そうなるのは時間の問題だ。今朝の争いのことをロイドが警察に届けるとは思えない。しかし、ミシェルの死によってふたたび自分にスポットライトが当たることはよくわかっていた。

携帯が鳴った——覚えのない六一七で始まる番号だ。彼は応答しないことにした。どうせ悪い知らせだろうから。

彼はふたたび弟と連絡を取ろうとし、その後、携帯の留守録をチェックした。さきほどの電話はイギー・マーティネスからだった。ダスティン・ミラーの件で彼の事情聴取をしたあのケンブリッジ警察の刑事だ。「なるべく早くお電話をいただけないでしょうか」彼は気楽な口調で言った。「大したことじゃないんですが、またちょっと質問をさせていただきたいもので。どうぞよろしく」

マシューはキッチンに行き、大きなグラスに氷を入れてジンジャーエールをその上に注いだ。それを持って書斎に移り、リチャードが来たときのためにそこに置いてあるボトルを取り出すと、飲み物にほんの少し、不安がいくらか和《やわ》らぐ程度にそのウィスキーを加えた。それから彼は刑事に電話した。

「すみませんね。折り返していただいて」刑事はそう言って、咳払いした。

「いやいや。ご用件は？」

「前にお話しした件で、またお訊きしたいことが出てきたんです。関連があるかどうかもよくわからないんですが、ひとつ名前が浮上したので、うかがってみようかと思いましてね」

「なるほど」先が読めないまま、マシューは言った。

「あなたにはリチャード・ドラモアという弟さんがいますよね？」刑事は訊ねた。

頭皮がさっと冷たくなったが、マシューは冷静を保って言った。「ええ」

「彼について教えてもらえませんか？」

「どういうことでしょう。リチャードがダスティン・ミラーの事件に関係していると言うんですか？」

「いえ。そういうわけじゃありません。未解決事件の通常の手続きですよ。われわれは些細《ささい》な事柄をひとつひとつ調べるんです。どんなにつまらないことでも。そうすれば、いろいろな可能性を消去できますから。それなりの数の可能性を消去したら、残ったやつがたぶん何かを語ってくれますからね」電話の向こうでクラクションがブーッと鳴るかすかな音がし、この刑事はきっと運転中なのだとマシューは思った。

「いや、わかりますよ」

「弟さんはどちらにお住まいですか？」

「両親の家です――この前、わたしが確認した時点では。うちの親たちはその家を弟に遺《のこ》したんです」

「で、その場所は？」

「実はね、ここ、ダートフォードなんです」

「ほう？　では、おふたりは頻繁《ひんぱん》に会っているわけですね」

「それがちがうんです。弟は人とつきあわないので。いわば社会不適応者ですね。わたしは会っていますが、それもかなり稀《まれ》なんですよ」

「なるほど。わかりました。これ以上、面倒はおかけしませんよ。弟さんの住所だけ教えていただけますか？　ご両親のおうちとおっしゃっていましたね？」

「いいですとも。ブラックベリー・レーン二二七番地です。わたしの家から見ると、ダートフォードの反対側ですね」

「電話番号はどうでしょう？　弟さんの番号をご存知ありませんか？」

少しでも時間を稼げばリチャードのためになると判断し、マシューは言った。「それが知らないんです。すみません。もしかすると、電話は持っていないかもしれません。わたしたちが連絡を取り合うときは、彼がうちに来るか、わたしが向こうに行くかなので」

「どうもありがとう、マシュー。ご協力に感謝しますよ。ところで、お隣の家の人たちとちょっとトラブルがあったそうですね」

「ああ、あれですか。早めに芽を摘《つ》めたんじゃないかと思いますが」

「すると、彼女からはもう困らされていないわけですね？」

「ええ、いまのところ大丈夫です」そもそも保護命令のことをどうして知っているのか、マシューは刑事に訊きたかった。だが、それは思い留まった。知っていて当然だ。警察はすべてを集約しているのだから。「すみません」彼は急いで言った。「そろそろ――」

「はいはい、どうぞ。すみませんでしたね。ほんとにありがとうございました」

電話を終えたあと、マシューは手のなかの携帯をじっと見つめた。通話中、彼はずっとぐるぐる歩き回っており、いまはキッチンに立っている。何か悪臭がするので、シンクをのぞきこむと、セロファンに包まれたステーキがピンクがかった水に浮かんでいた。そう言えば、昨晩、夕食用にそのステーキを冷凍庫から出し、そのまますっかり忘れていたのだ。彼は縁《ふち》をつまんでそれを持ちあげ、ゴミ容器に放り込んだ。書斎にもどった彼は、手もとに残してある自分と弟の唯一の写真、リチャードが赤ん坊のころの色褪《いろあ》せた一枚を見つめた。それはふたりの母がどうしてもと言って撮ったものだった。日曜学校用の服（チノパンツとボタンダウンのシャツ）を着込み、毛布にくるまったリチャードを膝に抱いているマシュー。写真の彼は生まれたばかりの弟をまっすぐに見ており、新生児の視力の悪さを知りつつも、マシューはふたりの目は合っているのだと想像した。いずれにせよ、それはいい写真、彼らの子供時代の数少ないいい写真のひとつだった。いまその写真を見ながら、マシューはリチャードから連絡が来るよう祈った。警察が迫っていることを彼に知らせてやらなくてはならない。逃げるチャンスを与えてやらなくては。マシューは連絡を試みつづけた。

「よう、兄貴」リチャードが言った。

「ああ、やっとか」

「忙しかったんだよ。それに、兄貴の言いたいことはちゃんとわかってたしな」

「それはどうかな、リチャード。じきに連中がそっちに行く。警察が迫っているぞ。たったいま、連中のひとりと話したところなんだ」

「連中が俺に迫ってるなら、連中は兄貴にも迫ってることになる。わかってるよな」

「ああ、わかってる。だから経緯を整理しておく必要があるわけだ。だからおまえと話す必要があるわけだよ。連絡したのは、何もおまえがやったことに文句を言うためじゃない。ただ知る必要があるんだ。おまえ、あそこで誰かに見られなかったか？　どの程度、用心していたんだ？」

「見られたってどこで？　いったいなんの話だよ？」

「ぐずぐずしている暇はないんだ、リチャード」

「この話は直接会ってしたほうがいいのかもな。そのほうが楽に話せそうだ」

「そんな暇はない。ミシェルの部屋には何か証拠が残っているのか？　いいか、連中はいま現場にいるんだ。繊維《せんい》をひとつひとつ拾い集め、血飛沫《ちしぶき》をひとつひとつ見ているんだよ」

リチャードはしばらく黙っていた。そして、ようやく言った。「兄貴もあそこに行ったんだろ」

「どうして知っている？」

「見てたからさ。あの大量の血を見て、どんな気がした？」

「どんな気がしたかはわかっているだろう。吐き気がしたよ。おまえのしたことに吐き気がした。彼女には殺されるいわれはない。おまえもそれは知ってるだろう」

「しかし、兄貴にばっかりいい思いをさせとくわけにもいかんしなあ。そいつは不公平ってもんだ。それに、くだらない男どもを大勢殺してきたからって、兄貴が道徳的に優れてるってことにはならないんだぜ。その点、兄貴はお袋にそっくりだよ。お袋は、亭主のほうが自分よりひどいから、てめえの糞《くそ》はにおわないと思ってた。だが、そういうもんじゃないんだよな。現実の世界はそうはいかない。現実の世界じゃ、兄貴は俺と同様に病んでて、歪《ゆが》んでることになるんだ」

「そのとおりだ、リチャード。おまえの言っていることすべてに同意するよ。だから質問に答えてくれ。おまえはあの部屋に何か残してきたのか？」

リチャードはため息をついた。「俺たちのＤＮＡはおんなじだよな。俺が逃げなきゃならないとしたら、それは兄貴もご同様なんだぜ」

「それこそおまえのすべきことだと思う。おまえは逃げるべきだと思うよ。いますぐそうしろ、いいな？　連中がおまえをつかまえに来ても、俺はおまえを助けない。助けられないからな。おまえに味方はいないんだ」

「ありがとうよ、兄さん。なんにも期待しちゃいなかったさ」

「おまえはミシェルを殺したんだぞ！」その言葉は、自分のものとは思えない、馴染みのない甲高《かんだか》い叫びとなって飛び出してきた。「おまえはミシェルを殺したんだぞ」マシューはもう一度、静かに言った。そうしてリチャードの反応を待ったが、返事はなかった。「リチャード？」彼は言った。「いるのか、リチャード？」

だがリチャードはもういなかった。すると、あの感覚――圧倒的な安心感が湧いた。たぶん弟は、長年の脅しを実行する気なのだ。永遠にダートフォードを去るという脅し、過去と決別するという脅しを。

気がつくと、そこはリビングで、マシューは表側の窓の前に立っていた。窓から見える隣家の私道には、いまも車はない。ある考えが頭に浮かんだ――車に乗って、ブラックベリー・レーンに、自分の育った家に、リチャードがいまも住んでいる家に行ってみようか。しかしどうしても踏ん切りがつかなかった。あの家にはもう何年も行っていない。この前、そこを訪れたとき、彼は家屋の腐敗の進み具合に衝撃を受けたものだ。リチャードはそこに住んではいるが、メンテナンスは一切しない。掃除もしないし、何年もどの家具も入れ替えていないのだ。家具、棚、窓の桟はすべて、堆積《たいせき》した埃《ほこり》の黒い膜で覆われている。二階の部屋は、シングルベッドとシダの模様の風変わりな薄茶の壁紙がかつてのまま残るマシューの昔の寝室も含め、動物の糞《ふん》だらけで、壁には黒カビが点々と散っている。そう、あの家にもう一度行く気にはなれそうにない。リチャードには警告を与えた。できることはもうすべてしたのだ。今度は自分の身を護らねばならない。今度は――

二階でカチリと音がした。かすかな音。だが彼には鮮明に聞こえた。そしてそれは、家がときおり立てる音ではなかった。ガス・ヒーターのスイッチの音でも、冷蔵庫の製氷機の音でも、土台の上に落ち着く壁の音でもない。そう、それはドアが閉まる音のように聞こえた。彼はゆっくりと静かに階段の下まで歩いていった。そこからは、二階の踊り場が見える。ドアのふたつ、夫婦の寝室のドアと二階のバスルームのドアは両方とも大きく開いていた。彼はそろそろと階段をのぼりはじめた。それから、その音がどう聞こえるかに気づいて足を速め、それ以降は、自宅の階段をのぼっていく人らしい、気楽な歩調を心がけた。階段のてっぺんで、彼は左に曲がって主寝室に入った。目がすっとクロゼットのドアに行く。そのドアもまた開いていたが、ドア枠との隙間は狭かった。あのカチリという音は、どこかのドアが開く音だったのだろうか？　可能性はある——彼は自分にそう言い聞かせ、ふたたび気楽な歩調でクロゼットに歩み寄ると、ドアを大きく開いて、その内部、右側のマイラの衣類と左側の自分の衣類のあいだへと足を踏み入れた。そこには誰もいなかった。彼は吊るしてある自分の服の上の棚に手をやった。靴箱をひとつ脇へ押しやると、手がヒッコリー材の棍棒《こんぼう》に触れた。彼が実家から持ってきた数少ない物のひとつ、家に置いてある唯一の武器だ。

その棍棒を手に、彼は主寝室から踊り場へとためらいなく引き返した。二階の他のふたつのドア（一方は客用寝室、一方はマイラの裁縫部屋のドア）も開いているが、そのどちらにもクロゼットがある。彼はまず客用寝室に入った。クロゼットのドアは閉まっていた。彼はそこに歩み寄り、ノブをつかんで回し、ドアを引き開け、一歩うしろにさがった……しかし具体的には何を予想していたのだろう？　フェンシングのトロフィーをさがしているヘン？　それとも、今朝の闘いのつづきをやろうと待ちかまえているロイドだろうか？　クロゼットは空っぽで、カチリというあの音を聞いて以来、初めて彼は、あれはなんでもなかったのではないかと思った。たぶん木の枝が二階の窓のどれかに当たる音、または、すべての家屋が立てる幻の音だったのだろう。

マシューは客用寝室を出て、家の表側の部屋へと向かった。昔々、子供部屋になるはずだった、天井が傾斜した小部屋。それがいまは、マイラの裁縫部屋になっている。楽しげな黄色のその壁は、ひとつしかない窓から流れ込む遅い午後の陽光で、一層、楽しげに輝いていた。この部屋にもクロゼットがひとつある。いや、本当を言えば、クロゼットが半分——むしろ配管スペースみたいなものだ。そのドアは閉まっており、マシューはしばらく立ったま ま、ドアを見つめていた。誰かが本当にこの部屋に隠れているなら、その人物がいるのはここにちがいない。

彼はノブに手をかけた。とたんにドアがさっと開き、男が飛び出してきた。みぞおちに頭突きを食らって、マシューはうしろに吹っ飛び、ふたりの男は重なり合って床の上をすべっていった。

まだ棍棒が手にあったので、マシューはそれを振るい、棒は侵入者の肩に当たった。おそらく痛みというより恐怖からだろう、男は吼《ほ》え、顔を上げた。それはロイドだった。歯を食いしばり、目は大きく見開いている。彼は両手を床について、犬のようによつんばいになった。マシューもすでに上体を起こしていた。彼は再度、棍棒を振るい、今回それはロイドの鼻梁《びりょう》に当たった。バキッと音がした。ロイドの咆哮《ほうこう》が悲鳴に変わり、折れた鼻から硬材の床にぼとぼとと血が落ちた。

マシューはまだすわったまま、両足で床を掻いてうしろに逃げた。ロイドは激しく頭を振って、右に左に血を飛び散らせた。それから、彼はしゃがんだ姿勢になり、顔をぬぐい、その一面に血を広げた。ふたりの男は立ちあがった。マシューはいまも棍棒を握っており、ロイドは両手を拳《こぶし》にして、わずかにふらついている。

「聞いたぞ」ロイドが言った。

マシューは一歩、ロイドに歩み寄った。「これは家宅侵入だよ」彼は言った。

「全部、聞いたぞ、この変態野郎」ロイドがそう言うのと同時に、マシューは棍棒を振りおろした。

第三十五章

制作に必要なすべての道具に囲まれ、導管がカンカンと鳴る、照明の穏やかな工房にいることで、ヘンはようやく思考のペースを落とすことができ、ここ数週間に我が身に起きた数数の出来事について理性的に考えられる状態になった。

彼女はカモミール・ティーを入れ、CDプレイヤーにアイアン・アンド・ワインをかけ、部屋の掃除と整頓にかかった。これは、本格的に仕事に取り組む前に、彼女がしばしば行う儀式だ。心がさらに落ち着くと、彼女は頭のなかでいま現在、自分がかかえる問題を重要度の高い順にリストアップしていった。これは何年も前、小さな問題のせいで人生が生きがたく思えることがよくあったころに学んだ手法だ。そうしたうえで、一度にひとつの問題に専念するというのが、その基本的なコンセプトだった。これをやることのもうひとつの目的は、もちろん、自分の問題が（どれほど厄介であろうと）リストアップしてみれば、たいていはそこまでひどいものじゃないという事実を明らかにすることだ。だが、目下の彼女の状況は、どう見てもこれにはあてはまらない。いま現在、彼女の第一の問題は、夫の浮気や結婚生活を維持できるかどうかですらない——精神異常の殺人者が隣家に住んでいることなのだ。このふたつに比べると、それ以外の問題はすべて些末《さまつ》なことに思える。それでもヘンは、敢《あ》えてその他の問題もリストアップした。彼女は父母にもっと会いに行かねばならない。あのふたりもだいぶ年を取ってきたから。また、『ロア・ウォリアーズ』のつぎのふたつの挿絵は、少し締め切りを過ぎている。ただ、エージェントはまだ何も怖いことを言ってきていないので、このことはあまり気になっていない。第一、これは単なる仕事だ。しばらくは放っておいてもいいだろう。

となると、残るは主要な問題ふたつだ。そして、それらは大きな問題だった。ロイドをどうするか、マシューをどうするか。ロイドが言っていたことは、理にかなっている。自分たちはここを離れるべきだ。それでしばらく危害が及ぶ恐れはなくなり、夫婦関係の修復に取り組むこともできる。問題は、彼女自身が夫婦関係を修復したいと思っていないことだった。ロイドがしたことを知って以来、ヘンは心のどこか、深いところで、自分たちはもう終わったのだと気づいていた。彼女は過剰に嫉妬《しっと》深い女性ではない――一夜かぎりの遊びなら許せたにちがいない。だが一年にわたり陰でこそこそやっていた、絶えず嘘をついていたというのは、どうしても気になる。それに、気になることは他にもあった。彼女は確かに不当な仕打ちを受けたと感じているし、腹も立っている。だが深く傷ついてはいないのだ。彼女の心は破れていない。ロイドのことは愛している。この先もずっと愛しつづけるだろう。だが彼女には、彼なしの人生を思い描くことができた。これは、ひとつのしるしではないだろうか……この結婚は維持する価値がないのでは？

隣家のマシューのことがなければ――現在の状況が危険をはらむものでなければ――彼女はロイドに、しばらくよそで暮らしてほしい、自分には考える時間が必要だ、と言っていただろう。いや、状況がどうあれ、そうすべきなのかもしれない。結局のところ、悪いのは向こうなのだ。彼を追い出せないわけはない。その場合、彼はどこに行くだろう？ ヘンは考えた。おそらく、ジョアンナ・グリムルンドのうちに移ることになるんじゃないだろうか？その場所は？ そう、ノーサンプトンだ。そのとき自分がどんな気持ちになるのか、彼女は考えてみた。どうもよくわからない。あまり気にもならなかった。ただ、ロイドが主張するように、彼とジョアンナが本当にもう終わっているのかどうか怪しみはしたが。彼女はまた、ふたりの情事はどんなものだったのだろうと思った。将来一緒になることを語り合うような、熱いものだったのか？ それとも、よくありがちな、始まった瞬間からずっと有効期限を意識しているような関係だったのだろうか？　ジョアンナはこうなったことをどう思っているのだろう？

彼女に電話してみようか。ヘンは思った。そしてこの考えが浮かぶなり、実行しようと決めた。ヘンはジョアンナの声が聞きたかった。彼女がどんな言い訳をするか聞きたかった。ジョアンナは常に、ヘンにとって好ましい人物だった。交際相手が親友同士だったため、ふたりは必然的に多くの時間を一緒に過ごすことになったが、いやいやではなく、喜んでそうしていた。ジョアンナは皮肉屋で、下ネタも好きだった。ロブとロイドが酔っ払って盛り上がり、大学時代の乱行の思い出を語り合っているあいだ、ジョアンナとヘンはワインを飲み、話し込んでいた。ヘンはジョアンナに、大学時代の自分の精神症状のことをほぼすべて話した。ジョアンナはヘンに、現在、証券詐欺で服役中のアルコール依存症の父親のことを話した。ロブとジョアンナが別れたとき、ヘンはジョアンナと直接、連絡を取ろうかと思い、会うことまで考えたが、結局、実行はしなかった。ジョアンナと会うという点については、ロイドも同じ考えを抱いたことになる。

ヘンはもちろん、ジョアンナの携帯の番号を知らない。ロイドに電話して、番号を教えるよう要求しようか――そうも思ったが、たとえ番号を明かすとしても、たぶん彼には先にジョアンナに電話することができる。少なくともメールくらいはできるから、まもなく電話が行くことを彼女に知らせてやるだろう。ヘンとしては不意打ちを食わせたかった。

彼女はロブに電話した。彼はすぐさま応答した。

「開《ひら》けなかった？」ロブは言った。

「え？」他の誰かとまちがえているのかと思い、ヘンは訊き返した。

「俺の送った写真。送ってから、フォーマットを変えるべきだったかもって気づいたんだ」

「ああ、かがり火の写真ね」ヘンは言った。「まだ受け取ってもいない。でもこの電話は別件なの」

「まだ受け取ってないって？　話したあと、すぐ送ったんだけどな」

「きっと迷惑メールの箱に行っちゃったのね、ロブ。ねえ聴いて、電話したのは、ジョアンナの電話番号をどうしても知りたいからなの。あなたなら知ってるんじゃないかと思って」

「もちろん」彼は言った。「一年前の番号だけどね。変わっちゃいないと思うよ。なんでそれが必要なの？」

「彼女とどうしても話したいの。大事なことなのよ」曖昧《あいまい》な言いかただが、この真実だけで事足りるよう、ヘンは願った。

「いまさがしてやるからな」ロブは言った。その声はすでに遠くなっていた。たぶん画面をスクロールしているところなのだろう。「ああ、あった。言うよ」

彼は番号を読みあげ、ヘンはスケッチブックに鉛筆でそれを書き留めた。

「ありがとう、ロブ。あなたって最高」ヘンは言った。

「どういたしまして。でもわけがわからないな。なんで彼女と話したいんだよ？」

「彼女、一年前からロイドと寝ていたの。それで彼女サイドの話も聞きたいと思って」

ロブは笑った。それはむしろ鼻を鳴らすのに近い音だった。それから言った。「ほんとなのか？」

「そう、ほんとなの」

「ああ、くそ！」

「番号、ありがとうね」

ロブがジョアンナに電話を入れて警告するとは思えなかったが、念のため、彼女はスケッチブックに書き留めた番号にただちに電話した。二回の呼び出し音のあと、ジョアンナの声（ヘンの記憶より低い声）がためらいがちに言った。「もしもし？」

「ジョアンナ、ヘン・メイザーです……ロイドの妻の」

約二秒、間があった。ジョアンナはそっと電話を切ったのだ――ヘンがそう思うほどにその時間は長かった。だがそのとき、ふたたびジョアンナの声がした。「こんにちは、ヘン」

「ジョアンナ、ロイドが話したかどうか知らないけど、たぶん話したよね。わたしは何もかも知ってる。彼が何もかも話したの」そう言っているさなかにも、彼女にはこれが本当でないことがわかっていた。何もかも知っている者など、どこにもいない。

「ヘン、これだけ言わせて。ほんとにほんとにすみません。許してもらえるとは思わない。

わたしにそんな資格はないもの。でもわかってほしいの――」

「ジョアンナ、いいのよ。わたしが電話してるのは、あなたをどなりつけるためじゃない。わたしはただ……なんで電話してるのか、自分でもわからない。たぶん、わたしはロイドの話だけじゃなく、あなたサイドの話も聞きたいんだと思う」

「わかった」そう言うと、ジョアンナは大きく息を吸い、その音は電話越しにも聞き取れた。

「ロイドはいつ……ロイドはあなたになんて言ったの？」

「まだ彼と話してないの？」

「うーん……ちょっと話したけど。彼は言っていた。しばらく前からあなたに……このことを打ち明けようと思っていたって」

「本当は彼が打ち明けたわけじゃないの。わたしが事実に気づいて、彼はそのあとでそれを認めたのよ」

「ああ」

ヘンには、ジョアンナが最新情報をもらっていないことがわかった。彼女はなんとか状況をつかもうとし、何を言うべきで何を言ってはならないか、さぐろうとしているのだ。

「彼はあなたと話してないのね？」ヘンは訊ねた。

「もう切らないと」

「ジョアンナ、彼はわたしに、あなたたちふたりはもう終わったと言ったのよ。この前、一緒に過ごした週末に別れたって」

「彼がそう言ったの?」

「ええ」

腹立たしげなため息のような音が聞こえてきた。「ひとつ訊いてもいい、ヘン?」

「どうぞ」

「あなたたちふたりは、離婚について話し合っていた?」

「どういう意味? きのうきょうってこと? わたしがあなたとロイドのことを知ったから?」

「いいえ、もっと前から。この半年とか」

「わたしたちは家を買ったばかりなのよ。いいえ、離婚の話なんてしていない。彼があなたにそう言ったの?」

「まあ、そんなふうなことを――」

「わたしたちに離婚の意思があるというようなことを言ったわけ?」

「そうじゃないの?」なんとジョアンナは笑った。「彼はわたしに、自分たちはどっちも幸せじゃない、夫婦関係がうまくいっていない、家を買うのも結婚生活を立て直すためなんだって言ってたけど」

「どれもこれも真実にはほど遠いんだけど。まあ、彼の頭のなかでは、それが真実だったのかもね。でも、ふたりでそういう話をしたことは一度もない。彼は自分が幸せじゃないなんて一度もわたしに言ってないし。浮気のことは、わたしにとって衝撃以外の何ものでもなかったんだから」

ふたたび沈黙。それからジョアンナが言った。「ごめんね。そうと知っていたら——」

「もう謝らなくていい。あなたは……ロイドと一緒になるつもりなの？」

「具体的には何も考えていなかったけど、確かにわたしは、あなたとロイドは別れるものと思っていた。彼との関係もそれでなんとかなるだろうと思っていたの。なんなのよ、これ。わたしが大馬鹿だったってこと？」

「どうかな、あなたが大馬鹿だったなら、こっちもそうだったわけだけど」

「とはいえ、これはわたしのせいだわ。わたしが——」

「全部、ロイドのせいってことにしときましょうよ。了解？　ちなみに、わたしは彼をうちからたたきだすから。たったいま決めた。いちおういま言っておくね。彼は泊まるところをさがすだろうから」

「うちには泊めないよ」

「彼がどこに泊まろうと、わたしは気にしないから、ジョアンナ。わたしのためにそう言う必要はないのよ」

「わかった」ジョアンナは言った。

ふたたび沈黙が落ちた。ヘンはもう何も言うことが残っていないことに気づいた。「そろそろ切らないと。話をしてくれて、ありがとう」

「優しくなんかしないでよ。どなりつけられるか何かしたほうが、こっちは気が楽なんだから」

「じゃあ、話をしてくれて、ありがとう。それ以外のことに関しては、くたばれ」

「ありがとう、そのほうがいいわ。ほんとにごめんね」

ヘンは電話を切って、すわっていたクッション入りの椅子の肘掛《ひじか》けに携帯を置いた。すると、エネルギーがどっと湧いてくるのがわかった。その半分は怒り、もう半分は……別の何か——興奮だろうか。だが、それも正確な言葉ではない。それはむしろ期待感に似ていた。近何もかもが急激に変わりつつある。ロイドは彼女が思っていたような人間ではなかった。近いものですらなかったのだ。浮気ならまだわかる——人は完璧ではなく、過ちを犯すものだから。しかし平気で嘘をついていたとなると、それも、彼女だけでなく、ジョアンナにまで(急に敵ではなく被害者仲間のように見えてきたジョアンナにまで)となると、これはまったく別問題だ。ヘンは立ちあがって、左右の手を振り、これからどうしたものか思案した。小さな電線が皮膚のすぐ下で放電しているかのように、体はじんじんしている。ある面で、それは躁《そう》の時期を連想させた。だが、いまのこの状態は躁ではない。彼女のなかで起きている昂《たかぶ》りはすべて、実生活の出来事としっかり結びついている。

自分の真の望みは、とにかくうちに帰って、ロイドに荷造りをさせることだ。ヘンはそう判断したが、彼が彼女の身の危険を主張して抗《あらが》うことはわかっていた。こちらがどこかに――近くのホテルか、友人の家に（ケンブリッジ時代の彼らの隣人、ダーリーンなら確実に歓迎してくれるから）行くというのはどうだろうか。ロイドには行き先を告げなければいい。彼女はこの考えに興奮し、そうしようと決めた。それから、そのためには、まず家に帰って荷造りをしなくてはならないことに気づいた。衣類も詰めなくてはならないが、それより何より、彼女には薬が必要なのだ。家に帰るとなると、厄介なのはもちろん、ロイドへの対応だ。彼女はまず彼に電話して、これからちょっと荷物を取りに行くが、話はしたくないと言っておくことにした。彼の携帯は留守録につながった。ヘンはメッセージを残さなかった。家には（回線とＷｉ－Ｆｉの契約をしたとき、セットになっていたので）固定電話もある。そこで彼女は、携帯がロイドのそばにないだけだという小さな可能性に賭け、その番号にかけてみた。だが固定電話のほうも応答はなかった。

たぶん散歩に出たのね。ヘンはそう思い、考えた。家まで車を走らせ、荷物をまとめ、彼がもどる前にまた家を出ることはできるだろうか？　するとそのさなか、突然、工房の照明が落ち、部屋は暗闇に放り込まれた。

「ちょっと」ヘンは声をあげた。

遠くから虚《うつ》ろな声が「すみません」と答え、ふたたび明かりが点いた。地下の階の反対側に部屋を持つ水彩画家のユマなんとかがやって来て、ドアから顔をのぞかせた。

「すみません」彼女は言った。「声をかけたんだけど、聞こえなかった？　この階にいるのは、わたしだけかと思ったの」

「いいえ、ごめんなさい、聞こえなかった。気にしないで。ここはわたしが最後のひとり？」

「わたしが帰ったら、そうなるわね」

ヘンはユマに、自分も帰るところだから待っていて、とたのみかけた。だが結局、こう言った。「帰るとき、忘れずに明かりを消すようにしますね」

廊下を遠ざかっていくユマの足音に、ヘンは耳を傾けた。プレイヤーのCDが切り替わろうとしている。モーフィンのアルバムが始まった。彼女は、少し前に用意しかけた銅板に目をやった。束の間、ほんの少し仕事をしてみようかと思ったが、家に帰って荷造りをしたほうがいいことはわかっていた。ロイドとまたやりあうことになるだろうが、それも早く始めれば、早く終わる。仕事はあしたまた来て、すませればいい。

椅子の背もたれからデニムのジャケットをつかみ取り、スケッチブックをバッグに入れると、ヘンは部屋の明かりを消そうとした。とそのとき、廊下からまた足音が聞こえてきた。ユマがもどってきたのだろうか？　いや、この足音はもっと大きく、もっと重たい。スイッチに手をかけたまま、音がどこへ向かっているのか、ヘンは耳をすませた。もう少しで「もしもし」と呼びかけるところだったが、何かが彼女を思い留まらせた。足音はこの部屋へと向かっていた。

第三十六章

ローガン空港で、マイラは自動ドアから涼気のなかへと足を踏み出し、左手のタクシー待ちの列に向かった。彼女は束の間、ウェスト・ダートフォードまでタクシーで行くといくらかかるのだろうと思い、それからその考えを押しのけた。そんなことを気にしている場合ではない。結局、何事もなかったときは、彼女とマシューはクレジットカードの請求書を見て、笑うことができる。ウィチタへの出張のとき、マイラが恐怖に駆られ、帰宅を早めたことを思い出して、笑うことができるだろう。

そういうことにはまずならないし、あんたもそれを知っている。火のないところに煙は立たないのよ。

その日、マイラはホテルの部屋で朝早く目覚めた。カーテンを開けっぱなしにしていたため、彼女を迎えたのは、ピンクに縁取《ふちど》られた雲の浮かぶ、中西部の巨大な空だった。夜のあいだに、彼女は恐ろしい夢をいくつも見た。もっとも鮮明な夢では、彼女の家は焼け落ちていた。夢のなかで、マシューと彼女は焼け跡を見て回った。何もかもが消えており、残っているのは焼け焦げた死体ばかりだった。それらはくすぶる家のいたるところに隠されていた。ほとんどは男のもので、マイラの夢に頻繁《ひんぱん》に登場するジェイ・サラヴァンも、もちろんそこにいた。しかしいくつかは子供、小さな黒焦げの死体だった。それが自分の子供たち、マシューと彼女が授からなかった赤ん坊たちであることがマイラにはわかった。

ベッドに横たわったまま、窓を見つめていると、ひとつの言葉が繰り返し脳裏を通過していった——火のないところに煙は立たない。自分が何を言いたいのか、彼女にはわかっていた。すべて真実だ。夫は人を殺している。とにかく煙が多すぎる。昨夕、ふたりが電話でごく普通に思える会話をしていたときも、彼は胸の内を明かし、早く会いたいと言った。言葉自体はどうということはない。気になるのは、彼のあのしゃべりかただ。その声は子供っぽくて悲しげだった。彼のなかで何かが崩れだしている。マイラにはそれがわかった。彼女が抱いているのは、もはや疑いではない。恐れだった。

彼女は荷物をまとめ、早い時間にチェックアウトした。それから、支社のリンダにメールして、食中毒にやられたようだ、きょうは誰かを代わりにブースに立たせてもらえないだろうか、とたのみ、ボストン行きのつぎの便をつかまえるべくタクシーで空港に向かった。見つかったいちばん早い便でも、到着は午後の半ば（シャーロットで乗り換えが必要）だったが、ひとつ席が残っていたので、その席を取った。

自宅に向かうタクシーの車内で、マイラはマシューに電話したいという衝動と懸命に闘った。いま家に向かっているところだ、と彼に伝えたかったが、そもそも早く帰る目的は、彼の不意を突くこと、彼と対決することなのだ。自分のなかに疑いが芽生えていることを本人に告げ、告白のチャンスを与えること、あるいは、彼女が（あの隣人と同じく）不合理な妄想を抱いているのなら――火などどこにもないのなら、彼に釈明のチャンスを与えることだ。

タクシーはコンコードのロータリーのすぐ手前で渋滞につかまり、運転手の顎《あご》の垂れた赤ら顔の男は、まるで家に帰らなくてはならないのが自分であるかのように、小声でぶつぶつ文句を垂れた。

マイラは後部座席で窓を少し開けた。暑いからではなく、車内の空気が薄く感じられ、酸素が足りない気がしたからだ。運転手はなおもぶつくさ言っている。そんななかタクシーは停止と発進を繰り返しつつロータリーを通過し、その後、彼らはウエスト・ダートフォードへ向かう比較的空《す》いた道に入った。マイラは腕時計を確認した。普通ならマシューはもう学校から帰っているはずだ。彼は何をしているだろう？ マイラが家にいれば、彼女が夕食の支度をするあいだ、彼はアイパッドでその日のクロスワード・パズルを解《と》いている。あるいは、書斎でテストの答案の採点をしているかだ。

タクシーがシカモア・ストリートに入った。低い太陽が通りに長い影を落としている。マイラは運転手に家の場所を教え、すぐさまその私道にマシューの車がないことに気づいた。不安が高まったが、そこには安堵も混じっていた。クレジットカードに巨額の料金を課したあと、家の鍵をどこに入れたか思い出そうとしながら、彼女は玄関までスーツケースを転がしていった。だが鍵は必要なかった。玄関のドアはすぐに開いたのだ。彼女はなかに入り、車がないという事実にもかかわらず、マシューの名を呼んだ。返事はなかった。

ドアに鍵がかかっていなかったことに加え、家のなかでかすかな異臭がしたことで、すでに上昇していたマイラの心拍数がさらに上がった。彼女はドアを閉めて、「ただいま」と叫ぶと、リビングを通り抜けて、キッチンへと向かった。どうやら悪臭の発生源はそこらしい。キッチンはまあまあ普段どおりに見えた。ただ、御影石《みかげいし》のカウンターには、まるでそれがマイラの留守中、マシューが敢《あ》えて摂取した唯一のエネルギー源であるかのように、ジンジャーエールの空き缶がずらりと並んでいた。マイラはステンレスのシンクをのぞきこんだ。そこは空《から》っぽで乾いていたので、ゴミ容器が入っている戸棚を開けてみると、とたんに腐った食べ物の強烈なにおいが襲ってきた。ゴミのてっぺんには、リブアイステーキが載っていた。まだビニールに包まれたままで、赤い水滴がぽつぽつと付いている。マシューが冷凍庫から出しておいて、食べるのを忘れてしまい、その後、捨てたということだろうか？　だとしたら、まったく彼らしくない。マシューは食べ物を無駄にするのをひどく嫌う男なのだ。

つぎに彼女は、マシューの書斎に行った。ノックしようとして思い直し、ノブを回してすばやくなかに入ると、壁のスイッチを押して天井の明かりを点けた。最初、部屋は普段と同じに見えた。だが、ぐるりと見回すと、マシューの小物類の置き場所がすっかり変わっているのがわかった。以前、年代物のタイプライターがあったサイドテーブルには、いまはアールデコのグレイハウンドの彫像がある。タイプライターはデスクに移されていた。マシューが書斎の物の置き場所を変えるのは、別におかしなことではないが、彼は何か不安を感じているとき、そうする傾向があることをマイラは知っていた。そしてそのとき、彼女はコーデュロイのソファに目を留めた。誰かがそこで寝たのか、その赤いベルベットの枕は凹《へこ》んでいた。それに、床の上にはウールの毛布が丸まって落ちている。リチャードのことはもう何年も考えたことがなかったが、マイラはいま彼のことを考え、昨夜このソファで寝たのは彼なのだろうかと思った。彼女は書斎を出て、二階への階段をのぼっていった。自分たちの寝室に行き、ベッドに人の寝た形跡があるかどうか確かめたかったのだ。ベッドは整えられていたものの、誰かが寝たようには見えた。また、ぴっちりたくしこまれた四隅ときれいに並んだ枕から、それを整えたのがマシューであることもわかった。

突然、疲れを覚え、マイラはベッドの縁にすわった。それから携帯をチェックし、自分を気遣う一連のメールに目を通した。同僚たちがみな、食中毒のことを訊ねている。マイラは病気になったことがなく、仕事を休んだことなど一日もないのだ。それらのメールを無視して、彼女はマシューに連絡すべくアドレス帳を開いた。彼に早く帰ったことを告げ、話があると言おう。気がつくと彼女は、ダイヤル・ボタンの上で親指を留め、唯一知っているイスラム教の祈り、アヤト・アルクルシを唱えていた。この祈りを教えてくれたのは、晩年カリフォルニアでマイラの一家とともに暮らした祖母だった。その文句はもう何年も頭に浮かんだことがない――意味さえもうほとんどわからないが、いま彼女はそれを唱えており、暗唱というシンプルなその行為は体の緊張をいくらか和《やわ》らげてくれた。ふたたび目を開いたとき、彼女はクロゼットのドアが全開になっていることに気づいた。ドアが開いているからと言って不安を感じる必要はないのだが、それはめずらしいことだった。朝、ふたりが仕事に行く支度をしているとき以外、通常クロゼットのドアは閉まっている。彼女はクロゼットのなかに入って、両側の吊るされた衣類をなでていった。特に変わった様子はなかったが、マシューの側の上の棚を見あげたとき、靴箱のひとつが縁からはみ出しているのが目に留まった。彼がここに来て、何かさがしたのは明らかだ。つま先立ちになっても、マイラの手は棚の上の物はもちろん、棚自体にも届かなかった。するとすぐさま、裁縫部屋の木の椅子のことが頭に浮かんだ。彼女は寝室を出て、天井の傾斜するあの部屋のドアを開け、なかに入った。

椅子は窓の下にあった。そして途中まで部屋に入ったとき、初めてマイラは床に転がっている人間に気づいた。彼女は悲鳴をあげた――いや、むしろ、うわっという鋭い叫びのようなものを。その声を彼女はすぐに止めた。それはまちがいなく人間だった。斜めに横たえられていて、足は裁縫台の下に位置している。誰なのか知るすべはない。なぜならその体は、頭から足までダクトテープでぐるぐる巻きにされていたからだ。そのためそれは、銀色のミイラのように見えた。

震えながら、マイラはすばやく二歩、近づいて、一方の膝《ひざ》をつき、その体の胸にてのひらを当てた。それは男だった——体の大きさと平らな胸からそれだけは言える。体内の活動はなく、鼓動も感じられない。顔を近づけると、頭に巻かれたダクトテープの重なり合った部分から血がにじみ出ているのが見えた。**九一一番よ**。マイラは自分にそう命じ、ベッドの上の携帯のことを頭に浮かべた。だが彼女は、テープのなかに誰がいるのか、確かめずにはいられなかった。それがマシューなのかどうか、確かめずにはいられなかった。

指が、死人の顔の中央に貼りついたダクトテープのべたつく切れ目を見つけた。彼女はテープをはがしはじめた。

第三十七章

リチャード・ドラモアは酒店の駐車場に車を乗り入れた。午後ももう遅く、空気が鼻孔に冷たい。リチャードは駐車場を横切っていき、自動ドアを通り抜けた。郊外の移住者たちがいま流行《はや》りのジンの大瓶や〈マミーズ・ベストフレンド〉というようなワインのケースでカートを満杯にする、倉庫並みに広いこの店が、彼は大好きだ。ずっと昔、酒店になる以前、ここは映画館だった。ひとつの鑑賞室がにわか作りのボロい壁でふたつに分割されている、自主上映のちゃちな館。ティーンエイジャーのころ、リチャードは、よくここに来ていた——たいていはひとりで、ときにはデートの相手と。なんの映画を見ていても、静かな場面になると、隣室のスクリーンで何が進行しているかが聞こえてきたことを彼は覚えている。だがあの館は中身をくりぬかれてしまい、現在その場所は何列にも並ぶ色とりどりのボトルで埋め尽くされている。リチャードは通路をぶらつき、全部のラベルを見ていった。どのラベルも、商品が中身のアルコールよりちょっと高級になるようデザインされている。リチャードの親父は酒類のセールスマンで、たいていは大衆向けのブランド——〈ロマノフ〉というようなロシアっぽい名のウォッカや、〈オールド・スコッツマン〉とか〈ゴールド・ラッシュ〉といったウィスキーを、割引価格でレストラン・チェーンやホテルのバーに卸していた。この手のブランドはいまも存在し、常に最下段の棚に置かれている。この酒店で通路に立ち、棚の上から下まで目を走らせれば、そこには無数のボトルが並び、あらゆる層のお客（一本百ドルで樽《たる》熟成のラム酒を買うキザ野郎から、プラスチック製の一ガロン瓶のラム酒を飲むアル中の障害者手当受給者まで）を惹きつけようとしているのだ。

「連中はみんなおんなじなのさ」ポーター・ドラモアはよくリチャードに言っていた。「人間てのは馬鹿なもんだ。洒落《しゃれ》たボトルに安酒を入れてやりゃ、王様みたいな暮らしをしてる気になるんだよ」

リチャードはスコッチの棚に行った。彼と同年輩の女がひとり、未知の言語のメニューを読もうとしているような顔で、そこに並ぶボトルを見ていた。

「それはいい酒だよ」たったいま女が棚から取りあげたシングルモルトを顎で示して、リチャードは言った。

「そうなの？」彼女は言った。綺麗な女ではない。鼻はでかすぎるし、目は寄りすぎている。だがきちんと運動し、外見に気を配っているのは明らかだ。長い茶色の髪には金色のハイライトが入っている。身に着けたセーターはカボチャ色で、その襟《えり》ぐりは大きく開いていた。リチャードは、露出《ろしゅつ》している乳房の上部に目を走らせた。きれいに日焼けしている。乳首は**焦げ茶**だな、と彼は思った。

「超なめらかでね」彼は言った。「まるで絹みたいなんだ。そいつは自分が飲むやつ？　それとも……？」

女は彼がセーターを見おろしているのに気づいた。そしてリチャードは思った――この女はその事実を自分がどう受け止めているのか、まだ判断しかねているのだ。しかし彼女は唇《くちびる》を嚙んで言った。「新しくできた大切な友達に飲んでもらうの。彼はスコッチが大好きなんだけど、わたしはスコッチのことを何も知らないのよね」それから、別におもしろいことを言ったわけでもないのに、彼女は笑った。

「彼が好きなのは、ピート燻製《くんせい》のスコッチかな？」

女は顔をしかめた。「それがどういう意味かもわからないんだけど」

リチャードはピートとノンピートのちがいを説明し、その男がレストランでオーダーしたブランドをどれか思い出せないかと訊ねた。

「〈マッカラン〉だったかな」

「うん、〈マッカラン〉だ」リチャードはそう言って、いちばん上の棚から適当に一本、スコッチを取って、彼女に渡した。「これを持ってきな。きっと喜ぶから。〈マッカラン〉によく似ていて、それよりちょっと上等なんだ」

「ほんとに？」女は言った。

「確かさ」リチャードは言い、それから、胸の内で思った。こっちはそれを生業《なりわい》にできるくらいだ。お茶の子だよ。彼が女に渡したボトルは、すばらしく趣味のよい箱に入っている。そして彼には、女が感心しているのがわかった。

「わかった」彼女は言った。「買います」

「その新しい友達とうまくいかなかった場合は、俺が喜んでその代わりを務めるよ」

女は眉《まゆ》を寄せた。「あなた、既婚者でしょ」彼女は彼の手を見おろして言った。

「指輪はしてるけどな」彼は言った。「だからって既婚者ってことにはならない」

「普通なるから」女はそう言って、店の入口のほうへと向かった。

リチャードは「くそ女」とつぶやき、本人に聞こえただろうかと考えた。女の背中がぴくっと引き攣《つ》ったような気がした。

彼は下から二番目の棚から、自分用に〈J&B〉のボトルを一本、取った。それから二分待って、女に、あの高すぎる安酒を買い、悪いオオカミから逃れる猶予《ゆうよ》を与えた。会計に行ったときはもう少しで、タバコで口髭《くちひげ》が黄ばんだレジ係の爺さんに、前のお客に百ドルのボトルを一本買わせた手数料を払えと言いそうになったが、これはやめておいた。

車にもどると、グローブボックスにスコッチをしまった。必要なしと判断はしたものの、それがそこにあるとわかっているだけで心強かった。

酒店を出たあと、彼はミドルトンの町を抜けてダートフォードに向かい、ブラックベリー・レーンまでサドベリー・ロードを走っていった。警察がいるんじゃないかと恐れ、自宅のあるその道はそのまま素通りしかけたが、結局、危険を冒すことにした。もし怪しげな車両が駐まっていたら、よその家の私道に入り、方向転換して立ち去ろう。もし連中がまだ来ていなかったら、そのときはずっと昔にやるべきだったことをやるチャンスがつかめるわけだ。彼はブラックベリー・レーンに入った。一軒の家（飾り柱の立つ巨大な新築のやつ）をのぞけば、第二次大戦後の十年間に建てられた、アメリカの平均的家族向けの味気ない四角い家ばかりが並ぶ通り。その先は、四軒の家に囲まれた袋小路になっており、なかの一軒がリチャードの子供時代の住まいだ。現在、それは彼のものになっている。まあ、厳密に言えば、税金を払っているマシューのものだが。半分が煉瓦《れんが》、半分が白い羽目板のその家は、白松の木立の背後の奥まった場所に立っている。前庭は茶色い松葉に厚く覆われ、私道のアスファルトはあちこちひび割れて、雑草だらけだ。家そのものは、少なくとも外見上は、まだきちんとして見える。ただ、樹脂製の白い外壁は苔《こけ》色に変色しはじめていた。くそいまいましい家――これが初めてではないが、リチャードはそう思った。彼は道の果ての円形部をぐるりと回り、サドベリー・ロードに鼻先を向けて車を駐めた。車を降りる前に、例のボトルから少しだけスコッチを飲んだ。

玄関からなかに入ると、いつものように叫んだ。「おーい、母さん、おーい、父さん、ただいま」この滑稽《こっけい》さに、彼は笑ってしまった。自分の挨拶にいつか返事が返ってくるんじゃないか、と常にびくついていながらも。だが返事があったことはないし、この家に彼が入るのは今回が最後だ。彼は二階に上がった。階段のてっぺんに至ると、空気が変わった。それは淀《よど》んでおり、カビ臭かったが、そこにかすかに、まちがいようのない何かの死骸《しがい》のにおい、甘ったるい異臭が交じっている。たぶんどこかの壁のなかにリスの死骸があるんだろう。彼は自分にそう言い聞かせた。二階にはあまり長居したくない――そこにいると、腐敗臭のせいだけでなく、むかついたが、親たちの昔の寝室から親父のスーツケースのひとつをどうしても取ってきたかった。彼は寝室のドアを足で開けた。カーテンが閉じているため、室内はほの暗かった。なかに入っていくと、何かが床板の上をバタバタ逃げていく音がした。それを無視して、携帯を取り出し、彼はそのライトを使ってクロゼットまで進んだ。ドアは最初から開いており、奥のほうに大きな格子縞《こうしじま》のスーツケースが押し込まれているのが見えた。彼は革の持ち手をつかんで、スーツケースを引き出し、なかが空っぽなのを見てほっとしながら、ベッドの上に載せた。室内の空気はいま、かき乱された埃《ほこり》とともに渦を巻いている。リチャードは喉の奥に苦みさえ感じた。この部屋には彼のほしいものがふたつある——母方の祖父母（羽根飾りが付いたフエルト帽をかぶる背の低い陰気な男と、口もとに哀しげな笑みを浮かべた家庭着姿の女）のフレーム入りの写真、そして、親父の古い札入れだ。そのありかを、彼は正確に知っていた。整理簞笥《だんす》のいちばん上の引き出し。そして札入れには、二ドル札が一枚、親父の運転免許証、アメリカ自動車協会の会員証、名刺が数枚、入っている。それと、折りたたまれた雑誌の切り抜き、ビーチにいるボー・デレク（アメリカの女優）が。

　リチャードは札入れと写真を取り出して、両方ともスーツケースに入れ、もとどおりジッパーを閉めた。部屋を出る前に、彼は最後にもう一度、室内を見回した。なんといっても、そこは彼が母親の遺体を発見した部屋なのだ。シェニール織りのベッドカバーに覆われたその輪郭を見たとたん、彼には母が死んでいるのがわかった。彼女は、自分が死ぬことを悟って穴に逃げ込んだ動物よろしく、ぎゅっと体を丸めていた。それでも彼は、ベッドカバーをめくりあげて、じっくりと母を見た。母の黄ばんだナイトガウンはウエストのまわりで層になっており、頭の周辺には乾いた嘔吐《おうと》物《ぶつ》があった。一方の手にはウォッカのボトル（彼の記憶にまちがいがなければ、〈スミノフ〉が握られ、ベッドサイドのテーブルには空っぽの薬瓶が載っていた。もう一方の手は顔にあてがわれており、近づいてよく見たとき、リチャードは母が死ぬとき親指をしゃぶっていたことを知った。

階下にもどると、彼は自分がほしいその他の品物をいくつかスーツケースに入れた。大したものではない。ほとんどはフレーム入りの写真だ。それと、代々受け継がれてきた父の聖書、母がテレビ通販で買った〈ギンス〉のナイフのセット、食糧庫のはずれた床板の下に隠してあったガラスの広口瓶。リチャードがそれを見つけたのは、ほんの数年前だ。瓶のなかには現金が千ドルほど入っていた。

スーツケースがいっぱいになったところで、リチャードは再度、携帯のライトを使って地下室に行き、彼が覚えているかぎりずっとそこにあったガソリンの一ガロン缶をふた缶、取ってきた。最初のひと缶は、カーテンと、二階への階段の中央に敷いてある長いカーペットに使った。予想より早くそれが空になってしまったので、つぎの缶のときはもっと用心して、一階のあちこちに少しずつ撒《ま》き、中身の大半は父のリクライニング・チェアのために取っておいた。彼はまず、その椅子を壁のほうに押しやり、家の表側の窓に掛かる分厚いベルベットのカーテンにそれが触れるようにした。椅子の張地は座面でふたつに裂けており、ぼろぼろの黄色いスタイロフォームがそこからのぞいている。彼はその詰め物を残りのガソリンでびしょびしょにした。ガソリン臭がつんと鼻と喉を刺し、目に涙を湧きあがらせた。

彼のポケットには、居酒屋〈アウルズ・ヘッド〉のマッチがあった。彼はその一本を擦《す》って、びしょ濡れのクッションの上に落とした。それはしばらく、弱々しく炎を明滅させながら、ただそこに載っていた。それから、ボッと大きな音がして、クッションが燃え上がった。彼はスーツケースをつかんで玄関から外に出た。特に急ぐこともなく車へと引き返したが、そのさなか、いちばん近い家の窓のひとつに動きを認めた。たぶん、ミセス・マクドナルドが彼の動きを逐一見張っているのだ。もしかすると、彼はツキに恵まれるかもしれない。火は夫人の家にまで燃え広がるかも。

運転しだして十分が過ぎたとき、リチャードはハンドルを握っているのがひどくむずかしいことに気づいた。リラックスしろ。彼は自分に命じた。事態は動きだしている。あとはただ成り行きに任せりゃいいんだ。

ヘンリエッタ・メイザーの家に彼女の車が駐まっているかどうか知りたくて、彼はシカモア・ストリートを走っていった。車はなかったので、彼はそのまま走りつづけた。窓は少し開けてあった。サイレンのかすかな音が聞こえないかと思ったからだが、ここはダートフォードの反対側なので、たぶんその音を聞くには遠すぎる。もしかすると、あの家は焼けなかったかもしれない。炎はただパチパチ爆《は》ぜて消えてしまい、本格的に燃え上がりはしなかったかも。だがリチャードにはそうは思えなかった。彼はぐるりと車を進めて、シチュエイト川の近くに出た。すると、サイレンのかすかな音が確かに聞こえた。もちろん、なんのサイレンであってもおかしくない。だが、彼の子供時代の家が焼け落ちようとしている可能性もまたあるのだ。彼は窓を全開にした。空気は煙のにおいを帯びていたが、それは煙突の煙の甘く快い香り、爽やかな秋の午後によく漂う香りだった。

彼は〈黒煉瓦工房〉までの短い距離を運転していった。ヘンリエッタがいつもどこに車を駐めるかはわかっている。地下の階の入口近くだ。彼は一ブロック離れた脇道に車を置いて、その駐車場まで徒歩で坂を下っていった。グレイのゴルフは、もう一台の車、ライトブルーのプリウスと並んでそこに駐めてあった。建物裏のこの駐車場は、片側が高い土手、反対側が川に向かって下っていく土手になっている。黄葉《こうよう》しつつある柳の巨木が、冷たい風のなかでざわざわと音を立てた。さりげなさを装い、リチャードはその柳の木と工房の施錠された裏口との中間あたりに立っていた。つぎに起こることは、おそらく以下のふたつのうちどちらかだ。ヘンリエッタがこのドアから出てくる。そしてそこには彼が待っている。または、プリウスの持ち主が現れる。その場合は（そうなるよう彼は願っているのだが）、彼は目的ありげにドアへと向かう。うまくすれば、その人物が彼を通してくれるだろう。

雲が湧く空のもと、彼は約三十分そうしていた。それからようやく、金属ドアのノブが回るのが見えた。彼は携帯を手に、足早にドアに向かって歩きだし、白髪交じりのショートヘアの女が出てくると、その動きを注視した。

「ああっ、ちょっと」近づいていきながら、リチャードは言った。「ドアを押さえててもらえませんか？」

女の目に疑いが浮かぶのがわかった。しかし彼にたのまれたがために、彼女はドアを押さえた。「ヘンのところに行くんです」彼は言い、携帯を掲げてみせた。「あそこでも携帯は使えます?」

「いいえ、だめですね」女は言った。

リチャードは礼を言って彼女のそばをすり抜け、ドアは彼の背後で閉まった。彼はしばらくほの暗い廊下に立って、鼻から深く呼吸していた。あたりには絵の具とテレビン油のにおいがした。それに、いま彼をなかに入れた女が残していったパチョリの香りもかすかに。たったいま自分のしたことを、あの女はいつまで悔やむことになるんだろうか? たぶん残る生涯ずっとだ、と彼は思った。

リチャードは歩きだした。ヘンリエッタの部屋に向かって、足音を忍ばせようともせずに。ここに自分がいることがわかろうがわかるまいがどうでもいい。彼らはふたりきりであり、その状況は彼女には変えようがないのだ。角を曲がると、ヘンの部屋のドアの下から流れ出る明かりが見え、つづいてドアの開く音がした。彼女があの美しい顔をのぞかせ、こちらを見た。彼は歩きつづけた。

「こんにちは、マシュー」やや自信なげな声で、彼女が言った。

「俺はマシュージャない」リチャードは言った。

第三十八章

　ヘンは逃げようとした。しかし何かが彼女を踏み留まらせた。逃げたら、殺される。心の声がそう告げている。だから彼女は廊下に出て、たったいま、自分はマシューではないと言った男と向き合った。

　だが、それは確かにマシューだった。ただ、なんとなく感じがちがう。たぶん目の表情だ。それに歩きかた。頭の角度も。

「あなたは誰なの？」

「リチャードだ」男は言った。「俺たちは正式にはまだ会ったことがない」

「ええ、そうね」全身が冷たくなった。それでも脳は平静にカチカチと動き、状況を見極めようとしている。「マシューはどこなの？」

「マシュー？　知るかよ。どうだっていいだろ」

　男が一歩、前に踏み出してくる。廊下の吊りランプの光によって、その顔が完全に照らし出された。リチャードはマシューの双子の兄弟なのかも。そう思ったとき、ヘンは男の口の下の傷跡、ちょっとハリソン・フォードを思わせるやつに気づいた。そして彼女は悟った。

リチャードという名の弟など存在しない。いるのはマシューだけであり、彼はヘンが思っていたよりもずっと病んでいるのだ。彼女はふたたび逃げることを考えた。だがそれと同時に、肩幅が広く、大きな手を持つマシューにどれほどの力があるかをほぼ初めて意識した。一階につづく金属の階段をめざして建物の反対側に走るという手もあるが、いまマシューは彼女からわずか二フィートのところにいるのだ。

「あんたの工房が見たいんだ」彼は言った。「あの気色悪い絵を制作してる部屋をさ」

彼が手櫛《てぐし》で髪をかきあげると、ここ数日、洗っていなかったのか、髪は突っ立ったままになった。彼はいま、すぐそばにおり、ヘンにはその息が酒臭いのもわかった。

「実はもう帰らなきゃならないの」そう言いながら、彼女は考えていた。もしかすると彼は、そのまま自分を行かせるのではないだろうか？　すばやく、無頓着に、通り過ぎれば？　だが歩きはじめたとたん、彼の手がさっと伸びてきて、首をつかんだ。親指と人差し指が首を強く締めつけてくる。ヘンは足を蹴《け》り出した。股間に当たればと思ったのだが、この蹴りがとらえたのは脛《すね》だった。彼の顔が引き攣った。その唇が開いたが、歯は食いしばられている。なおも首をつかんだまま、彼はヘンを部屋のなかに押しもどし、それから強く突き飛ばした。彼女はうしろ向きに吹っ飛んで、背中から着地し、コンクリートの床の上を少しすべった。鋭い痛みが背骨を走った。

ヘンはずるずるとうしろにさがって、椅子に寄りかかった。マシューはそこにあるものひとつひとつに目を留めながら、室内を見回している。

「どうぞ、見て回って」ヘンは言った。

「先に俺とやりたいんじゃないか?」満面に笑みをたたえ、目を泳がせながら、マシューは言った。

「わたしたち、いま会ったばかりでしょう、リチャード。なぜわたしがあなたとやるなんて思うの?」特に何も考えずに、ヘンは言った。マシューの目が彼女を見おろす。彼はおもしろがり、興味を持っているようだった。それを見て、彼女は悟った。自分は適切なことを言ったのだ。彼をリチャードだと思っているふりをすれば――彼に話を合わせれば、たぶん時間を稼げるだろう。そして、もし時間を稼げれば、たぶん彼から逃れるチャンスもあるだろう。

「しかしな、あんたはマシューとやりたいんだろう?」彼は言った。

「ところがちがうの。マシューとわたしはそういう関係じゃないから。それに、ふたりとも結婚しているし」

「なんなら椅子にすわってもいいぞ。床の上でそうしてると、みじめったらしくていけない」

ヘンは椅子のなかへと体をずりあげ、クッションの上に落ち着いた。自分は何度、この椅子でくつろぎ、絵のことを考え、お茶を飲んできたことだろう。いままた、彼女はここにすわっている。そしてそれは、この世でする最後のことになるかもしれない。

「ロイドとマイラと、か」マシューが突然、言った。ヘンは戸惑い、それから気づいた。彼は、マシューも自分も結婚しているという彼女の言葉に応えているのだ。

「そう、ロイドとマイラと」

マシューは両手を広げてみせ、いい気な笑いを浮かべた。「しかしなあ……」

「何?」

「ロイドには俺はあんまり感心しないんだよ」

「でもリチャードは彼に会ったことがないのよ」そう言ったとたん、ヘンはそれがまちがいだったことに気づいた。マシューは顔をしかめ、その目の愉快そうな色が、瞬《まばた》きひとつで、抑えた怒りへと変わった。反論しちゃいけない。ヘンは自分に言い聞かせた。彼の理屈に反論しないで。なんでも彼が話したいことを話させるの。そしてもし彼がわたしから充分に離れたら……

「旦那のことはマシューがすっかり話してくれた。兄貴はいまでも俺にいろいろ話すんだよ。そりゃあヤバいんじゃないかと思ってるくせにな」

「マシューはロイドについてどんなことを話したの?」

「いま、あんたが知ってること以外なんにも話しちゃいないさ。ロイドはいつも入れちゃいけないとこにちんちんを突っ込んできた。近ごろじゃ難なくやれることだもんな。昔は女がほしきゃ売春宿に行くしかなかった。いまじゃどこでだって手に入る」マシューはじっとヘンを見つめている。たぶん自分の言葉に彼女がショックを受けるかどうか確かめようとしているのだ。

「あなたはどこに行くの?」

「どこに行くって?」

「女がほしいとき、あなたはどこに行くの、リチャード?」彼と視線を合わせたまま、ヘンは訊ねた。マシューはわずかにびくりとした。「売春宿に行くの?」

「俺の親父は売春宿に行ってたよ。店のことをすっかり話してくれたしな。だがさっき俺が言ったとおり、いまじゃ街を歩いてる女ども全員にその気があるわけさ」

この人はいらついてる。ヘンはそう思い、この方向で会話を進めてよいものかどうか見極めようとした。反論されると、彼は自信を削《そ》がれる。それはわかるのだが、彼の自信を削ぐのがよいことなのかどうか、確信が持てなかった。やりすぎたくはない。だが彼女は、本人にとって興味のあるテーマで彼をしゃべらせておきたかった。彼女の本当の望みは(危険なのはわかっているが)本物のマシューに訴えかけること、彼を呼び出すことだ。それができれば、危機は去る——少なくとも一時的には。彼は弟のリチャードのふりをしているのか? それとも本当に人格が分裂しているのだろうか? もしこの男をマシューにもどすことができれば、自分は彼を説得し、どんなものにせよ、その計画を止められるだろう——ヘンはそう思った。逆に、もし彼が現在の人格のままでいつづけるなら、そのときは隙を見て外に飛び出し、すばやくドアを閉め、マシューを室内に閉じ込めればいい。この地下の階には全室共通の特徴がある——室内室外のどちらからでもドアのロックの開け閉めには鍵が必要なのだ。そしてヘンの鍵（それ一本しかない鍵）は、彼女の上着のポケットに入っている。

「あなたがそんなにマシューとちがうのは、どういうわけなの？」ヘンは言った。「わたしもずいぶんあの人のことがわかってきた。彼はジェントルマンよね」

大きな笑みがマシューの顔に広がった。ヘンには彼の歯茎まで見えた。「あいつは人を殺してるんだぞ」

「それは知ってる。本人から聞いたから。でも彼は、女性には絶対に手を出さないとも言っていた。やっつけるのは男だけだって。だからわたしは、彼をジェントルマンだと言ったの」

「あいつは母さん子だったからな」マシューは言い、何か思い出しているように天井に目を向けた。

ヘンはドアにダッシュしようかと思った。だが、マシューはすぐさま彼女のほうに視線をもどした。彼は武器を持っているのだろうか——ヘンは考えた。いや、持っていようといまいと、大差はない。自分の首をつかむ彼の手の力を彼女は思い出した。あれなら一度、ぎゅっと握っただけで喉をつぶせただろう。

「でも、あなたはちがった？」

「お袋は町じゅうの男と寝ていた。教会で牧師とやってるって話もあったよ。お袋と親父を結婚させたその同じ牧師とだ」

「もしそれが本当なら、なぜマシューはお母さん子なの？　そういうことは彼も全部、知ってたはずでしょう？」

マシューは首を振った。それから、二台あるヘンの印刷機の大きいほうに目を向け、そちらに一歩踏み出して、その金属の縁に寄りかかった。これで、外に逃げることにした場合、ヘンがドアにたどり着く見込みはわずかながら大きくなった。「マシューは全部知ってたさ。だがあいつは、親父がそうさせたんだと言うんだ。淫売と呼ばれて、淫売みたいに扱われるなら、それらしく振舞ったほうがいい――お袋はそう思ったんだとよ」

「あなたのお父さんはお母さんを淫売と呼んでたの？」

「お袋の正体を知ってたからな。親父は女ってものの正体を知ってたんだよ」

「お父さんは女性を殺していたの？」ヘンは訊ねた。

しばらくのあいだ、マシューは考え込んでいた。「親父の話はもういいんじゃないか」

「わかった」ヘンは答えた。「ちょっと興味があったの。ただそれだけ」

「あんたはただ、俺をしゃべらせときたいだけだろ。こっちより速く走れるかどうか、判断するための時間稼ぎに」

ヘンは強《し》いて笑みを浮かべた。「それもちょっとはある」彼女は言った。「ちょっとどころじゃないか。わたしはあなたが怖いのよ、リチャード。もちろんわかってるだろうけど。でも、興味もそそられてる。あなたはお兄さんとまるでちがうんだもの。あなたたちは同じ家で同じ両親に育てられたわけでしょう？　だから、それがなぜなのか知りたいの。

「俺たちはそんなにちがわんよ」彼は言った。「マシューは高潔で立派な男のふりをしてるが、根っこの部分じゃ、自分は親父そっくりだってわかってるさ。あいつも悪い考えを抱くもんな。たぶんあんたに対しても悪い考えを抱いてたんじゃないかね」

「でも実行はしていない」

マシューは目を瞬《しばたた》き、唇を引き結んだ。「そう、女には実行しない。やつはそれはやらないな。だがやっぱり人は殺してる。しかも大いに楽しんでるんだ。やつは楽しんじゃいないと言うだろう。血は嫌いだと言うだろうよ。ただ、特定の人間、親父みたいな連中、他人を傷つけるやつらを排除したいだけだってな。だがそれは本当じゃない。親父を殺したとき、あいつは味を占めたのさ。で、それを繰り返すようになったわけだ」

「あなたはどうなの？　実行はしない？」

「そう、しなかった。何年も何年も、ずっとしなかったよ。お楽しみは全部、マシューが独り占め。俺のほうはときたま空想するくらいのもんだ。俺が逃してるのがどういうものなのか、やつは教えてもくれない。話もしてくれないんだからな。やつは完璧なふりをしてた。だが俺はやつのお遊びを知ってたよ。マシューはうっかりして、同僚の教師のミシェルのことを俺に話した。その女に助言してやったことや、向こうがやつに惚《ほ》れてることをな。そのミシェルのお相手がむかつく野郎だと知ったとたん、俺にはわかった。マシューがまた動きだそうとしてるのがわかったよ。で、やつがスコット・ドイルを殺したあと、俺はミシェルを訪問した。いやあ、俺を見たときのあの女の喜びようときたら……なんとも言えんね。最初、彼女は俺をマシューだと思ったわけだよ。あんたとおんなじだな。だがあの女はリチャードを気に入らなかった。ぜんぜん俺を気に入らなかったんだ」

「女性に危害を加えたのはそのときが初めてだったの？」ヘンは訊ねた。

「まあな」マシューは彼女にほほえみかけた。だが、それは偽りの笑いだとヘンは思った。彼の顔の他の部分は暗く不安げだった。

「あなたがそういうことを好きだとは思えない」そう言いながら、ヘンは身構えた。いま彼女は、必要とあればドアまでたどり着けると思っている。確信が持てないのは、マシューのあの大きな手につかまる前に、ドアを開け、その向こうに出られるかどうかだ。

「好きじゃないさ。大好きなんだ」

「嘘でしょう、リチャード。心のどこかで、あなたは自分のしたことにひどく動揺してるんじゃない？」

「親父も血が大好きだったよ」マシューは言った。

「でもマシューは血が嫌いだわ」ヘンは言った。

「マシューが血を嫌うのは、お袋が親父にやられて血を流すのを見たせいでね、やつはそのことを頭から締め出せないんだ。お袋はただそこにすわって、鼻血を流してた。血を止めるための手は何ひとつ打たなかったよ。テーブルにはナプキンがあった。なのにそれを取ろうともせず、ただすわってたんだ。嘘みたいだろ？　我が子の目の前でそんなことをするなんて。子供にそんな姿を見せるなんてなあ」

「でもお母さんが出血したのは、お父さんにやられたからなんでしょう？」

「自業自得さ」

「ミシェルはどうなの？　彼女の場合も自業自得？」

マシューは手櫛で髪を掻《か》きあげた。「あの女は結婚してる男に電話して、自分の部屋にひとりで来るように誘ったんだ。男のかみさんが留守だと知ったうえで、そうしたんだぞ。そりゃあいったいどういう女なんだ？」

「もしかすると、ただ誰か話し相手がほしかっただけかも」

「そんなことはありえない。あの女はマシューとふたりになりたかったんだ。やつのペニスをしゃぶれるようにな」

「それはちがうと思う」ヘンは言った。「わたしはマシューの友達だし、マシューはわたしの友達だけどね。セックスはそのこととはなんの関係もないもの」

「嘘つけ。やつはあんたを思い浮かべていろいろと卑猥《ひわい》なことを考えてるよ。あんたもきっと、やつを思い浮かべて卑猥なことを考えてるんだろうしな」

「考えてないわよ、リチャード。まったく考えてない。わたしは嘘をついたりしない。あなたには包み隠さず本当のことを全部話す——約束するから。たぶんミシェルも同じだったのよ。彼女は友達がほしかっただけなんでしょう」

マシューは首を振った。

「マシューはどう思っていたの？」ヘンは訊ねた。

「どうって何を？」

「マシューはミシェルのことをどう思っていたの？　彼もやっぱり、彼女は死んで当然だと思っていた？」ヘンは両脚を少し引き寄せ、足指の付け根のあたりをぐっと床に押しつけた。

「やつはあの女の正体を知ってたよ」

「でも、わたしは彼がどう思っていたかを知りたいの。それを教えてくれない、リチャード？　マシューと話をさせてくれない？　少しだけでいいから」ヘンはさらに強く足を床に押しつけた。

「だめだ」

「どうして？　別に長く話さなくてもいい。でもわたしは彼と話したいの。彼に言いたいことがあるのよ」

「やつに何を言わなきゃならないんだよ？」マシューは訊ねた。

「この前、彼と話したとき、ふたりでフロントポーチにいたときに、彼は殺すのはもうやめたいと言った。もう終わりにすると言ったの。わたしは、あれが本気だったのかどうか知りたいのよ。彼が本心を言っていたのかどうかを」

「本心じゃないさ」

「でも彼の口からそれを聞きたいの。あなたからじゃなくて」

「やつはここにはいないよ」マシューは言った。そして、まるで嘔吐をこらえているかのように、顎を胸に押しつけ、ごくりと唾をのんだ。

「彼がそこに――どこかにいるのはわかってる」ヘンは言った。「彼と話をさせて。ほんのしばらくでいい。わたしのお願いはそれだけよ」

「何をする気かわかってるぞ」マシューは言った。

「わたしは何をする気なの？」

「マシューと話をすりゃあ、うまいこと言いくるめて逃げられると思ってるんだろ？　たぶん、やつがあのドアからあんたを出してやると思ってるんだろうな。そのあと、あんたは警察に行って何もかも話すわけだ」

ヘンは少し間《ま》を取って、なんと言うのが最善なのか見極めようとした。正直でいることとよ。彼女は自分に言い聞かせた。それが功を奏してる。正直でいつづけるの。

「そのとおり。わたしは警察に何もかも話すつもりよ」彼女は言った。「それに、ここから出ていきたいというのも本当だし。わたしは死にたくない。まだいやなの。だけど、あなたやマシューを傷つける気はないのよ。わたしはただこう思ってるだけ——あなたたちはふたりとも、心の底では自分のしていることをやめたがっている。ふたりともそれがまちがいなのはわかっているし、もう終わりなのもわかっている」

「マシューは腰抜けだからな。たぶん、やつならあんたを逃がしてやるだろうよ」

「それは彼が強いということなのよ」ヘンは言った。「あなたも強い人だった。何年ものあいだ、あなたはあなたのお父さんのように悪いことをしたいと思っていた。でもそうはしなかったんだもの」

「それも全部、変わったんだよ。俺はもう変わったんだ」

「だからって、もとにもどれないわけじゃないでしょ。まだ遅くない」

「俺は刑務所行きだ」

「刑務所に行くか、病院に行くかよ。どちらにせよ、誰かがあなたを助けてくれる」

「助けが必要なのはマシューのほうだよ。俺じゃない」

何も考えず、ヘンは声を張りあげた。「マシューと話をさせて。いますぐに！」

マシューは激しく瞬きし、またしても顎を胸に押しつけた。その目に涙が湧きあがった。

「どうも、ヘン」ややあって彼は言った。静かな声だ。

「マシュー？」

「ええ」

「たったいま弟さんに会ったわ。あなたとはずいぶんちがっていた」

「本人のせいじゃない。わたしたちの育った環境のせいですよ。あいつは父親を崇拝していた。それであんなふうに捻《ね》じ曲がってしまったんです」

「わたしたちの話、すっかり聞こえてた?」ヘンは訊ねた。

「いや」マシューは言った。「あいつはあなたに危害を加える気だったんだろうか?」

「だと思う。怖かった」

「わたしも弟が怖い。でももう、あいつはいません」

ヘンは少し緊張を解いた。するととたんに、体が物理的に恐怖に反応していることがわかった。呼吸は速く、四肢全体がひどく重たくなっている。「じゃあ、ここを出ましょう。警察に行きましょうよ――それがあなたの望みなら」彼女の声はいま震えていた。

「あなたはどうする気だったのかな?」マシューが訊ねた。「リチャードからどうやって逃げる気でした?」

「一か八かドアから外に飛び出して、鍵をかけようと思っていたの」

「うまくすれば、あいつを閉じ込められたわけですね」

「ええ。そのドアは外からもなかからも鍵がなければ開かないから」

「では、わたしを閉じ込めて」マシューは言った。

「え?」

「わたしをここに閉じ込めてほしいんです。自首したいんですよ」

「本当にいいの？」

「お願いだから、そうしてください。わたしの気が変わらないうちに」

ヘンは椅子から立ちあがった。いまや脚も震えていた。「わかった」彼女は言った。

「長いこと、わたしをここに放置しないでくださいよ」彼は言った。「すぐに誰かを寄越してくれますね？」

「ええ、すぐに」

ヘンは歩いていってドアを開けた。振り返ってみると、マシューは床にすわって、印刷機の脚のひとつにつかまっていた。

「ロイドには気の毒なことをしました」彼は言った。「わたしの家にいたものだから」

「どういうこと？」

「きょうの午後、家に帰ると、彼がうちに隠れていたんです。うちの二階に。たぶん、何かわたしの犯行の証拠になるものをさがしていたんでしょう。あのフェンシングのトロフィーをさがしていたのかもしれない」

「あの人は死んだの、マシュー？」

彼は鼻からグスッと息を吸い込んだ。「本当にすみません。でもうちにいたものだから」

ヘンは部屋を出てドアに鍵をかけた。そして出口をめざし、地下の廊下を走っていった。

第三十九章

つぎの四十五分間の大半を、マシューはヘンの版画を見て過ごした。他人《ひと》のテリトリーを侵害していると思うと気が咎《とが》めたが、彼女の作品が彼は本当に好きなのだ。

部屋の一隅《いちぐう》には、引き出しが三つ付いた金属製の古いキャビネットがあった。その上には長い首を自在に曲げられる卓上ランプが載っており、それぞれの引き出しにはヘンが制作した版画がどっさり入っていた。彼はランプを点けて、その版画を一枚一枚見ていった。それらの作品は分類して整理してあるわけではなさそうだが、いちばん下の引き出しの版画は、比較的古いもののようだった。そこに描かれている絵はとりわけ不気味であり、どう見ても子供の本のために描かれたものではない。しかし、どれもみなキャプションは付いていた――不可解なのや、ユーモラスなのが。マシューがいちばん長いこと見ていた版画は、よくある足くくり罠に捕らえられたキツネの絵だ。痛みに顔を歪《ゆが》めたそのキツネは、みすぼらしいスーツを着ており、ネクタイも曲がっている。そして彼のまわりには、ぐるりと輪を描き、これもまた擬人化されたキツネたちが立っていた。その服装は、ドレス、スーツ、子供服、肉屋の上っ張り、とさまざまだ。彼らはただ目を大きくし、恐れをなして眺めている。キャプションはこうだった――「村の他のキツネたちはその定めを見守った」

マシューは絵のキツネ一匹一匹に人差し指で触れながら言った。「キツネ顔、キツネ顔、キツネ顔、キツネ顔、キツネ顔、キツネ顔」それから彼は笑った。ヘンの工房でひとり過ごすこの何分かが、自分の人生において最後のプライベートなひとときとなるのだろうか？すべてが終わったのだと思うと、悲しみが波のように襲ってきた。だが、そこにはまた安堵感もあった。リチャードがミシェルにしたこと、ヘンにしようとしたことが生涯、頭から離れないことはわかっている。そして警察が（連中のブタ顔をぶら下げて、と彼は思い、また笑いそうになった）つかまえに来たら、彼は必ずリチャードも連れていくつもりだった。なんと言っても、彼らは兄弟なのだ。どんなときもそうだったように、この苦難のさなかもふたりは一緒だ。

第四十章

九一一番に電話して、マシューの住所を知らせ、夫がそこにいるらしい、どうも怪我をしているようだ、と伝えたあと、ヘンは車に乗り込んで、マーティネス刑事の電話番号を見つけ出した。

「いまどこです？」電話に出るなり、刑事は言った。

「工房ですけど。どうして？　刑事さんはどこにいるんです？」

「お宅の近くです」

ヘンは車のエンジンをかけた。「いますぐマシュー・ドラモアの家に行ってください」彼女は言った。「ロイドがあの家にいるんです。おそらく怪我していると思います」

「もう警察が行っていますよ」

「どういうこと？」

「マシューの家で何かあったようです。いま、その確認に行くところなんですよ。すぐにまたこちらから――」

「切らないで。マシュー・ドラモアがわたしの工房にいます」

「え？」

ヘンは通話をスピーカーに切り替え、〈黒煉瓦工房〉の駐車場からバックで車を出した。

「工房にわたしを訪ねてきたんです。すべてを告白したいと言っていますよ。わたしは彼を部屋に閉じ込めました。いま彼はそこにいます」ヘンは突然、心を決めた。人格の分裂のことを刑事に話すのはよそう。とにかく、いまこの場では何も言うまい。「マシューによると、ロイドは彼の家に忍び込んでいたんだそうです。それで争いになったんでしょう」

「あなたもこっちに来るところですか？」

「そうです」

「では後ほど」そう言うと、刑事は電話を切った。

〈黒煉瓦工房〉からシカモア・ストリートまでの道には、一時停止の標識や信号はひとつもない。刑事との電話を終えて約一分後、ヘンは早くもシカモア・ストリートに入ろうとしていた。半円状に駐まった警察車両、それと、回転灯を点けた救急車を目にしたとき、彼女はロイドの身に本当に何かあったことを悟った。それは胃の腑《ふ》に感じられた――虚《うつ》ろな鈍《にぶ》い痛みが。

ヘンは自宅の私道に車を入れて、しばらくそのますわっていた。ほんの五秒ほどのはずだが、その時間はもっと長く思えた。それから彼女は、ドアを開けて車を降り、警官の一群に向かって歩きだした。制服を着た警官に、そうでない警官。マーティネスが振り向くのを、彼女は見た。彼は仲間たちから離れ、ドラモア夫妻の庭の半ばまで彼女を出迎えに来た。どこか遠くで犬が吠《ほ》え、その声が妙に鋭く耳を打つ。景色は色を失い、空は雲に覆い尽くされていたが、刑事が近づいてきたとき、気がつくとヘンは目を細めていた。

「お気の毒に」彼は言った。

「夫は死んだんですね？」

「そうです、ヘン。本当にお気の毒に」

刑事の肩の向こうに何か動きが見え、ヘンはそちらに注意を向けた。女性警官がマイラ・

ドラモアを連れて玄関の階段を下りてくる。マイラは放心状態だ。彼女は周囲をぐるりと見回し、やがてその視線がヘンに留《と》まった。ふたりの目が合い、マイラは何か言いたそうに口を開いたが、この距離ではその声がヘンに届くはずもない。結局マイラは何も言わず、ただうなだれた。

ヘンは刑事の手を感じた。左右の腕に片方ずつ。なぜこの人はわたしに触れているのだろう――彼女はそう思い、それから自分が倒れかけていたことに気づいた。

第四十一章

工房から出してもらったあと、マシューはダートフォード警察署の取調室に連れていかれ、そこで弁護士を同席させる権利を放棄した。

彼はスコット・ドイル殺害の一部始終をシャヒーン刑事に話した。妻のマイラが自分のために嘘をついたわけではないこと、彼女が夫はひと晩じゅうホテルの部屋で隣に寝ていたと本気で信じていたことも、ちゃんとわかってもらえるようにした。そういったことを声に出して語り、女性刑事の平静な顔を見、他の大勢の刑事や警官が外で聴いていることや、自分の言葉としぐさが記録されていることを意識しながら、彼は安堵が押し寄せてくるのを感じた。筋肉がゆるみ、脈拍は遅くなった。

「つまりあなたがそうしたのは、ミシェル・ブラインのためだったわけですね？」刑事が訊ねた。

「スコット・ドイルを殺したことですか？」

「ええ」

「そうとも言えるし、ちがうとも言えます。わたしはミシェルを気の毒に思っていました。あの彼氏は最低なやつでしたから。でもあれは、彼女だけのためじゃない。スコット・ドイルがその人生を生きていく過程で汚《けが》すと思われる、すべての女性のためでした。あの男は毒物だったんです」

「なるほど」刑事は言った。彼女の手は両方とも、ふたりを隔《へだ》てるテーブルの上に乗っており、マシューはときどき、彼女が親指の結婚指輪をくるくる回すのに気づいた。これは、この人が最近痩せて、まだ指輪のサイズを直していないということだろうか？「いずれにせよ」彼女は言った。「ミシェルとあなたの関係について、もっと詳しく教えてほしいんですが。交際相手のことを彼女が話したとすると、あなたたちは親しくしていたわけですよね？」

「それほど親しくはなかったと思います。わたしたちは同僚だった。職場が一緒だったということです」

「あなたは過去形を使っていますね」

「そう」マシューは言った。「彼女ももう死んでいますから」

「どうしてそれを知っているんです、マシュー？」

「遺体を見たからです。彼女のうちに行って、遺体を見たんですよ」

「彼女を殺したときに、ということですね？」刑事は言った。

マシューは首を振った。「まさか」彼は言った。「ちがいますよ。ミシェルを殺したのは、わたしじゃない。わたしは女性には危害を加えないんです。絶対に」

「誰が彼女を殺したのか知っていますか？」

「わたしの弟のリチャードです」マシューは言った。

「あなたの弟がミシェル・ブラインを殺したんですか？」

「ええ」

「どうしてそれを知っているんです？」

「本人から聞いたからです。ミシェルを殺したあと、彼はわたしの家に来て、彼女のアパートの鍵を置いていきました。そうやって、自分のしたことをわたしに知らせたわけですよ。弟はわたしをあざけっていたんです。わたしが彼女の部屋に行ったのは、そういうことがあったからです。弟が何をしたのか、この目で確かめる必要があったんです」

マシューは手で口を覆った。壁に飛び散った大量の血、ベッドに染み込んだ大量の血のことを、彼は思い返していた。ほのかな光に照らし出されたミシェルの土気《つちけ》色《いろ》の肌のことを。彼女はリチャードを彼だと思っただろう。彼が自分を支えに来た、あるいは、抱きに来たとさえ。それなのに……

「大丈夫ですか、マシュー？」

「すみません。大丈夫です。とにかく恐ろしくて。彼女にはそんな目に遭ういわれはないんです。何ひとつ悪いことはしていないんですから」

「彼女が何ひとつ悪いことをしていないのなら、あなたの弟はなぜ彼女を殺したんでしょう？」

「弟はそういうふうには考えない。わたしとは考えかたがちがうんですよ。あいつはわたしの父と同じように考えるんです。たぶん……たぶん弟は、心の奥底ですべての女を憎んでいて、だからずっと前から、女を殺したらどんな感じがするか試してみたかったんだと思います。これまで実行しなかったのは、度胸がなかったからで、そのことを考えてはいた……始終、考えていたんでしょう。スコットとミシェルのことなど、わたしは弟に話すべきじゃなかった。だが、あいつはわたしが何をしたか見抜いてしまい、それから……ミシェルがわたしを……ミシェルがわたしを求めていることを知ったんでしょう」

「彼女があなたを求めているのを？」

「リチャードがミシェルのうちに行って彼女を殺した夜、彼女はわたしをうちに招いていたんです。ほら、それで弟は彼女のうちに入れたわけですよ。ミシェルは弟をわたしとまちがえたんです」

「なぜ彼女はあなたを招いたんでしょう？」

「あの夜、わたしは電話でミシェルと話しました。すると彼女が、しばらく休職して実家でご両親と暮らすことにした、もうこれ以上、教師はつづけられないから、と話してくれたんです。それで彼女は、お別れを言いにうちに来てくれないかと言ったわけです。マイラが留守なのも知っていたので」

「あなたは行ったんですか？」

「考えてはみました。実際、車で彼女の団地まで行きましたし。でもそこで、そういうことはよくないと気づいたんです。わたしは既婚者ですから。それにミシェルは、わたしたちのあいだに実際以上の何かがあると思っていたようです。ですから、そう、わたしは彼女を訪ねませんでした」

「でもリチャードは行ったんですね？」刑事の両手はいま、テーブルから下ろされ、見えなくなっている。彼女はわずかに身を乗り出していた。

「ええ、リチャードは行きました」

「マシュー、リチャードはいま、どこにいるんです？」

マシューはすぐには答えなかった。取調室に連れ込まれて以来初めて、体がふたたび緊張した。彼は、完全に正直でいよう、いまがその時だ、と自分に言い聞かせてきた。もう嘘はつかない。芝居も打たない。彼はこの刑事に、リチャードがどこにいるか知らないと言いたかった。だがそれは完全な真実とは言えない。

「弟は眠っています」ついに彼は言った。

「リチャードは眠っているんですか？」

「ええ」

「彼はどこで眠っているんです、マシュー？」

マシューは自分の顔が歪《ゆが》みだすのを感じた。正直でいよう。彼は自分に言い聞かせた。

「うーん、どう言えば、その質問に正確に答えられるんだろう。弟はいま眠っている。それ以上、わたしにはなんとも言えないんですよ」

ドアが開き、前にマシューの家に来て、ダスティン・ミラーの事件のことで事情聴取を行ったあの刑事が入ってきた。彼は身をかがめて、シャヒーン刑事の耳もとで何か言ったが、マシューにはその内容は聞き取れなかった。ふたたび身を起こすと、刑事は真剣な目でマシューを見つめた。マシューは彼の名を思い出した。そう、マーティネス。ケンブリッジ警察の刑事だ。

シャヒーン刑事が立ちあがって、言った。「すぐにもどりますからね、マシュー。何か持ってきましょうか？　水とか、コーヒーとか？」

「水をもらえますか」

　ふたりは出ていき、マシューはひとりになった。ただ、四角い部屋の一隅にあるカメラが監視していることはわかっていたが。あのふたりが何を話しているか、マシューにはわかっていた。連中が何もかも彼のせいにしたがっていることも。だがあれは彼ではない。リチャードなのだ。連中はそれを理解せねばならない。胃が痛みだした。手で押さえればいくらか楽になるのだが、連中が見ているし、その姿を見られたくはなかった。

　しばらくすると、シャヒーン刑事とマーティネス刑事がまた入ってきた。男の刑事は水のボトルを持っている。席に着くとき、彼はマシューのほうへそのボトルを押し出した。

「どうも」刑事が言った。「わたしを覚えていますか？」

「もちろん。マーティネス刑事ですよね？」マシューはボトルの蓋《ふた》を捻《ね》じ開け、水をぐうっとひと口飲んだ。それは生ぬるかった。

「そうです。あなたは弁護士を呼ぶ権利を放棄したと聞きましたが。それは本当ですか？」

「ええ。いまのところ弁護士はいりません。わたしはただ真実を話したいんです」

「わかりました」マーティネス刑事はひょろりと背が高く、彼のすわったプラスチックの椅子は小さく見えた。「お訊きすべきことはたくさんありますが、マシュー、とりあえず、きょう、あなたとロイドのあいだに何があったのか話していただけませんか？」

「彼はわたしの家に侵入し、わたしを襲いました。だから身を護《まも》ろうとしたんです」

「なぜ彼はあなたの家に侵入したんでしょうね?」

「ヘンが何もかも彼に話したにちがいない。すべては、あの夫婦がうちに食事に来たときに始まったんです」

「すべてと言うと?」

マシューはもう一度、長々と水を飲んだ。「ヘンとロイドは食事に来た。ちょっとしたお隣同士のつきあいですね。ご存知のとおり、ヘンは、わたしが書斎に飾っておいたダスティン・ミラーのフェンシングのトロフィーに気づき、そこから疑いを抱いたわけです。彼女があなたに電話したのは、だからですよね。あのトロフィーは外に出しておくべきじゃなかった。傲慢《ごうまん》でしたよ。でも、わたしはこう思わずにいられないんです。もしかすると自分は、ほんの少し、誰かヘンのような人に現れてほしい、あれに気づいてほしいと思っていたんじゃないか。誰かに知ってほしいと思っていたんじゃないか」

「マシュー、話の腰を折りたくはないし、いずれダスティン・ミラーのこともすっかり聞かせてほしいんですが、とりあえず、ロイドのことをもう少し話してもらえませんか?」

「彼を殺す気はありませんでした――おそらくあの男も死に値するようなことを何かしてはいるんでしょうが――わたしにはその気はなかった。彼が襲いかかってきたから、身を護ったまでです」

マシューは、ロイドの側頭部に当たったときの棍棒《こんぼう》の音を思い出した。それから、まるで腱《けん》を切られたかのように脚がくずれ、ロイドが床に倒れたことを。

「なぜ彼はあなたの家にいたんです？」マーティネス刑事が訊ねた。

「おそらくヘンを取り返そうとしていたんでしょう。何かわたしの弱みを見つけようとしていたんでしょうね。襲ってくる気はなかったと思いますよ。彼は隠れていたんですから。わたしが彼を見つけたのは、二階で物音がしたためです。彼は裁縫部屋のクロゼットから飛び出してきて、わたしに襲いかかりました。わたしは彼の肩を殴りつけ、それで終わると思ったんですが、彼は攻撃をやめませんでした。だから頭を殴ったんです」

「なぜあんなふうにダクトテープで彼をくるみこんだんですか？」

マシューは沈黙し、天井を見あげた。

「聞いていますか、マシュー？」

「ええ。彼の頭からはたくさん血が出ていました——わたしの殴ったところから。ダクトテープでくるんだのは、だからです。最初は頭だけでしたが、そのあと、全身をくるんだほうがいいんじゃないかと気づいたわけです。そのほうが見た目がいいですからね」

「そしてそのあと、まっすぐにヘンリエッタ・メイザーの工房に行って、彼女を脅《おど》したわけですね？」

「あれはわたしじゃありません。リチャードですよ」

「リチャードというのはあなたの弟ですか？」

「そうです」

「わたしがなぜ、きょうこのダートフォードに来たか、お教えしましょうか、マシュー？　ヘンが電話してきたからですよ。彼女はいろいろ教えてくれましたが、そのひとつはあなたが弟の話をしたこと、彼に関し懸念を抱いていることでした。それを聞いて、彼女はひどく怖くなったようです。だからわたしは調べてみました。あなたのご両親の死については、警察の報告書がありました。そしてどちらの報告書にも、あなたのことが書かれていましたよ、マシュー。しかしどちらにも、弟さんのことは書かれていません。兄弟や姉妹のことは一切書かれてないんです。わたしはあなたのお父さんの死を調査した刑事に連絡しました。もう引退した男ですが。彼は事件のことを覚えていましたよ。なぜかと言うと、あなたが関与したんじゃないかといまも思っているからだそうです――たとえ証明はできなくてもね。あなたがひとりっ子なのかどうか、その刑事に訊くと、彼はそうだと言っていました。リチャードという弟がいたが、そのリチャードは幼児期に死んだとのことでした。乳幼児突然死症候群だとか。あなたが言っているのはそのリチャードですか、マシュー？」

「弟は死んでいません」マシューは言った。顎《あご》が胸に近づいていく。

「赤ん坊のとき死んだのではないんですか？」

マシューはすぐにはなんとも答えなかった。

シャヒーン刑事が言った。「リチャードに関してさっきわたしに話したことを、マーティネス刑事に話してください。ミシェル・ブラインの死の責任は彼にあるということでしたね」

マシューはため息をついた。「ミシェルを殺したのは、リチャードです。そしてリチャードはヘンの工房に行きました。弟は彼女も殺したかったんです。弟に関して、わたしがお話しできることはそれだけです。わたしはその場にはいなかったんですから」

「どうもわからないんですが、マシュー」マーティネス刑事が言った。「もしヘンの工房に行ったのがリチャードだとしたら、なぜそこで見つかったのはあなただったんでしょう？」

「どうやってそこに行ったのかは覚えていません。それはリチャードだったので。そのあと、彼は眠ってしまったし。わたしは弟と話してもいないんです。率直に言って、話したいとも思いませんしね。二度と彼と話せなくても、わたしはぜんぜんかまいません」

「マシュー、あなたとリチャードは同一人物なんですか？」

「いいえ。わたしたちは兄弟です。だからどちらもあの両親のもとで生き抜いてきたわけで、これはふたりに共通点があるということです。わたしたちはサバイバーなんです。だがリチャードは父親似です。あいつは父親と同じような考えかたをします。弟は母が……母が父をあんなふうにしたんだと考えるんです。わたし自身はそんなふうには思いません。みじんもです」

短くノックの音がし、ドアが開いた。ふたりの刑事はそろって頭をめぐらせた。ピンストライプのスーツを着た年嵩《としかさ》の男が入ってきた。彼は室内に一歩、足を踏み入れたが、手は開いたドアを押さえたままだった。「マギー、イギー、ちょっといいか?」

彼らは出ていき、マシューはふたたびひとりになった。すでに水は飲み終え、彼はいま、プラスチック・ボトルを手のなかで握りつぶしている。ボトルはパキパキと音を立てていた。突然、彼はひどい疲れを覚えた。話をすること、説明することに疲れを。これから、果てしなくつぎつぎと人が現れ、自分と話したがることが、彼にはわかっていた。それは避けようがない。こうなると、避けようがないことだらけだ。刑事、心理学者、法律家。裁判はあるまい。彼自身がそのように取り計らう。何もかも告白するのだ。だが告白したところで、新聞に記事が出ることは防げない。あらゆるニュースで彼は取りあげられるだろう。「私立校の人気歴史教師、一連の殺人で有罪」いや、その程度ですむわけはない。「私立校教師、世間に狂気を隠す」それこそ、彼が苦にしている点だった――彼にはリチャードの行動を制御するすべはなかった。だが、それを本当にわかってくれる者はいないだろう。みんな、彼が芝居をしているとか、知っていたのだとか、弟を止められたはずだとか思うにちがいない。それについて連中にきちんと説明することは、彼には絶対できないだろう。

そのとき、自宅でのやりとり以来初めて、リチャードが話しかけてきた――代わりに俺が説明してやるよ。連中がほしがってるものを俺が与えてやる。

マシューはなんとも答えなかった。リチャードと話す気にはなれない。いまはいやだった。

ちょっと休めよ、兄貴。もうへとへとって顔をしてるぜ。軽くひと眠りしたら、すっきりするんじゃないか？

「もうおまえとは話したくないんだ」マシューは言った。自分が声に出してそう言ったことに気づくと、彼はテーブル一面に嘔吐《おうと》した。

＊

その夜はもう、事情聴取は行われなかった。マシューはシャヒーン刑事によって正式に逮捕され、弁護士を付ける権利があることを再度、告げられた。その後、彼は、署のバスルームで監視のもと、体を拭くことを許された。警察は彼の衣類を取りあげ、漂白剤のにおいのする緑色の囚人服と、きれいな靴下と、はき古された靴ひものないスニーカーを支給した。署の地下の監房に入ると、夕食が運ばれてきた。電子レンジで温めたハンバーガーと付け合わせのミックス・ベジタブルだ。空腹は感じなかったが、ゴムみたいなハンバーガーをひと齧《かじ》りしたあと、気がつくと彼は、まるで餌《えさ》を丸飲みにする犬みたいに、残りをむさぼり食っていた。そのあと、彼は吐き気を覚え、平べったい簡易ベッドに横になることにした。スニーカーを足から蹴飛《けと》ばすと、お話を自分に聞かせるまでもなく、すぐに眠りが訪れた。

翌日、朝食後に、制服警官が面会者が来ていると彼に告げた。リノリウムの短い廊下をマイラが案内されてくるとき、彼にはその足音、カツカツという上等の靴の音が聞き分けられた。彼女はこちらを向いて彼を見た。泣いたせいで、その目は腫れている。警官は二歩さがったものの、そのまま廊下に留まった。

「ああ、クマさん」マイラはそう言って、鉄格子《てつごうし》に歩み寄った。
そしてマシューはクマさんになった。彼は泣いていた。

第四十二章

実家で二週間過ごし、ロイドの葬儀のために三日だけボストンに帰り、さらに二週間、バーモント州バーリントンに住む親友のシャーロットの家で過ごしたあと、ヘンは、ロイドがマシュー・ドラモアに殺されて以来初めて、ウェスト・ダートフォードにもどった。すでに十一月も末で、外は五時前に暗くなりはじめる。鮮やかな秋の色はすべて混ざり合い、錆色《さび》としか言い表せない色合いになっていた。鈍《にぶ》い色の落ち葉がいたるところに積もり、散らばっており、まだ木についている少数の葉もすでに枯れて、ただつぎの寒風で解《と》き放たれるのを待つばかりだ。ヘンが自宅の私道にゴルフを入れたのは、木曜日の正午だった。彼女の家もドラモア夫妻の家も、前庭はオレンジがかった茶色の松葉の厚い絨毯《じゅうたん》に覆われていた。ドラモア夫妻の家の前には〝売り家〟の看板があった。ヘンは驚いた。マイラが家を売ろうとしていることにではなく、家が早くも売りに出されていることに。たぶんマイラは早急に金が必要なのだろう。

ヴィネガーがなかでニャアニャア鳴くキャリーバッグを持ち、車から玄関まで歩いていくとき、ヘンはあたりに漂う煙突の煙のにおいを感じた。ポーチの階段には、目鼻の刻まれていない、腐って崩壊したカボチャが載っていた。そこにカボチャがあったことは覚えていない——ロイドが持ってきたのだろうか？　だがヘンは、マシューを知るようになったあのシュールな一時期について、自分の記憶を全面的に信じてはいなかった。彼女は鍵を開け、玄関のドアを開いた。ほんの束の間、ドアはつかえた。ホワイエに、溜まった郵便物の小山ができていたためだ。彼女はキャリーバッグを床に置いて、バッグの上部を開いた。ヴィネガーがパッと飛び出し、地下に通じる猫用ドアへと猛スピードで走っていく。家のなかは寒く、ヘンは即座にサーモスタットのところに行き、パイプ内で水がめぐりだすのが聞こえてくるまで温度を上げた。そのあと何をすべきなのかがわからず、彼女は郵便物（ほとんどがカタログやクレジットカードの勧誘）をかき集めて、キッチンに持っていった。調理台の上には、この一カ月そこに放置されていた、林檎《りんご》を盛ったボウルがあった。林檎はいまも真っ赤で、ボウルからひとつ取ってみると、その実は固く締まっていた。あれはついこのあいだのことなんだ。彼女はそう思い、しばらく心の赴くままに泣き、それから家の他の部分をひとめぐりした。

その夜、ヘンはロイドとともに使っていたベッドにもぐりこみ、あおむけに横たわった。彼の死の全重量、彼の不在の巨大さが、のしかかってくる。彼が生きていたら、あの結婚を維持できたのかどうか、本当のところはわからない。だがそれももう、大した問題とは思えなかった。彼の不貞も、いまではわけのわからない、取るに足りないことに思える。ひどく悲しいのは、もう二度と彼と話せないこと、ふたりの共有する体験をもう二度と再現できないことだ。彼は逝《い》ってしまった。そして、その事実を本当に理解すると、全身が痛んだ。そう、これは鬱《うつ》だ——この感じはよく知っている。だがヘンは、今回の鬱は主として悲しみとトラウマの結果であり、自分の脳はきちんと機能しているとも思った。セラピストをさがす必要はあるだろう——それも自覚していたが、彼女はさほど心配していなかった。今回の出来事が新たな鬱の病相期や、自殺願望を伴う鬱を誘発することはないだろう。自分はおかしくなっていない。

ヘンは朝までずっと、予想外に深く眠った。窓から射し込む陽光が寝室にあふれたとき、彼女はマシューのからむ複雑な夢からなんとか抜け出し目を覚ました。このところロイドの夢は決して見ないのに、マシューの夢を絶えず見るのだ。夢のなかで、彼はいつも彼女をさがしに来る。そして、彼女はいつも彼に、病院から出してもらえたのかと訊ねるのだった。いや、と彼は言う。そして、病院にいるのは弟のほうですよ。あなたは混同しています。たぶんその夢に刺激されたのだろう。あるいは、もとの住まいで目覚めたからなのか。ヘンはマーティネス刑事に電話して、事件に関して何か進展はないかと訊ねた。

「彼はどこにも行きはしないでしょうね」刑事は言った。「かなり長いこと、病院にいることになるでしょうし、裁判は行われないでしょう。あなたも証言台に立たなくてすみますよ」

「それっていいことなんでしょうか？」ヘンは訊ねた。「わたしは証言したい気がしますけど」

「それはやめたほうがいいな、ヘン。マシュー・ドラモアはいま、いるべきところにいるわけですから」

「そうですね」

「この電話はどこからかけているんです？」刑事は訊ねた。

「自宅です」ヘンは言った。「シカモア・ストリートの家にもどってきたので。昨夜、初日の夜を過ごしたところです」

「どうでした？」

「まずまずですね。怖い夢をいくつか見ましたけど。どこで寝たって、わたしはそういう夢を見ますし」

「では、そこに住みつづけるんですね？」

「そのつもりです」ヘンは言った。「きょう、どんな感じがするか工房に行ってみて。でもね、わたしはここに住みつづけたいんです、イギー」

「それはよかった」彼は言った。

ヘンは朝食に林檎をひとつ食べ、その後、ポーチに出て空模様を確認した。気温は七、八度、空は薄い雲のパッチワークになっていた。屋内にもどると、彼女は厚いウールのタートルネックを着て、最後に工房に行ったときに着ていた、襟《えり》の擦《す》り切れた古いデニムジャケットをはおった。ヴィネガーが地下室から現れたのは、スケッチブックを手に取ったときだった。彼女は猫をすくいあげて、しばらく抱いていた。彼はニャアと鳴いた。抗議のニャアだ。ヘンはこれに応えて、ふたりきりになってしまったけれど、ここはわたしたちのうちだからね、と言った。

その日は学校のある日で、シカモア・ストリートはひっそりしており、車もほとんどの私道から消えていた。それでも工房に歩いていく途中、ヘンは自分に注がれる視線を感じた。近所の人々がカーテンの隙間からこちらをのぞき、あれは本当に、いまや知らぬ者のないサイコパスに夫を殺されたあの気の毒な女性なのだろうか、と考えている。実際に見られていようといまいと、彼女は視線を感じた。この町にもどるに当たって、何よりも厄介なのはその点だろう。だがそれも永遠にはつづかない。何事も永遠にはつづかないのだ。

〈黒煉瓦工房〉の二ブロック先の〈スターバックス〉でコーヒーを買ったあと、ヘンは工房へと引き返し、地下の入口からなかに入った。照明は点いていた。これは他にも誰かこの地下にいるということだ。必ずしも人と交流したいわけではなかったが、そう思うと心がなぐさめられた。自分の部屋の前に着くと、ヘンはまずノブを回してみた。しかしドアには鍵がかかっていた。そこで彼女は、警察から返却された鍵を使ってなかに入り、明かりを点けた。

何か異状はないか、すばやくあたりを見回したが、室内の様子はこの前ここを出たときとまったく同じに見えた。マシュー／リチャードに捕われたとき――この部屋で死ぬのだと思ったときに、すわっていたあの椅子に歩み寄ると、ヘンはそれに手を触れ、擦り切れた座面にスケッチブックを置いた。その日の半分は室内の不要品のかたづけに充《あ》てようと彼女はすでに決めていた。それはある意味、象徴的な作業となるだろうが、彼女には、ふたたび制作に取り組む前に、ほんの少し体を動かしたい、肉体労働をしたいという思いもあった。音楽は、プレイヤーのそばに積まれたCDの山にざっと目を通し、最終的に「エグザイル・イン・ガイヴィル」を聴くことにした。ボリュームを低くすると、ヘンは部屋の奥に行った。そこには、夏の初めに〈黒煉瓦工房〉に来て以来、ずっと置きっぱなしになっていた、箱の山がある。箱のいくつかは大学時代まで遡《さかのぼ》るものなので、その中身を調べて、捨てられるものは捨て、取っておきたいものは、古い作品の収納用に買ってあった新しいタッパーウェア・ボックスに入れるつもりだった。

ヘンは箱の山からいちばん上の箱を下ろして、そのかたわらの床にすわり、仕分けにかかった。箱の中身の大部分は、版画の失敗作――暗すぎるものや、明るすぎるもの、または、単純に絵がきれいに出なかったものだ。それらは数年前、ケンブリッジにいた当時の作品だった。なかには取っておく価値のあるものもあったが、そのほとんどを彼女は工房一階の資源ゴミの大型容器に入れるものの山に加えた。

箱の底には、明らかにヘンのスケッチブックから破り取られた紙が一枚あった。裏返してみると、それはダスティン・ミラーのスケッチ――マシュー・ドラモアに彼が殺される数週間前に彼女が描いたものだった。スケッチの彼は、アパートの自宅でベッドの縁《へり》にすわっている。その顎は上を向き、目は楽しげな色もなく、傲岸不遜《ごうがんふそん》だ。ヘンは一回だけ彼の部屋に行ったとき、その絵を描いたのだった。あれは、ロイドが高校時代の友達ふたりとレッドソックスの春の練習試合を見にフォートマイヤーズに行っていた週のことだ。その週の二夜、彼女は〈ヴィレッジ・イン〉まで歩いていき、スケッチブックを手にブース席にすわって、バーボン・サワーを飲みながら、バーの人々を描いたのだ。

ダスティンが近づいてきて、絵を見せてもらえないかとヘンに言ったのは、彼女が店に行った最初の夜だ。彼はヘンよりも年下だった。また、あまりにもハンサムだったため、彼女の目には格別、魅力的にも映らなかった。しかしヘンはスケッチのいくつかをダスティンに見せ、彼が自分に飲み物をおごるのを許した。いまにして思えば、その時点ですでに彼女は躁《そう》の病相期にあり、彼の接近に大いに気をよくしていたのだ。ダスティンは、エネルギーの青いオーラのようなものを発散していた。そして彼が向かい側の席にすわったとき、ヘンはそのエネルギーが皮膚《ひふ》をチクチク刺すのを感じた。

「俺の絵を描いてくれないかな」二度目に一緒に飲んだ夜、ダスティンは訊ねた。

「いいですとも」ヘンはそう言って、白紙のページを出した。

「いや、ここでじゃなくて。俺のうちでさ」

「どうして？」あっさり笑い飛ばしたり、ことわったりはせず、ヘンはそう訊ねた。

「そのほうが特別なものになるから。俺にとってね。いいだろ。俺がどういううちに住んでいるか、きみに見せたいんだ。おかしなまねはしない。約束するよ」

「もう充分、おかしなことをしてるけど」ヘンは言った。だが結局、まったく理解しがたい何かに引っ張られ、彼女は彼についていった。たぶんそれは、結果がわからない何かに乗り出すスリルだったのかもしれない。あるいは、ロイドに対する自分の愛の強さを試していたということなのか。

ダスティンの住まいは、〈ヴィレッジ・イン〉からさほど遠くなかった。ヘンの家の近所の、ヴィクトリア朝様式のその家に着き、二階のダスティンの部屋まで行くと、彼はまずなかに駆け込んで、すばやく物をかたづけ、それから、自分とヘンに一本ずつビールを持ってきた。

「場所はどこがいい？」彼は訊ねた。

「どこでも」ヘンは言った。

「俺がベッドに腰かけて、きみがここにすわるってのはどうかな？」そう言うと、彼は先に立って寝室に行き、背もたれがT字形の木の椅子から衣類をどけた。ヘンはそこにすわって、二十分ほどスケッチし、その後、ページを破り取ってダスティンに渡した。彼という人物をうまくとらえられたと思った。彼の自信に満ちた若さも、顔のラインも、姿勢も、この場のプライベートな雰囲気も。

「すごくいい絵だね」ダスティンは言った。それから、キスするためにぎこちなく身を乗り出してきた。ヘンは笑ったが、キスを返した。あの弾《はじ》けるような青いエネルギーに近づいて、それがどんな感じか確かめたいだけ――本当に求められること、昔みたいに肉体的に求められることが、どんな感じか確かめたいだけだ。彼女は自分にそう言い聞かせていた。ダスティンは彼女をさっとかかえあげ、低いベッドの上へと巧みに転がした。彼の大きな手の一方は早くもヘンの服の内側をまさぐっていた。

「ダスティン」彼女は言った。

「うん？」

「わたし、結婚してるんだけど」

「そう言ってたね。俺は気にしない。最高だ」

「ちょっと待ってくれない？」ヘンは言った。「トイレに行きたいの」これは本当だったが、少し考える時間もほしかった。自分は本当にこの重大な過《あやま》ちを犯す気なのか？　こんなことは望んでさえいないのではないか？

「わかった」ダスティンは言い、彼女がバスルームのドアまで行ったところで付け加えた。

「気を変えたりすんじゃねえぞ」

ヘンは反射的に振り向いた。この最後のひとことを発するとき、彼の声が激変していたため、室内で他の誰かがしゃべったのではないかと思ったのだ。だが、ベッドサイドのシングルランプの光によって、彼女が知ったのは、彼の顔もまた変わっていることだった。その目は死んでいた。そして彼はジーンズのなかに片手を入れて、自分自身に触っていた。

「すぐもどるから」普通の声を保とうと努めつつそう言うと、ヘンはバスルームに入って（あのにおい、コロンと饐《す》えた尿のにおいはいまでも感じられる）、便器にすわった。どうにか用を足しながら、取り乱してはいけない、計画を練るのよ、と彼女は自分に言い聞かせた。ここに来たのは大失敗だった。ダスティンは女好きの頭の鈍い男じゃない。それとはまったく別のものだ。もし帰りたいと言ったら、自分はレイプされるだろう。その点、ヘンには確信があった。それに耐えるという手もある――彼女は思った。とにかく彼とセックスし、生きてここを脱出するのだ。だがそう考えると、吐き気が襲ってきた。彼女はまだ服を着ている。だからそうしたければ、バスルームを出て、まっすぐ玄関に向かうこともできる。彼につかまる前に、そこから外に出ればいい。だがスケッチブックは寝室のなかだ。それを置いていくことは、まず考えられなかった。ひとつには、自分の住所が記入されているということがある。だが、個人的なスケッチがたくさん入っていて、ロイドの絵まで二、三枚あるという点も気になった。ヘンはトイレを流し、薬の戸棚をのぞいた。何か武器にできそうなものはないだろうか？　たとえば、折りたたみ式の剃刀《かみそり》とか、シェービング・クリームの缶とか。だが役に立ちそうなものは何ひとつなかった。

ドアをドンとたたく音がし、ダスティンの声が言った。「早くしてくれよ。俺もしょんべんがしたい」

ヘンは考えた――チャンスだ。

彼女はバスルームを出た。ダスティンはシャツを脱いでいた。彼はヘンの脇をすり抜けた。ドアは開けっ放しだ。放出される小便が便器の内壁に当たってからバシャバシャと便器の底に注ぎ込まれる音が聞こえた。ヘンは大急ぎで寝室に入った。椅子の上のスケッチブックと、床に落ちていた破り取られたスケッチをつかむと、足早にリビングを通り抜け、玄関へと向かった。

「どこに行く気だよ?」ドアノブを回したとき、ダスティンが言った。その声はふたたび不穏な響きを帯びていた。一瞬、彼女はためらった。礼を失することへの不合理な不安から、もう少しで、帰ります、と言うところだったが、結局そのまま突き進んだ。

階段を猛スピードで駆けおりたが、おりきったところでダスティンにつかまった。その手は二の腕のやわらかな皮膚をねじっていた。

「大声を出すから」ヘンは言った。「ありったけの声で叫ぶからね」

ダスティンの視線が踊り場奥の横手のドアへとさっと飛んだ。おそらくそれは一階の住居のドアだ。なかからはテレビの音が聞こえる。「わたしは本気よ」ヘンがそう言うと、ダスティンは腕を放した。それからあの死んだ目でまっすぐに彼女を見た。

「じゃあ、またいつか」穏やかな声でそう言ったあと、彼は〝ビッチ〟と口を動かしてみせた。彼女は正面口のドアを開け、湿っぽい夜気のなかに出た。

ヘンがつぎにダスティンを見たのは、彼が遺体袋に入れられ、家から運び出されるときだった。

彼女はこの出来事をロイドに話さなかったし、警察にも話さなかった。より気が咎《とが》めたのは、警察に話さないことのほうだった。なぜなら、ダスティンに関して彼女が持っている情報は事件に関係している可能性もあるからだ。ダスティンが彼女をレイプする気だったのなら（その気だったのはまちがいない）、彼は前に他の誰かをレイプしていたかもしれない。そして、もしそうだったのなら、それがダスティン殺しの動機だったのかもしれない。だが彼女は警察に行かなかった。どうしてもその気にはなれず、最後には、あの週に起きたことは、なかったことにしよう、と自分自身に言い聞かせた。あれは忘れ去るべき、愚《おろ》かしく恐ろしいひとときにすぎないのだ、と。しかし忘れることはできなかった。そして彼女は、罪悪感と後悔をすべて、誰がダスティンを殺したのかという問題への執着に変えた。

その後、入院と電気ショック療法と薬の切り替えの後、彼女はときどき、あれは全部、自分の空想だったのではないかと思った――〈ヴィレッジ・イン〉で出会った若者との、あのシュールな恐ろしい夜のことは何もかも。その記憶はいまでは、現実というよりむしろ夢のように思える。そして彼女はときどき、自分が彼を殺したのではないか、そうしてその記憶を消し去ったのではないかとも思った。

ヘンはいま、あのスケッチを見つめている。「レイプ犯である若い男の肖像」——笑みを漏らしそうになりながら、彼女は考えた。実は、その絵を取っておいたことは忘れていた。あの夜、ショックに震え、九死に一生を得た気分で、無事に家に帰り着いたあと、彼女はそれを箱の底に押し込んだのだ。なぜ、捨ててしまわなかったのか？　たぶん、数年経ったいま、この絵を見つけるため、そして、あれは実際あったことなのだとはっきり悟るためだろう。彼女は紙に描かれた鉛筆の線を指でなでた。ダスティンの姿は非常に緻密《ちみつ》に描かれていた。背景の寝室はそれほどではなく、その場所の乱雑さと奥行きを表そうとする数本の線にすぎない。整理簞笥《だんす》の上には、いろいろと物が置いてある。ほとんどはボトルだが、ひとつはフェンシングのトロフィーのようにも見えた。剣で突きを入れる人物。彼女がこの絵を描いてからさほど時を経ずに、マシューはダスティンを仕留め、まさにそのトロフィーを我が物にしたわけだ。

振り返ってみて、ヘンは気づいた。自分がマシューを知る以前——ふたりが隣人同士となる以前から、彼はすでにヘンの人生に非常に大きな部分を占めていたのだ。いまの彼女には、自分とマシューが最終的に出会ったことが必然であるように思えた。実際はそうでないことは、わかっていたけれども。

ヘンは、資源ゴミに出す予定の他の絵と同じ山にそのスケッチを加えたが、その後、考え直して、製図台にそれを持っていき、インクローラーのひとつを取って、絵全体を黒いインクで塗りつぶした。それから彼女はその紙を丸めて放り捨てた。

最後の箱を調べ終えたとき、ヘンは、プレイヤーからモーフィンの「イン・スパイト・オブ・ミー」が流れていることに気づいた。それは、マシュー／リチャードがこの部屋に現れたとき、かかっていた曲だった。作業の手が止まり、彼女はしばらく凍りついていた。ＣＤを替えようか——そうも思ったが、彼女はそのまま音楽が流れるに任せ、仕分けの作業にもどった。こんなものは背景音にすぎない。そのうちに気づきもしなくなるだろう。

以下のみなさんに感謝を

ダニエル・バートレット、ロバート・ブロック、アンガス・カーギル、キャスピアン・デニス、チェスター・アースキン、ケイトリン・ハリ、セアラ・ヘンリー、デイヴィッド・ハイフィル、ナナリー・ジョンソン、ジョン・D・マクドナルド、クロエ・モフェット、クリストン・ピニ、ソフィー・ポータス、ナット・ソベル、ヴァージニア・スタンリー、サンディ・ヴィオレット、ジュディス・ウェーバー、トム・ウィッカーシャム、アディア・ライト、シャーリーン・ソーヤー

解　説——上質で異質な曲者サスペンス

村上貴史（ミステリ書評家）

ピーター・スワンソンの作品が邦訳されるのは、本書で五作目となる。

二番目の訳書『そしてミランダを殺す』は、『このミステリーがすごい！ ２０１９年版』海外編、〈週刊文春〉２０１８年ミステリーベスト10 海外部門、『ミステリが読みたい！ ２０１９年版』海外篇でいずれも二位にランクイン（一位には〝あの〟アンソニー・ホロヴィッツの『カササギ殺人事件』がいた）するという高評価を得たのでお読みになった方も多いだろうが、かなりの曲者作家である。

そんな彼の長篇第五作にして五番目の訳書である『だからダスティンは死んだ』も、いかにもな作品に仕上がっている。

嘘をつく者と、嘘をつかれる者。

加害者は被害者で、被害者は加害者。

殺人者に抱く安心感、身内に抱く不信感。

妻と夫、夫と妻、兄と弟。

そして隣人。

様々な欠片《かけら》が、本書のなかを幾筋も流れている。平行線なのか立体交差なのか、それぞれが交わらないかたちで。あるいは、不意に、予期せぬかたちで交わりつつ。そしてそれらの欠片は、無秩序に動いているように見えつつも、著者によって巧みに操られ、配置されている。著者は裏を表に返し、表を裏に返し、ときに裏を一回転させて裏に戻し……。

全部で四十二あまりの章で構成される『だからダスティンは死んだ』は、ネタを明かさないように語るとそんな小説なのだが、序盤の第一章は平明でシンプルだ。

版画家のヘンリエッタ・メイザー。ヘンと呼ばれる彼女は、夫のロイドとともにボストン近郊の町に引っ越してきて二ヶ月になる。二人は近所で開かれたブロック・パーティーに参加し、マシューとマイラのドラモア夫妻と言葉を交わす。隣人同士であることがわかった彼等は、後日ドラモア家でディナーをともにする。そしてディナーの後、ヘンはマシューの書斎にならぶ雑多な収集物のなかに一本のトロフィーを発見してしまう。二年半前に発生し、未解決のままとなっているダスティン・ミラー殺人事件において、犯人が持ち去ったとされるものかもしれない……。

この時点で読者に見えている景色は、二組の夫婦が知り合い、一方の妻が、他方の夫を殺人者として怪しむ、というもの。サスペンス小説として上々の滑《すべ》り出しといえよう。しかも、その第一章の末尾において、それ以降への興味を強烈に喚起する情報を投げ込んでくるのだから堪《たま》らない。ダスティンが通っていた高校で、マシューは教師をしているという情報だ。ごくありふれたものとして育まれるはずだった隣人関係が、ゴロリと裏返るのである。

スワンソンは読者をさらに挑発する。

続く第二章で、視点を第一章のヘンからマシューへと切り替えるのだ。そしてマシューの心理を読者に伝えるのである。ヘンが〝勘付いた〟ことに、マシューも気付いたことを。そう、隣人のあいだに、つまり一方の妻と一方の夫のあいだに、極太の緊張関係が生じたことが、読者にクッキリと伝わるのである。

その後、奇数章ではヘンの視点、偶数章ではマシューの視点で、二組の夫婦の物語が綴《つづ》られていく。ヘンはマシューのことを調べ始め（尾行したりもする）、一方でマシューはトロフィーの隠蔽《いんぺい》工作を始める（しかも彼はヘンに疑われていることに、恐怖するだけでなく恍《こう》惚《こつ》も感じている）。二年半前の事件が、こうしてまたゾワゾワと動き始めるのだ。ますますもって上質のサスペンスである。

だが、素直にそのまま進むわけではない。

なにがどうなっていくかは本文を未読の方を考えるとここには詳述できないのだが、あちらこちらで〝上質のサスペンス〟の定型が崩れていくのである。細かな衝撃が繰り返され、足元が揺らぎ、そして読み手は落ち着かない感覚に囚われるのだ。例えば、読者の心はこんな情報によってかき乱される――。

こんな状況でこの人物がこんな行動をとるはずがないのに、作中ではそう動いた。

かなり〝ヤバそうな〟奴が現れ、ただでさえ不安定な隣人関係をかき乱す。

この人物がこんな隠し事を？

これらはほんの一例に過ぎないのだが、要するに、併存するはずのない正邪や善悪が、作中で並び立ってしまっているのだ。故《ゆえ》に読者は理性において強烈な違和感を覚える。しかしながら、著者がそれぞれの人物の心理を丁寧かつ巧妙に描いているため、彼らの不自然とも思える行動にどこかしら納得も感じてしまう。心が乱される異質のサスペンスなのだ。

しかも、著者はそんな読者の不安感には一切忖度《そんたく》せず、次々とカードを切っていく。ヘンの過去やマシューの過去というカード、あるいは新たな事件を予感させるカードなど。それらがもたらす刺激によって、読者は否応なしに頁《ページ》をめくらされてしまう。

その後もサスペンスの上質さを維持しつつ異質さはどんどんと増殖していくのだが、その具体的な味わいは本書をひもといて体感して戴《いただ》くのがベスト。ここにあれやこれやと記したりはしないので、ご了承戴きたい。ただ、結末まで――そこまで伏せられていたカードがすべて開示され、読者が衝撃に打ちのめされる結末まで――読み進むなかで、異質さをもたらしていた不安感（さまざまな違和感）が解消されていくことは付記しておこう。

ちなみにマシューとともに本書の主な案内役となるヘンだが、彼女が他者を疑うこと、そして彼女自身が他者に信じてもらえないこと、という双方向の疑いに囚われていく心理描写が絶妙だ。一方のマシューについても、その扱いにくい内面をきっちりと描いている。それこそ、気付けば読者が共感してしまっているほどに。主要人物たちが、この物語を支えるに十分強靭《きょうじん》に造形されていることも、念押ししておきたいポイントだ。

というわけで結論。ヘンとマシューを軸《じく》として、ときに他の視点を交えながら読者を結末まで導いていってくれる『だからダスティンは死んだ』は、曲者ピーター・スワンソンならではの、上質で異質なサスペンスなのである。

本稿執筆時点で、ピーター・スワンソンは、長篇八作品を発表済みである。つまり三作品が未訳なのだが、それらも相当に魅力的な作品に思える。しかもだ。既訳の作品以上に、あらすじを知っただけでワクワクしてしまう作品が並んでいるのだ。

まずは第六作の *Eight Perfect Murders* から。

十年前のこと。ボストンでミステリ専門書店を営むマルコムは、"perfect murders"と呼ぶべき八作のミステリをリストアップした。彼が、ミステリの歴史において、最も才気に溢れ、最も独創的で、最も確実性の高い殺人として選んだのは――スワンソンの各作品で様々なミステリが言及されていることをご存じの読者は興味津々ですよね――①A・A・ミルン『赤い館の秘密』、②アントニイ・バークリー『殺意』（フランシス・アイルズ名義の作品だ）、③アガサ・クリスティ『ABC殺人事件』、④ジェームズ・M・ケイン『殺人保険』（邦訳著者名はジェームス・ケイン表記）、⑤パトリシア・ハイスミス『見知らぬ乗客』、⑥ジョン・D・マクドナルド *The Drowner*（一九六三年発表の未訳作品）、⑦アイラ・レヴィン *Deathtrap*（一九七八年に戯曲として刊行され、その後、『デストラップ　死の罠』としてシドニー・ルメットが一九八二年に映画化）、⑧ドナ・タート『黙約』（復刊時に『シークレット・ヒストリー』から改題）。ある日FBIの捜査官が彼を訪ねてきて、この古いリストの作品に不気味なほど似ている殺人事件が続いているのだという。誰がなんのためにこのリストに基づいて殺人を……。ちなみにこの *Eight Perfect Murders* には、冒頭で名前を出したアンソニー・ホロヴィッツが、「凶悪なまでに愉《たの》しい」との賛辞を寄せている。

第七作 *Every Vow You Break* もまた魅力的だ。億万長者のブルースとの結婚式の直前、酒に酔ったアビゲイルは、本名を知らぬ男性と一夜限りの関係を持ってしまう。その出来事を頭から閉め出してブルースとの新婚旅行に出るが、謎の人物が〝あの情熱的な一夜〟をネタにアビゲイルを脅迫し始める。アビゲイルは夫にすべてを告白し、新婚旅行や結婚生活を台無しにするか、それとも、その人物を自分でなんとかするか葛藤するが……。秘密を抱え、さらに謎の人物に付け狙われる女性をスワンソンが描くのであるから、上々の出来映えを期待していいだろう。ちなみに第六作でマルコム（つまりはスワンソン）が作成したリストに含まれる⑥は、金持ちの夫を持つ妻が、他の男性に関心を持ち、その後、自殺らしき状況で湖に沈んでいるのを発見されるという事件を描いているという。このジョン・D・マクドナルドの作品の影響の有無は不明だが、読者としては興味深い点である。

第八作にして最新作が *Nine Lives* である。九人の人物が、自分を含む九人の名前だけが記された手紙を受け取るが、彼等はそれぞれ他の人物を知らなかった。その手紙を無視していた彼等だったが、リストの人物が一人また一人と死亡し始めると、そうもいっていられなくなった。リストの中の一人、FBI捜査官のジェシカが事件の解明に立ち上がる……。ミッシングリンク要素を備えたサスペンスと思われるが、これまた読書欲を掻き立てられる。

このうち *Eight Perfect Murders* には邦訳の予定があるというので、愉しみに待ちたい。

そしてもう一作、二〇二三年三月には、新作 *The Kind Worth Saving* が発表される。題名からも明らかなように、*The Kind Worth Killing*、すなわち『そしてミランダを殺す』の続篇だ。前作の主要人物、リリー・キントナーやキンボール刑事も再登場するというから、これまた愉しみで仕方がない。

さて、解説を締めくくるにあたって一言。本書の原題は *Before She Knew Him*（彼女が彼を知る前に）であり、邦題は『だからダスティンは死んだ』である。結末まで読み進んだ方は、この原題と邦題を思い返して戴きたい。深みを感じるはずだ。

訳者紹介　英米文学翻訳家。訳書にオコンネル『クリスマスに少女は還る』『愛おしい骨』、デュ・モーリア『鳥』『レイチェル』、スワンソン『そしてミランダを殺す』『ケイトが恐れるすべて』『アリスが語らないことは』などがある。

検印
廃止

だからダスティンは死んだ

2023年1月27日　初版

著者　ピーター・スワンソン

訳者　務《む》台《たい》夏《なつ》子《こ》

発行所　(株)東京創元社
代表者　渋谷健太郎

162-0814/東京都新宿区新小川町1-5
電話　03・3268・8231-営業部
03・3268・8204-編集部
URL　http://www.tsogen.co.jp
晩印刷・本間製本

乱丁・落丁本は、ご面倒ですが小社までご送付ください。送料小社負担にてお取替えいたします。

ISBN978-4-488-17308-1　C0197